# नौकर की कमीज

# नौकर की कमीज

विनोद कुमार शुक्ल

राजकमल प्रकाशन

पहला सजिल्द संस्करण 1979 में
सम्भावना प्रकाशन से
प्रकाशित

ISBN : 978-81-19028-46-7

**मूल्य :** ₹ 795



**पहला राजकमल (सजिल्द) संस्करण** : 2023

**प्रकाशक :** राजकमल प्रकाशन प्रा.लि.
1-बी, नेताजी सुभाष मार्ग, दरियागंज
नई दिल्ली-110 002
**शाखाएँ :** अशोक राजपथ, साइंस कॉलेज के सामने, पटना-800 006
पहली मंजिल, दरबारी बिल्डिंग, महात्मा गांधी मार्ग, प्रयागराज-211 001
वेबसाइट : www.rajkamalprakashan.com
ई-मेल : info@rajkamalprakashan.com

**मुद्रक :** यश प्रिंटोग्राफिक्स
नोएडा-201 301 (उत्तर प्रदेश)

NAUKAR KI KAMEEZ
*Novel* by Vinod Kumar Shukla

*अम्मा और दीदी को*

**कितना सुख था कि हर बार घर लौटकर आने के लिए मैं बार-बार घर से बाहर निकलूँगा।**

यदि मैं किसी काम से बाहर जाऊँ, जैसे पान खाने, तो यह घर से खास बाहर निकलना नहीं था, क्योंकि मुझे वापस लौटकर आना था। और इस बात की पूरी कोशिश करके कि काम पूरा हो, यानी पान खाकर। घर बाहर जाने के लिए उतना नहीं होता जितना लौटने के लिए होता है। बाहर जाने के लिए दूसरों के घर होते हैं, दूसरे यानी परिचित, या जिनसे काम हो। जिनके यहाँ उठना-बैठना होगा, या बाजार-बगीचा, दफ्तर-कारखाना होगा। लौटने के लिए खुद का घर जरूरी होता है, चाहे किराये का एक कमरा हो या एक कमरे में कई किरायेदार हों।

मेरी पत्नी के लिए घर, बाहर निकलने के लिए बहुत कम था, इसलिए घर लौटने के लिए भी कम था। जब भी वह बाहर गई, जल्दी लौटकर आ गई। अकेले रहने से जाते समय घर में ताला बन्द करना होता है, जो पत्नी, बाप-माँ, भाई-बहन या इनमें से किसी एक के रहने से नहीं करना पड़ता। नौकर को घर की चाबी का गुच्छा नहीं दिया जाता। अगर घर छोटा है तो एक चाबी भी नहीं दी जा सकती है।

घर में परिवार के रहने से बड़ा ही सुख था कि धड़धड़ाते हुए अन्दर जाकर चारपाई में लेट गए; या जोर का पेशाब लगा हो और बाहर आड़वाली साफ जगह नहीं मिली, तो घर के अन्दर आते ही सीधे पेशाब करने के बाद फुरसत होती है। नौकरी में होने से घर लौटने का समय शाम को दफ्तर बन्द होने के बाद होता था। जब बेकार था तब कभी भी आना-जाना होता था। कोई निश्चित समय नहीं था। छुट्टी के दिन मुझे बार-बार घर से बाहर निकलना पड़ता था। बिना किसी वजह के।

सुबह से ही मैंने तय कर लिया था कि बाहर जाकर बहुत देर बाद लौटूँगा। जब मैंने खखारकर थूका तो कफ में खून के रेशे थे। सर्दी पक गई थी। पास में अम्मा खड़ी थीं। नाटे कद की, दुबली-पतली, मुँह में एक भी दाँत नहीं, सफेद बाल बिखरे हुए, बिलकुल माँ की तरह। बाहर जाते-जाते धीरे से मैंने अम्मा से कहा, "अम्मा, मेरे मुँह से खून निकला है।" यह कहते समय मेरी आवाज में बहुत कमजोरी थी।

उदाहरण के लिए एक ऐसे बीमार आदमी की कमजोरी, जिसे बिस्तर से सहारा देकर उठाया जाता है। कई दिनों से उसे भूख नहीं लगी। चटपटी सब्जी खाने की उसकी बहुत इच्छा होती है, पर सब्जी कोई बनाता नहीं। जो भी वह खाता है, उल्टी हो जाती है। पानी पीता है। कराहता रहता है। डॉक्टर को पूरी उम्मीद है कि वह बच जाएगा। इसलिए घर के लोग खुश हैं। और जितनी तकलीफ बीमार को है, उतना दुख उन लोगों को नहीं है, ऐसा बीमार सोचता है। जब वह अपनी तकलीफ की बात करता है तो उसकी पत्नी उसकी तकलीफ को यह कहकर कम कर देती है कि डॉक्टर ने कहा है, उसे कुछ नहीं होगा। जब वह कहता है कि अब वह मर जाएगा, तब उसकी माँ उसका माथा सहलाती हुई कहती है कि घबराओ नहीं, डॉक्टर ने कहा है, सब ठीक हो जाएगा। उसे प्यास लगती है, तो पत्नी कटोरी में दूध लेकर आती है। मजबूरी में थोड़ा दूध पी लेता है। तभी उसे कै करने की इच्छा होती है। उससे मिलने के लिए उसके दफ्तर के लोग आते हैं। कमजोरी में वह किसी से बात नहीं कर सकता। गले तक चादर ओढ़े वह पड़ा रहता है। उसके बदले उसकी माँ या पत्नी मिलनेवालों से बात करती है। लोगों के पूछने के पहले कि कैसी तबियत है, दोनों में से कोई कहेगा कि डॉक्टर ने कहा कि सब ठीक हो जाएगा। गुस्से में वह पत्नी को गाली देना चाहता है। माँ से बात करना नहीं चाहता। पर कमजोरी के कारण वह शान्त रहता है। मरता नहीं, थककर सो जाता है।

हकीकत में मैं बीमार नहीं था। और न मेरा मकान नर्सिंग होम था। पर जिस मकान में मैं रहने आया था, उसका मालिक शहर का एक बड़ा डॉक्टर था। मैं पचास रुपया महीना मकान का किराया देता था जो मकान को देखते हुए अधिक था। परन्तु डॉक्टर की सहूलियत मुफ्त मिलेगी, यह मेरे मन में नहीं था।

अम्मा ने थोड़ा झुककर देखा, "मुझे तो समझ में आता नहीं है। लगता है, पान खाया था। बहू, तू देख! खून है क्या?"

पानी की बाल्टी ले जाते हुए पत्नी वहीं बाल्टी छोड़, माँ के पास आई। मुसकराते हुए माँ से कहा, "रात को दो पान लाए थे, सुबह पुड़िया में बँधा एक पान बचा था। कफ में सुपारी के टुकड़े हैं।"

"उसको सर्दी तो है। खखारकर जब-तब थूकता रहता है।"

अम्मा एक लोटे में पानी लेकर कफ को बहाने लगीं। तभी पत्नी ने भरी बाल्टी लेकर उड़ेल दी।

पाँच मिनट में, बाहर से होकर मैं घर लौट आया था। इतनी थोड़ी देर में आना-जाना ही हुआ था। दृश्य बदलने के लिए पलक का झपक जाना ही बहुत होता है। पाँच मिनट के लिए बाहर जाना, मतलब पाँच मिनट तक घर के दृश्य पर पर्दा पड़ा रहना। मेरी गैरहाजिरी में पत्नी और माँ का कोई और ही दृश्य रहता होगा कि फुरसत मिली, या मेरी उपस्थिति में उनको काम करने में अड़चन हो रही थी।

जब मैं अन्दर आया तब अम्मा कुछ चुपचाप लगीं। पत्नी के हाथ में एक खाली बाल्टी थी। अम्मा ने मुझे सबसे पहले लौटा हुआ देखा था। इस तरह देखा था कि मैं इतनी जल्दी कैसे आ गया, या मुझे कोई सामान लेने लौटना पड़ा है, या मेरी आदत ही है कि घर के अन्दर और सड़क के बीच मैं केवल चहलकदमी करता हूँ। नौकरी के बाद पहली बार अम्मा मेरे पास रहने आई थीं।

दूसरी बार घर से बाहर निकलते ही ठाकुर की पान की दुकान के सामने मुझे सम्पत दिखा। सम्पत, मेरे बचपन का दोस्त। चेचक के गहरे दाग, साँवला रंग और गोल-गोल नाकवाले चेहरे की मुझे आदत पड़ गई थी। इस तरह की लत पड़ जाना ही क्या दोस्ती थी? बचपन में जब मैं अपनी बेडोल नाक की चर्चा सुनता था तो दुखी हो जाता था। अपनी नाक की आदत तो अपने-आप पड़ जाती है। दो हाथ होते हैं, पर ऐसे कहाँ कि लटके हुए हैं। हाथ में एक खाली माचिस की डिब्बी भी हो तो उसका भी वजन होता है, लेकिन हाथ का कोई वजन नहीं होता। वजन तब होगा जब बाएँ कटे हाथ को दाहिने हाथ से उठाया जाए। चेहरे में दो कान हैं, इसकी याद बहुत दिनों तक नहीं रहती। कान चेहरे से कहाँ जाएँगे? इस तरह की लापरवाही सामाजिक सुरक्षा को बतलाती है। सब जगह अमन-चैन है, यह मालूम होता है।

सम्पत मेरे नगर का था। चौथी हिन्दी तक हम दोनों साथ-साथ पढ़ते थे। इसके बाद वह फेल हो गया। जब मैंने बी. ए. पास किया तब उसने दसवीं

पास किया था। इसके बाद हम दोनों की नौकरी इसी शहर में लग गई। वह महाविद्यालय की रसायनशास्त्र की प्रयोगशाला में काम करता था। मेरे घर के पास उसका घर था।

मुझे देखते ही सम्पत खुश हो गया, "पान खाओगे?"

"पान की आदत मुझे नहीं है। बिना आदत के पान खाओ तो थूकने से लगता है, बीमार हूँ, खून निकला है।" मैंने कहा।

"सब्जी खरीदने जा रहा हूँ, चलोगे?" झोला दिखलाते हुए उसने कहा।

मैं खुश हुआ। सब्जी लाना जरूरी था। हफ्ते-भर से बाजार जाने का मन नहीं हुआ था।

"रुकना। घर से झोला लेकर आता हूँ," कहता हुआ मैं घर की तरफ पलटा।

जब मैं घर आया तो मुझे पत्नी के हाथ में भरी बाल्टी फिर दिखी। अलबत्ता माँ चावल पछोर रही थीं। मैंने पत्नी से कहा, "आज मैं जब भी घर लौटकर आऊँगा, तुम पानी की बाल्टी लिये हुए ही दिखोगी?"

मैंने माँ से कहा, "माँ! तुम कल शाम को भी चावल पछोर रही थीं। आज भी पछोर रही हो। अपने घर में क्या बोरों चावल है? और जो पानी भरने के लिए पीतल का ड्रम है, वह ड्रम नहीं है, पीतल का कुआँ है।" फिर पत्नी के पास जाकर धीरे से कहा, "पीतल का ड्रम तुम्हारे मैके का है, इसलिए तुम्हें इसे भरने का शौक है?"

पत्नी ने कहा, "बाल्टी तो सुसराल की है।"

मैं चिढ़ गया। बाल्टी उससे छीनकर मैंने नीचे रख दी तो बहुत-सा पानी छलककर नीचे बह गया।

"सबका दिमाग खराब है!" माँ बड़बड़ाईं।

"अम्मा! रोज मुझसे सब्जी लाने के लिए कहा जाता था। आज छुट्टी का दिन है तो कोई नहीं कह रहा है।" मैंने कहा।

"आधे घंटे में तू दो बार घर आ गया होगा। डेढ़ घंटे तक धीरे-धीरे नल चलता है। बोरिंग कब की खराब हो गई है। नल में लाइन से बाल्टी रखो, पारी लगाओ, तब पानी मिलता है। नल बन्द होने में अभी समय है, दो बाल्टी पानी और मिल जाएगा। बाहर जाकर पन्द्रह मिनट बाद फिर आओगे, तब भी तुमको बहू के हाथ में बाल्टी दिखेगी। पर इससे क्या होता है। एक-एक काम पूरा निपटाना पड़ता है। तब मैं भी चावल पछोरते हुए दिखूँगी। अभी जितना चावल

पछोरा गया है, दो जून में खत्म हो जाएगा। तेरी छुट्टी रहती है तो कोई काम ठीक से नहीं सहिलाता। तेरा व्यवहार बहू के साथ अच्छा नहीं है।" माँ बोलीं।

"सब्जी लानी है या नहीं, अकेले मैं ही सब्जी खाता हूँ?" उदास होते हुए मैंने कहा।

"लानी तो है। मैं सब्जी नहीं खाती। बहू तेरा जूठा खाती है। तुझसे बच जाएगा तो खाएगी। कितनी महँगी सब्जी है। तुमको सब्जी अच्छी लगती है इसलिए बनाने का मन होता है। नहीं तो कभी न बने।"

पत्नी झोला लेकर आई तो उससे झोला मैंने झपट लिया। जब मैंने पत्नी से झोला छीना था तब वह मुसकराई थी। उसे मालूम था कि मैं उससे झोला झपटकर ही लूँगा।

"क्या लाना है?" मैंने पत्नी से शान्ति से पूछा।

जब मैं शान्त होता था तो उसी आदमी की तरह, जिसकी एक शेर की देख-रेख करने की नौकरी थी। (घूम-फिरकर मेरे खयाल से नौकरी का यही मतलब था।) एक बार धोखे से शेर का पिंजड़ा खुला रह गया। उसकी गलती नहीं थी। शेर की नौकरी के डर से उसे रात-भर नींद नहीं आती थी। जब उसकी पत्नी खाना लेकर आई तो उसने देखा कि शेर का पिंजड़ा खुला हुआ है। वह डरकर चीखी तो उसकी नींद खुली। उसने देखा कि शेर का पिंजड़ा खुला हुआ है। शेर खाना खाने में लगा था, जल्दी से उसने पिंजड़े को बन्द किया और उसकी जान बच गई। उसे लगता था, जिस दिन शेर को खाना ठीक समय पर नहीं मिलेगा, मालिक के डर से वह खुद शेर के पिंजड़े में घुस जाएगा। शेर से ज्यादा वह मालिक से डरता था।...घर के लिए सब्जी लाना नौकरी नहीं थी। चूँकि मैं नौकरी करता था, इसलिए आज छुट्टी का दिन था और छुट्टी के दिन मुझे घर के कुछ बकाया काम करने थे।

"एक किलो आलू, धनिया, मिर्च, लहसुन पावभर, बरबट्टी पावभर या जो मन हो।" अम्मा ने कहा।

"नारियल का तेल भी ले आना।" पत्नी ने कहा।

सब्जी लाने के साथ नारियल का तेल लाना मुझे कोई अलग हटकर काम लगा। लोग सब्जी-बाजार से लौटते समय कैसे सर्राफ की दुकान में घुस जाते हैं और एक सोने की अँगूठी खरीद लेते हैं? सोने की अँगूठी खरीदने घर का नौकर कभी नहीं जाएगा। सब्जी खरीदने जा सकता है। नौकर को एक सीमा

तक नुकसान करने दिया जा सकता है। उससे एक-दो रुपये खो जाएँ, यहाँ तक तो ठीक है। पर दस-बीस रुपये वह नहीं पचा सकता। दफ्तर के साहब के लिए मँहगू कितना भी ईमानदार हो, पर सौ रुपये के लिए उसकी नीयत डोल सकती थी यानी निन्यानवे रुपये तक वह ईमानदार था। हैसियत के अनुसार नीयत डोलने की सीमा निर्धारित होती है। मेरे जैसी हैसियतवाला, यानी सन्तू बाबू, जिसकी साल-भर से ज्यादा की नौकरी हो गई थी और करीब साल-भर शादी को हो गया, वह चार-पाँच सौ में अपनी नीयत खराब नहीं करेगा।

सब्जी लाते हुए फल लाये जा सकते थे। फल—जैसे जामुन, सीताफल, बिही, केले इत्यादि। परन्तु नारियल का तेल, या सिगड़ी की जाली, या सुराही सब्जी के साथ लाना मुझे अच्छा नहीं लगता था। यह आम बात थी कि क्या लाना है, कहने के बाद बात तुरन्त खत्म होनी चाहिए, नहीं तो एक के बाद एक चीजें जुड़ती चली जाती थीं। चाहे उसके लिए पैसे हों या न हों। नारियल का तेल मुझे एक-न-एक दिन हर हालत में लाना था। 'बाद में या फिर कभी' कहकर खुद की गृहस्थी में भी ज्यादा देर तक के लिए छुटकारा नहीं पाया जा सकता। मेरा एक-न-एक दिन, अभी आज ही हो जाएगा या फिर कल। अधिक-से-अधिक परसों, बस। अपनी जमानत पर भी मैं ज्यादा दिनों तक छूट नहीं सकता था। और पत्नी, पत्नी की जमानत पर; माँ, माँ की जमानत पर ज्यादा दिनों तक बच नहीं सकती थीं।

तब भी मैं रुका रहा। अम्मा चावल पछोरने लगी थीं। पत्नी पछोरे हुए चावलों को टीन के एक डिब्बे में भर रही थी। मैं उन लोगों के सामने आकर खड़ा हो गया। मुझे लग रहा था कि सब्जीवाली बात अधूरी खत्म हो रही है। उसका निष्कर्ष मेरे अनुसार निकलना चाहिए, शायद यह मेरे मन में हो। परन्तु मैं किस तरह का निष्कर्ष चाहता था, यह मुझे खुद नहीं मालूम था। अम्मा और पत्नी को भी नहीं। नहीं तो वे देर क्यों करतीं? दोनों अपने काम में व्यस्त थीं, जैसे मैं उनके सामने उपस्थित नहीं हूँ। कभी-कभी वातावरण में अपने को उपेक्षित पाकर जैसे मैं गायब हो जाता था। उपेक्षित उपस्थिति होने से आदमी को अदृश्य होने में समय नहीं लगता। चावल के दाने उठाकर मैं चबाने लगा, तब भी मैं गायब था।

धोखे से पास में पड़े हुए गिलास को लात लगी। एक वैज्ञानिक तथ्य है कि पीतल के गिलास को ठोकर लगने से जो आवाज होगी, वही झनझनाहट

की आवाज हुई थी। पर मैं एक ऐसा जादूगर था जो दूसरे जादूगरों के मुकाबले में हार चुका था। परन्तु दूसरे जादूगर न तो पत्नी थी और न अम्मा। दूसरे जादूगर कौन थे, यह मैं नहीं जान पाया था। यही उनका सबसे बड़ा जादू था। ऐसी स्थिति में मैं मैदान छोड़कर चला जाऊँ, मात्र यही उपाय मेरे पास बचा था। पत्नी या माँ वे लोग नहीं थे जिनके कारण मुझे मैदान छोड़ना पड़ रहा था। परन्तु मैदान छोड़कर जाना क्या घर से बाहर निकलना था? तब मैं बाहर से भी हारा हुआ क्यों लौटता? मेरा चलना-फिरना, उठना-बैठना, सोना—सब मैदान छोड़ना था।

हमेशा-हमेशा के लिए मैदान छोड़ने की मेरी इच्छा कभी नहीं हुई। मैं ज्यादा देर तक न तो घर से बाहर रह सकता था और न घर के अन्दर। फिर भी मेरी मन:स्थिति ऐसी थी जिसमें मैं अनंत काल तक घर लौटना नहीं चाहता था। पर जब भी लौटूँ, पत्नी को उसी तरह भरी बाल्टी लिये हुए, माँ को चावल पछोरते हुए पाना चाहता था।—यानी अनंतकाल के बाद भी हर चीज को बिलकुल अभी जैसी—इस घर को, गिरे हुए गिलास को, पर खपरों में लगे मकड़ी के जालों को नहीं। और उस मक्खी को भी नहीं, जो मेरी पत्नी के पैर में बार-बार आकर बैठ रही थी। चाहता था कि अनंतकाल से लौटने के बाद दोनों खुश मिलें। पत्नी की आँख के नीचे जो काले धब्बे हैं, वे न हों। घर की लिपाई-पुताई हो जाए तो और भी अच्छा है।

मेरी एक सीमा थी कि मेरी गैरहाजिरी में मेरा घर कैसा लगता होगा, यह मैं कभी नहीं देख सकता था। इसलिए जब कोई यह कहता कि आनेवाले बीस वर्षों में यह देश बहुत खुशहाल हो जाएगा तब मैं सोचता था कि खुशहाली बीस वर्षों में क्यों? बीस वर्षों के बाद भी खुशहाली होगी, यह कैसे कोई कह सकता था? खुशहाली अभी हो, इसी वक्त; मेरे देखते-देखते!

सम्पत के बाहर न मिलने की मुझे उम्मीद थी। इसीलिए मैं झोला लेकर नहीं आया था। अब अनंतकाल तक घर न लौटने के लिए क्या किया जा सकता है? मेरे पास यह छोटा शहर बचा था, जिसे मैं आधे घंटे में पैदल पार कर सकता था। जिसमें दोस्ती के लिए सम्पत आसपास नहीं दिख रहा था।

मैं तेजी से एक तरफ चलने लगा। समय काटने के लिए तेजी से चलना बेवकूफी थी। समय कोई दूरी नहीं थी, जिसे धीरे चलकर बचाया जा सकता, या तेज चलकर जल्दी बिताया जा सकता। यह तो कुदाली चलाते भी बीतता

था। बेकार हों तब भी बीतता। फिर भी मैं एक फालतू आदमी नहीं दिखना चाहता था। अस्पताल, लाल बाग, चाँदमारी को पार करते ही मैं शहर के बाहर आ गया। इतना मात्र आधे घंटे में हो गया। अब यहाँ से घर लौटने के लिए मुझे शहर लौटना होगा। बिना शहर लौटे बाहर ही बाहर गौराहा बाबू अपने घर लौट सकते थे क्योंकि उनका घर शहर की सीमा में था। अपने घर से एक कदम बाहर रखते ही वे शहर से बाहर हो जाते। गौराहा बाबू मुझसे तीन-चार साल ही बड़े थे। अलग-थलग उनका मकान होने के कारण मैं उनके घर अभी तक जा नहीं पाया था। आज वे क्या कर रहे होंगे? अगर वे भी बाहर घूमने आए होंगे तो एक साथ वे शहर और घर लौटेंगे।

मैं पुलिया के ऊपर बैठ गया। मैं थका नहीं था। कुछ देर तक पुलिया के ऊपर बैठना अनंतकाल में से कुछ मिनट बिताना ही था। इससे ज्यादा देर बैठना अपने को बिलकुल फालतू जाहिर करना था। सब फालतू है, इसका अहसास चौबीसों घंटे हवा की तरह मेरे पास रहता था, जिसमें साँस लेकर बाकायदा मैं जिन्दा था। मैं तेजी से लौट पड़ा।

इस सड़क से आते-जाते मोती तालाब जरूर दिखेगा। मोती तालाब वहीं रहेगा पर कभी बाएँ हाथ की तरफ होगा, कभी दाहिने हाथ की तरफ। उसका पाट इतना ऊँचा था कि सड़क से उसका पानी नहीं दिखता था। पानी देखने के लिए पाट के ऊपर चढ़ना पड़ता। तालाब के पानी को देखने के बाद तालाब की मछलियाँ दिख जाएँ, यह आवश्यक नहीं। पर तालाब में बहुत-सी मछलियाँ हैं, यह मैं जानता था और ठेकेदार भी। आँखों से जो कुछ देखा जाता है, उसके साथ-साथ दुनिया का काम अनुभव से चलता है। अनुभव से ज्यादा अन्दाज से, जिसमें गलतियाँ ही गलतियाँ होती हैं। अन्दाज से नहीं, होशियारी और चालाकी से भी दुनिया चलती है जिसमें गलतियों की सम्भावना कम होती है। इसमें खुद को नुकसान कम, दूसरों का नुकसान अधिक होता है। हम लोगों की सारी तकलीफ उन लोगों की होशियारी और चालाकी के कारण थीं जो बहुत मजे में थे और जिनसे हमारा परिचय नहीं था। इन सबके बीच जिन्दगी का मकसद ढूँढ़ना मुश्किल काम नहीं था।

बुजुर्ग और बूढ़े आदमियों की कमी नहीं थी। किसी को छाँटकर पूछा जाए, 'बाबा! सीधे-सीधे बतला दीजिए, मेरी जिन्दगी का मतलब क्या है? मुझे क्या हासिल करना है? मैं अभी नवयुवक हूँ। मेरी उम्र 22-23 वर्ष की

है। अभी बता दीजिए। इसके बाद मैं आपसे कुछ नहीं पूछूँगा, मैं सब कर लूँगा। मुझमें बहुत उत्साह है। बार-बार आपको परेशान नहीं करूँगा।' धोखे से वह बूढ़ा व्यक्ति यदि बापजी हुआ तो जवाब का अन्दाज होगा, 'अधिक लालच नहीं करना चाहिए। सन्तोष करना सीखो। जो तुमसे बड़े हैं, अमीर हैं, उनकी नकल मत करो। जो तुमसे गरीब हैं, उनको देखकर सन्तोष करो कि तुम कितने सुखी हो। तुम्हारी सारी कोशिश यह होनी चाहिए कि जो हालत तुम्हारी है, उससे खराब न हो। इससे तुम्हारे जीवन में शान्ति रहेगी। तुम्हें अपने काम को ठीक करना है। दुनिया का काम अपने-आप ठीक चलता है। जैसा चल रहा है, चलने दो। उतनी ही आग और लकड़ी इकट्ठा करो, जितनी खाना बनाने के लिए जरूरत है। दुनिया में आग लगाने की माचिस सात समुद्र के नीचे है। और वह भीगकर सैकड़ों वर्ष पहले खराब हो चुकी है। वहाँ कोई नहीं पहुँच सकता। दुनिया को कोई बदल नहीं सकता। अगर तुम अकेले बदल जाओगे तो बुरी मौत मरोगे। मुझे शान्ति से मरने दो और तुम सब लोग शान्ति से मरो।'

मुझमें समझ की कमी थी। फिर भी मैं समझने लगा था कि तालाब सूखा भी होता है, और उसमें कम-बेशी पानी भी भरा रहता है। पानी होने से उसमें काई, लद्दी, पत्थर, लकड़ी, मछली, मेढक इत्यादि जरूर होंगे। मगर का होना जरूरी नहीं है। व्हेल मछली समुद्र में पाई जाती है। धोबी तीन बजे रात को कपड़ा धोने तालाब चले जाते हैं। भीख माँगनेवाले और रईस कोई काम नहीं करते। दो साल पहले पानी ठीक से न गिरने से तब कई तालाब सूख गए थे। 'छोटे-छोटे तालाब चारों ओर बिखरे पड़े हैं' कहने से तालाब का पानी नहीं बिखरता। सबसे बड़ा तालाब रानी तालाब है—जिन्दगी के बारे में मेरी यही समझ थी, इससे ज्यादा कुछ नहीं।

किसी दिन पच्चीसों बार ऐसा होता था कि बस, दुःख ही दुःख है। उसी दिन या दूसरे दिन कुछ ऐसी बातें भी होती थीं, जिससे दुःख नहीं होता था। कभी-कभी बहुत खुशी की बात होती थी। दुःख को घटाकर महसूस करने की ताकत मुझमें नहीं थी। मैं ऐसे नाप का गिलास बन गया था कि थोड़ी तकलीफ में भी दुःख से भर जाता था और ज्यादा तकलीफ में भी यही होता। ऐसी अक्लमन्दी नहीं थी कि एक लकीर को बिना मिटाए छोटी करने के लिए तरीका एक बड़ी लकीर खींचने का है। ऐसी अक्लमन्दी किस काम की कि

हर आनेवाला दुःख पहले से बड़ा होता चला जाए और बीते दुःख का सन्तोष हो कि बड़ा नहीं था।

शहर में फ्रांसिस नाम का एक लड़का था। कुछ साल पहले ही उसने हॉकी खेलना शुरू किया था। मेहनत से अभ्यास करते हुए पहले वह नगर स्तर का अच्छा खिलाड़ी हुआ। फिर विदेश भी हॉकी खेलने गया। शहर में सबसे पहला ट्रांजिस्टर-रेडियो वही लाया था। उसके पिता को पहले कोई नहीं जानता था। वह पुलिस बैंड में था। जैसे ही वह नगर स्तर का खिलाड़ी हुआ, उसके पिता को सब जानने लगे।...बहुत से लोग दुःख सहने का अभ्यास बचपन से करते हैं। इसके अभ्यास के लिए मैदान की जरूरत नहीं होती। घर के किसी कोने में पड़े-पड़े या दिन-भर खटते, पेट भरने की कोशिश में अभ्यास होता रहता है। मैं दुःख सहने का नगर स्तर या जिला स्तर का खिलाड़ी नहीं होना चाहता था। इससे कभी किसी का बाप नहीं जाना जाता। घर पर सारे अभ्यास और धैर्य टूट जाते थे क्योंकि मैं पत्नी को, माँ को, भाइयों को, दोस्तों को—सबको प्यार करता था। मैं दुःख को खत्म करने के प्रयास के लिए स्टेमिना चाहता था। एक अच्छा फार्म पाना चाहता था। जिन्दा रहना और दुःख सहना, दोनों की शक्ल इतनी मिलती-जुलती थी, जैसे जुड़वा हों!

जमाने के खास-खास दरवाजे तिजोरी की तरह मजबूत और काँच की तरह पारदर्शी थे। इन्हीं शीशों से उस पार देखकर मुझमें समझ आई थी, सामान्य ज्ञान बढ़ा था। मैं कभी घोड़े पर नहीं बैठा था लेकिन विचारों से पुराना घुड़सवार था। कभी हवाई जहाज में नहीं बैठा था लेकिन हवाई जहाज में बैठना किताबों और सिनेमा में इतना सामान्य हो गया था कि हवाई जहाज में बैठना मुझे मालूम था। दिल्ली-बम्बई या भोपाल-दिल्ली या नागपुर-दिल्ली का हवाई किराया मुझे मालूम था। बम्बई के ओबेराय कॉन्टीनेंटल की सुख-सुविधाएँ मुझे मालूम थीं। अखबार और विज्ञापन से मैं बहुत-सी चीजों को सीख रहा था। यहाँ तक कि एयर होस्टेस की तसवीरों से मुझे मालूम था कि वे कैसी हैं। बिना खर्चे के आधुनिक होने के लिए यह जरूरी है। यही मैं पत्नी से चाहता था यानी सुख और सुविधाओं की जानकारी होनी चाहिए। मेकअप किस तरह से करते हैं, यह वह विज्ञापन से सीख सकती थी जबकि उसे, और मुझे भी उसके चेहरे पर पाउडर लगाना पसन्द नहीं था, कि यह फालतू खर्च है। मैं साधारण सस्ती कमीज-पतलून पहनता था पर अच्छे फैशन की मुझमें समझ थी। महिलाओं और गृहस्थी से सम्बन्धित मासिक

पत्रिका मैं पत्नी के लिए कभी-कभी ले आया करता था। इसके बाद भी एक स्वेटर का बनाना बहुत महँगा काम था। अखबार पत्नी के लिए आवश्यक नहीं समझता था। होटल में आधी कप चाय पीकर मैं अखबार पढ़ लिया करता था। जिस दिन घर में रसेवाली सब्जी या कढ़ी बनती थी, उस दिन दाल नहीं बनती थी। महीने में आठ-दस दिन इसी तरह दाल नहीं बनती थी।

संघर्ष का दायरा बहुत छोटा था। प्रहार दूर-दूर से और धीरे-धीरे होते थे इसलिए चोट बहुत जोर की नहीं लगती थी। शोषण इतने मामूली तरीके से असर डालता था कि विद्रोह करने की किसी की इच्छा नहीं होती थी; या विद्रोह भी बहुत मामूली किस्म का होता। यदि सब्जी बहुत महँगी मिलती थी तो इसका कारण उन सब्जी बेचनेवालों को समझता जो टोकरी में सब्जी बेचने मुहल्ले-मुहल्ले घूमते थे। उनसे सब्जी तौलाते समय डपटकर बोलता—तौल ठीक होना चाहिए। सड़ा आलू मत डाल देना। तुम लोग ठगते हो, डंडी मारते हो, लूटते हो। यही मेरा विद्रोह था।

जिन्दगी के हर क्षण से पच्चीसों लाल चींटियाँ चिपकी रहती थीं, शायद पसीना इसका कारण हो। लेकिन उनको सहने की आदत पड़ गई थी। जिस क्षण से चींटी अलग होती, वह क्षण भी चींटी के साथ-साथ मरकर नीचे गिर जाता था। यदि एकबारगी कोई गर्दन काटने के लिए आए तो जान बचाने के लिए जी-जान से लड़ाई होती। इसलिए एकदम से गर्दन काटने कोई नहीं आता। पीढ़ियों से गर्दन धीरे-धीरे कटती है। इसलिए खास तकलीफ नहीं होती और गरीबी पैदाइशी रहती है। गर्दन को हिलगाए हुए सब लोग अपना काम जारी रखते हैं—यानी गर्दन कटवाने का काम।

मेरा वेतन एक कठघरा था, जिसे तोड़ना मेरे बस में नहीं था। यह कठघरा मुझमें कमीज की तरह फिट था। और मैं अपनी पूरी ताकत से कमजोर होने की हद तक अपना वेतन पा रहा था। इस कठघरे में सुराख कर मैं सिनेमा देखता था, या स्वप्न। हफ्ते-भर बाद ही मेरी फिल्म देखने की इच्छा हो जाती थी। फिल्में और लोगों की तरह मुझमें भी जीने का विश्वास बढ़ाती थीं। यह जीना यथास्थिति में जीने का था। रिक्शेवाले से एक करोड़पति की लड़की की शादी हो सकती थी तो रिक्शावाला इसी सन्तोष से रिक्शा चलाता रहेगा। अमीर लड़की से गरीब लड़के के प्रेम को देखकर गरीबों को वैसा ही सुख मिलता था जो अपनी चारपाई या जमीन पर सोने से ज्यादा, बढ़िया गद्देदार

पलंग के नीचे झाड़ू लगाने में नौकर को मिलता होगा। खाना बनानेवाला नौकर ज्यादा खाना बनाएगा ताकि खाना बचे। परन्तु विज्ञान से गरीबों को खास लाभ नहीं मिला था। मालकिन बचा हुआ खाना रेफ्रीजरेटर में रख देगी। नौकर को कभी-न-कभी कुछ जरूर मिलेगा क्योंकि रेफ्रीजरेटर में रखे-रखे बहुत दिनों का सामान भी खराब हो जाता है। ज्यादातर आदमी का स्वाद मिठाई के ढेर से थोड़ी मिठाई चुराकर चख लेने का स्वाद था। आदमी के विचार तेजी से बदल रहे थे। लेकिन उतनी ही तेजी से रद्दीपन इकट्ठा हो रहा था। रद्दीपन देर तक ताजा रहेगा। अच्छाई तुरन्त सड़ जाती थी। अधिक से अधिक घंटे-दो घंटे या एक-दो दिन तक ही रहती थी।

घर के सामने आकर भी मेरी अन्दर जाने की इच्छा नहीं हो रही थी। चहलकदमी करता हुआ मैं पान की दुकान के सामने खड़ा हो गया।

"ठाकुर, एक कपूरी पान दो।" मैंने कहा।

"कुछ परेशान लगते हो?" पान लगाते हुए ठाकुर ने कहा।

"परेशान नहीं हूँ। छुट्टी का दिन है। घर जा रहा हूँ।"

होटल की तरफ से घूमकर मैं घर को पार करते हुए आगे निकल आया। अपनी दुकान से घूरते हुए गुप्ता ने मुझे देखा। चूँकि मैं गुप्ता जी की दुकान से उधारी सामान लाता था, इसलिए उनका देखना मुझे घूरने-जैसा लगता था।

"कहाँ जा रहे हैं?" उन्होंने पूछा।

"घर जा रहा हूँ।" मैंने कहा।

"घर तो पीछे छूट गया है।" उन्होंने कहा।

"अच्छा!" कहता हुआ मैं बजाय घर जाने के नाऊ की दुकान में बैठकर अखबार पढ़ने लगा।

नाऊ की दुकान के बड़े-बड़े आईनों में मुझे भ्रम होता था, सड़क के आते हुए आदमी मुझे जाते हुए लगते थे। यदि मैं घर की तरफ जाऊँ तो आईने में मैं घर से लौटता हुआ लगूँगा।

शीशे में अपने को देखकर हमेशा मुझे लगता कि मैं उतना ठीक नहीं दिख रहा हूँ जितना ठीक हूँ। इसी तरह की आशा से जिन्दगी कुछ ठीक लगती थी। जिन्दगी जितनी खराब लगती है, उतनी खराब नहीं है। बचपन में इस नाऊ ने बाल काटने के बाद बहुत अच्छे से सँवार दिये थे। बाल

कटवाने के बाद तुरन्त नहाना पड़ता था। मैं नहाने से बच रहा था क्योंकि नहाने से सँवारे हुए बाल खराब हो जाते। अम्मा ने बड़े भाई से जबरदस्ती नहलाने के लिए कहा था। बड़े भाई ने मुझे समझाया था कि नहाने के बाद वे बालों को पहले जैसे सँवार देंगे। बड़े भाई ने वैसे ही बाल सँवार दिये। यही स्टाइल हमेशा रही। और मेरे चेहरे के नाक-नक्शे में बाल सँवारने का एक ढंग स्थायी रूप से शामिल हो गया। मैं चाहता तो इसे बदल सकता था। सिर के बाल पिता, चचेरे बड़े भाई, अजिया, बाबा और चाचाओं की मौत के बाद कई बार घुटे थे। लेकिन जब भी बाल बढ़े तो उनका वही ढंग था। पहनने का ढंग या पहनावा आदमी के नक्शे में शामिल हो जाता है जो मरते दम तक नहीं छूटता। पतलून-पाजामा पहननेवाला, पतलून-पाजामा पहने-पहने मरेगा। सूट पहनकर उसके मरने की उम्मीद नहीं की जा सकती। घुटने के ऊपर से मोटी धोती लपेटे रहनेवाला बढ़ई उसी को पहने-पहने मरेगा। अधनंगा अधनंगा ही मरेगा।

"दाढ़ी बनवाओगे?" नाऊ ने पूछा।

नाऊ सफेद धुली कमीज और सफेद पतलून पहने था। पचास-पचपन की उम्र होगी। पर सभी बाल काले थे। हल्की झुर्रियोंवाला चिकना चेहरा। पूरे शहर में अकेला एक गुजराती नाऊ था। दूसरे स्थानीय नाउओं की तरह इसे नीची निगाह से नहीं देखा जाता था। पर गुजरातियों के बीच उसकी वही स्थिति थी, जो सब नाउओं की थी।

"दाढ़ी मैं खुद बनाऊँगा। घर जाने के लिए बैठा हूँ।" मैंने कहा।

यह मेरा ठीक जवाब नहीं था। घर जाने के लिए बैठे रहने का क्या मतलब? मुझे अपने घर जाने के लिए बैठे रहने की जरूरत नहीं थी। मैं बस के इन्तजार में नहीं बैठा था। घर बस की तरह यहाँ आता और उसमें मैं घुस जाता! घर का दरवाजा मेरे लिए बन्द नहीं था।

"सम्पत।" मैं चिल्लाया। और करीब-करीब दौड़ते हुए मैं उसके पास पहुँचा, "मैं तुम्हारे इन्तजार में बैठा हूँ। तुम्हारी मुझे सख्त जरूरत है। दोस्ती वाकई एक शानदार चीज होती है। तुम्हारी सहायता की जरूरत है। अब मुझे फिक्र नहीं है।"

"क्या है! परेशान क्यों हो? मैं तुम्हारा इन्तजार करता रहा। घर में ऐसे घुसते हो कि निकलने का नाम नहीं लेते। तुम घर-घुसने हो। आखिर मैं अकेले बाजार

गया। तुम्हारी बात का विश्वास नहीं है। अगर पहले रुका न होता, कब का सब्जी लेकर घर पहुँच जाता।"

"यार, मेरी बात सच है। तुम मुझे बचा सकते हो। मैं घर से बाहर कम-से-कम एक घंटा बिताना चाहता हूँ। पिक्चर का टाइम होता तो पिक्चर देखने चला जाता।"

"घर बन्द है क्या?" सम्पत ने पूछा।

"नहीं भाई। सब हैं।"

सम्पत को कुछ समझ में नहीं आ रहा था। वह आश्चर्यचकित था।

"इसमें अनहोनी या आश्चर्य की कौन-सी बात है? चाहूँ तो अभी घर जा सकता हूँ। मुझे कोई रोक नहीं सकता। पर अभी मैं जाना नहीं चाहता। मुझे समय बिताना है। जब देर हो जाएगी तब शान से घर जाऊँगा।"

"अभी जाओगे तो क्या होगा?" उत्सुकता से उसने पूछा।

"होगा कुछ नहीं। अम्मा चावल पछोरते हुए दिखेंगी और पत्नी बाल्टी लिये हुए। जब मैं जल्दी-जल्दी घर लौटता हूँ तो घर के लोगों को घर आने का कारण बताने की इच्छा होती है। कारण मुझे समझ में नहीं आता। छुट्टी के दिन बहुत ऊबता हूँ। तुमको कभी ऐसा हुआ था?"

"शुरू में छुट्टी के दिन की आदत मुझे नहीं पड़ी थी। छुट्टी का दिन मुझे बेकारी का दिन याद दिला देता था। छुट्टी का दिन नौकरी से अलग कर दिया गया दिन लगता था। जैसे इतवार का दिन। तब प्रत्येक सोमवार को लगता था कि पता नहीं, नौकरी लगती है या नहीं। अस्थायी नौकरी होने के कारण ऐसा लगता होगा। अब आदत पड़ गई है। मुझे पेंशन पाते तक नौकरी करनी है।"

"तुम्हारी लम्बी उम्र होगी, इसीलिए पेंशन की बात कर रहे हो।"

"क्या तुम मर रहे हो?"

"दोस्त, तुम मुझे बचा लोगे।" मैंने कहा।

"मैं चलता हूँ। बहुत-से घरेलू काम आज के दिन इकट्ठे हो जाते हैं।"

"बाप के साथ मिलकर अम्मा की पिटाई करनी है?"

"अम्मा की पिटाई दफ्तर के दिन भी होती है।"

"छुट्टी के दिन पिटाई बन्द क्यों नहीं रखते?"

"रोज-रोज पिटाई थोड़ी होती है। घर में तुमसे किसी ने कहा था कि अभी लौटकर मत आना? देर से आना?" सम्पत ने पूछा।

"नहीं कहा।"

"तब क्या परेशानी है? तुम अपने घर जाओ। मैं अपने घर जाऊँगा। जाकर सोऊँगा। दिन को बहुत दिनों से सोया नहीं।"

"मेरे साथ एक घंटा नहीं गुजार सकते?"

"तुम कुछ छुपा रहे हो। तुम्हारा किसी से झगड़ा हुआ है। चलो, मैं तुमको घर पहुँचा देता हूँ।"

बाँह पकड़कर लगभग खींचते हुए वह मुझे घर की तरफ ले चलने लगा। गली के सामने लाकर उसने मुझे छोड़ दिया।

जब वह खींच ले जा रहा था तो गुप्ता मुझे देख रहा था।

"अब तुम चले जाओगे या अन्दर तक छोड़ दूँ?" कंधा पकड़कर मुझे ठेलते हुए उसने कहा, "जाओ न, खड़े क्यों हो?"

पत्नी मुझे गली में दिखी। उसने देखा होगा कि सम्पत मुझे जबर्दस्ती घर भेज रहा है। अगर उसने देखा है तो मुझे सन्तोष था, क्योंकि उन लोगों को मालूम हो जाएगा कि मैं घर नहीं आ रहा था। मेरी घर आने की इच्छा नहीं थी। पत्नी अन्दर चली गई थी। अम्मा को उसने मेरे आने की खबर की होगी।

"छोड़ो।" कंधा छुड़ाते हुए मैंने कहा।

"तुम तो झगड़ा करने पर उतारू हो। मैं जा रहा हूँ। सब्जी पहुँचानी है। कक्का इन्तजार कर रहे होंगे।"

सम्पत के जाने के बाद सड़क की तरफ घूमकर आते-जाते लोगों को देखते हुए मैं ऐसी बात सोचने लगा जिसके होने की कोई सम्भावना नहीं थी। जैसे हो सकता है, पत्नी कहे, 'थोड़ी देर के लिए और बाहर रह लो। हम लोगों की खातिर तुम थोड़ी देर के लिए बाहर नहीं रह सकते? खाना बनाने में अभी बहुत टाइम है। यह चाय का समय भी नहीं है। घर में कितने काम बचे हैं। कपड़ा धोना है, बर्तन माँजना है, पानी भरना है, झाड़ू लगानी है। शादी हुए ज्यादा समय नहीं हुआ है, पर लगता है, पिछले जन्म से तुम्हारे साथ हूँ। सारी जिन्दगी तुम्हारे साथ रहने के लिए तैयार हूँ। गुस्से से नहीं, प्रेम से रहने के लिए तैयार हूँ। मेरा सौभाग्य है कि मुझे तुम मिले। दूसरा मालूम नहीं कैसा होता।' यह कहने के बाद दरवाजे के सामने अड़ी रहेगी और गिड़गिड़ाएगी।

हो सकता है, माँ कहे, 'तू इतनी जल्दी आ गया? अब तू कहेगा, रोज-रोज सुबह-शाम खाना क्यों बनता है! अब तू दो-चार दिन बाद में आना, हम

लोग जैसे-तैसे गुजारा कर लेंगे। मेरी उम्र तो कट गई, बस, दुलहिन की मुझे चिन्ता है।'

घर में घुसने के बाद मैं हर परिस्थिति से समझौता करने के लिए तैयार था। मैं किसी से कुछ भी नहीं कहना चाहता था। आँगन में कोई नहीं था। इतने दबे पैर घर में घुसा था कि थोड़ी भी आहट नहीं हुई। अम्मा को और पत्नी को, जो चौके में थीं, मेरे अन्दर घुसते ही मालूम हो गया कि मैं आ गया हूँ।

"सन्तू, हाथ-मुँह धोकर खाना खा ले।" अम्मा ने चौके से आवाज लगाई।

हाथ-मुँह धोया। एक-दो बार खखार-खखार के कुल्ला करने के बाद पहले से तैयार पाटे में बैठ गया। सब्जी नहीं थी। कई दिन से सब्जी नहीं बन रही थी। मठा था। भरपेट खाना खाया। चारपाई में लेटा तो नींद आ गई।

करीब दो घंटे सोया होऊँगा। क्योंकि नींद खुलते ही मेरी नजर चौके में गई। अम्मा चाय बना रही थीं। अगर सोता रहता तो चाय बन जाने के बाद मुझे उठा देतीं। पत्नी चारपाई के पास जमीन पर बैठी लौकी काट रही थी।

"लौकी कहाँ से लाई?" मैंने पूछा।

"सब्जी बेचनेवाली आई थी। अम्मा ने खरीदी है। मैंने मना किया, यहाँ मत खरीदो, तुम नाराज होगे। पर कई दिनों से सब्जी नहीं बनी थी। अम्मा का बहुत मन है कि तुम्हारे लिए सब्जी बननी चाहिए।"

"सफाई मत दो। मैं कब कह रहा हूँ कि तुमने खरीदी है? शाम को बाजार जानेवाला था। जितनी लौकी बोलतीं, सब ले आता।"

"पता नहीं, जाते कि नहीं जाते! अम्मा को अच्छा नहीं लगता कि तुम बिना तरकारी के खाना खाओ।"

"तुमको मेरा बिना तरकारी के खाना अच्छा लगता है? अब मुझसे सब्जी लाने के लिए कभी मत कहना।"

"नहीं कहूँगी।"

"कैसे नहीं कहोगी? हजार बार कहोगी। उसके बिना तुम जिन्दा नहीं रह सकतीं।"

"मैं सब्जी-तरकारी के बिना जिन्दा रह सकती हूँ। लाने के लिए नहीं कहूँगी, तब भी जिन्दा रहूँगी।"

"तुम्हारी जगह कोई और होती तो जवाब नहीं देती।"

"मेरी किसी के साथ तुलना मत करो।"

"बहू! चाय ले जाओ।" अम्मा ने चौके से कहा।

वह उठकर जाने लगी।

"रहने दो।" मैंने कहा, "अम्मा, मैं वहीं आ रहा हूँ।" उठकर मैं चौके में चला गया।

चाय पीते हुए मैंने अम्मा से पूछा, "लौकी क्या भाव ली?"

"दुलहिन से पूछ लेना। मुझे याद नहीं है। उधर दुलहिन से लड़ रहा था, अब मुझसे लड़ेगा!"

"अम्मा! कौन लड़ रहा हैं? तुम लोग कुछ समझती नहीं।"

चाय पीकर पतलून-कमीज बदलने लगा। कमीज का बटन लगाते हुए मैं चप्पल ढूँढ़ रहा था।

"बाहर जा रहे हो?" पत्नी ने पूछा।

"कुछ मँगवाना है?" चिढ़ते हुए मैंने कहा।

"कब तक आओगे?"

"यदि अभी पाँच मिनट में लौटकर आऊँगा तो मुझे तुम घर के अन्दर घुसने नहीं दोगी। क्या काम है?"

"ऐसे ही पूछ रही थी। काम कुछ नहीं है।"

"सब्जी नहीं मँगवानी है? नारियल का तेल नहीं लाना है?"

"लाना है। पर जरूरी नहीं है।"

"पहले जरूरी था। अब जरूरी नहीं है?"

"कभी-न-कभी तो चीजें आ ही जाती हैं और कभी-न-कभी तुम नारियल का तेल भी लेकर आओगे।"

"अभी मुझे सब सामान लाना है। झोला और शीशी दो। मैं अधिक देर तक खड़ा नहीं रह सकता।"

पत्नी झोला लेकर जल्दी आ गई पर शीशी उसे नहीं मिल रही थी। शीशी की खोज वह हड़बड़ी में कर रही थी।

"शीशी नहीं मिल रही है।" पत्नी ने मुझसे कहा।

"मैं थोड़ी देर और रुकूँगा, बस।" मैंने कहा।

"अम्मा! शीशी नहीं मिल रही है।" उसने अम्मा से कहा।

मैं इत्मीनान से चारपाई पर बैठ गया। पत्नी के साथ माँ भी नारियल के तेल की शीशी ढूँढ़ने लगीं।

"बहू! तुम्हारा भी दिमाग बायबड़ंग है। इतनी बड़ी शीशी न मालूम कहाँ रख दी!"

"कई दिनों से तेल नहीं लगा रहे हैं, इसलिए उसे भूल जाती हूँ।"

मैं यदि गैरहाजिर होता तो शीशी उन्हें आसानी से मिल जाती।

"एक मिनट में दूसरी शीशी धोकर देती हूँ।" उसने कहा।

कबाड़ से एक शीशी निकाल, धो-पोंछकर वह लाई।

एक जिम्मेदार आदमी के समान झोला, शीशी लेकर मैं बाहर निकला। बहुत खुश था। पता नहीं, सम्पत सोया या नहीं!

सब्जी लेकर लौटते-लौटते अँधेरा हो गया। लौटते समय किसी ने नहीं पूछा कि कहाँ जा रहा हूँ। कोई क्यों पूछता?

रात को जब वह बाजू में सटी चारपाई पर थकी-माँदी लेटी तो मुझे उस पर बहुत प्यार आया। उसकी तरफ घूमकर मैंने अपना दाहिना पैर उसके पैरों के ऊपर रख दिया। उसकी साड़ी और पेटीकोट का नीचे का हिस्सा बहुत गीला था। मैंने अपना पैर तुरन्त हटा लिया।

"तुम्हारी साड़ी नीचे बिलकुल गीली है।" मैंने कहा।

"अभी बदल लेती हूँ।" कहती हुई वह उठी और साड़ी बदलने लगी।

"पेटीकोट भी बदल लेना। पेटीकोट भी गीला है।"

"बदल लेती हूँ।" उसने कहा।

आड़ में जाकर उसे मैंने सिर के ऊपर से दूसरा पेटीकोट डालते देखा। कपड़े बदलकर जब वह आई तब अपनी चारपाई में उसके लिए जगह बनाते हुए मैंने कहा, "पेटीकोट तुम इसी तरह पहनती हो, जैसे मैं कमीज पहनता हूँ। पैर डालकर क्यों नहीं पहनतीं, जैसे मैं पतलून पहनता हूँ?"

"सभी इसी तरह पहनते हैं। अगर तुम्हारी तरह पहनूँ तो मुझे तौलिया लपेटना पड़ेगा।"

"चड्डी पहननी चाहिए। जैसे फ्राक के नीचे पहनते हैं।"

"पेटीकोट के नीचे चड्डी पहनने की मेरी आदत नहीं है। बहुत से नहीं पहनते। फ्राक छोड़ने के बाद मैं स्कर्ट-ब्लाउज कहाँ पहनी? सीधे साड़ी पहनने लगी थी। आठवीं-नौवीं क्लास से साड़ी पहन रही हूँ।"

हाफ पैंट मैंने मैट्रिक तक पहना। महाविद्यालय में आने के बाद पतलून पहनना शुरू किया था। पहली पतलून खाकी रंग की थी। बड़े भाई की छोटी हो गई थी।

"आज सब्जीवाली से सब्जी खरीदना मुझे बहुत अच्छा लगा। किसी दिन मैं तुम्हें अपने साथ बाजार ले जाऊँगा। कितने दिनों से तुम घर से बाहर नहीं निकलीं?"

"आठ-दस रोज पहले शकुन के घर गई थी। अम्मा घर में रह गई थीं। वहाँ से दस मिनट में वापस आ गई। अम्मा को घर में अकेला छोड़ना मुझे अच्छा नहीं लग रहा था।"

"दिन-भर घर में रहने से तुम्हारा जी नहीं ऊबता?"

"बाहर कोई काम नहीं है। घर में काम करते-करते दिन बीत जाता है।"

"अगर तुम यह भूल जाओ कि आज कौन-सा दिन है और कौन-सी तारीख है तो तुमको कैसा लगेग?"

"कुछ नहीं लगेगा। दिनों को मैं कल, परसों, कुछ दिन और बहुत दिन कहकर याद रखती हूँ। जैसे भैया की चिट्ठी कल आएगी तो कहूँगी, कल आई थी। बहुत दिनों से नहीं आएगी तो कहूँगी, बहुत दिनों से भैया की चिट्ठी नहीं आई।"

हम दोनों चित लेटे हुए खपरों को देख रहे थे। बल्लियों और आड़ी लकड़ियों में जमे हुए खपरे थे।

"मैं सो जाऊँ?" उसने पूछा। वह बहुत थकी थी।

"सो जाओ।" मैंने कहा, "अपनी चारपाई पर चली जाओ।"

वह अपनी चारपाई पर चली गई। मेरी तरफ करवट लेकर थोड़ी देर तक मुझे देखती रही, फिर उसने आँखें मूँद लीं। मिनट-भर में वह सो गई। धीरे-धीरे उसके ओठ बारीक दरार-भर खुलते-खुलते थोड़ा खुल गए। रात-भर जलनेवाली फीकी बत्ती की तरफ उसका चेहरा था। वह मेरी तरफ ही करवट लेकर सोती थी। यह उसकी आदत थी।

घर से सिनेमा बहुत पास था। अन्तिम शो के शुरू होने का धार्मिक गाना बजने लगा। गाने के खत्म होते ही न्यूजरील शुरू होने की धुन सुनाई दी। किसी

बनते हुए बाँध का जिक्र हो रहा था कि समय से पहले बाँध बनकर तैयार हो जाएगा। शायद पाँच-छह लाख एकड़ जमीन में सिंचाई हो सकेगी। तब करीब तीस करोड़ रुपये का लाभ होगा। हजारों मजदूर रात-दिन बाँध को पूरा करने में लगे हैं। बीच-बीच में ट्रक और दूसरी मशीनों के चलने की आवाज सुनाई देती थी। हवाई जहाज के उड़ने की हल्की गड़गड़ाहट थी। फिर हजारों आदमियों का शोर। ऐसा शोर जो किसी सम्मानित व्यक्ति के किसी देश में उतरने से होता है। विदेशी बैंड की धुन। किस देश का राष्ट्रगीत हो सकता है?...तभी खपरों में चूहों के भागने की आवाज सुनाई दी और मैंने तुरन्त अपनी आँखें बन्द कर लीं। क्षण-भर बाद मैंने अपने चेहरे पर चूहों की हलचल के कारण ऊपर से गिरे कचरे को महसूस किया। मैं आँख मूँदे-मूँदे उठकर बैठ गया, फिर आँख खोली। आँख में कचरा जा नहीं पाया था। रात की खामोशी में न मालूम कितनी आवाजें थीं जिनसे मुझे कोई मतलब नहीं था। पत्नी के हाथ पर दो मच्छर पास-पास बैठे थे। 'चट्' से एक साथ दोनों मच्छरों को मैंने मार डाला। वह जाग पड़ी।

"तुमको नींद नहीं आ रही है?" उसने पूछा।

"दोपहर को सोया था, इसलिए नहीं आ रही है। अभी अधिक समय नहीं हुआ है। दस-साढ़े दस बजे होंगे।"

"तुम्हारी खटिया में आकर सो जाऊँ?" अपनी चारपाई पर लेटे-लेटे उसने पूछा।

"नहीं। तुम वहीं सोओ। मैं बाहर से एक चक्कर लगाकर आता हूँ।"

उठकर मैं कपड़े बदलने लगा। तब तक वह गहरी नींद में सो चुकी थी। मैंने सोचा दरवाज़ा बन्द करने के लिए वह जागती रहेगी।

चप्पल पहनकर कमरे से बाहर आया। माँ ने आवाज लगाई, "सन्तू है क्या? पेशाब करने जा रहा है?"

"अम्मा, मैं बाहर जा रहा हूँ। अभी दस बजे होंगे। थोड़ी देर में वापस आ जाऊँगा।"

अम्मा कंदील लेकर दरवाजा बन्द करने आ गईं।

"अम्मा! बत्ती क्यों नहीं जला लेतीं?" स्विच के नीचे ही अम्मा की खटिया थी।

"कंदील अच्छी लगती है। देर मत करना। जल्दी आ जाना।"

अम्मा के बाल बिखरे थे। बिखरे सफेद बाल देखकर उनकी और परवाह करने की इच्छा होती थी। रात में तो बहुत बूढ़ी और कमजोर लगती थीं, खास कर तब, जब रात में इनकी नींद खुल जाती। रात में अम्मा की नींद कई बार खुलती थी। लगातार दो घंटे भी नहीं सो पाती थीं।

इस सड़क में आखिरी शो के खत्म होने तक चहल-पहल रहती थी। ठेले-खोमचे लेकर मूँगफली, चाटवाले, चायवाले बिजली के खम्भे के नीचे या कारबाइड की बत्ती जलाये शो के खत्म होने तक आखिरी बिक्री के इन्तजार में रहते थे।

सिनेमा की तरफ न जाकर बाजार के अन्दर जानेवाली गली में मुड़ गया। थोड़ी दूर आगे, बिजली के खम्भे के पास खाली खोमचा-परात लिये महावीर जाता हुआ दिखाई दिया। उसकी मूँगफली शायद जल्दी खत्म हो गई थीं। वह दिन-भर म्युनिसिपल स्कूल में खोमचा लगाता था और कभी शाम को सिनेमा के सामने। महावीर दूर से पहचान में आ गया था। उसके गले में दो साल के बच्चे के सिर के बराबर रसौली थी। अनजाने लोगों को धोखा हो जाता कि उसकी पीठ पर बच्चा लदा है, जबकि महावीर बिलकुल अकेला था। उसका कोई नहीं था।

मैं महावीर के बराबर पहुँचना चाहता था। परन्तु बिना दौड़े उसे पकड़ नहीं सकता था। बूढ़ा होकर भी वह बहुत तेज चल रहा था। गली में एक जगह सड़क के आर-पार गड्ढा था, जिसे उसने आसानी से पार कर लिया। पूरी गली में केवल एक बिजली का खम्भा था। उसमें धीमा बल्ब जल रहा था। गली के खत्म होते ही एक कम चौड़ी सड़क थी। उस सड़क के दोनों ओर दूर तक महावीर मुझे नहीं दिखा। बाईं तरफ एक देशी शराब की दुकान थी। शराब की दुकान के ऊपर जो अकेला बल्ब था, वह बहुत तेज था। मुझे लगा, महावीर शराब की दुकान तो नहीं चला गया? शराब की दुकान के पास एक बड़ी सिगड़ी जल रही थी, जिसमें एक आदमी भजिये तल रहा था। शराब की दुकान से दो लोग डोलते हुए निकले। उनके हाथों में डंडा था। डंडे के सहारे वे चल पा रहे थे। शराब के नशे में कम, लाखड़ी की दाल खाने के कारण हाथ-पैर टेढ़े हो जाने से अधिक, डोलते हुए चल रहे थे। दुकान की खपरैली छत पर बोतलों और काँच के गिलास के बहुत से टुकड़े पड़े थे, जो कभी-कभी चमकने लगते। इसके आगे सतनामियों का मुहल्ला था। शराब की दुकान इन लोगों से ही चलती थी।

बाईं तरफ थोड़ा आगे बढ़ने पर, मुझे महावीर दिखा। सड़क पर झुके हुए कुछ ढूँढ़ रहा था इसलिए पहले वह मुझे नहीं दिखा होगा। उजाला नहीं था। जो कुछ उजाला था, वह शराब की दुकान के बल्ब का था। जमीन पर उसका खोमचा-परात रखा था। उसके पास जाकर मैंने पूछा, "क्या खो गया है? रुपये गिर गए?"

महावीर मुझे पहचान गया, "रुपये नहीं गिरे। दो सौ ग्राम और पचास ग्राम का बाट गिर गया है।"

उससे कुछ हटकर मैं भी बैठे-बैठे जमीन पर निगाह गड़ाए हाथों से टटोलते हुए बाटों को ढूँढ़ने लगा। आखिर मुझे दो सौ ग्राम का बड़ा बाट मिल गया। तुरन्त मैंने खुश होकर कहा, "दो सौ ग्राम का बाट मिल गया है।"

"पचास ग्राम का बाट उसी के आसपास होगा।" महावीर ने कहा।

"इतने कम उजाले में छोटा बाट नहीं मिलेगा।" थोड़ी देर ढूँढ़ने के बाद मैंने कहा, "माचिस होगी?"

"नहीं है।" उसने कहा।

"कल सुबह आकर ढूँढ़ लेना।"

"अभी नहीं मिला तो कल सुबह भी नहीं मिलेगा।"

"कुछ तो मिल गया।" मैंने कहा।

"दो सौ ग्राम का बाट न भी मिलता तो काम चल जाता।"

"तुम्हारा मतलब अधिक वजन के बाट से कम तौल पाना मुश्किल है। कम वजन के बाट से बार-बार तौलकर ज्यादा वजन तौला जा सकता है।"

"यह बात नहीं है। दो सौ ग्राम मूँगफली खरीदने एक-दो लोग आते हैं। कभी नहीं भी आते हैं। पचास ग्राम खरीदनेवाले ज्यादा होते हैं। सबसे काम का बाट पचास ग्राम का बाट है।"

बहस करने की महावीर को आदत थी। बल्कि अपनी बात कहने की आदत थी, जो बहस की तरह होती थी।

"तुम्हारे पास पच्चीस ग्राम का बाट तो होगा?"

"पच्चीस ग्राम का बाट नहीं है।"

"क्यों? पच्चीस ग्राम तो और भी छोटा बाट है। यह होना चाहिए।"

"था, वह भी खो गया। स्कूल के लड़कों को मैंने कह दिया है कि कम-से-कम पचास ग्राम तौलूँगा। जब उनकी छुट्टी होती है तो इतनी भीड़ हो

जाती है कि अलग-अलग पच्चीस ग्राम तौल नहीं पाता। पचास ग्राम तौलकर किसी एक लड़के को दे देता हूँ, दूसरा उससे आधा बाँट लेता है। दो लड़के एकसाथ निपट जाते हैं। कभी किसी एक से पचास ग्राम के पैसे ले लेता हूँ या दोनों से आधे-आधे पैसे ले लेता हूँ। लड़के आपस में हिसाब कर लेते हैं। मुझे कोई दिक्कत नहीं होती।"

"मैं चलता हूँ।" मैंने कहा।

"कहाँ जा रहे हैं?"

"काम से निकला हूँ।" मैंने कहा।

वह भी पास की एक गली के अन्दर घुस गया। मैं सतनामी मुहल्ले की तरफ से बढ़ा। मेरे लिए वही शॉर्टकट था।

सतनामी मुहल्ला पहुँचते ही अँधेरा घुप्प था। एक बिजली का खम्भा जरूर था पर उसमें बल्ब नहीं था। पीछे दूर शराब की दुकान से आते हुए नहीं के बराबर उजाले में यह खम्भा अँधेरे के मयाल की तरह गड़ा था। जब भी इस खम्भे में साल-छह महीने में एक बार बल्ब लगाया जाता तो उस मुहल्ले के लड़के पत्थर से निशाना लगाकर उसी दिन या दूसरे दिन तक जरूर तोड़ देते थे। झोंपड़ियों में बैठे बड़े-बूढ़े लोग बल्ब में निशाना लगाते हुए लड़कों को देखते तो भी कुछ नहीं बोलते थे। कुछ औरतें-आदमी उत्सुकता और मजे से देखते रहते कि किसका निशाना ठीक लगता है। हो सकता है, उनके अपने एक-से अँधेरे माहौल में, एक बल्ब लगा देने का अच्छा काम मजाक लगता हो!

इक्की-दुक्की झोंपड़ियों में कंदील या ढिबरी का उजाला था। खुले मैदान में एक तरफ और उजाला था। वह उजाला सार्वजनिक शौचालय का था। इसलिए उसका उजाला गन्दा, पीला और पारदर्शी लगता था। मैदान में जगह-जगह म्युनिसिपैलिटी के कचरे की ढेरी थी। चारों तरफ बदबू थी। मुहल्ले के अधिकांश लोगों के हाथ-पैर लाखड़ी की दाल खाने से लकवा-मारे जैसे हो गए थे। इस मुहल्ले से लगा एक हिस्सा कुँदरापारा कहलाता था। दफ्तर का चपरासी मँहगू इसी कुँदरापारा में रहता था। अभी भी सार्वजनिक शौचालय के सामने पाँच-छह लोग खड़े थे।

मैं मुख्य सड़क पर आ गया। ट्यूब लाइट के उजाले में डामर की सड़क की चमक में चिकनाहट थी। दरअसल सड़क बहुत चिकनी थी। यह राष्ट्रीय मार्ग नम्बर छह था। कुछ दूर चलने के बाद मुझे अपना दफ्तर दिखा जो

एक पुराने बँगले में था। करीब दो एकड़ जमीन से घिरा हुआ। यह विशाल बँगला किसी अंग्रेज का था। अहाते में किनारे-किनारे चारों तरफ बाँस के ऊँचे झुरमुट थे। कई लम्बे-लम्बे, मोटे बाँस जमीन में एक जगह सटे उगे हुए ऊपर इस तरह फैले थे कि बाँस का अँधेरा फव्वारा जैसा घना झुंड लगता था। अहाते में आम, कटहल, ताड़ के बहुत-से पेड़ थे।

बँगले के पीछे मुख्य कार्यालय की नई बिल्डिंग थी। नई बिल्डिंग और बँगले के बीच कोने में पीर का मजार था जिसके ऊपर हरे रंग के छोटे-छोटे कई बल्ब रात-भर जलते रहते। जब हवा बँगले की तरफ होती तो मजार से अगरबत्ती लुभान की खुशबू दफ्तर में आती। जब हवा का रुख दूसरी तरफ होता तो यह खुशबू नई बिल्डिंग की तरफ चली जाती। इस बँगले में जहाँ मेरा कमरा था, उस तरफ मैं गया।

रात में अपना दफ्तर मैं पहली बार देख रहा था। प्रत्येक कमरे में एक-एक ट्यूब लाइट जल रही थी। बाहर खिड़की में काँच थे। मैं अपना कमरा झाँकने लगा। मेरा कमरा हॉल के बाईं तरफ था। मुझे खुशी हुई कि मेरे टेबिल के ऊपरवाली ट्यूब लाइट जल रही थी।

बँगले में घुसते ही एक हॉल था। हॉल की दाहिनी दीवार पर आग जलाकर कमरा गरम करने की जगह बनी थी। दफ्तर आने के पहले बँगला बहुत दिनों तक खाली था। एक रीवाँ का पंडित-चपरासी इसकी देख-रेख करता था। आग जलाने की जगह उसे भगवान रखने की जगह जैसी लगी होगी। पंडित हनुमानजी का भक्त था। उसने पत्थर के एक गोल टुकड़े को सिंदूर से पोतकर वहाँ रख दिया था और नियम से उसकी पूजा करता था। दफ्तर आने के पहले उसे दूसरी जगह काम में लगा दिया गया। उसके हनुमानजी वहीं छूट गए, जो दफ्तर आने के बाद भी वहीं रहे। किसी ने उसे छेड़ा नहीं था। दफ्तर के काम में इनके कारण कोई अड़चन नहीं होती थी और कोई बहुत परवाह भी नहीं करता था। अलबत्ता सुबह दफ्तर खोलकर झाड़ू लगानेवाला फर्राश, हॉल का दरवाजा खोलते ही हनुमानजी को हाथ जोड़कर प्रणाम करता था।

हॉल के अलग-अलग तीन हिस्से बना दिये गए थे। ये हिस्से लोहे की अलमारियों की आड़ बनाकर किये गए थे। हॉल में कुल छह बड़े-बड़े दरवाजे थे। दीवारें बहुत ऊँची थीं। ऊपर खिड़की जितने बड़े रोशनदान थे। इनको बन्द कर लोहे की आड़ी-खड़ी पट्टियाँ ठोक दी गई थीं। हॉल के दाएँ और

बाएँ दो-दो दरवाजे थे और पोर्च से हॉल में अन्दर घुसने के दरवाजे के ठीक सामने एक दरवाजा और था जो एक आड़े लम्बे कमरे में खुलता था। इस कमरे से होकर एक लम्बा फर्श का रास्ता बना था जो दोनों तरफ जाफरी से घिरा था। यह फर्श का रास्ता जहाँ खत्म होता था, वहाँ आजू-बाजू एक-एक कमरे थे, जो पहले रसोईघर थे। इन दोनों कमरों को टूटे-फूटे फर्नीचर और फालतू सामानों का कबाड़खाना बना दिया गया था। इसके अलावा चार-पाँच साल पुरानी कई सुराहियाँ, घड़े रखे थे जो दफ्तर में उपयोग होने के बावजूद हर साल फूटने से बच जाते थे। कुछ पिछले साल के भी थे। दस-पन्द्रह नई-पुरानी झाड़ू थीं। टेबिलों के ऊपर फटी दरियों के बड़े-बड़े बंडल रखे थे। एक कमरा कनात और शामियाने के ऊँचे-ऊँचे बंडलों से आधा भरा था। इसके ऊपर चार-पाँच महीने में दीमक मारने की दवाई छिड़क दी जाती थी। हॉल के दाहिनी तरफ के दो दरवाजे दो कमरों में खुलते थे। इन दोनों कमरों के बीच एक दरवाजा था। दोनों कमरों से एक-एक कमरा और जुड़ा था। कोने के कमरे से एक बड़ा कमरा लगा था जो नहानीघर और पाखाना था। नहाने के लिए जो फव्वारा लगा था, वह टूट-फूट गया था। कभी इसमें एक बड़ा टब भी था, जिसके बड़े-बड़े टुकड़े बँगले के पीछे अभी तक पड़े थे। जैसा दाहिनी तरफ था, वैसा ही बाईं तरफ था। फर्क इतना था कि बाईं तरफ एक छोटा कमरा और था। यह कमरा पीर के नाम से बिलकुल खाली रखा गया था। बड़े बाबू के टेबिल के पास दीवार में पहले कभी नल था। उसके पाइप को बन्द कर दिया गया था। बरसात के दिनों में कभी-कभी इस पाइप से पानी रिसने लगता था। शुरू-शुरू में बड़े बाबू इस पाइप के कारण बहुत परेशान रहे। जंग लगा सड़ा पाइप होने के कारण छेद होते ही पानी की बारीक धार फव्वारे की तरह निकलने लगती थी। कई दिनों बाद जाकर वह बिलकुल ठीक हुआ। दफ्तर के शुरू होते ही सभी कमरों में बाबुओं की भीड़ हो जाती थी। जो बड़े-बड़े सेक्शन थे, उनके हक में तीन-तीन कमरे थे। कई लोगों का एक कमरे से काम निकल जाता था। हम लोगों के पास केवल एक कमरा था। पूरा बँगला गोलाई में तीन फीट चौड़े बरामदे से घिरा था। कुछ खिड़कियों में नीले रंग के रंगीन काँच लगे थे। ये फूटने से अंग्रेजों के जमाने से बचे आ रहे थे। बँगले में एक नया कमरा और जोड़ दिया गया था। इस कमरे में मालखाना था। नई

बिल्डिंग में बड़े साहब का दफ्तर, खजाना इत्यादि थे। दूर से पूरा बँगला गोल-गोल, बैंगलोरी खपरों के छत्ते को ओढ़ा हुआ लगता था। अभी अँधेरे में तो आम काले छत की तरह लग रहा था।

मैं घूमकर बड़े बाबू, गौराहा बाबू और देवांगन बाबू के टेबिलों को देखता रहा। बड़े बाबू के टेबिल पर एक मोटा काँच बिछा था। और किसी के टेबिल पर काँच नहीं बिछा था। देवांगन बाबू का टेबिल मेरे और गौराहा बाबू के टेबिल से बड़ा था। पर गौराहा बाबू और देवांगन बाबू के टेबिलों में ड्रावर था। मेरे टेबिल में नहीं था। पिनकुशन मेरे टेबिल के ऊपर रखा था। दोनों के पिनकुशन ड्रावर के अन्दर होंगे। बड़े बाबू के टेबिल का सारा सामान लोहे की अलमारी में, दफ्तर बन्द होने के बाद रख दिया जाता था। इसलिए उनका टेबिल साफ-सुथरा और खाली था। मैं जिन कागजों को जमाकर, पेपरवेट से दबाकर गया था, वे तितर-बितर होकर पेपरवेट से दबे थे। दफ्तर छोड़ने के बाद बड़े बाबू ने कोई जरूरी कागज ढूँढ़ा होगा। मेरे टेबिल में फ़ाइलें जमी थीं। उन्हीं फाइलों के बीच मुझे एक बड़ा-सा चूहा दिखलाई दिया। यह ठीक नहीं था। चूहा फाइलों को कुतर सकता था। इसलिए बड़े बाबू टेबिलों पर भजिया-चूड़ा खाने के लिए मना करते थे। कुछ-न-कुछ छूट जाता है। पर कल ऐसा नहीं हुआ था। खिड़की के काँच पर उँगलियों से खट्-खट् कर और हुश-हुश बोल मैंने चूहा भगाने की कोशिश की। चूहा ट्रे के ऊपर से कूदकर पिनकुशन के पास एक क्षण रुका और फाइलों के बीच घुस गया।

"वहाँ कौन?" जोर की आवाज हुई।

"दोस्त!" मैं चिल्लाया।

नई बिल्डिंग की तरफ से खजाने के सन्तरी की दौड़ने की आवाज आई। मैं सामने की तरफ आ गया। मैं उजाले में खड़ा था, इसलिए सन्तरी पास आते ही मुझे पहचान गया।

"सन्तू बाबू! आप?" चौकस सन्तरी ने आश्चर्य से पूछा।

"मैं ऐसे ही घूमने चला आया था।"

"अन्दर मालखाने में आपके बड़े बाबू, नाजिर और दूसरे साहब लोग भी हैं। शाम से हैं।"

"सुबह से आए हुए ये लोग अभी तक घर नहीं गए? रात को यहाँ क्या कर रहे हैं? कोई मीटिंग है?"

"पहली ड्यूटीवाला सन्तरी यही बता रहा था।"

"कौन है? सन्तरी, किससे बातें कर रहे हो?"

मुझे बड़े बाबू की आवाज सुनाई दी। उनकी ढीली-ढाली पतलून की फसर-फसर आवाज आ रही थी। वे इसी तरफ आ रहे थे।

"सन्तू बाबू हैं, साहब!" कहकर सन्तरी दौड़ता हुआ अपने साथी के पास चला गया।

"सन्तू बाबू!" बड़े बाबू मुझे आश्चर्य से देख रहे थे।

"नमस्कार बड़े बाबू।" मैंने कहा।

"रात में इधर कैसे आ गए? मुझसे कोई काम है?" उन्होंने पूछा।

"नींद नहीं आ रही थी। दोपहर को सोया था। घूमते-घूमते इधर आ गया। दूर से दफ्तर को देखा तो पास से देखने का मन हुआ। कोई मीटिंग है?" मैंने पूछा।

"नहीं।" बड़े बाबू सोचते हुए बोले। वे बार-बार दीवार का सहारा लेते थे। फिर दीवार से पीठ टिकाकर खड़े हो गए।

"मैं चलूँ बड़े बाबू!" मैंने कहा।

वे मुझे कुछ नशे में लग रहे थे।

"सन्तू बाबू! मैं तुम्हारे ऊपर बहुत खुश हूँ। साहब भी बहुत खुश हैं। तुम मेरे लड़के के समान हो। पर तुम मेरे दोस्त हो। अब तुम आ गए हो तो मेरे साथ चलो। शराब पियोगे? मालखाने में बढ़िया शराब की बोतलें आई हैं।"

"बड़े बाबू, मैं शराब नहीं पीता।"

"तो गाँजा पियो। अफीम खाओ। आखिर परसों तक सब नष्ट कर दी जाएँगी। गाँजे की थैलियों के नीचे चूहों ने छेद कर दिया है। ऊपर की सील ठीक है। ऊपर की सील भी चूहे काट सकते हैं। भाँग खाओ। चलो।" बड़े बाबू ने थोड़ा गुस्सा होते हुए और थोड़ा समझाते हुए मुझसे कहा।

"बड़े बाबू, मैं नशा नहीं करता।" मुझे लगा, बड़े बाबू गुस्सा न हों।

"तो जाओ। कल दफ्तर ठीक समय पर आना।" बड़े बाबू मुझे नाराज से लगे।

तब भी मैंने कहा, "मैं दफ्तर सबसे पहले पहुँचता हूँ। बड़े बाबू, एक बात कहनी है। मैं बाहर की खिड़की से अपने कमरे में झाँक रहा था। मेरे टेबिल के ऊपर एक चूहा फाइलों के बीच घुसा है। चूहे फाइल कुतर डालेंगे। मैंने भगाने की कोशिश की तो वह भगा नहीं।"

बड़े बाबू हँसने लगे। हँसते-हँसते उन्होंने कहा, "सन्तू बाबू! मालखाने के आसपास के सब चूहे या तो अफीम की पिनक में रहते हैं या शराब के नशे में। चूहे शराब की ब्लेडर में छेद कर देते हैं तो पूरी जमीन में शराब फैल जाती है। थोड़ी- बहुत शराब चूहों के पेट में जरूर जाती होगी। कई बार मैंने चूहों को लड़खड़ाकर झूमते हुए चलते देखा है। फाइलों से इनको क्या लेना-देना है? अब घर जाकर सोओ। इसकी चर्चा किसी से नहीं करना। और यह भी नहीं कि रात को तुमने यहाँ अपने टेबिल पर चूहा देखा था। पर जाओगे कैसे? पैदल? नहीं, तुम जल्दी घर पहुँचो। मालखाने की एक अच्छी साइकिल भिजवाता हूँ। तुम यहीं रहना। समझ गए न?"

"जी हाँ।" मैंने कहा।

बड़े बाबू चले गए। उनकी चाल में मस्ती थी।

बड़े बाबू काफी मोटे थे। ऊँचाई अधिक नहीं थी। हाइड्रोसिल होने के कारण ढीली-ढाली पैंट और काफी नीचे तक ढीली बुश्शर्ट पहनते थे। उनको हार्निया भी था। हार्निया का ऑपरेशन जाड़े में करवानेवाले थे। पर जाड़ा निकल जाता था। किसी कारण से ऑपरेशन करवा नहीं पाते थे। जब कभी उनकी आँतें ऊपर चढ़ जातीं, तब हाथ से सहला-सहलाकर वे उसे नीचे ले आते थे।

एक दिन मैंने बड़े बाबू से कहा, "जब आपकी आँतें ऊपर चढ़ जाएँ तब बतला दीजिएगा।"

घंटे-भर बाद ही उन्होंने कहा, "देखो, आँतें ऊपर चढ़ गईं।" बुश्शर्ट के बटन खोल, बनियाइन छाती तक ऊपर चढ़ाकर उन्होंने अपना पेट दिखाया।

लम्बाई से टेढ़ी एक सूजन थी। सबने देखा। धीरे-धीरे हाथ से मालिश करते हुए उन्होंने आँतों को नीचे उतार दिया।

"देखा! अब सूजन दिखाई देती है?" बड़े बाबू ने कहना शुरू किया, "मैं जान हथेली में रखकर नौकरी करता हूँ। कब ये आँतें मोटी रस्सियों के समान हृदय को जकड़कर कसने लगें, कहा नहीं जा सकता। मेरी जब भी मौत होगी, इस दफ्तर में होगी। तुम लोगों को हाथ-पैर में दर्द होगा तो तीन दिन की छुट्टी लेकर बैठ जाओगे; या मेरी खुशामद करोगे कि एक-दो

दिन की छुट्टी बचा दूँ। यदि मुफ्त की छुट्टी नहीं मिली तो टेबिल पर सिर रखकर सोते रहोगे।"

देवांगन बाबू ने कहा, "उस रोज मेरे सिर में कितना दर्द था! इसके बाद भी धीरे-धीरे मैंने पूरा काम निपटाया। आपसे आधे दिन की छुट्टी के लिए कहा तो आप नाराज हो गए थे।"

देवांगन बाबू 5 फीट 2 इंच के थे। उनकी ड्रावर में एक डायरी थी, उसमें ऊँचाई की जगह उन्होंने 5 फीट 2 इंच लिखा था। वजन में 58 किलो लिखा था। स्कूटर, कार के नम्बर की जगह साइकिल का नम्बर था। ड्राइविंग लाइसेंस नम्बर की जगह उनके दो लड़कों का नाम था—मदनलाल देवांगन और सोहनलाल देवांगन। टेलीफोन नम्बर की जगह वल्द रामचरन देवांगन, ग्राम डोंगरगाँव था। रेडियो लाइसेंस के नम्बर की जगह उन्होंने रेडियो लाइसेंस का नम्बर ही लिखा था। सेफ डिपॉजिट व्हाल्ट की जगह उन्होंने लिखा था—हरे रंग की पेटी।

गाँव में उनकी नाटक-मंडली थी। बड़े-बड़े घुँघराले बाल और साफ रंग था। जब-तब देवांगन बाबू गाँव की नाटक मंडली की चर्चा करते थे। उन्हें दु:ख था कि नौकरी के बाद उनकी नाटकों के प्रति रुचि बहुत कम हो गई।

गौराहा बाबू ने बड़े बाबू से कहा, "आप किसी के साथ मुरव्वत नहीं करते। मेरी उँगली कटी थी। अभी भी इसमें दर्द है। परसों बहुत दर्द था। मैंने आपसे कहा था कि आज टाइपिंग का काम नहीं करूँगा, पर आपने जोर देकर टाइप करने के लिए कहा। आपके पेट की सूजन मिनट-भर में दूर हो गई। मेरी हथेली और उँगली में देखिए, कितनी सूजन है! रात को दर्द के कारण नींद नहीं आती। घड़ी की टिक-टिक की तरह रुक-रुककर दर्द होता रहता है। सिकाई करता हूँ, परन्तु जस का तस है। लगता है, सूजन और बढ़ गई।"

उन्होंने अपना सूजा हुआ हाथ टेबिल के ऊपर रख दिया। उनकी उँगली में पट्टी बँधी थी।

"पान की पत्ती रखकर पट्टी बाँधी है?" मैंने पूछा।

"हाँ, घी में पान का हरा पत्ता कड़काकर घाव में रखा है।" गौराहा बाबू ने कहा।

"असली घी था?" देवांगन बाबू ने पूछा।

"जैसा भी हो, पचीस रुपया किलो के शुद्ध घी के भाव से आधा किलो लाया हूँ।" गौराहा बाबू ने कहा।

"मैं घी नहीं खाता, इसलिए नहीं कि कंजूसी करता हूँ। पर घी खाना भोजन में पद्धति की तरह शामिल हो गया है। मैं इस पद्धति को नहीं मानता।"

"आपकी जाति का कोई घी नहीं खाता?" गौराहा बाबू ने पूछा।

"घी खाना कोई जातीय नियम है?" मैंने पूछा।

जातीय नियम हो या न हो, पर अच्छी चीजें महँगी होती थीं और शुद्ध होकर बहुत महँगी। इसलिए उनका उपभोग उच्च वर्ग तक ही सीमित होता था। गौराहा बाबू का आधा किलो घी तीन-चार महीने जरूर चलता होगा।

अब बड़े बाबू ने कहा, "नाजिर को तुम सबने देखा है। देखा है न? उनकी केवल एक आँख है। नजारत और मालखाने की, दोनों की जिम्मेदारी उनकी है। उनकी निगाह दोनों तरफ रहती है। बीस साल से इसी तरह काम कर रहे हैं यानी एक आँख से। सब उनके काम से खुश हैं। हाथों में दस उँगलियाँ होती हैं। उनमें से केवल एक उँगली खराब हुई। बाकी नौ ठीक थीं। मैंने गौराहा बाबू से कहा कि जरूरी कागज है। आज ही टाइप हो जाना चाहिए। 'आज ही टाइप हो जाना चाहिए' का मतलब अभी तुरन्त टाइप होना चाहिए नहीं होता। धीरे-धीरे नौ उँगलियों से टाइप करो। एक उँगली से अनाड़ी भी टाइप कर लेता है। तब गौराहा बाबू के हाथ में सूजन नहीं थी। क्या खराब कहा था? देवांगन बाबू ने सिर-दर्द के बाद भी काम निपटाए। सिर तो एक है। उनको उसी दर्दवाले सिर से सोच-सोचकर काम निपटाना था। गौराहा बाबू नौ उँगलियों से काम निपटा सकते थे।"

"उस दिन के काम के कारण पूरे हाथ में सूजन है।"

"गौराहा बाबू, कहीं तुम्हारे पेट की आँत उँगली में तो नहीं चढ़ गई?" देवांगन बाबू ने कहा।

बड़े बाबू हँसने लगे। बोले, "उँगली में घुसी आँत को मालिश कर हाथ में उतारना पड़ता। हाथ से पेट तक आँत को ले जाना मुश्किल काम है। खतरनाक भी। दिमाग में चढ़ जाती तो?"

गौराहा बाबू बहुत गम्भीर होकर बोले, "इस तरह आँत उँगली में चढ़ने लगी, फिर उँगली से फाउंटेनपेन के सहारे टेबिल पर। सामने टाइपराइटर हुआ तो सारी आँत की-बोर्ड में फँस जाएगी। बड़े बाबू, आपको ही नहीं, सभी को हार्निया है।"

गौराहा बाबू बहुत निरीह लग रहे थे।

"केवल हार्निया ही नहीं, और भी भयानक बीमारियाँ सबको हैं।" मैंने कहा।

"और कौन-कौन-सी बीमारेयाँ हैं, तुम्हीं गिना दो? पहले अपनी बीमारियाँ गिनाओ?" बड़े बाबू ने मुझसे कहा।

मैं झेंप गया।

"लगता है, किसी अस्पताल के दफ्तर में काम हो रहा है।" देवांगन बाबू ने कहा।

"ऑपरेशन के टेबिल पर दफ्तर का काम हो रहा है।" मैंने कहा।

गौराहा बाबू थोड़ी देर तक शान्त बैठे रहे, फिर उठकर बड़े बाबू के सामने जाकर बैठ गए। धीरे से उन्होंने कहा, "आज मैं काम नहीं कर सकूँगा। लगता है, मुझे बुखार है। हाथ में बहुत दर्द है।"

बड़े बाबू ने फाइल देखते-देखते कहा, "छुट्टी देना मेरा काम नहीं है। जाकर साहब से मिल लो। साथ में अपना हाथ भी ले जाना। साहब को दिखा देना।"

"साहब से आप बात कर लीजिए। मैं बात नहीं कर पाऊँगा।"

"कौन-सा हाथ है?"

"बायाँ।"

"छुट्टी की दरख्वास्त में जब तुम साफ-साफ लिखोगे कि बाएँ हाथ में दर्द है तो शायद साहब सोचें कि दाहिने हाथ से तो काम कर सकते हैं।"

"बड़े बाबू बायाँ हाथ मुझसे अलग नहीं है। उसके कारण पूरे शरीर में तकलीफ है। मैं साहब के पास नहीं जाऊँगा। अगर बुलवाएँगे तो आपकी चिट्ठी भी उनको दिखा दूँगा।"

"आप लिख दीजिए कि आप काम नहीं कर पा रहे हैं।"

"आप समझते हैं, मैं झूट बोल रहा हूँ?"

"नहीं। यह तुमने कैसे समझ लिया? चूँकि तुमने कहा है इसलिए अब शंका होती है। सच-सच बतलाइए, बहुत तकलीफ है?"

"मैं आपको कैसे विश्वास दिलाऊँ?"

"मुझे विश्वास है। साहब को विश्वास दिलाने के लिए उनके सामने आपका हाथ होना जरूरी है। बिना आपको ले जाए आपका हाथ मैं कैसे ले जाऊँगा? इसलिए आप मेरे साथ-साथ चलिए। आपको बात करने से डर लगता है तो आप चुप रहिएगा, मैं बात कर लूँगा।" बड़े बाबू खामोश होकर अपने काम में लग गए।

गौराहा बाबू टाइपराइटर के सामने बैठ गए। उन्होंने एक बार हम सबकी तरफ देखा। केवल मैं उनकी तरफ देख रहा था, बाकी काम कर रहे थे। गौराहा बाबू ने दाहिने हाथ से टाइपराइटर सरकाया। फिर टेबिल पर सिर टिकाकर आँख मूँदी और सो गए। उनका सूजा हुआ हाथ सम्हाला हुआ उनकी गोद में था। दाहिना हाथ कुर्सी के हत्थे पर था।

शाम को घर लौटते समय मैंने गौराहा बाबू का दाहिना हाथ छूकर देखा। हल्का बुखार था। गौराहा बाबू से देवांगन बाबू ने कहा, "आप रिक्शे से चले जाइए।"

गौराहा बाबू ने कहा कि हल्की हरारत है।

दोनों से मैंने चर्चा की, "यह बड़े बाबू की ज्यादती है। देवांगन बाबू, आप कुछ करिए।" मैंने कहा।

"मैं केवल नाटक कर सकता हूँ।" देवांगन बाबू ने कहा।

उन्होंने मेरी बात को गम्भीरता से नहीं लिया था, इसलिए मैंने कहा, "तो नाटक करिए। देखिए, सामने मंच है।" सड़क की ओर इशारा करते हुए मैंने कहा।

दोनों उसी तरफ देखने लगे। डाक बँगले की तरफ जाती हुई एक लड़की बहुत सुन्दर थी। लड़की कॉलेज में पढ़ती होगी; या बिलकुल इसी साल कॉलेज से निकलकर किसी दफ्तर में नौकरी करती होगी; या दफ्तर में नौकरी न भी करती हो। सफेद वर्दी और सफेद टोपी पहने पाँच लोगों की टोली, जो म्युनिसिपैलिटी के चपरासी थे, डाक बँगले की तरफ मुड़ गए। सामने जो मैंने इशारा किया था, उसे गौराहा बाबू और देवांगन बाबू ने लड़की की ओर किया गया इशारा नहीं समझा होगा। चपरासियों की ओर किया गया इशारा समझा होगा।

"मंच के पीछे एक सफेद परदा लगा है। सफेद परदा सफेद कागज के समान। परदे के दाहिनी तरफ तारीख होनी चाहिए। जिस दिन नाटक हो, उस दिन की तारीख या कोई ताजी तारीख। फिर बड़े-बड़े अक्षरों से संक्षिप्त में विषय लिखा होना चाहिए—इतने बड़े-बड़े अक्षरों में कि देखनेवाले पढ़ सकें; या पढ़कर दर्शकों को विषय बतला दें। खट्-खट् कई टाइपराइटरों की आवाज गूँजती रहनी चाहिए। अचानक सन्नाटा हो, फिर एक टाइप के दबने की जोर की आवाज आनी चाहिए और कागज से सटकर एक आदमी अचानक खड़ा हो जाए। उभरकर आए हुए एक अक्षर की तरह। यह आदमी गाँव का आदमी

होगा। साँवला, रुक्खड़ खालवाला, धूल से घुटने तक भरे उसके पैर होने चाहिए। और वह जो भँदई पहना हो, उस चमड़े और देहाती के चमड़े में कोई फर्क नहीं होना चाहिए। बाकी शरीर पसीने से चमकते रहना चाहिए। और वह दर्शकों की तरफ देखकर मुसकराए। खड़े-खड़े झुके खुशामद करता हुआ। कभी सिर झुकाए काफी देर तक खड़ा रहे, जैसे उससे गलती हो गई है। अब उसकी सजा उसे जरूरी मिलेगी। खट् की एक और आवाज हो। इस बार एक औरत मोची होगी। वह आकर देहाती के पास बैठ जाएगी। औरत अधेड़ देहाती औरत ही होगी। जूते में कीलें ठोकते हुए। जूता ऐसा हो जिसे एक गरीब ने बेकार होने के बाद एक बार फेंका होगा। फिर किसी दूसरे और ज्यादा गरीब ने पहनने के लिए सड़क या घूर से उठा लिया होगा। और इस तरह हजार बार फेंका गया जूता हो। उसके बाजू में, टाइपराइटर की खट् की आवाज होते ही एक चार-पाँच साल का लड़का आकर खड़ा हो जाए। फिर छह-सात लोगों का एक वाक्य बनाइए जिसमें कई तरह के लोग हों। सामान्य वाक्य, जरूरत का वाक्य, जैसे: 'मैं आ गया हूँ!' या 'चुपचाप खड़े होंगे', 'भूख लग रही है', 'सुगंध आ रही है', 'दो घंटे में बीस पैसे' इत्यादि। मुझे कुछ सूझ नहीं रहा है। गौराहा बाबू, आप कोई वाक्य बताइए।" मैंने कहा।

"क्या समय हुआ है?" गौराहा बाबू ने पूछा।

"आप ये वाक्य बता रहे हैं या समय पूछ रहे हैं?" मैंने कहा।

"काफी देर हो गई।" देवांगन बाबू ने कहा।

"आप वाक्य बना रहे हैं या गौराहा बाबू की बात का जवाब दे रहे हैं?" मैंने देवांगन बाबू से कहा। अब दोनों चुप थे। मैंने कहना शुरू किया, "फिर कागज से निकलकर यह महत्त्वपूर्ण वाक्य, यानी सब पात्र मिलकर कोई छोटी-मोटी घटना को मंचस्थ करें, कोई छोटी बात हो, या कोई दरख्वास्त ही हो।"

गौराहा बाबू ने कहा, "वह दरख्वास्त मेरी छुट्टी की होनी चाहिए, कि परिस्थितियों के कारण, जिनसे मैं बच नहीं सकता, दो रोज़ की आकस्मिक छुट्टी देने की कृपा करें। नीचे मेरा दस्तखत जरूर होना चाहिए।"

देवांगन बाबू ने कहा, "उन परिस्थितियों को स्पष्ट करना होगा।"

गौराहा बाबू बोले, "एक खराब परिस्थिति में रहते-रहते उसकी भी आदत पड़ जाती है और वह खराब नहीं लगती। परन्तु बहुत खराब हालत हो जाए, तब दफ्तर से छुट्टी लेनी पड़ती है।"

मैंने कहा, "अत्यंत खराब परिस्थिति की भी आदत पड़ जाए, इसलिए आपकी छुट्टी मंजूर नहीं होगी।"

देवांगन बाबू ने कहा, "दर्शकों में केवल बाबू नहीं होंगे। बहुत-से मुहल्लेवाले होंगे। साहब भी होंगे। मुख्य अतिथि उनको बनाना होगा।"

"अगर साहब भी होंगे तो दरख्वास्त के नीचे मेरा दस्तखत नहीं रहेगा।" गौराहा बाबू ने कहा।

"डर गए?" मैंने कहा।

"डरा नहीं। मेरा नाम ही क्यों, सबका नाम होना चाहिए।"

"छुट्टी की तुमको जरूरत नहीं है?" देवांगन बाबू ने पूछा।

"है, पर मेरी छुट्टी का नाटक नहीं होगा।"

"दरख्वास्त किस काम के लिए होनी चाहिए?" मैंने कहा।

"मैं नहीं जानता। नाटक का मुझे अनुभव नहीं है।" गौराहा बाबू ने कहा।

"मैं स्कूल में नाटकों में भाग लिया करता था। महाविद्यालय में मैंने एक नाटक लिखा था। परन्तु वह किसी को पसन्द नहीं आया।" मैंने कहा।

"मैं हमेशा से दर्शक रहा।" गौराहा बाबू ने कहा।

पाँचों चपरासियों की टोली लौटकर आ रही थी। हम लोगों के पास से ये निकले। तीन बाबू और पाँच चपरासी। एक चपरासी के हाथ में पत्तों में लिपटा पान था। उसी की सफेद वर्दी में पान से टपका हुआ कत्था लग गया था।

"इन सफेद वर्दीवाले चपरासियों से खाकी वर्दीवाला अपना मँहगू अच्छा है।" गौराहा बाबू ने कहा।

मँहगू मालखाने से जो साइकिल लाया था, वह बिलकुल नई थी। जैसे कल खरीदी गई और कल ही लावारिस होकर जप्त हुई!

"राम-राम साहब!" मँहगू ने कहा।

साइकिल को उसने बरामदे से उतारा। आगे बढ़कर मैंने उससे साइकिल ले ली।

"रात को रोज आते हो मँहगू? यहाँ तो पूरा दफ्तर खुला है!"

वह चुप था। उसकी भी गाँजा पीने की आदत थी। पर वह बहुत ईमानदार और काम करनेवाला चपरासी था। साहब लोगों में मँहगू को अपने काम के लिए लेने की होड़ रहती थी। मँहगू के कारण माल-जमादार से साहब लोग नाराज हो जाते। इसलिए मँहगू के बारे में माल-जमादार दखलअंदाजी नहीं करता था। सबसे बड़े साहब के लिए सबसे अच्छा चपरासी तय था। मँहगू अपने आपमें कई नौकरों के बराबर था। खाना अच्छा बनाता था। तरह-तरह की नाश्ते की चीजें बनाता था। दौरे में साहब के साथ वह जरूर जाता। पर बाई साहब को तकलीफ हो जाती थी। यह तकलीफ साहब की अनुपस्थिति में बर्दाश्त की जा सकती थी क्योंकि साहब के न रहने के कारण काम भी कम हो जाता। साहब के रहते हुए यदि मँहगू गायब हो जाए तो बाई साहब की क्या हालत होगी, यह वह नहीं जानती थीं। क्योंकि ऐसी नौबत नहीं आई थी। बल्कि मँहगू दस-दस दिन लगातार अपने घर नहीं जाता था। बाई साहब कहतीं, 'अब रहने दो। रात के दस बज गए। अब घर जाओ।'

वह कहता, 'जी साहब। रसोईघर साफ करना बचा है।' फिर वह किसी जगह वर्दी पहने सो जाता था।

साइकिल बहुत हल्की चल रही थी। रास्ते में बहुत रात हो जाने का सन्नाटा था। घर लौटते समय मुझे लगा कि आज के दिन मैं आखिरी बार घर लौट रहा हूँ। अभी दफ्तर से काम खत्म करने के बाद लौटने का सुख मुझे मिल रहा था और आज गोया दफ्तर में काम बहुत था।

"अम्मा! ओ अम्मा!!" साँकल खटखटाते हुए मैं चिल्लाया।

अम्मा के आने की आहट सुनाई दी। दरवाजे की दरार से मैंने देखा, तो कंदील का हिलता-डुलता उजाला दिखाई दिया।

दरवाजा खोलने के पहले माँ ने पूछा, "सन्तू?"

"हाँ, अम्मा।"

अम्मा ने दरवाजा खोला, "कितना बजा होगा?"

"एक-दो बजे होंगे।"

"कहाँ गया था?"

"दफ्तर गया था। बहुत जरूरी काम था। तुम सो जाओ। मैं दरवाजा बन्द कर लूँगा।"

अम्मा की आदत थी, रात को जब भी उठतीं, कंदील लिये घर के बन्द दरवाजों को टटोलकर देखती थीं कि बन्द हैं या नहीं।

पीछे का दरवाजा बन्द था। फिर भी मन हुआ, इसे खोलकर देखूँ। दरवाजा खुलते ही सामने मालिक के बँगले पर रात-भर जलनेवाले बल्ब के उजाले में मकान-मालिक के कब्जे का वातावरण था। करीब एक एकड़ के अहाते में यह बँगला था। बँगले के ठीक सामने एक बड़ा बगीचा था। जगह-जगह नीम के पेड़ थे। एक बहुत बड़ा सिरिस का पेड़ था। करीब-करीब सभी पेड़ ईंटों के चबूतरे से घेर लिये गए थे। मकान-मालिक डॉक्टर था, इसलिए इलाज करवाने के लिए आए देहाती मरीजों को, जो दूर-दूर के गाँवों से आते थे, इन चबूतरों का बड़ा आसरा था।

जब-तब कुछ-न-कुछ बनता रहता था इसलिए हजार-पाँच सौ ईंटों की बची हुई थप्पी सिरस के पेड़ के पास जमी रहती थी। इन ईंटों का उपयोग देहाती मरीजों के साथ आए नाते-रिश्तेदार चूल्हा बनाने में करते थे। ये लोग गाँव से चावल, आटा, लकड़ी, कंडे भी लेकर आते थे। कुएँ में हैंडपम्प लगा था। इसका पाइप कुएँ में ज्यादा नीचे नहीं था। इसलिए मार्च-अप्रैल के महीने में ही पानी हैंडपम्प के पाइप से नीचे उतर जाता था। तब हैंडपम्प बेकार हो जाता था। जान-बूझकर पाइप छोटा रखा गया था। मोटरपम्प से डॉक्टर गरमी भर अपने लिए पानी पाता था। उसे कोई तकलीफ नहीं होती थी। हैंडपम्प किराएदारों के लिए बनाया गया था। अभी अकेला मैं किराएदार था। कुएँ के बाजू के मोटरपम्प के लिए टिन का एक शेड बना था। पिछवाड़े से ही सूर्य और चन्द्रमा निकलता था। बहुत रात हो जाने का वातावरण था।

पत्नी मेरे बिस्तर पर सो रही थी। वह जान-बूझकर मेरे बिस्तर पर सो रही थी कि मेरे लौटते ही उसे मेरे आने की खबर हो जाए। मैं नहीं चाहता था कि मेरी उपस्थिति वह अपनी वजह से जाने, जबकि मैं उसे अपनी उपस्थिति जतलाना चाहता था। मुझे प्यास लग रही थी। खाट के नीचे लोटे में पानी रखना वह भूल गई थी और मुझे मेरी वजह मिल गई थी। उसे हिलाते हुए मैंने जगाया, "मुझे प्यास लग रही है। तुम पानी रखना भूल गईं।"

साड़ी के आँचल को उठाते हुए वह उठी, "पानी रखा तो था।" कहकर उसने आँख खोलकर मुझे देखा। फिर, आँखें बन्द कर बैठे-बैठे वह ऊँघने-से लगी।

"तुमको तो उठाना आफत है।"

चारपाई के नीचे उसने एक भरा लोटा, कटोरी से ढँककर अन्दर रख दिया। फिर वह अपनी चारपाई पर जाकर लेट गई। तब मैंने पानी पिया।

"कितना बजा होगा?"

"डेढ़-दो बजा होगा," मैंने कहा।

"कहाँ गए थे?"

"दफ्तर गया था।"

"इतनी रात को?"

"हाँ, साहब ने बुलवाया था। जरूरी काम था।"

यह सुनने के पहले ही वह सो चुकी थी। मैं बिस्तर पर पड़े-पड़े देर तक जागता रहा। धोबियों के कपड़ा धोने की आवाज दूर तालाब से आती हुई सुनाई देने लगी। फिर मुर्गे ने बाँग दी। कुछ देर बाद धान के पैरे से लदी बैलगाड़ियाँ सड़क पर गुजरने लगीं। मैं अम्मा के उठने का इन्तजार करने लगा। सबसे पहले अम्मा ही उठती थीं। मैं सोया नहीं था इसलिए नींद खुलनेवाली कोई बात नहीं थी।

रात-भर जागकर ही आनेवाले दिन को पकड़ सकते थे। यदि सोते रहो तो लगता था कि दिन का पीछा नहीं कर रहे हैं, रास्ते में सो गए हैं। ऐसे में दूसरा दिन पकड़ में कहाँ आता था? परन्तु गले पड़ जाता था। नींद खुलते ही गले पड़ा हुआ दिन। आखिर एक कछुवे की तरह चलकर मैंने दौड़ पूरी की।

मैं बार-बार घर से बाहर जाऊँगा और बार-बार घर लौटूँगा। दिन में कई बार और रात में भी।

**धूप कमरे में आती है। सूर्य नहीं आता। बारिश के दिन लगातार तीन दिन की धूप की जरूरत थी। इससे ज्यादा दिन की धूप नहीं चाहता था।**

सुबह के साढ़े छह बजे थे। वह पीछे की खिड़की खोलकर डॉक्टर के बँगले की तरफ देखते हुए खड़ी थी। पन्द्रह-बीस मिनट हो गए।

मैंने उससे कहा, "अब तुम जाओ। मैं देखता हूँ। तुम्हारे देखने से डॉक्टर साहब नहीं निकलेंगे।"

सुबह-सुबह के दूसरे काम निपटाने के लिए वह चली गई। मैं खुली खिड़की से सिरस के पेड़, फिर उसके बाद बगीचे में केना के आसपास देख रहा था। बगीचे का इतना ही हिस्सा दिखता था। बाकी हिस्सा डॉक्टर साहब के बँगले से छुपा था। बँगले के सामने का हिस्सा बगीचे की तरफ था। इसलिए, पोर्च वगैरह कुछ नहीं दिखता था। सुबह कुछ देर के लिए डॉक्टर साहब बगीचे में घूमते थे। उन्हें देखता तो उनसे जाकर बात करता। बगीचे के बाद बाईं तरफ सिविल लाइन से आती हुई सड़क थी जो बगीचे के किनारे-किनारे होते हुए निकल जाती थी। सड़क पर चलते हुए लोग बगीचे की झाड़ियों की आड़ में आते ही ऐसे लगते थे, जैसे बगीचे के अन्दर हों! सड़क पर चलनेवाले ऐरे-गैरे आदमी से भी बगीचे की आड़ में धोखा हो जाता था कि डॉक्टर साहब हैं, एक आदमी को, जिसे देखकर मुझे धोखा हुआ था कि डॉक्टर साहब हैं वह खुली सड़क पर आया तो मालूम हुआ कि नाली साफ करनेवाला मेहतर है। अहाते की दीवार ज्यादा ऊँची नहीं थी। दीवार के ऊपर लोहे के कँटीले तार लगा दिये गए थे। जब तक मेहतर की बाँस में बँधी झाड़ू नहीं दिखी थी तब तक यह पता नहीं चला

था कि मेहतर है। अगर उसके हाथ में झाड़ू नहीं होती तो उसे मेहतर कहना मुश्किल था। सिविल लाइन की सड़क ऊँचाई से नीचे उतरती थी। इसलिए बाईं तरफ ऊँचे में आते-जाते लोग पूरे दिखाई देते थे। आदमी के पैरों के नीचे दबी हुई सड़क और जमीन भी दिखाई देती थी।

रास्ते में बगीचे की आड़ में जो ट्रक खड़ा था, वह भी बगीचे के अन्दर खड़ा है, ऐसा लगता था। इतनी सुबह हो गई थी तब भी बँगले के ऊपर जलनेवाला बल्ब बुझाया नहीं गया था। चौकीदार भूल जाता था। जब उसे याद आती तब बुझा देता था। आठ-नौ तो रोज बजते थे। इसके पहले बल्ब कभी नहीं बुझता था। इस मकान में आने पर शुरू-शुरू के दिनों में जलते हुए बल्ब को देखकर मैं चौकीदार को जाकर बतलाता कि बल्ब फालतू जल रहा है, बुझा दो। एक बार उसे ढूँढ़ने में एक घंटे से ज्यादा समय लग गया था। चार-पाँच दिनों के बाद यह सिलसिला मैंने बन्द कर दिया। मुझे लगा था कि ऐसे में बल्ब बुझाने की जिम्मेदारी मेरी हो जाएगी। मोटरपम्प चालू हुआ तो टिन के ऊपर बैठा हुआ कौआ चौंककर उड़ गया। अगर आसपास कोई कुत्ता होता तो क्षण-भर के लिए उसके कान खड़े हो जाते। वह चौकन्ना हो जाता। कोई अनजान होता तो जान जाता कि वहाँ शेड में मोटरपम्प है। मोटरपम्प के चलने के बाद मुझे याद आया कि दृश्य में मोटर-पम्प है। दृश्य में अनगिनत चीजें होती हैं, पर किसी कारण से मालूम होती हैं। वैसे नहीं।

छत के टपकने की परेशानी हर हालत में मकान-मालिक से कहनी थी। बरामदा, चौका और दोनों कमरे टपकते थे। चाहता था कि बाहर टहलते हुए वे दिख जाएँ तो अच्छा है। बँगले में जाकर घंटी बजाऊँगा। कोई आकर देख जाएगा। फिर अन्दर खबर जाएगी। लम्बे समय तक इन्तजार करने की इस दिक्कत से मैं बचना चाहता था। मैंने पत्नी से कहा था कि सुबह उठकर वह डॉक्टर साहब के निकलने का ध्यान रखे।

मेरा सारा ध्यान डॉक्टर साहब के निकलने की तरफ था। शिकारी शेर का इन्तजार करता है, वैसा ध्यान नहीं था। चारे के लिए पेड़ के नीचे बँधी बकरी का जैसा ध्यान होगा, वैसा भी नहीं था। मेरा ध्यान हू-ब-हू एक किराएदार की तरह था, मकान-मालिक का रास्ता देखते हुए। जब शेर निकलता है तब दूसरे जानवरों, चिड़ियों में हलचल मच जाती है। मैंने देखा, सिरस के पेड़ के नीचे बैठे मरीज के नाते-रिश्तेदार उठकर खड़े हो गए थे। करीब-करीब एक

साथ उन लोगों ने बँगले की तरफ देखकर हाथ जोड़े थे। बाद में मरीज भी उठकर खड़ा हो गया। कुएँ के पास खड़े लोग उसी तरफ जाने लगे। मुझे डॉक्टर साहब के निकलने की सूचना मिल गई थी।

"डॉक्टर साहब आ गए हैं।" चप्पल पहनते हुए मैंने कहा और खिड़की से कूदकर कम्पाउंड की टूटी दीवार के बीच से तेजी से निकला। कम्पाउंड के अन्दर बनी पगडंडी पर जल्दी-जल्दी कदम रखता हुआ बँगले की तरफ गया।

मेरा अन्दाज ठीक था। डॉक्टर साहब बगीचे में टहल रहे थे। पैंसठ-सत्तर साल की उम्र में भी उनके काफी बाल काले थे। छह फीट ऊँचा और भारी शरीर था। वे बहुत धीरे-धीरे बगीचे में टहल रहे थे। उन्हें मैंने नमस्कार किया।

मुझे देखकर मुसकराए।

मैं जैसे अपने-आप उनके पीछे चलने लगा। आम तौर पर यह होता ही है। यदि नदी बह रही हो तो उसमें एक सूखी टहनी डाल दी जाए तो वह जरूर बहेगी। नदी के किनारे के पेड़ से सूखी, हरी पत्तियाँ टूटकर गिरेंगी और बहने लगेंगी।

आनेवाली बरसात के लिए वे बगीचे की योजना तैयार कर रहे थे।

"माली।" उन्होंने पुकारा।

मैंने गुलाब की झाड़ियों से निकलता हुआ माली देखा। वही लम्बा बूढ़ा माली था जो एक बार दफ्तर आया था। साहब के बगीचे में भी यही माली काम करता था। बड़े बाबू ने कहा था कि उसके साथ जाकर टाउन हॉल से कुछ पौधे निकलवाकर साहब के लिए भिजवा दूँ। साइकिल लिये-लिये थोड़ी दूर तक इसके साथ पैदल चला था।

मैंने कहा, 'तुम टाउन हॉल जानते हो?'

मोटी आवाज में उसने जवाब दिया, 'हाँ।'

'पहले क्यों नहीं बतलाया? तुम्हारे साथ पैदल साइकिल लेकर चल रहा हूँ, मैं साइकिल से चलता हूँ। तुम आ जाना।' कहकर मैं साइकिल से चल पड़ा।

टाउन हॉल के गेट के पास मैं उतर गया कि उसका इन्तजार कर लूँ। पर दो मिनट भी इन्तजार नहीं करना पड़ा, वह मेरे पास आ गया था।

माली ने मुझे एक क्षण के लिए घूरकर देखा। पता नहीं, उसने मुझे पहचाना या नहीं?

अब डॉक्टर साहब के पीछे माली चलने लगा था।

"बिही के लिए यहाँ गड्ढा खोदना है।" उन्होंने अपनी छड़ी से जमीन पर एक गोल निशान बना दिया, "इस पेड़ को कटवाना है," उन्होंने मुनगे के पेड़ की तरफ छड़ी से इशारा किया।

डॉक्टर साहब बार-बार आनेवाली बरसात के बारे में माली को हिदायत दे रहे थे।

अभी तक केवल एक बार पाँच दिन पहले पानी गिरा था। काफी तेज गिरा था। बगीचे की मिट्टी अभी तक गीली थी। इस तरह के पानी की उम्मीद नहीं थी। पहले एक बार भी बूँदाबाँदी नहीं हुई थी, और न बादल घिरे थे। इस पानी के गिरते ही लोग गरमी के बीतने और आनेवाली बरसात के बारे में सोचने लगे थे।

माली के हाथ में जो करीब पौन मीटर लम्बी लोहे की छड़ थी, उसके कारण मुझे उससे काफी पीछे चलना पड़ रहा था। पतली लकड़ी की तरह उसके हाथ थे, जो बहुत आगे-पीछे होते थे। छड़ की नोक लगने का डर था। बगीचे से बाहर निकलकर डॉक्टर साहब उस तरफ बढ़े जहाँ दो औरतें अभी-अभी आई मोटरकार से उतर रही थीं। वे उनके साथ बँगले के अन्दर चले गए।

माली डॉक्टर साहब के बतलाए अनुसार बगीचे में काम करने लगा था।

सिरस के पेड़ की तरफ आकर मैंने देखा कि पत्नी खिड़की में खड़ी मेरा इन्तजार कर रही है। हाथ हिलाकर मैंने इशारा किया कि डॉक्टर साहब से अभी तक बात नहीं हुई है।

अचानक बड़ी-बड़ी बूँदें गिरने लगीं। मैंने सोचा, सिरस के पेड़ के नीचे खड़ा हो जाऊँ। पानी से बचने के लिए दूसरे लोग दौड़ते हुए बरामदे में चढ़ गए। सिरस के पेड़ के नीचेवाला मरीज और उसके साथ के दो लोग धीरे-धीरे भीगते हुए चढ़े। बरामदे में एक तखत पड़ा था। तीन बेंचें थीं और कई कुर्सियाँ। यह सब मरीजों के लिए रखा था। बरामदे से लगे हुए एक कमरे में डॉक्टर साहब बैठते थे। उसके बाद अन्दर एक कमरा और था जहाँ जाँच-पड़ताल होती थी। एक्स-रे मशीन कमरे में थी। बरामदे में ऊपर एक सीलिंग पंखा लगा था। बहुत उमस थी। पंखे की हवा से मुझे अच्छा लगा। मैं भी एक बेंच पर बैठ गया। बाजू में एक अधेड़ व्यापारी जैसे आदमी बैठे थे। वे मरीज नहीं लग रहे थे। पर अँगोछे से हवा करते हुए परेशान लग रहे थे।

"आप पंखे के नीचे बैठ जाइए।" मैंने कहा।

यह सुनकर उन्होंने अँगोछे को घुमाना बन्द कर दिया। पंखे से यहाँ तक थोड़ी हवा आती थी। अँगोछे से हवा करना शायद उनकी आदत थी।

"डॉक्टर साहब कब आएँगे?" उसने पूछा।

"आठ बजे उनका यह अस्पताल खुल जाता है। आठ तो बज रहे होंगे?" मैंने कहा।

घड़ी देखकर उन्होंने कहा, "हाँ।"

"आपके साथ बीमार है?" मैंने पूछा।

बेंच पर लेटी हुई एक मोटी औरत की ओर उन्होंने इशारा किया। उसकी कमर में सोने की पतली करधनी थी। करवट में कमर का जो हिस्सा ऊपर था, उससे चाबियों का एक गुच्छा लटक रहा था। चर्बीवाला पेट नीचे लटक गया था।

मैंने पूछा, "क्या तकलीफ है?"

कुछ सोचकर उसने कहा, "चक्कर आते हैं।"

इसके बाद वह मेरी तरफ घूमा, "तुमको क्या हुआ है?"

"मैं बीमार नहीं हूँ। बरसात शुरू हो गई है। कुछ देर पहले हल्की-सी बदली छाई थी। किसे मालूम था कि पानी गिरने लगेगा। अब झड़ी लग गई। मैं परेशान हूँ, इसलिए आपको बीमार लग रहा होऊँगा। मैं डॉक्टर साहब का किराएदार हूँ। पाँच दिन पहले जो पानी गिरा था, उससे मालूम पड़ा कि पूरा घर टपकता है। घर में ढूँढ़-ढूँढ़कर न टपकनेवाली सूखी जगह का पता लगाकर सामान समेट लिया गया। पर अधिक दिन यह कैसे चलेगा? अभी तो बरसात शुरू हुई है। पत्नी पानी गिरने के कारण परेशान हो रही होगी। सामान को इधर-उधर हटाकर टपकते पानी से बचा रही होगी।"

"अरे, कितनी दूर घर है?" उसने पूछा।

अँगोछे से उसने फिर हवा करनी शुरू कर दी थी। उसे मेरी बात में मजा आ रहा होगा।

"यहीं है। सिरस के पेड़ के पास से दिखता है।"

"भले आदमी, दौड़कर चले क्यों नहीं जाते?"

मैं अपनी बात पूरी करने लगा।

"डॉक्टर साहब बहुत व्यस्त आदमी हैं। आठ से एक बजे तक यहाँ रहेंगे। फिर तीन से छह बजे शाम तक रहेंगे। बीच में खाना खाएँगे। आराम करेंगे। शाम

को क्लब चले जाते हैं। रात को बारह बजे तक लौटते हैं। अब आप बताइए, सुबह घंटा-आध घंटा इनके पास रहता होगा। इस बीच यदि मुलाकात नहीं हुई तो कभी नहीं होगी। यदि मैं बीमार हुआ तो मैं यहाँ नहीं आऊँगा। इनकी फीस बहुत ज्यादा है। बीस रुपया फीस देकर मैं इलाज नहीं करवा सकता। मैं सरकारी अस्पताल जाता हूँ। सरकार जो सुविधा देती है, उसका उपयोग करना चाहिए। यहाँ कोई केस खराब हो जाता है तो सरकारी अस्पताल जाता है। मुझे दुःख है कि देहात के गरीब यहाँ आते हैं। सिरस के पेड़ के नीचे पड़े रहेंगे। बरसात के लिए उधर देखिए, एक पुराना गाय-कोठा उनके लिए साफ करवा दिया गया है। लगता है, पानी कम हो रहा है। अब मैं जाता हूँ। नमस्कार।"

अगर मैं रुका रहता और इसी तरह बातें करता तो इन्हें अच्छा लगता।

अहाते की दीवार के नीचे घर के पिछवाड़े में बहुत पानी जमा हो गया था। भीगा हुआ मैं घर के अन्दर घुसा। घर का पूरा सामान पाँच दिन पहले जिस तरह तितर-बितर था, वैसा ही फिर हो गया। बीच के दिनों में धीरे-धीरे बेतरतीब सामान अपनी-अपनी जगह जाने लगे थे।

"डॉक्टर से बात हुई?" पत्नी ने पूछा।

"नहीं हुई।"

"क्यों?"

"बीच में माली आ गया।" मैंने निराश होकर कहा। मेरी गर्दन में छत का पानी टप-टप टपका तो मैं थोड़ा हट गया।

"कौन माली?" पत्नी ने पूछा।

"साहब का माली।"

एक बार उसे लेकर टाउन हॉल गया था, साहब के लिए फूलों के पौधे निकलवाने। डॉक्टर साहब के पीछे वह था। उसके पीछे मैं। बूढ़ा है। मुझसे लम्बा है। बगीचे में घूमने के लिए इतना पतला रास्ता है कि केवल एक आदमी चल सकता है। दूसरा हुआ तो उसे पीछे चलना पड़ेगा। डॉक्टर साहब और मेरे साहब में अच्छी पहचान होगी। इसलिए मैं थोड़ा संकोच भी कर गया। अच्छे नौकरों को ये लोग आपस में बाँट लेते हैं। साहब एक रोज किसी को फोन कर रहे थे कि एक अच्छी नौकरानी है, उन्हें जरूरत नहीं है। उनको रखना है तो रख लें। नौकरानी से काम करवाना साहब सिद्धांततः पसन्द नहीं करते हैं। उनके घर के काम के लिए एक भी नौकरानी नहीं है। बर्तन

वगैरह सब नौकर धोते हैं। मेरे पास छत से जहाँ पानी गिर रहा था, उसके नीचे हथेली फैलाकर बूँद के टपकने का मैं इन्तजार करने लगा। एक बूँद हथेली में टपकी और उसके बारीक-बारीक छींटे मैंने चेहरे पर महसूस किये।

"डॉक्टरनी बाई से तुम मिलो।" मैंने कहा।

डॉक्टर व्यस्त रहते थे पर डॉक्टरनी बाई व्यस्त नहीं रहती थी। बँगले से बहुत कम बाहर निकलती थी। पाँच-सात दिनों में कभी बाहर दिखती थी। वह हमेशा मोटे-मोटे गहनों से लदी रहती थी। इतने बड़े बँगले में बहुत कम लोग रहते थे। डॉक्टर की एक विधवा बूढ़ी बहन थी। एक भतीजा था, जिसका मकान पास ही बनकर तैयार हो गया था। वह अपने मकान में कभी भी जा सकता था। बँगले में और कोई नहीं था। डॉक्टर की विधवा बहन बहुत अहसानमन्द थी कि डॉक्टर ने उसे सहारा दिया। घर का सारा काम वही करती थी। पाँच बजे सुबह से रात के एक बजे तक, जब तक डॉक्टर खाना खा नहीं लेते थे, उसे फुरसत नहीं मिलती थी। डॉक्टर साहब की गृहस्थी में उसके लिए काम की कमी नहीं थी।

मेरी पत्नी से उसकी अच्छी पहचान हो गई थी। पत्नी को उस पर बहुत दया आती थी। एक बार उसी के साथ जाकर डॉक्टरनी से मिल चुकी थी। पत्नी को विश्वास था कि डॉक्टरनी उसकी बात पर ध्यान देगी। पहली बार जब डॉक्टरनी से मिलकर आई थी तब वह कह रही थी कि इतने बड़े आदमी हैं पर इन्होंने एक कप चाय के लिए नहीं पूछा। एक कप चाय की उसे उम्मीद थी। इसके अलावा वह डॉक्टरनी की बहुत तारीफ करती थी। अब यह उसका दूसरी बार मिलना होगा।

आकाश साफ हो गया था। जाने के लिए वह तैयार थी। मुझे भूख नहीं लग रही थी। सोच रहा था, दोपहर को दफ्तर से आकर खाना खा लूँगा। मैं दाढ़ी बनाने बैठ गया।

"यह साड़ी ठीक है?" पत्नी ने पूछा।

सस्ती चुनरी साड़ी थी, पर इसमें वह बहुत अच्छी लगती थी।

"बढ़िया।" मैंने कहा।

दाहिनी तरफ से बँगले के अन्दर जाने के लिए एक और दरवाजा था। यह दरवाजा बँगले के आँगन में खुलता था। जमादारिन, नौकरानी, गाय इसी रास्ते से आती-जाती थीं। डॉक्टर की बहन इसी रास्ते से पत्नी को डॉक्टरनी से मिलाने ले गई थी। डॉक्टर का भतीजा, जिसकी बहुत चलती थी, भी इसी

दरवाजे से आता-जाता था। बँगले में खाना दो तरह का बनता था। डॉक्टर और डॉक्टरनी के लिए अलग खाना बनता था, उसकी विधवा बहन अपने और भतीजे के लिए अलग खाना बनाती थी। जब दूसरे नाते-रिश्तेदार आते थे तो इन्हीं के साथ उनके लिए भी खाना बन जाता था। डॉक्टर और डॉक्टरनी के लिए बहुत पौष्टिक और स्वादिष्ट खाना बनता था। शहर में डॉक्टर बहुत कंजूस आदमी जाने जाते थे। पाँच रुपये लेकर क्लब ताश खेलने जाते थे। जरूरत होती तो किसी से उधार माँग लेते थे।

मैंने सोचा, पत्नी आँगन के दरवाजे से ही अन्दर गई होगी। मैं निश्चिन्त होकर घर में घूम-फिर सकता था क्योंकि पानी बन्द होने से छत का टपकना बन्द हो गया था।

दफ्तर जाने के लिए मैं बहुत देर से तैयार था। पत्नी अभी तक नहीं आई थी। घर बन्द कर जाया भी नहीं जा सकता था।

सामने के दरवाजे से साइकिल निकालकर मैं अन्दर कुर्सी पर बैठकर उसका इन्तजार करने लगा, जैसे ही वह आए, घर उसे सौंपकर मैं दफ्तर चला जाऊँ। दफ्तर की एक मिनट की देरी मैं सहन नहीं कर सकता था। हमेशा समय से पहले पहुँचता था। चारपाई पर लेटने की इच्छा हो रही थी पर मैं कपड़े बदल चुका था। मुझे गुस्सा आने लगा। उसे गए बहुत देर हो गई थी।

पत्नी हड़बड़ाती अन्दर घुसी।

"इसी तरह हड़बड़ चलती आ रही होगी। फिसलकर गिर जातीं?" मैंने कहा।

"तुम्हारे दफ्तर जाने को देर हो रही थी इसलिए जैसे-तैसे निकलकर आ रही हूँ। तुम्हारी छुट्टी का दिन होता तो शाम तक निकल नहीं पाती।"

"इतना समय कैसे लग गया? डॉक्टरनी से बात की?" मैं चारपाई पर बैठ गया।

"हुई मुलाकात। डॉक्टरनी बरामदे में कुर्सी पर बैठी थी। नौकरानी से चावल पछोरवा रही थी। मेरे मुँह से निकल गया कि नौकरानी ठीक से चावल नहीं पछोर रही है। डॉक्टरनी ने कहा, 'बहू, इसको बतला दो।'

"मैं नौकरानी को चावल पछोरना बतलाने लगी। तभी डॉक्टरनी ने नौकरानी को दूसरे दस काम बतला दिये। वह चली गई। मैं चावल पछोरती रही। जब मैंने घर टपकने के बारे में बतलाया तो उन्होंने कहा कि डॉक्टर साहब यह काम देखते हैं। वह कुछ नहीं जानती।"

"बात करके तुम तुरन्त आ जातीं।"

"उन्होंने मेरे मैके के बारे में पूछना शुरू कर दिया।"

"चावल पछोरती रही और अपने मैके के बारे में बतलाती रही? इस तरह तुम बहुत देर तक चावल पछोरती रही होगी?"

"क्या हो गया? बात करते-करते काम करती रही।"

"उनकी बहन कहाँ गई थी?"

"खाना बनाने की तैयारी कर रही थी। बेचारी को बहुत काम करना पड़ता है।"

"तुम कल से उसकी सहायता करने चली जाया करोगी?" आहत होकर मैंने कहा। "इंटर पास हो गईं लेकिन तुम्हारे समान बेवकूफ औरत मैंने नहीं देखी," गुस्से से मैंने कहा, "क्या तुमने वहाँ चाय पी?"

"हाँ।" उसने कहा।

यह सुनकर मैं निराश हो गया।

"तुम्हें चाय कैसी लगी?"

"अच्छी थी।" पत्नी को कुछ समझ में नहीं आ रहा था।

मुझे भी समझ में नहीं आ रहा था। गौराहा बाबू की बात याद आ रही थी। उन्होंने कहा था कि साहब के घर की चाय एक बार उसने पी थी। उसे चाय बहुत अच्छी लगी थी। दुबारा उसे चाय नहीं मिली, जबकि साहब के घर उसे कई बार जाना पड़ता था।

पत्नी चुपचाप मुझे देखती रही कि आगे मैं कोई ऐसी बात करूँगा जिससे उसे समझ में आ जाएगा कि उसने डॉक्टर के घर की चाय पीकर बहुत बड़ी गलती की थी।

अपने बस में करने और अपना खरीदा गुलाम बनाने के तरीके बदल गए थे। सड़क के किनारे कोई आदमी थका हुआ सुस्ताने खड़ा रहेगा तो एक रौबदार आदमी आएगा और समझाते हुए कहेगा कि यह तुम्हारे खड़े होने लायक जगह नहीं है। वह सोचेगा, जगह खड़े होने लायक क्यों नहीं है? रौबदार आदमी इशारा करके बतलाएगा कि वहाँ खड़े रहो, जहाँ उसकी मोटरकार है। फिर बहुत आत्मीयता से कंधे पर हाथ रखकर उस जगह तक ले जाएगा। फिर कहेगा कि खड़े-खड़े मोटरकार ताकते रहो, वह अभी खरीदी करके आता है और आजकल पलक झपकते चोरी हो जाती है। मोटरकार

कोई न ले जाए, पर उस पर जमी धूल पर बदमाश लड़के उँगली से अश्लील गालियाँ लिख देते हैं। मालूम पड़ता नहीं। मोटर के साथ-साथ गन्दी गालियाँ घर तक पहुँच जाती हैं, जिस पर घर में लड़के, लड़की, नौकर, पत्नी—सबकी नजर पड़ती है। यह हरकत सभी मोटरकार के साथ होती है। फिर भी शंका तो होती है कि उसके साथ क्यों? कोई उससे जरूर चिढ़ा हुआ है जो सामने नहीं आना चाहता। छुपकर वार करने की फिराक में है। तब वह पूरी ईमानदारी से मानवता के आधार पर, जो उसे परम्परा से मिले थे, टकटकी बाँधे मोटरकार को ताकता रहेगा। यहाँ तक कि ताकते-ताकते थक जाएगा। तब उसे गृहस्थी के बहुत से जरूरी काम याद आएँगे। वह परेशान होकर चहल-कदमी करने लगेगा। चहल-कदमी करते-करते फिर थक जाएगा और सुस्ताते हुए मोटरकार ताकता रहेगा; आखिर में वह देखेगा कि मोटरकार वाला कब का मोटरकार लेकर चला गया। मोटरकार का नम्बर उसे याद नहीं रहेगा। पर मोटर के पीछे धूल में लिखी गालियाँ उसे याद रहेंगी।

रात में पानी नहीं गिरा था। पत्नी जल्दी उठ गई थी। जब मैं उठा तब वह अपने काम निपटाकर खिड़की के पास स्टूल पर बैठी थी। खिड़की पर गाल टिकाए वह डॉक्टर के बँगले की तरफ देख रही थी। चूँकि पिछवाड़े से सूर्य निकलता था इसलिए इस कमरे में आकर लगता था कि उठने में बहुत देर हो गई और उस कमरे में लगता थ, कुछ देर और सोया जाए।

"कब से बैठी हो?"

"अभी थोड़ी देर से।" वह नहा-धोकर तैयार थी।

"लगता है, चार बजे से उठ गई हो?" मैंने कहा।

मैंने जल्दी की और पन्द्रह मिनट में तैयार होकर आ गया। वह चाय बनाने चली गई। अभी तक अलाली थी। मैं भी स्टूल पर बैठ गया और पत्नी की तरह खिड़की पर गाल टिकाकर बाहर सुबह को देखने लगा। यह समय डॉक्टर के निकलने का था। यदि दस दिन तक भी डॉक्टर मुझे नहीं दिखते तब भी आगे उन्हें इसी तरह देखने का सिलसिला चलता रहता। परन्तु घंटी बजाकर उनसे मैं बँगले के अन्दर नहीं मिलता। वह

ज्यादा तकलीफदेह था। बाहर बँगले की बत्ती जल रही थी, मुझे फिर बुरा लगा।

चाय पीकर मैं और भी चुस्त हो गया। अब पूरे दिन का सामना अपनी तरह से करने के लिए मैं तैयार था। मैं नहीं चाहता था कि आज भी माली दिखे।

आखिर डॉक्टर साहब बगीचे में दिखलाई दिये।

"मैं जा रहा हूँ।" डॉक्टर को देखते ही पत्नी से चिल्लाकर मैंने कहा।

और मैं दरवाजे से, फिर टूटी दीवार के बीच बने रास्ते पर आ गया। वहाँ कीचड़ था। इसलिए मेरी तेजी कम हो गई। इसको पार करते ही मैं अपनी कलवाली तेजी में फिर आ गया।

डॉक्टर साहब मुसकराते हुए मुझे देख रहे थे। मैं उनके इतने पास तक गया कि अपनी बात कह सकूँ। वे समझ गए थे कि मैं कुछ कहना चाहता हूँ। मेरी बात सुनने के लिए वे तैयार दिखे। मैंने कहा, "डॉक्टर साहब! घर की छत बहुत टपकती हैं। खाना बनाने में, सोने में दिक्कत होती है। कल भी इसीलिए आपके पास आया था। आपसे बात नहीं कर पाया तो पत्नी डॉक्टरनी बाई के पास गई थी। उन्होंने कहा कि मुझे आपसे बात करनी चाहिए। बरसात शुरू हो गई है। अचानक पानी गिर जाता है।"

डॉक्टर मेरी बात सुनते रहे।

"बहुत परेशानी हो रही होगी आपको? दो कमरे ही तो हैं।" चिन्तित होते हुए उन्होंने कहा।

"जी हाँ। बहुत तकलीफ है। पाँच-छह दिन पहले जो गद्दे भीगे थे, वे अभी तक गीले हैं।"

"जब पानी नहीं गिरता तब तो कोई तकलीफ नहीं होती होगी?" डॉक्टर साहब ने पूछा।

"तब कोई तकलीफ नहीं होती।"

"मुझे तो नहीं लगता कि मानसून है। बम्बई में कल मानसून आया है। यहाँ आने में आठ रोज लग जाएँगे। आपने पहले बतलाया होता। कल की बारिश से भीगकर खपरे गीले हो गए होंगे। गीले खपरों में काम नहीं होता। कारीगर चढ़ेंगे तो खपरे चूर-चूर हो जाएँगे। खपरों को धूप खाकर सूख जाने दीजिए। सूख जाएँगे तो बनवा देंगे। और कोई तकलीफ तो नहीं है?"

"जी नहीं," मैंने कहा।

डॉक्टर साहब टहलने लगे।

मैं कुछ देर तक उनके पीछे-पीछे घूमता रहा, तब मैंने कहा, "मैं जाता हूँ।"

डॉक्टर ने कहा, "चौकीदार बतला रहा था कि आपकी बाई बहुत-सी ईंटें ले गई हैं। काम हो गया हो तो भिजवा दीजिएगा। घर में नल के पास एक टाँका बनवा रहे हैं, कुछ ईंटें कम पड़ गई हैं। पूरी गाड़ी की जरूरत नहीं है। ईंट आजकल बहुत महँगी हो गई है। बरसात में तो अनाप-शनाप कीमतें बढ़ जाती हैं। ईंटों के भट्ठे बन्द हो जाते हैं। अभी पाँच दिन में कीमत डेढ़ गुना हो गई। पानी और गिरने दीजिए, तब देखिएगा। आपके दफ्तर में प्रदेश गजट तो आता होगा?"

"जी हाँ, आता है।" मैंने कहा।

"पिछले चार-पाँच ले आइएगा।"

"जी, अच्छा।" मैंने कहा।

पत्नी ने पूछा, "खपरे सुधरवाने के लिए तैयार हो गए?"

"बनवा देंगे। पर अभी नहीं। खपरे पानी से गीले हो गए हैं। कारीगर चढ़ेगा तो टूट जाएँगे। धूप खाकर जब सूख जाएँगे तब कारीगर आकर बना देगा।" मैं डॉक्टर की ईंटों को कमरे में ढूँढ़ने लगा।

"क्या ढूँढ़ रहे हो?"

"ईंटें ढूँढ़ रहा हूँ, जो तुम डॉक्टर के कम्पाउंड से उठा लाई थीं। चौकीदार ने शिकायत की है। डॉक्टर कह रहे हैं, जितनी ईंटें हैं, भिजवा दूँ।" आँगन में तीन ईंटें पड़ी थीं, "इन ईंटों को किसने तोड़ा?"

"जब तबियत खराब हो गई थी तब बर्तन माँजने के लिए मुहल्ले की रवताइन को बुलवा लिया था। उसने ईंटों के चूरे से बर्तन माँजे होंगे। इसलिए उसके माँजे बर्तन बहुत चमकते थे। मैं डॉक्टर की बहन से पूछकर ईंटें लाई थी।"

पेटियों के नीचे भी ईंटें थीं। पेटी हटाकर ईंटों को निकाला तो पत्नी ने कहा, "पेटी जंग खा जाएगी।"

आटे के पीपे के ऊपर एक ईंट रखी थी। चूहे ढक्कन खोलकर अन्दर घुस जाते थे, इसलिए ढक्कन को ईंट से दबा दिया गया था। चावल के

पीपे के ऊपर भी एक ईंट रखी थी। पूरे घर में पन्द्रह अच्छी ईंटें निकल आई थीं।

जहाँ साठ इंच वर्षा होती हो, वहाँ बरसात में धूप का निकलना अच्छा सट्टा हो सकता था। सद्दानी चौक में सेठ लोग सुबह दस बजे से लेकर शाम तक सट्टा खेलते थे। आकाश की तरफ देखते हुए ये लोग खुले आकाश में काले बादल के छोटे टुकड़े को देखकर सट्टा लगाते। बूँदों के टपकने पर 'टपकी-टपकी' चिल्लाते हुए हल्ला मचाने लगते। सीधे आकाश से बूँद टपकने पर, छत से इकट्ठी होकर बूँदों के टपकने पर सट्टा लगता था। ये लोग, झड़ी लगी होगी तो उसके दोपहर या शाम तक बन्द हो जाने पर, या रात-भर बरसते रहने पर सट्टा लगा चौक की दुकानों के पट्टे में खड़े रहेंगे।

तीन दिन से झड़ी लगी थी इसलिए घर का पिछवाड़ा ऐसा हो गया था कि उसमें घुटने तक पानी भर गया था। डॉक्टर के कम्पाउंड से सारा कूड़ा-कर्कट पानी के साथ टूटी दीवार के रास्ते आकर जमा हो रहा था। मुझे समझ में आ गया कि कंपाउंड की दीवार जान-बूझकर तोड़ी गई होगी ताकि पानी डॉक्टर के कंपाउंड में जमा न हो। सड़क की नाली भर गई थी इसलिए पिछवाड़े के पानी की निकासी नहीं हो पा रही थी। मैंने सोचा, यदि दीवार को बाँध दिया जाए तो पानी यहाँ नहीं आ पाएगा। मुझे गुस्सा आ गया।

मैं पानी और कीचड़ से ऊब गया था। कमरों में मेढकों के बच्चे कूदते दीखते थे। रात में बहुत से मेढक आ जाते। इससे खाना खाते समय कीड़े गिरने का उतना डर नहीं रहता था जितना उचककर मेढक का थाली में आ जाने का रहता था। साँप अभी तक नहीं निकला था। तब भी कोने में मैंने एक डंडा रख लिया। चौका बेकार हो चुका था। चौका फूटे हुए बर्तन की तरह टपकने लगा था। वहाँ खाना बनाने की जगह नहीं थी। पूरे घर में सोने के लिए एक चारपाई जितनी जगह बच गई थी। दूसरे कमरे में खाना बनाने के लिए एक जगह ढूँढ़ ली गई थी।

रात को चारपाई पर बिस्तर डालता हुआ मैं चिल्लाया, "इधर आओ।"

पत्नी सोची होगी कि साँप निकला है। अपने को टपकते पानी से बचाते हुए जल्दी से वह आ गई। तब मैंने खुश होकर उससे कहा, "अच्छा हुआ,

हम दोनों पति-पत्नी हैं। बस, एक चारपाई की जगह बच गई है जहाँ हम पानी से बचे रहकर रात-भर आराम से सो सकेंगे। अगर माँ होतीं तो इस चारपाई पर वे सो जातीं और हम लोग क्या कोने में खड़े-खड़े बात करते ऊँघते हुए रात बिता देते?"

पत्नी बहुत खुश थी। घर के सभी दरवाजे बन्द कर लिये गए थे। पीछे की खिड़की भी बन्द कर दी गई थी। रात-भर वह कभी खुली नहीं रखी जाती। उसमें सलाखें नहीं थीं। खिड़कियों के खुले रहने से बौछार अन्दर आती थी।

चूँकि चारपाई न टपकनेवाली जगह के अनुसार जमाई गई थी, इसलिए वह कमरे में बेढंगे तरीके से रखी थी। आने-जाने में दिक्कत होती थी। दरवाजे से बिलकुल सटकर चारपाई थी। एक इंच भी इधर-उधर होने से वह टपकने की सीमा के अन्दर चली जाती।

"चारपाई बिलकुल नहीं सरकनी चाहिए। मैंने हिसाब से जमा दिया है।"

आनेवाले दिनों में भी चारपाई को इसी तरह बिछना था, इसलिए जहाँ उसके पाए थे, वहाँ मैं फर्श पर चाक से निशान लगाने की सोच रहा था ताकि दूसरे दिन उसी निशान पर पाए रख दिये जाते। तब अचानक पानी गिरने से भी चारपाई पर पानी नहीं टपकता और नींद खराब नहीं होती। परन्तु फर्श इतना गीला था कि उस पर कोई निशान नहीं लगाया जा सकता था। फिर भी चारपाई जिस तरह जमाई गई थी, वह नक्शा मैंने याद कर लिया था।

चारपाई के नीचे दो पेटियाँ, कुछ कपड़े और डब्बा-डिब्बी रख दिये गए थे, यानी जिनको बचाना जरूरी था।

जब वह चारपाई पर आकर लेटी तो सरककर मैंने उसके लिए थोड़ी और जगह बना ली।

"अच्छा हुआ, जो हम दोनों पति-पत्नी हैं।" मैंने फिर कहा।

"तुमको अड़चन तो नहीं हो रही है?" उसने पूछा।

"चारपाई छोटी है तो क्या हुआ? चारपाई में तुम्हारे लिए जो जगह है, दिल में जो जगह है, दोनों को मिलाकर कितनी सारी जगह हो गई।" उसे जोर से हाथों से बाँधकर कसते हुए मैंने कहा।

"तुमको अब जगह कम लग रही है?" मैंने उससे पूछा।

"मैं तो आराम से हूँ। पर बाद में तुम मुझको चारपाई पर बर्दाश्त नहीं कर सकते। एक नींद पूरी हो जाने के बाद तुमको अड़चन होने लगती है।"

"थकने के बाद खूब फैलकर सोने का मन होता है। मुझे बाद में अड़चन होने लगेगी तो तुम कहाँ सोओगी?" उसे फिर एक बार कसते हुए मैंने कहा।

"है एक जगह। नहीं होती तो कहीं भी सो जाती।"

"मुझे तो कोई जगह नहीं दिखती। क्या दूसरे कमरे में है?"

"दूसरा कमरा तो और भी गया-बीता है। वहाँ खड़े होने के लायक दो-तीन जगह बाकी है। चारपाई जितनी सूखी जगह कहीं नहीं है।"

"तो कहाँ सोओगी?" मैंने पूछा।

"इस चारपाई में लेटते हुए मुझे वह जगह मालूम हो गई थी।"

स्टोररूम में पूरा-का-पूरा ठीक था। पर वह इतना छोटा कमरा था कि डब्बा-डिब्बी और बर्तन जमाने के बाद एक आदमी के खड़े होने लायक गुंजाइश रहती थी। उसमें खिड़की भी नहीं थी। वह एक कुंद छोटी-सी कोठरी थी।

"अच्छा, अब बता दो।" चिढ़ते हुए मैंने कहा।

"तुम्हारे पास, तुम्हारे नीचे यानी चारपाई के नीचे चारपाई जितनी जमीन बची है। सामान हटाकर चारपाई के नीचे सो जाऊँगी।" यह कहकर वह उठ गई और पेटी सरकाने लगी।

हम दोनों ने मिलकर पेटियाँ जैसे-तैसे स्टोररूम में ले जाकर जमाईं। बाकी सामान वह खुद रख आई। फिर मेरी चारपाई पर आकर लेट गई। उसकी साँस जोर से चल रही थी। पेटी उठाने से थकावट आ गई होगी।

"थक गईं?" उसे प्यार करते हुए मैंने कहा। "तुम मेरे पास ही सोओगी, यहीं।" कानून की तरह मैंने बात की।

'यह करो, यह मत करो' वाली मेरी बातें कानून ही होती थीं। पर ये कानून मैंने नहीं बनाए थे। मैं तो गृहस्थी की पुलिस था, बने हुए कानूनों की मुस्तैदी से रक्षा कर रहा था। और कानून सबके लिए बराबर था—चाहे वह घरवाली ही क्यों न हो! जब वह मुझे बहुत प्यारी लगती थी तो इसका मतलब यह हुआ कि ऐसी मेरी इच्छा थी। प्यार की शुरुआत मैं उसके मोटे-मोटे चिकने गाल को धीरे से काटते हुए करता था। और इस बात का पूरा ध्यान रखता था कि उसे चोट न लगे।

जब सोकर उठा तो मुझे लगा कि अब मुझे नींद नहीं आएगी। साथ सोने से नींद खुलते ही अड़चन होने लगी थी। सोचा, पानी तो नहीं गिर रहा है? पत्नी के खुले बालों से मेरे चेहरे में सुरसुरी हो रही थी। गहरी नींद में भी वह

सिकुड़कर मेरे लिए अधिक-से-अधिक जगह बनाकर सो रही थी। मेरी चित लेटने की इच्छा हो रही थी। पर मैं अपने पैरों और हाथों को आरामदायक स्थिति में नहीं फैला सकता था। उसकी कुहनी मुझे गड़ती हुई-सी लग रही थी। उसके हाथ को मैंने सीधा करना चाहा तो उसकी नींद खुल गई।

"नींद नहीं आ रही है?" उसने बहुत प्यार से पूछा।

मैं चुप रहा, जैसे सो रहा हूँ!

"पानी पियोगे?"

"हाँ," आखिर मेरे मुँह से निकल गया।

झुककर चारपाई के नीचे से उसने लोटा उठाया। मैं उठकर बैठ गया। पानी पीकर लोटा मैंने उसे दे दिया। चारपाई के नीचे लोटा रखकर वह कमरे में रखी बाल्टियों का पानी बाहर रखने के लिए उठी।

"पानी बन्द हो गया है।" उसने कहा।

बाल्टी छत के टपकने से काफी भर गई थी। वह पानी फेंकेगी नहीं। सुबह बर्तन धोने के काम आ जाएगा।

पूरी चारपाई में अच्छी तरह फैलकर अपने शरीर को मैंने आराम दिया। मुझे नींद आने लगी। नींद लेते हुए मुझे लगा कि अब वह कहीं और सोने चली जाएगी, या तो चारपाई के नीचे, या कमरे में कहीं और, या खटपट-खटपट कुछ काम करती रहेगी।

सोने के पहलेवाले विचार महत्त्वपूर्ण होते हैं या नहीं, यह मुझे नहीं मालूम। इन विचारों में मैं किसी दिन बहुत ताकतवर होता। कई जादुई या बहादुरी के करतब दिखाता। कभी पहाड़ से नीचे कूद जाता। उड़ते-उड़ते किसी बहुत खूबसूरत लड़की के कमरे में घुस जाता। कभी बहुत कमजोर और बीमार रहता। बहुत दिनों से मैं सोने के पहलेवाले विचारों में कमजोर और बीमार आदमी ही हो रहा था। हो सकता है, मौसम बदलने के कारण ऐसा हो! बदली-पानी से मौसम बदल गया था।

सुबह खूब पीली धूप निकल आई। इतनी खूबसूरत धूप मैंने बचपन में कभी देखी थी। सबसे पहले पत्नी ने धूप को निकले देखा था। तुरन्त आकर उसने मुझे जगाया।

'धूप निकल गई, धूप निकल गई' की आवाज से मैं एकदम उठ बैठा था। धूप ने सुबह-सुबह गीलेपन के एहसास को भीतर तक सुखा दिया था। मुझे

इतनी खुशी हुई कि लगा, सूर्य और धूप का मेरे पिछवाड़े आना ठीक नहीं है। उसे सामने बैठक के कमरे में आना चाहिए था, जहाँ दो कुर्सियाँ, एक टेबिल हम लोगों ने डाल रखे थे। एक चारपाई भी रहती थी। उसमें दरी बिछी रहती थी। लेकिन बरसात में उसे खड़ा कर दिया गया था।

बाहर आकर मैंने खपरों की तरफ देखा। सामने के खपरों में धूप नहीं पड़ रही थी। दस-ग्यारह बजे तक उन पर धूप आएगी, मैंने अन्दाज लगाया। ये खपरे यहीं बनते थे पर इलाहाबादी कहलाते थे और दूसरे देशी खपरों से बहुत महँगे थे। इनका भाव चालीस रुपया सैकड़ा था।

वह भी खिड़की से नहीं हटी और हम दोनों डॉक्टर के निकलने की राह देखने लगे। इस बार खिड़की में आने में देर भी हो गई थी। सात बज गए होंगे। मैं स्टूल पर बैठा था, वह खड़ी थी। उसके कारण मैं ठीक से देख नहीं पा रहा था। बार-बार सामने से ध्यान हटकर उसकी तरफ या उसके कारण कहीं और चला जाता था। सिरस के पेड़ के नीचे एक भी आदमी नहीं था। नहीं तो उसकी हरकत से अन्दाज हो जाता कि डॉक्टर साहब बाहर आ गए हैं। मुझे लग रहा था कि डॉक्टर टहलकर बँगले में चले गए होंगे। अबकी बार धूप के निकलने से डॉक्टर की जरूरत महसूस हुई थी। पानी नहीं भी गिरता, बदली छाई रहती तब भी डॉक्टर को देखने का सवाल नहीं उठता था। खपरे सूख जाएँ, इसके लिए धूप पहले जरूरी हो गई थी, बाद में डॉक्टर।

डॉक्टर का भतीजा बँगले के पीछे के दरवाजे से निकला। टहलता हुआ कुएँ के पास आकर खड़ा हो गया।

"डॉक्टर के भतीजे को बतला दूँ, धूप निकल गई है। कल परसों तक ये कारीगर भिजवा देंगे?" पत्नी से मैंने पूछा।

"हाँ, पूछ लो।" पत्नी ने कहा।

"तुम जाना नहीं, यहीं खिड़की पर खड़ी रहना।" मैंने कहा।

डॉक्टर का भतीजा मुझे आता हुआ देखकर जल्दी निपटाने की मुद्रा में मेरी ओर देखता हुआ, मेरे पास आने का इन्तजार करने लगा। गनीमत थी, उसने मेरी उपेक्षा नहीं की थी।

मैंने उससे कहा, "डॉक्टर साहब ने कहा था कि धूप निकलने पर खपरे सूख जाएँगे, तब कारीगर उनको सुधार देगा। छत के टपकने के कारण बहुत परेशानी होती है।"

मेरे पहले भी किराएदार रहते होंगे। उनकी भी समस्याएँ होती होंगी, इसलिए डॉक्टर का भतीजा ऐसे सन्दर्भों को जानता था। उसका जवाब था, "कम-से-कम तीन दिन तक लगातार धूप रहे, तब खपरे सूखेंगे।"

"अगर दो दिन धूप रहे और तीसरे दिन बदली छा जाए तो?"

"मुझे मालूम है, इतनी जल्दी खपरे नहीं सूखेंगे। कम-से-कम तीन दिन की लगातार धूप चाहिए।"

उसका आशय था, अगर आप धूप ला सकते हैं तो ले आइए। आपकी गर्ज है। अगर नहीं ला सकते तो फिर इन्तजार करिए। मेरी नजर बगीचे में काम करते हुए माली की पीठ पर गई, जो धूप में पसीने से चमक रही थी। ज़ितनी धूप पड़ेगी, पसीना और निकलेगा और उसकी पीठ चमकती रहेगी। इलाहाबादी खपरों की छत मजदूर की पीठ नहीं थी। देशी खपरों की छत भी मजदूरों की पीठ नहीं हो सकती। दफ्तर में ग्रेन एडवांस, पे एडवांस मिल सकता था। दफ्तर में धूप रहे और मेरे घर में न रहे तो दफ्तर से कुछ आशा की जा सकती थी। यदि दफ्तर कुछ नहीं कर सकता, तो सरकार भी कुछ नहीं कर सकती। वैसे सरकार की आलोचना की गुंजाइश प्रजातंत्र में हमेशा रहती थी। पर मैंने उसका उपयोग कभी नहीं किया, जिस प्रकार साल-भर में मैं पूरी आकस्मिक छुट्टी का उपयोग नहीं कर पाया। चार-पाँच दिन की छुट्टी बेकार गई।

"आप कारीगर को बुलवा तो दीजिए, धूप तेज होगी तो खपरे तीसरे दिन के बजाय एक दिन में भी सूख सकते हैं। कारीगर अन्दाज कर लेगा कि उसे खपरों पर काम करना है या नहीं।"

"कारीगर इस बात की परवाह नहीं करेगा कि आपका नुकसान होता है या नहीं। आपको भी यदि परवाह होती तो मेरी बात समझ जाते। परवाह हम लोग करेंगे जिनका रुपया लगता है। कारीगर अपनी रोजी से मतलब रखता है, काम से नहीं। कान बनाने पर वह विश्वास रखेगा तो उसकी रोजी नहीं चलेगी। आपको लगेगा कि काम हो गया है, पर बाद में पता चलेगा कि नई परेशानियाँ पैदा हो गई हैं। बहुत मजबूरी में इनसे काम लेना चाहिए। अगर विश्वासपात्र कारीगर मिल जाए तो अच्छा है, नहीं तो जितना सह सकते हैं, सहना चाहिए। और जब भी इनसे काम करवाएँ, सामने खड़े रहकर करवाएँ।"

"मैं दफ्तर से छुट्टी ले लूँगा और अपने सामने काम करवाऊँगा। मेरी बहुत छुट्टी बची हैं। मैं अपनी छुट्टी का उपयोग घर में काम न होने के कारण कर नहीं पाता। प्रत्येक इतवार को लगता है कि बेकार हूँ। किसी विश्वासपात्र कारीगर को भेज दीजिए।"

"मुझे एक विश्वासपात्र कारीगर ने ही बतलाया है कि एक बार के भीगे खपरों को सूखने के लिए कम-से-कम तीन दिन की धूप चाहिए।"

डॉक्टर के भतीजे के जाने के बाद मेरी परेशानी वहीं थी। धूप के निकलने से मुझमें आशा थी। आईने में चेहरा देखकर खुद की परेशानी को कोई अनुभव नहीं करता। बिना आईना देखे भी परेशानी खुद को जाहिर होती है। जमीन पर, धूप में पड़ती हुई अपनी छाया को देखकर परेशानी का अन्दाज नहीं लगाया जा सकता कि अगर बदली छा गई तो क्या होगा! आदमी की छाया का चेहरा कहाँ होता है और उसमें गुस्से का भाव कहाँ दिखेगा? मैं कितना परेशान हूँ; यह मुझे बिना आईना देखे ठीक-ठीक मालूम होना चाहिए।

सिरस के पेड़ के पास आकर मैं खड़ा हुआ तो देखा, पत्नी इशारे से मुझे बुला रही थी। इशारे से बुलाने में खामोशी रहती है। फिर भी मुँह पर उँगली रखकर मैंने उसे चुपचाप खड़ी रहने के लिए कहा। पत्नी की हरकत मुझे अच्छी नहीं लगी। मुझे देखकर वह समझ गई होगी कि काम नहीं बना। बुलाकर वह कहना चाहती होगी कि जाने दो, बाद में देख लेंगे।

बँगले से कोई बाहर ही नहीं निकल रहा था। मरीज आने शुरू हो गए थे। इस बँगले के लोग बहुत कम बाहर निकलते थे जबकि मैं बार-बार बाहर निकलता था। डॉक्टर नियमानुसार, एक बार सुबह और एक बार रात को, क्लब जाने के लिए बाहर निकलते थे, बीच में कभी बाहर नहीं निकलते थे। इसके पीछे भी कोई राजनीतिक कारण होगा!

जब मैं घर पहुँचा तो देखा, पत्नी बहुत उत्साह में थी। फर्श जो कीचड़ से गन्दा हो चुका था, उसमें वह कपड़े से पोंछा लगा रही थी। मुझे देखकर उसने कहा, "पोंछा लगाकर खाना देती हूँ।"

पोंछे के पानी को एक टिन के डिब्बे में निचोड़कर वह फर्श को जल्दी सुखाना चाहती थी। फर्श का सूखना बहुत जरूरी था। इसलिए खिड़की, दरवाजे मैंने खोल दिये।

"दरवाजे-खिड़की क्यों खोल दिये? घर बिलकुल नंगा हो गया।" दरवाजे के खुलते ही वह उठकर खड़ी हो गई।

खिड़की को बन्द करते हुए मैंने कहा, "लो, घर को चड्डी पहना रहा हूँ।" पिछवाड़े के दरवाजे को बन्द करते हुए मैंने कहा, "घर को पाजामा पहना रहा हूँ।"

मेरे खयाल से सामने के दरवाजे को पाजामा कहना ठीक था; या दोनों दरवाजे मिलकर पाजामे कहे जा सकते थे। मुझे क्या मालूम था कि भविष्य में सामने का दरवाजा मेरे हिस्से में आएगा और पीछे का दरवाजा पत्नी के हिस्से में! सामने के दरवाजे को भी मैंने बन्द कर दिया जिसके खुल जाने से पत्नी को उलझन हुई थी। एक तो वह चौकेवाली गन्दी साड़ी पहने थी और पोंछा सहूलियत से लगाने के लिए उसे घुटने तक साड़ी समेटना पड़ा था।

जब मैं खाना खा रहा था तभी तेज धूप का उजाला कम हो गया। वोल्टेज एकदम कम होने से जिस तरह बल्ब का उजाला कम हो जाता है, उसी तरह का अहसास बदली आने से मुझे हुआ। मैं समझ गया कि बादल छाने लगे हैं। लेकिन बहुत घने बादल हैं या नहीं, यह देखने के लिए मैंने पत्नी से कहा।

खाना खाते-खाते मैं सोच रहा था कि धूप और बादल की परेशानी में पड़ा हुआ दुनिया में अभी केवल मैं हूँ। मुझे संक्रामक बीमारी लग गई है जिसका पहला शिकार मैं हूँ। सामने अरगनी में कल की धुली चड्डी-बनियाइन बिना छुए देखने से ही मालूम हो रही थी कि सूखी नहीं है। उसे छूकर देखने की जरूरत नहीं थी। खपरों को देखकर अन्दाज नहीं लग सकता था कि वे सूखे हैं या नहीं। पुराने हो जाने के कारण खपरे बदरंग हो गए थे। खपरों में पिछले साल की सूखी काई थी जो पानी पाने से मटमैली-जैसी हो गई थी; या यह मेरा भ्रम था। खपरों को मैं छूकर देखना चाहता था। उन्हें छूकर देखने के लिए एक सीढ़ी की आवश्यकता होती।

खाने में मन नहीं लग रहा था। भूख नहीं थी, और स्वाद भी नहीं आ रहा था।

"बादल तो हैं। हवा जोर की चल रही है, इसलिए लगता है, छँट जाएँगे। बाहर डॉक्टर साहब टहल रहे हैं।" पत्नी ने कहा।

मैं हताश हो गया। धूप के साथ डॉक्टर को बाहर होना था। यदि बदली छा जाए और मैं डॉक्टर से कहता कि कुछ देर पहले धूप थी तो वे शायद

विश्वास नहीं करते। उनका विश्वास न करना स्वाभाविक होता क्योंकि अधिकांश समय वे अपने कमरों में रहते थे। मैं तीन दिन की लगातार धूप की बात को कम कराकर एक दिन तेज धूप में लाना चाहता था। इसके लिए मुझे प्रयास करना पड़ेगा, खुशामद करनी पड़ेगी।

हाथ धोते-धोते फिर धूप निकल आई, पर डॉक्टर के पास जाने की इच्छा नहीं हुई। दफ्तर जाने का अभी समय नहीं हुआ था। अचानक मुझमें चिट्ठी लिखने का उत्साह आ गया। बहुत दिनों से पत्नी चिट्ठी लिखने को कह रही थी। साले की दो चिट्ठियाँ आ गई थीं।

पहले मैंने अपने बड़े भाई को पत्र लिखा, कि यहाँ सब ठीक है। बहुत दिनों से अम्मा के समाचार नहीं मिले हैं। अम्मा की तबियत कैसी है, इत्यादि। फिर मैंने यह भी जोड़ दिया कि यहाँ पिछले दिनों बहुत पानी गिरा। छत बहुत टपकती है। यदि अम्मा अभी आ रही हों तो मत भेजिएगा। मकान-मालिक से खपरे बनवाने के लिए कह दिया है। धूप निकलने के बाद काम शुरू होगा। धूप निकलती है पर बदली भी छा जाती है।

साले को जो पत्र लिखा, उसमें भी आखिर में मैंने यह जोड़ दिया कि यहाँ का मौसम खराब है। पानी अचानक गिर जाता है। वहाँ का मौसम कैसा है, लिखना। चिन्ता लगी है। कुछ सोचकर बाद में मैंने 'चिन्ता लगी है' को काट दिया।

दफ्तर में सभी कमरों में ट्यूब लाइट जल रही थी। बड़े बाबू के टेबिल के नीचे पाइप से रिसकर पानी जमा हो गया था। किसी ने उस जगह कपड़ा बाँध दिया था। देवांगन बाबू से मैंने कहा, "कुछ अच्छा नहीं लग रहा है।"

देवांगन बाबू ने कहा, "मुझे भी सर्दी हो गई है। सिर में दर्द है। अगर बड़े बाबू मान जाएँगे तो मैं जल्दी घर चला जाऊँगा।"

बड़े बाबू कुर्सी पर नहीं थे। फाइल लेकर साहब के पास गए थे।

"तबियत मेरी भी अच्छी नहीं है। पर मैं घर नहीं जाना चाहता। घर बहुत टपकता है।"

"बरसात में मैं सुखी रहता हूँ।" गौराहा बाबू ने कहा।

"क्यों?" हम दोनों ने पूछा।

"एक तो चारों तरफ़ मुरमी जमीन है, पाँच इंच पानी गिरे तो भी वहाँ जमा नहीं होता। कीचड़ का सवाल नहीं है। पानी गिरता है तब भी साइकिल

सर्र-सर्र चलती है। घर की छत टिन और अस्बस्टस की है। एक बूँद पानी नहीं टपकता। बस, एक बात का डर रहता है कि जोर की हवा से पूरी छत न उड़ जाए। पिछले साल तो कुछ नहीं हुआ। मेरे आसपास कोई नहीं है। मैदान में अकेला मेरा घर है। टिन के ऊपर मैंने बड़े-बड़े पत्थर रख दिये हैं। अस्बस्टस के ऊपर नहीं रखे। उसके टूटने का डर लगता है। पहले मेरा घर एक छोटा गोदाम था। गैंती, फावड़ा, घमेला, सब्बल जैसी चीजें यहाँ रखी जाती थीं। बाजू में मुरम की खदान है। मुरम की खदानों में पानी बहुत भर जाता है। अनजान आदमी तो डूब जाए। मेरा छोटा लड़का भी समझदार है, सपाटे से स्कूल जाता है और हम लोगों को चिन्ता नहीं होती कि वह डूब जाएगा।"

गौराहा बाबू पान खाते थे। दिन-भर में तीन-चार पान खाने की उनकी आदत थी। जब मँहगू गौराहा बाबू के लिए पान लेने जा रहा था तब मैंने उससे कहा, "मँहगू, लौटते समय देख लेना कि पानी गिरेगा या नहीं।"

बड़े बाबू ने कहा, "रास्ते में मेरा काम भी कर देना, चाहे जाते समय या लौटते समय मजार में पाँच पैसे की अगरबत्ती जला देना। आज शुक्रवार है।" बड़े बाबू ने मँहगू के पास पाँच पैसे फेंक दिये। प्रत्येक शुक्रवार को पाँच पैसे की अगरबत्ती बड़े बाबू की तरफ से जलती थी।

गौराहा बाबू के लिए मँहगू पान लाया था। बड़े बाबू के लिए मजार में अगरबत्ती जला आया, पर मेरा काम वह भूल गया।

"मँहगू, मेरे काम का क्या हुआ?" मैंने पूछा।

"भूल गया।" उसने कहा।

बड़े बाबू ने कहा, "जाओ, अभी देखकर आओ। कोई खास बात होगी तभी कह रहे हैं।"

बरामदे में निकलकर उसने आकाश की तरफ देखा। वहाँ से पूरा आकाश नहीं दिखा होगा। नीचे उतरकर वह खुले में आ गया। चारों तरफ ऊपर देखकर वह लौटा।

"पक्की बात है, पानी गिरेगा।" उसने कहा।

"सुन लिये?" बड़े बाबू ने कहा।

"हाँ।" मैंने कहा।

"अब मुझको समझाओ, पानी नहीं गिरता तो क्या होता?" बड़े बाबू ने कहा।

"बड़े बाबू, आप सरकारी क्वार्टर में रहते हैं, इसलिए मजे में हैं। मेरे घर की छत बहुत टपकती है। मैं किराए के मकान से दुनिया देखता हूँ। मेरी तबियत दो-तीन दिन से गड़बड़ है। मुझे अच्छा नहीं लग रहा है। यह मत सोचिए कि मैं आपसे छुट्टी के लिए कहूँगा।"

"खुद के मकान से दुनिया देखने का सुख मेरे पास भी नहीं है।" गौराहा बाबू और देवांगन बाबू ने एकसाथ कहा।

"सरकारी क्वार्टर मेरा मकान नहीं, सबका मकान है। सबका मकान होने से मैं भी उसमें शामिल हो गया। रहता हूँ तब भी, नहीं रहूँगा तब भी। इसलिए सरकारी क्वार्टर आप सबका भी है।"

"दिलवा दीजिए।" एकसाथ हम तीनों ने कहा।

"साहब भी अपने वेतन से खुद का मकान नहीं बना सकते। जिस ठाठ से रहते हैं, उसमें तो पाँच दिन में उनका वेतन खत्म हो जाएगा। बाकी पच्चीस दिन उनकी गुप्त तिजोरी में बन्द रहते हैं। हमारे पच्चीस दिन घूरे में पड़े रहते हैं। हमारा महीना टुकड़े-टुकड़े होकर तीस दिन होता है।" मैंने कहा।

"चिंधी-चिंधी होकर तीस दिन।" देवांगन बाबू ने कहा।

"मैं सोच-समझकर चलनेवाला आदमी हूँ। नहीं तो शहर से बाहर मैदान के बीच में अकेला नहीं होता। सन्तू बाबू की तरह बीच शहर में पचास रुपये का एक मकान मैं भी ले लेता। एक-एक दिन जोड़कर महीना पूरा करता हूँ। मैं अपनी जिन्दगी से बहुत सन्तुष्ट हूँ। हाय-हाय मुझे अच्छी नहीं लगती। मैं न मालूम कितने लोगों से अच्छा हूँ।"

"तुम पाँच रुपये की खोली में रहोगे तब भी बहुत-से लोगों से अच्छे रहोगे, जिनकी मैं गिनती नहीं लगा सकता।" मैंने गौराहा बाबू से कहा।

"तुमको रोज पचहत्तर पैसे मिल जाएँ तब भी तुम गुजारा कर लोगे और बहुत लोगों से अच्छे रहोगे क्योंकि तुम सोच-समझकर चलनेवाले आदमी हो।" देवांगन बाबू ने गौराहा बाबू से कहा।

"नवजवान दोस्तो, कल से तुम लोग ताश की गड्डी दफ्तर में ले आना।" बड़े बाबू ने कहा।

मैं मुसकराया। मुझे उनका 'नवजवान दोस्तो' कहना बहुत अच्छा लगा।

"सन्तू बाबू, आप अपना पेट साफ रखा करिए। आपकी गड़बड़ तबियत ठीक हो जाएगी।" बड़े बाबू ने कहा।

"बड़े बाबू, आज आप कव्वाली सुनने आएँगे?" गौराहा बाबू ने पूछा।

"मैं सभी दिन यहाँ आता हूँ और मुझे रात के दस-ग्यारह बज जाते हैं। दफ्तर के बचे काम निपटाकर मैं घर जाता हूँ।"

यह सुनकर हम सब लोग मुसकराने लगे।

पीर की मजार की वजह से यह दफ्तर देहातियों, टाँगेवालों, रिक्शेवालों के बीच मजारवाला दफ्तर कहलाता था। बाबाजी का दफ्तर कहने से भी लोग समझ जाते थे। प्रत्येक शुक्रवार को यहाँ देर रात तक कव्वाली होती थी। बरसात में कव्वाली गानेवाले चार-पाँच लोग होते और सुननेवाले भी दो-चार लोग होते।

मंगलवार को प्रसाद चढ़ानेवाले दफ्तर में बहुत थे। पर ये लोग दफ्तर के अन्दर के हनुमानजी पर उतना विश्वास नहीं करते थे। केवल दफ्तर खोलने वाला चपरासी, हॉल खोलते ही आग जलानेवाली जगह में रखे हनुमानजी को प्रणाम करता था। पर जहाँ दफ्तर हो, वहाँ हनुमानजी की मूर्ति पर किसी की नजर नहीं जाती थी। एक साहब थे, उनके कमरे में चपरासी अगरबत्ती जलाकर वातावरण को शुद्ध करता था। सहब ने नियमपूर्वक इसे करने के लिए कहा था। दफ्तर के लोग उनको 'अगरबत्तीवाले साहब' कहते थे। एक बार एक किसान अपने लम्बे-चौड़े परिवार के साथ नारियल, अगरबत्ती लेकर बिना किसी से पूछे-ताछे, टेबिलों के बीच से घुसते हुए हनुमानजी की तरफ जाने लगा। चपरासी और बाबुओं ने टोका, "अरे! अरे, कहाँ घुस रहे हो? क्या काम है? रुको, बाहर चलो!"

किसान ने घबराकर कहा, "महाराज मनता माना था। हनुमानजी को प्रसाद चढ़ाना है।"

"कब मनता माने थे?" एक ने पूछा।

"पिछले साल मालिक। जब तकाबी लेने आया था।" उसके पूरे परिवार के लोग घबरा गए थे।

"क्या माने थे?"

"हम लोग, फसल अच्छी हो, यही माने थे मालिक।"

"क्या चढ़ाओगे?"

"आधा किलो पेड़ा है। फसल अच्छी हुई। चना, अलसी, लाखड़ी अच्छी थी।"

"जल्दी प्रसाद चढ़ाकर भाग जाओ। यह दफ्तर है। अब दुबारा यहाँ प्रसाद चढ़ाने मत आना, समझे?"

बाबू लोगों ने कुर्सी-टेबिल सरकाकर उसके लिए जगह बनाई। उन सबने डरते हुए जल्दी फूल-पत्ती चढ़ाकर पूजा की। एक चपरासी ने नारियल फोड़ा। पेड़ा चढ़ाया गया। प्रसाद बाँटा गया। बहुत थोड़े लोगों को प्रसाद मिला। देवांगन बाबू को जो टुकड़ा मिला था, उसके उन्होंने बहुत छोटे-छोटे टुकड़े किये। हम लोगों को उन्होंने बाँट दिया। एक चुटकी-भर पेड़े का टुकड़ा मुझे भी मिला था। कई दिनों बाद साहब को यह घटना मालूम हुई। वहाँ बैठनेवाले बाबू को बहुत डाँट पड़ी। साहब ने हनुमानजी की मूर्ति को हटाकर कंपाउंड में कहीं अच्छी जगह रखने के लिए कहा, पर यह काम किसी ने नहीं किया। टेबिल पर बिछानेवाली एक फटी चादर उसके ऊपर टाँग दी गई ताकि आते-जाते लोगों की नजर उस पर न पड़े।

पीर के नाम से एक कमरा खाली है, यह बात साहब को मालूम थी। काम चल रहा था इसलिए उस कमरे की कोई जरूरत महसूस नहीं हुई। बाद में जगह की बहुत दिक्कत होने लगी थी। छोटा होने के बावजूद उस कमरे में चार टेबिलें आ सकते थे। जिन लोगों को बैठने में दिक्कत हो रही थी, उन सबने वहाँ बैठने से इनकार कर दिया। बँगलेवाले दफ्तर में आठ मुसलमान कर्मचारी थे। इत्तफाक से ये लोग अलग-अलग सेक्शन में थे। एक को छोड़ ये सब लोग उस कमरे में बैठने के लिए तैयार थे। दूसरे बहुत-से लोग भी वहाँ बैठने के लिए तैयार थे। मुझे लोगों का उस कमरे में न बैठने का कारण समझ में नहीं आ रहा था। गौराहा बाबू तैयार नहीं थे।

"गौराहा बाबू, आप तैयार क्यों नहीं हैं?" मैंने पूछा।

"वहाँ बैठने के लिए बिलकुल शुद्ध होना चाहिए। कभी-कभी तो मैं नहा भी नहीं पाता। कपड़े चार-पाँच दिन बाद बदलता हूँ। उल्टा-सीधा हो जाए, डर लगता है।"

इस दृष्टि से हम लोगों ने नहीं सोचा था। साहब ने, बाजूवाले कमरे की अलमारी, रैक उठवाकर पीर के कमरे में रखवा दिये। उससे बाजू के कमरे में जो जगह खाली हुई, वहाँ कुर्सी-टेबिलें रखवा दिये गए। पहले पीर के कमरे में

किसी का आना-जाना नहीं होता था। फाइल की अलमारी, रैक होने से बाबू, चपरासी लोग उस कमरे में आने-जाने लगे।

मँहगू ने आकर बहुत धीरे से मेरे कान में कहा, "बूँद-बूँद पानी गिर रहा है।"

मैंने भी धीरे से उससे कह, "जब धूप निकले, तब बतलाना।"

जब मँहगू चला गया तब देवांगन बाबू ने मुझसे पूछा, "मँहगू क्या कह रहा था?"

"कुछ नहीं।" मैंने कहा। देवांगन बाबू का इस तरह पूछना मुझे अच्छा नहीं लगा।

"साहब का कोई सन्देश है क्या?"

"नहीं।" मैंने कहा।

"आप भी बात छुपाने लगे।" देवांगन बाबू के चेहरे पर तनाव था।

बड़े बाबू देवांगन बाबू की बात सुनकर बहुत खुश लगे, इसलिए मुझे चिढ़ लगी। मैंने कहा, "आपकी बात मुझे अच्छी नहीं लगी। आप मुझे अभी तक नहीं समझ पाए।"

"नौकरी में समझने के लिए कुछ रहता नहीं है। कुछ लोग इसलिए नहीं समझते कि उनके लिए कठिन है और कुछ लोगों के लिए समझने के लिए कुछ है ही नहीं। मेरे लिए कठिन है।"

"आप मुझे किस तरह का नासमझ समझते हैं?"

"मैं आपको बहुत होशियार समझता हूँ।" मुझे लगा, देवांगन बाबू की यही असलियत है।

"छोड़ो, कौन-सी बात लेकर बैठ गए!" गौराहा बाबू ने कहा।

मैंने गौराहा बाबू से कहा, "जितनी बुराइयाँ हैं, वे केवल इसलिए कि कुछ बातें छुपाई नहीं जातीं और अच्छाइयाँ इसलिए हैं कि कुछ बातें छुपा ली जाती हैं।"

मैंने फिर कहा, "मेरे लिए यह छुपाना और दिखाना वैसा ही है, जैसे एक आधी खुली अलमारी है। दरअसल मैं कुछ नहीं छिपाता।"

"एक गिलास है जो आधा भरा है और वही आधा खाली है।" बड़े बाबू ने जोर से टेबिल ठोकते हुए कहा।

सब अपने-अपने काम में लग गए।

मँहगू फिर आया, आकर मेरे कान में धीरे से कहा, "बूँद-बूँद पानी गिरना बन्द हो गया।"

वह जाने लगा। मैंने उससे रुकने के लिए कहा, "जो तुमने अभी मेरे कान में कहा है, उसे यहाँ जोर से सबके सामने कहो।"

यह सुन बड़े बाबू लोहे की अलमारी खोलते-खोलते धप्प से कुर्सी पर बैठ गए।

मँहगू मेरी बात सुनकर कुछ भी न समझ पाने के कारण हँसने लगा। मँहगू के इक्का-दुक्का दाँत ही बचे होंगे। वह बहुत छोटे-छोटे बाल रखता था। बहुत दुबला और करीब पचास साल का होगा। जब वह हँसता तो उसकी जीभ हिलती दिखती थी।

"हँसने की बात नहीं है, यह दफ्तर है। सबको शक होता है। जोर से कहो।" डपटते हुए मैंने मँहगू से कहा, "मुझे यह पसन्द नहीं है कि कोई मेरे ऊपर शक करे।" देवांगन बाबू की तरफ देखते हुए मैंने कहा।

"बूँद-बूँद पानी गिरना बन्द हो गया है।"

सब सुन लें, इतनी जोर से मँहगू ने कहा। परन्तु मँहगू का चेहरा मेरी तरफ था।

"देवांगन बाबू, आपने सुन लिया?" मैंने पूछा।

"हाँ।" देवांगन बाबू ने उदास होकर कहा।

"मँहगू, इसके पहले जो बात तुमने मेरे कान में कहीं थी, वह भी जोर से सबके सामने बोल दो।...ठहरो! देवांगन बाबू की तरफ होकर बोलो।"

मँहगू घूमकर देवांगन बाबू की तरफ हो गया, "बूँद-बूँद पानी गिर रहा है।" उसने जोर से कहा। फिर बड़बड़ाते हुए बाहर चला गया।

खिड़की से मैं रात को देख रहा था। चन्द्रमा का इतना उजाला आ रहा था कि मैं अपनी हथेली की रेखाओं को देख सकता था। नींद नहीं आ रही थी। पत्नी को मैंने जगाया, "मुझे नींद नहीं आ रही है। उजाली रात है।"

"परसों पूर्णिमा है। हाथ-पैर दबा दें?" उसने पूछा।

"आधी रात को यदि धूप निकल आए तो कैसा लगेगा?"

"मैं समझूँगी, सुबह हो गई। सभी यही समझेंगे।" उसने कहा।

"पर डॉक्टर असलियत जान जाएँगे कि आधी रात को धूप निकली है।"

पत्नी चुप रही। शायद उसे नींद आने लगी थी।

"रात बहुत अच्छी लग रही है। घूमने का मन हो रहा है।" मैंने पत्नी को हिलाकर जगाते हुए कहा, "चलो, उठो। टहलेंगे।"

आँगन में टहलते हुए मैं पाटे से टकरा गया, "पाटी बीच में रख दिया? किनारे रखना था!" मैं अपने अँगूठे को सहलाने लगा।

"जोर से लग गई?" उसने पूछा।

"नहीं।" मैंने कहा।

आँगन ईंटों से पक्का बना दिया गया था। सामने के इस खुले हुए हिस्से को भी हम लोग आँगन कहते थे। जहाँ पर ईंटें समतल नहीं थीं, वहाँ गीलापन जमा था। और जहाँ गड्ढा था, वहाँ पानी जमा था।

पत्नी पाटे को दीवाल के पास रखकर, उस पर बैठ गई। "मुझको थकावट लग रही है।" उसने कहा।

मैंने पूछा, "चन्द्रमा से खपरे नहीं सूखेंगे?"

"हाँ!" घुटनों के ऊपर सिर रखकर उसने कहा।

चाँदनी में इस तरह वह मुझे बहुत अच्छी लगी।

रिक्शे की खड़-खड़ और उसमें बँधे घुँघरुओं की आवाज सुनाई देने लगी। यह वक्त हावड़ा-बम्बई एक्सप्रेस का था।

"एक्सप्रेस गाड़ी आ गई है।" मैंने कहा।

"पिताजी जब भी आए, इसी गाड़ी से आए।" उसने कहा।

अब उसकी आवाज में थकावट नहीं थी। वह धीरे-धीरे सचेत हो गई थी। मेरे ससुर आने की सूचना तार से दे देते थे। फिर भी जब रिक्शा घर के पास आने लगा तो मैं रिक्शा देखने बाहर निकल आया। बाहर आकर देखा कि रिक्शा घर से आगे दूर जा चुका था। सड़क खाली थी। सड़क में, सड़क की बत्तियों से चन्द्रमा का उजाला बदरंग हो गया था।

मुझे अपने ससुर का इन्तजार कहाँ था? मुझे धूप का इन्तजार था। चाँदनी

रात ने धूपवाली सुबह की सम्भावना बढ़ा दी थी। सूरज बम्बई-हावड़ा एक्सप्रेस से नहीं आता। वह मेरा ससुर नहीं था। मैंने मुसकराते हुए सोचा।

ओस गिरने का यह मौसम नहीं था। यह मौसम बरसात का था। ओस से खपरे शायद थोड़े गीले हो जाते पर ओस से छत नहीं टपकती। यदि ओस से छत टपकती तो यह इतना कम और रुक-रुककर होता कि उसके टपकने से मजा आता। ओस से टपकने की बात सोचते-सोचते मुझे नींद आने लगी। पत्नी कब की सोने चली गई थी।

सुबह मैं बहुत देर से उठा। आठ बज गए थे। नींद खुलने के बाद भी मैं बिस्तर से नहीं उठा। दफ्तर जाने का मन नहीं हो रहा था। मैं बहुत कमजोरी महसूस कर रहा था। हाथ-पैरों में दर्द हो रहा था। मैं समझ गया, अब मुझे तेज बुखार आएगा।

"तुमको बुखार चढ़ा है," पत्नी मुझे उठा देखकर पास आई, "कैसा लग रहा है?" माथा सहलाते हुए उसने पूछा।

"अच्छा नहीं लग रहा है। हाथ-पैरों में बहुत दर्द हो रहा है।" मैंने कहा, "ठंड लग रही है।"

ओढ़ने के लिए वह चादरें ले आई। दो चादर सिर तक ओढ़कर मैं लेटा था, फिर भी मुझे ठंड लग रही थी। वह ज्यादा दूध की चाय लेकर आई। उसमें सोंठ पड़ी थी। चाय मुझे अच्छी लगी। मुझमें ताकत आ गई। मैं पेशाब करने के लिए उठा।

धूप निकल आई थी। पिछले दरवाजे से टिककर मैं धूप में बैठ गया। चादर भी ओढ़े हुए था। धूप में मुझे बैठा देखकर उसने कहा, "धूप में बुखार और चढ़ जाएगा।"

"बहुत ठंड लग रही है। कंबल दो ओढ़ने के लिए।"

"सुनो! अपन लोग खपरे खुद बनवा लेंगे। डॉक्टर से अब कहने की जरूरत नहीं है। क्या हुआ जो अपने ही पैसे खर्च हो जाएँगे!"

पत्नी मुझे समझा रही थी। बिस्तर पर लेटते ही मुझे नींद आ गई। बीच-बीच में मेरी नींद खुल जाती थी। तब पत्नी चाय या दूध के लिए पूछती। मैं सिर्फ पानी पीता।

बुखार बढ़ता हुआ देखकर पत्नी ने दूधवाले से खबर भिजवाकर सम्पत को बुला लिया था। बुखार में मैं ऐसा महसूस कर रहा था कि बहुत गहरी

नींद आ रही है और मुझे जागना भी है। लगता था, हड्डियों के पूरे ढाँचे-पंजर में दर्द हो रहा है।

मुझे कंधे पर किसी ने लाद लिया था। आँख खोलकर मैंने देखा, सम्पत था। टूटी दीवार के बीच से गुजरते हुए सम्पत कुछ लड़खड़ाया, पर दीवार का सहारा लेकर सम्हल गया। बुखार में देखी हुई किसी महायुद्ध की फिल्म का सीन मुझे अपनी तरह याद आ रहा था कि मैं लड़ाई में घायल हो चुका हूँ। परन्तु बचपन का दोस्त सम्पत अपनी जान की परवाह न करते हुए मुझे लादकर भागने लगा है। राइफल, मशीनगनों की गोलियों की बौछार के बीच से मुझे कंधे पर लादे हुए भागा जा रहा है। दलदल, कीचड़, ऊँची-ऊँची घास से छुपता-बचता हुआ जा रहा है। जब तक वह सिरस के पेड़ के पास नहीं पहुँचा था, तब तक मुझे बुरी तरह घायल होने के बाद भी पहले बचने की उम्मीद थी। परन्तु अब कोई उम्मीद नहीं है। जैसे वह मुझे दुश्मनों की जमीन में ले आया था।

"मुझे उतार दो, मैं चल सकता हूँ।" कराहते हुए मैंने कहा।

सम्पत ने मेरी बात की परवाह नहीं की।

मैं गिड़गिड़ाने लगा, "इस डॉक्टर के पास मुझे मत ले चलो। ये मुझे मार डालेगा। पैर पड़ता हूँ, किसी और के पास ले चलो! मुझे बचा लो!"

मैं उसके कंधे से उतरने की कोशिश करने लगा। पर वह रुकने और जवाब देने का नाम ही नहीं ले रहा था। मैं हिचकियाँ ले-लेकर दबी आवाज में रोने लगा। फिर शान्त हो गया।

बरामदे की बेंच पर बगीचे की तरफ करवट लिये मुझे लिटाया गया था। मैं घूमकर दीवार की तरफ हो गया। दीवार में मेरे चेहरे के पास पेंसिल से अंग्रेजी का 'ए' लिखा था। उस अंग्रेजी के 'ए' को देखता हुआ मैं सोचने लगा कि मैं फँस गया। डॉक्टर मेरा इलाज कर, मेरे शिष्टाचार और संकोच को आकार देकर मुझे बहुत निरीह और दयनीय आदमी बना देगा। मैं इतने बड़े डॉक्टर के इलाज के लायक मरीज नहीं था।

लेटे-लेटे जब मैंने आँख खोली तो डॉक्टर को देखकर लगा कि वह जमीन से छत तक ऊँचा है। मैंने ताड़ के पेड़ को बरगद की तरह मोटा सोचा। उनका चेहरा मुझे जाँचते हुए, मेरे पास झुका हुआ था। मैंने उनके नकली जबड़े की कड़कड़ आवाज साफ-साफ सुनी। उनके मुँह से कीमती तम्बाकू की खुशबू आ रही थी। डॉक्टर के पीछे मैंने अधेड़ व्यापारी को खड़े देखा।

उसके कंधे पर अँगोछा रखा था। मेरी नजर जैसे ही उससे मिली, वह अँगोछे से हवा करने लगा। डॉक्टर मुझे सुई लगाना चाहता था। उसके लिए मेरे मन में बहुत आदर का भाव था। जब मैंने उसे सुई लिये हुए देखा, तो मेरा सारा आदर खत्म हो गया। वह मुझे बहुत रद्दी और घिनौना आदमी लगा। कुछ लोगों ने मुझे पकड़ रखा था। मैं सुई नहीं लगवाना चाहता था। मैं आँख बन्द कर मन-ही-मन डॉक्टर को गालियाँ देने लगा।

दूसरे दिन मैं बहुत ठीक हो गया। डॉक्टर ने अनाज के लिए मना कर दिया था। मेरे हाथ-पैरों में खुजली होने लगी थी। खुजली धीरे-धीरे दोपहर तक कम हो गई। तब भी मच्छर, चींटी या खटमल के काटने का मुझे धोखा होता था। दोपहर को अचानक मेरी नजर खिड़की पर गई तो देखा कि मँहगू टकटकी बाँधे देख रहा है।

"क्या बात हैं?" मैंने पूछा।

"कुछ नहीं, कुछ नहीं," कहता हुआ वह भाग गया, जैसे उसकी चोरी पकड़ी गई हो!

मेरी आवाज सुनकर पत्नी दौड़कर आई।

"मँहगू टोह लेने आया था। मुझे देखते ही भाग गया।"

जब मैं बीमार नहीं था तब मुझे रात को झींगुरों की आवाज सुनाई देती थी। अब मुझे दिन को भी झींगुरों की आवाज सुनाई देने लगी थी। कोने-कोने में मुझे मनहूसियत दिखाई देती थी। इसलिए ज्यादा समय मैं आँख बन्द किये रहता था।

एक कप दूध पीने के बाद जब मैं आँख बन्द कर लेटा तो मुझे एक दृश्य दिखलाई दिया कि मैं एक तेज गेंद के पीछे उसे पकड़ने के लिए कूदता-फाँदता भाग रहा हूँ। वह गेंद एक समझदार गेंद है। मुझसे बचने के लिए लुढ़कते हुए वह झाड़ियों के बीच जाकर खो गई। नहीं, जानबूझकर छुप गई है। गेंद न मिलने के कारण मैं निराश होकर लौटता हूँ। तब डॉक्टर के कंपाउंड में एक ट्रक ईंट से भरी आकर रुकती है। ड्राइवर से जाकर मैं पूछता हूँ कि ये ईंटें किसलिए हैं?

बहुत मुश्किल के बाद मिले इस मकान के अन्दर मैं, मेरा परिवार, मेरी गृहस्थी, अन्दर से साँकल लगाकर सुरक्षित थी; या जानबूझकर कैदी? आखिर कहाँ

जाया जा सकता है—समझ-बूझकर, पढ़-लिखकर कैदी? इससे छुटकारा कहाँ होगा? अपना खुद का मकान इससे छुटकारा है क्या?—इस बात की कल्पना में एक बड़ा छेद था। महत्त्वपूर्ण बात जिन्दा आदमी की कलाई में बँधी बन्द घड़ी नहीं थी। मरे आदमी की कलाई में बँधी चलती घड़ी थी। मेरा मामला मुर्दे आदमी की चलती घड़ी का था।

"डॉक्टर साहब ने रोज दिखलाने के लिए कहा है।" पत्नी ने कहा।

वह बहुत कातर होकर बोली थी। घबराई हुई भी थी जबकि ऐसी कोई बात नहीं थी। मैं उसे झिड़क दिया करता था। हर बार झिड़की खाने के बाद उसकी खामोशी वैसी ही थी, जैसे न्यूजरील में तूफान और बाढ़ के सीन आते रहते हैं पर किसी कारणवश आवाज बन्द हो जाती है, और तबाही के सीन गुजरते रहते हैं। उसकी घबराहट और दु:ख को मैं अनदेखा कर दिया करता था, उसी बाढ़ के न्यूजरील की तरह, जो मुझे घर बैठे सुनाई देता था पर दृश्य कहाँ दीखता था! तबाही के आँकड़े और दु:खवाली धुन सुनाई देती थी।

दफ्तर से मैंने पाँच रोज की छुट्टी ले ली थी। दोपहर को बड़े बाबू आए। बड़े बाबू स्टूल में बैठ गए। मेरे माथे से हाथ लगाकर उन्होंने पूछा, "कैसी तबियत है?"

"ठीक हूँ। आपको तकलीफ हुई बड़े बाबू। मैं बहुत मजबूरी में हूँ। मैं छुट्टी नहीं लेता, यह आप जानते हैं।" कहते हुए मेरा गला भर आया।

"अरे, तकलीफ कैसी? तुम तो मेरे लड़के की तरह हो। मँहगू से मालूम हुआ कि तुम्हारी तबियत बहुत खराब है। छुट्टी की दरख्वास्त पाकर मैंने मँहगू को तुम्हें देखने के लिए भेजा था। तुम्हारा काम गौराहा बाबू देखेंगे। देवांगन बाबू से मैंने देखने को कहा तो उन्होंने मना कर दिया। गौराहा बाबू तैयार हैं। मैंने कह दिया है। आज शाम को तुमसे आकर मिलेंगे। छुट्टी की दरख्वास्त मैंने भिजवा दी है। तुम बिलकुल चिन्ता मत करो। खर्चे के लिए रुपये की जरूरत तो नहीं है?"

"नहीं। जरूरत होगी तो आपसे माँग लूँगा। मैं आपको अपना हितैषी समझता हूँ। मकान-मालिक डॉक्टर हैं। इनका ही इलाज चल रहा है। फीस के पैसे नहीं लेंगे, ऐसा मुझे लग रहा है।" मैंने कहा।

"अच्छा है जो पानी नहीं गिर रहा है, नहीं तो तुम झंझट में फँस जाते। खपरे सुधर गए होंगे?"

"नहीं, अभी तक तो नहीं सुधरे। तीन दिन तक लगातार धूप नहीं निकली। बराबर बदली छाई रहती है। खपरे सूख जाएँगे तब कारीगर बनाएगा।"

छत की चर्चा मुझे अच्छी नहीं लग रही थी। पत्नी चाय ले आई थी।

"तुम लोग बेफिक्र रहो। दफ्तर की चिन्ता मत करो।" पत्नी को भी सुनाते हुए बड़े बाबू ने कहा।

शाम को दफ्तर से देवांगन बाबू आए। आते ही उन्होंने पूछा, "बड़े बाबू आए थे?"

"हाँ!" मैंने कहा।

"क्या कह रहे थे?"

"दफ्तर के बारे में बेफिक्र रहने के लिए कह रहे थे। छुट्टी की दरख्वास्त उन्होंने आगे बढ़ा दी है। क्या बात है?"

"ऐसे ही पूछ रहा था।"

कुछ देर बाद गौराहा बाबू भी आ गए, "आप यहाँ हैं और मैं आपको ढूँढ़ रहा था कि साथ-साथ चलेंगे।" गौराहा बाबू ने देवांगन बाबू से कहा।

देवांगन बाबू कुर्सी पर बैठ गए थे। गौराहा बाबू मेरी चारपाई पर बैठे। मैं दीवार से पीठ टिकाए चारपाई पर बैठा था। दोनों के आ जाने से मुझे लग रहा था कि मैं दफ्तर में हूँ।

"बड़े बाबू आकर गए।" देवांगन बाबू ने गौराहा बाबू से कहा।

"कब?" गौराहा बाबू ने पूछा।

"दोपहर को।" मैंने कहा।

दस-पन्द्रह मिनट बैठकर दोनों चले गए।

घर में दूध नहीं था इसलिए चाय नहीं बनी। आधा किलो ज्यादा दूध लेने के बाद भी आज दूध नहीं बचा था। काफी दूध मैं पी गया था।

मैंने पत्नी से कहा, "डॉक्टर साहब के पास जाना है। छह बज रहे होंगे। मरीज रहते हैं तो डॉक्टर साहब देर तक बैठते हैं।"

"मैं भी चलूँ?" पत्नी ने पूछा।

"अकेले चला जाऊँगा। अब तो बहुत अच्छा हूँ। डॉक्टर साहब के इंजेक्शन ने जादू की तरह काम किया है। मुझे तो लग रहा था कि महीनों उठ नहीं सकूँगा।"

वह मेरे साथ-साथ कम्पाउंड की टूटी दीवार तक आई। मैंने उससे कहा, "अब तुम जाओ।"

"कुएँ तक चलती हूँ।" उसने कहा।

"इसके बाद कहोगी, सिरस के पेड़ तक चलूँगी?"

"नहीं कहूँगी।"

कुएँ के पास पहुँचते ही मैंने कहा, "अब तुम जाओ।"

मेरे कहते ही वह घर चली गई क्योंकि घर खुला था। सामने का दरवाजा बन्द था इसलिए उतना खतरा नहीं था—आदमी का भी और बिल्ली का भी। दूध घर में था ही नहीं।

बरामदे में बिलकुल भीड़ नहीं थी। अधिकांश लोग निपट चुके थे। तीन-चार लोगों के साथ दो मरीज बरामदे में थे। एक अन्दर था। अधेड़ व्यापारी भी बैठा था। उसके साथ बीमार औरत नहीं थी। वह अकेला था। मुझे देखते ही वह मेरे पास आकर बैठ गया।

"कैसी तबियत है?" उसने पूछा।

"ठीक हूँ।"

"कल आपकी तबियत बहुत खराब थी। अभी बहुत अच्छे हैं। डॉक्टर की दवा ने अच्छा कर दिया है।" कहकर वह हँसने लगा।

"क्यों हँस रहे हैं?" मैंने पूछा।

"बुखार में आप डॉक्टर साहब को गालियाँ दे रहे थे।"

सुनकर मैं स्तब्ध रह गया। "क्या मैं गालियाँ दे रहा था?" मेरे मुँह से निकला।

"हाँ। बीमार की बात का कोई बुरा नहीं मानता। फिर आप तो बुखार में बेहोश थे। डॉक्टर साहब बहुत अच्छे हैं, यह मैंने आपसे पहले ही कहा था।"

"सम्पत ने मुझे कुछ नहीं बताया!"

"आपके साथ जो था, उनका नाम सम्पत है?"

"जी हाँ, मेरा दोस्त है।"

"आपकी बड़ी फिक्र कर रहा था।"

"बहुत पुरानी दोस्ती है। हम दोनों एक ही जगह के रहनेवाले हैं। सच-सच बतलाइए, क्या मैं गालियाँ दे रहा था?" मैंने निश्चित करना चाहा।

"मुझे क्या पड़ी है, जो आपसे झूठ बोलूँगा? मैं अपनी फिक्र से मर रहा हूँ और यहाँ आप भी बगीचे में बैठने नहीं आए हैं। बीमार हैं। कल बहुत बीमार थे। क्या हुआ जो अभी बहुत अच्छी तबियत है! बिलकुल स्वस्थ तो नहीं हैं।

ऐसी-वैसी नहीं, छाँट-छाँटकर आप गालियाँ दे रहे थे। जब डॉक्टर आपको इंजेक्शन लगाने लगा तब आप गुस्से से उठकर बैठने की कोशिश करने लगे। कह रहे थे—'साला! हरामी डॉक्टर मार डालेगा। माली, बचाओ! मेरा दोस्त सम्पत मेरी जान का दुश्मन हो गया है। डॉक्टर से मिला हुआ है। माली, मुझे बचाओ!' तब मैंने और आपके दोस्त ने आपको पकड़ रखा था। माली तो सचमुच दौड़ता हुआ आ गया था। मुझे समझ में नहीं आता कि आपने माली से बचाने की उम्मीद क्यों की थी। जब डॉक्टर ने आपको इंजेक्शन लगाया तब तो आप बहुत गन्दी-गन्दी गालियाँ देने लगे थे। डॉक्टर ने आपकी बात का बुरा नहीं माना। आपका दोस्त बार-बार उनसे माफी माँग रहा था। डॉक्टर ने कुछ नहीं कहा, बस, इतना कहा कि 'अनाज अभी मत देना। और रोज जाँच के लिए ले आना।' अच्छा होता कि आप मेरा नाम बचाने के लिए लेते।"

"मुझे आपने अपना नाम नहीं बतलाया था।"

हम लोग बहुत धीरे-धीरे बात कर रहे थे। दिन के बीतने का उजाला और रात के आने का अँधेरा मिला-जुला हो गया था। बरामदे की बत्ती चौकीदार आकर जला गया। मैं बहुत शर्मिन्दा और पछताया हुआ अपनी सारी बीमारी भूलकर डॉक्टर साहब से माफी माँगने की सोच रहा था। तब कितना असभ्य, बदमाश और गुंडा लग रहा होऊँगा! पता नहीं, यह सब कैसे हुआ?

"मैं डॉक्टर साहब से माफी माँग लूँगा।"

"यह ठीक रहेगा। वे आपको जरूर माफ कर देंगे। सरकारी डॉक्टर आपको कभी माफ नहीं करता। वहाँ मरीज डॉक्टर की उपेक्षा से जब मर जाता है, बीमारी से नहीं मरता, तब डॉक्टर के नाराज होने पर मरीज की क्या हालत होती होगी, यह आप सोचिए।"

"लेटने की इच्छा हो रही है। चक्कर आ रहा है।" मैंने कहा।

वह सरककर बेंच के किनारे हो गया। आँख बन्द कर लेटते ही मुझे आराम आया। आँख बन्द करने से लगा कि मैं वातावरण से बच गया हूँ। शेर को सामने देखकर, आँख बन्द कर मैं अपने को बचाना चाहता था। मैं बेहोश होने की उस स्थिति से बचना चाहता था, जिसमें डॉक्टर साहब को मैंने गन्दी-गन्दी गालियाँ दी थीं।

मुझे डॉक्टर साहब ने एक इंजेक्शन और लगाया। घर जाने के पहले मैंने अधेड़ व्यापारी से पूछा, "इस बार भी मैंने डॉक्टर साहब को गालियाँ दी थीं?"

"नहीं। इस बार तुम डॉक्टर साहब से माफी माँग रहे थे। डॉक्टर साहब के लिए भविष्य में गर्दन कटवाने के लिए तैयार थे। इंजेक्शन लगवाने के लिए तुमने हाथ खुद आगे बढ़ा दिया था।"

"मुझे कुछ याद नहीं है।" मैंने कहा।

फिर भी मुझे अच्छा लग रहा था कि मैंने कोई गन्दी हरकत नहीं की। अच्छा लगने का कारण इंजेक्शन का तुरन्त असर भी हो सकता था।

एक दिन आधे घंटे के लिए हल्का पानी गिरा था। बाकी समय धूप थी। मानसून आने का समय कब का निकल चुका था। और पानी के दूर-दूर तक आसार नहीं थे। गरमी उसी तरह पड़ रही थी।

मैं दफ्तर जाने की तैयारी कर रहा था तो देखा, चौकीदार कम्पाउंड की टूटी दीवार के पास खड़ा आवाज दे रहा है।

"क्या बात है?" मैंने पूछा।

"आपकी बाई को बुलाया है।"

"किसने?"

"डॉक्टरनी बाई ने।"

"कुछ काम है?"

"जरूरी काम है। जल्दी बुलाया है।"

"अच्छा, भेजता हूँ।" मैंने कहा।

चौके में आकर मैंने पत्नी से कहा, "तुमको डॉक्टरनी बाई बुला रही है।"

"खाना परस दूँ फिर चली जाऊँगी।"

"खाना मैं परसकर खा लूँगा। तुम जाओ। जरूरी काम है।" जल्दी मचाते हुए मैंने कहा।

"सब्जी कल्हारना बाकी है।"

"तुम जाओ।" मैंने कहा।

वही चुनरी-साड़ी जल्दी-जल्दी जैसे-तैसे पहनकर वह गई।

दस मिनट बाद वह लौटकर आ गई। मैं खाना खाकर उठा ही था।

"तुमने खाना खा लिया?" उसने पूछा।

"बस, अभी खाकर उठा हूँ।"

"तुम थोड़ी देर रुक जाते तो मैं परस देती। चटनी रखी थी, खाई?"

"मुझे क्या मालूम, कहाँ रखी थी?"

"तश्तरी में ढँकी रखी थी।" अफसोस करते हुए पत्नी ने कहा।

"क्यों बुलाया था?" मैंने पूछा।

"डॉक्टर की बहन की तबियत ठीक नहीं है। खाना वह बना नहीं सकती। डॉक्टरनी सहायता करने के लिए कह रही थी। मैं साड़ी बदलने आई थी और सोचा था, तुम्हें खाना खिला दूँगी। इनकार करते नहीं बना। पर डर लगता है कि इन लोगों का खाना मुझसे बन भी पाएगा। मुझे चौके की साड़ी पहननी है।"

"पहन लो। पर यही साड़ी रहे तो क्या होगा?"

"यह तो बहुत अच्छी साड़ी है। बहुत सम्हालकर काम करूँगी तब भी चौके का काम ऐसा होता है कि एक दिन में खराब हो जाएगी। फिर चौके के सिवाय किसी काम की नहीं रहेगी।"

"अच्छा।" मेरा एक सुस्त जवाब था।

चौके की साड़ी पहनकर जब वह तैयार हुई, तब मैंने कहा, "यह तो फटी भी है?"

"थोड़ी फटी है। डॉक्टरनी और बहन के सिवाय उधर कोई नहीं आता।"

"हाँ। थोड़ी फटी है।"

गोया मैंने कुछ नहीं कहा था, पर कहा तो।

जब मैं चुनरी-साड़ी उसके लिए लाया था, तब कई दिनों तक वह इसे नहीं पहनी। आखिर उसे पहनना पड़ा। कब तक सहेजकर रखती? जब एक साड़ी नहीं बचा सकते तो गृहस्थी बचाना तो और भी मुश्किल है। और वह इसे चौके की साड़ी होने से बहुत दिनों तक बचाना चाहती थी।

चुपचाप खड़ी हुई वह, 'मैं जाती हूँ, देर हो रही है', कहना चाहती थी, और चुपचाप खड़ा हुआ मैं, 'रहने दो, फालतू है वहाँ जाना' कहना चाहता था जबकि 'ठीक है' मैंने कहा।

दोपहर को थोड़ी देर के लिए घर आ गया। जल्दी मचाते हुए मैंने कहा, "भूख लगी है। कुछ खाने को दो। खुद परसकर खाने से मेरा पेट नहीं भरा था।"

"अभी देती हूँ। पर दाल नहीं बची।" उसने कहा।

"जो हो, वो दो। डॉक्टरनी के यहाँ से कब आईं?" मैंने पूछा।

मेरे पास आकर वह बोली, "अभी थोड़ी देर पहले तो आई हूँ। डॉक्टरनी अरहर की दाल नहीं खाती, पर डॉक्टर साहब दोनों समय अरहर की दाल खाते हैं। डर-डरकर तो खाना बनाई हूँ। डॉक्टरनी पूरे टाइम कुर्सी पर बैठे मुझे बतलाती जा रही थी। उसको ब्लडप्रेशर रहता है। इसलिए चौके में नहीं घुसती। धुएँ और जलते कोयले की गंध से उसको चक्कर आने लगता है। उसके घर के काम में बहुत पंचायत है। डॉक्टरनी बहुत मीनमेख निकालती है। कम-से-कम दस बार तो कही होगी कि मेरी साड़ी बहुत गन्दी है। साड़ी समेटकर काम करो। उसका चौका बहुत बड़ा और चकाचक साफ है। ढेर सारा सामान है। डॉक्टर की बहन पर मुझे दया आती है। नौकरानी की तरह काम करती होगी। नौकरानी की तरह रहती है।"

थाली में दो रोटी, थोड़ा चावल, दाल नहीं थी पर स्टील की कटोरी में एक शानदार रंगतवाली रसेदार परवल की सब्जी थी। रसे पर उतराती हुई हरे धनिया की पत्ती थी। सब्जी अभी तक गरम थी। हरा धनिया मैं कभी नहीं लाता था। यह बहुत महँगी चीज लगती थी। पाँच पैसे में तीन-चार पौधे बँधे हुए मिलते थे। कटोरी में किसी का नाम नहीं लिखा था।

वह लोटे में पानी लेकर आई। "तुमने खाना अभी तक शुरू नहीं किया?" उसने आश्चर्य से पूछा।

दोपहर को दफ्तर से मैं जब भी आता था तो जल्दी खा-पीकर दफ्तर भाग जाता था।

"सब्जी डॉक्टर साहब के घर से लाई हो?" मैंने पूछा।

"माँगकर नहीं लाई।"

"डॉक्टर की बहन के लिए भी तुमने अलग से खाना बनाया होगा?"

"डॉक्टर की बहन को कोई खास तो खाना नहीं था। आलू उबालकर रख देने के लिए डॉक्टरनी ने कहा था। उनका भतीजा अपने मकान में चला गया है। चावल अलग बनाई हूँ। राशन का चावल उसके लिए बनाया था।"

मेरी थाली में जो चावल था, वह भी राशन का चावल था।

"यह डॉक्टरवाली सब्जी है?"

"हाँ।" पत्नी ने कहा, "डॉक्टरनी ने कहा कि देखो, कितनी बढ़िया सब्जी बनाई हो। चखकर देखना।"

खाते-खाते मैंने कहा, "रोटी और होगी? बढ़िया सब्जी है।"

मुझे याद ही नहीं रहा कि थोड़ी सब्जी पत्नी के लिए भी बचा देनी चाहिए। मैंने दुबारा पूरा खाना खाया।

मालकिन की आदत होती है कि घर में यदि कोई चीज बनती है तो उसमें से थोड़ा नौकरानी को जरूर चखा दिया जाता है। रोजमर्रा की चीजों को चखाने का काम नहीं किया जाता—चाहे वह कितनी भी बढ़िया चीज क्यों न हो। वह देखनेवालों के मन में लालच नहीं पैदा करता। उसे देखने की आदत पड़ जाती है। कोई चीज चखा दी जाती है तो उसकी ललचाई दृष्टि और उस चीज के बीच में एक परदा पड़ जाता है। तब खानेवाला पूरे सन्तोष के साथ पेट भरकर खा सकता है, नहीं तो खाने में मजा नहीं आता।

दफ्तर के साहब कभी चपरासी या नौकर को घर की बची हुई चीज नहीं देंगे। वे बची चीज के लायक मँहगू जैसे लोगों को नहीं समझते थे। उदाहरण के लिए एक पीपा-भर काजू घुन लगकर खराब हो चुका था। बाई साहब ने मँहगू से कहकर उसे धूप में डलवा दिया। काजू में जाले भी लग गए थे। मँहगू इतना ईमानदार और डरा हुआ चपरासी था कि चोरी से एक काजू का टुकड़ा मुँह में डाल लेने की उसकी हिम्मत नहीं थी। साहब से वह थर-थर काँपता था।

दिन-भर में पाँच-दस बाबुओं का चक्कर साहब के बँगले में लग जाता था। ये लोग फाइलें लेकर आया-जाया करते थे। शुरुआत गौराहा बाबू से हुई। साहब के बँगले से निकलते समय उनके हाथ में अंग्रेजी अखबार में बँधा एक पूड़ा था। अपने तरीके से उस पूड़े को वे छुपा चुके थे। बड़े बाबू इस मामले में अनुभवी थे। वे एक पूड़ा लेकर आए और खुले आम उन्होंने अपने टेबिल पर रख दिया। संयोग से देवांगन बाबू को भी साहब के घर जरूरी फाइल लेकर जाना पड़ा था। एक पूड़ा छुपाकर वे भी ले आए। मेरा जाना नहीं हुआ था। होता भी नहीं। कोई काम नहीं पड़ता। बड़े बाबू को मेरी फिक्र थी। उन्होंने मुझसे पूछा, "सन्तू बाबू, काजू खाओगे?"

"आप काजू खा रहे हैं?" मैंने आश्चर्य से पूछा।

"क्यों, क्या हुआ?" बड़े बाबू ने पूछा।

"अगर आप काजू खा रहे हैं तो मैं समझूँगा, महावीर मूँगफली के बदले काजू बेचने लगा है!"

"यदि मैं चना खा रहा हूँ तो?"

"तब मैं समझूँगा, महावीर मूँगफली ही बेच रहा है।"

"यदि मैं बादाम खाने लगूँ तो?"

"मैं समझूँगा, महावीर बादाम बेचने लगा है।"

"मैं काजू खा रहा हूँ। साहब के घर गया था। बाई साहब ने दिया है। खाने-पीने की चीज मेरे पास रखी हो तो लाख रोकूँ, मैं खाना शुरू कर दूँगा। इसीलिए इतना मोटा हो गया।"

"खिलाइए," कहता हुआ मैं उनके पास पहुँच गया।

मुट्ठी-भर काजू बड़े बाबू ने मुझे दिये।

काजू देखकर मैंने कहा, "इसमें घुन लग चुका है।"

"घुन लगा डेढ़ रुपये किलो का गेहूँ जब हम लोग खा सकते हैं तो तीस रुपये किलो का काजू भी जरूर खा सकते हैं। खाने की कौन-सी चीज खराब हो गई है, यह जवानी में समझ में नहीं आता। बेफिक्र होकर खाओ।"

गौराहा बाबू को जब मैं अपनी मुट्ठी के काजू का कुछ हिस्सा देने लगा तो बड़े बाबू ने टोक दिया, "अरे! तुम खाओ। गौराहा बाबू को देना होता तो मैं भी दे देता। इसमें हिस्सेदारी मत करो। गौराहा बाबू के पास बहुत हैं।"

मैं कुछ सोचकर देवांगन बाबू की तरफ बढ़ा तो बड़े बाबू ने फिर टोका, "उनको भी मत दो, बल्कि उनसे एक मुट्ठी और ले लो।"

देवांगन बाबू का चेहरा लाल हो गया। गौराहा बाबू सिर गड़ाए चुपचाप थे। शाम को जब छुट्टी हुई तो मैंने अंग्रेजी अखबार में उसी तरह लिपटे पूड़े दूसरे सेक्शन के तीन बाबुओं के पास और देखे। पूड़े उतने ही बड़े थे जितने बड़े बाबू के पास थे। देवांगन बाबू और गौराहा बाबू के पूड़े मैं देख नहीं पाया। उस रोज दोनों मुझसे शाम को लौटते समय दूर रहे।

इतवार के दिन कानून के मुताबिक सारी दुकानें बन्द रहा करती थीं, इसलिए फुरसत से सुबह-सुबह किराने की दुकानवाले गुप्ताजी साढ़े छह बजे के करीब

दिखे। मैं पीछे के दरवाजे में खड़ा था। डॉक्टर के अहाते की तरफ से वे आ रहे थे। एक झोला लटकाए थे। फूल तोड़ते हुए इधर आ गए थे।

सुबह बहुत से बूढ़े-बुजुर्ग लोग झोला लेकर घूमने निकलते थे। घूमते हुए बँगलों के अहाते के पास लगे हुए कनेर, गुलाब, दूध मोगरा इत्यादि फूलों को बाहर ही बाहर से तोड़कर वे झोले में डाल लेते थे। ऊँचे से फूल तोड़ने के लिए हाथ की छड़ी का उपयोग भी करते थे। छड़ी से डाल को झुका लेते।

सिविल लाइन की सड़क से उतरते हुए मुहल्ले के एक बूढ़े ब्राह्मण व्यापारी दिखे। सफेद टोपी, सफेद कुर्ता-धोती पहने और गठिया के कारण लँगड़ाते हुए। ये दूर-दूर का चक्कर लगाकर फूल इकट्ठा करते थे। एक छोटी टोकनी-भर फूल इन्हें पूजा में लगता था। बाजार से फूल खरीदें तो कम-से-कम इनका एक रुपया लगे। ये तीन-तीन घंटे तक पूजा करते थे। घूमने से इन्हें जो कुछ भी लाभ होता हो पर फूलों का एक रुपया ये बचा लेते थे, जो इनके लिए महत्त्वपूर्ण था। तन्दुरुस्ती यदि बनती थी तो मजबूरी से बनती थी, जिससे खुशी होती थी। दुकान की गद्दी में बैठना इन्होंने बन्द कर दिया था क्योंकि व्यापार में झूठ बोलना पड़ता है। इनका लड़का, व्यापार में इनसे भी ज्यादा चालाक और धूर्त होकर रुपया कमाने में लगा था। कभी-कभी इनको भी गद्दी में बैठना पड़ता था। तब ये गद्दी को गंगा कहकर बैठते।

सुबह घूमनेवालों में प्राय: सिविल लाइन की तरफ से, रिटायर होनेवाले अफसर रिटायर हो गए अफसरों के साथ दिखाई देते थे। रिटायर होने तक सिविल लाइन में इनके मकान बनकर तैयार हो जाते थे। ये लोग मरते दम तक सिविल लाइन में रहते थे।

सदर बाजार के व्यापारी सुबह घूमने के मामले में पक्के थे। झुंड में ये दिखाई देते थे। सभी के हाथों में नीम की दतौन होती। सभी सफेद बारीक मलमल की तरह धोती पहने और सफेद बनियाइन पहने होते। अधिकांश लोगों के गले में सोने की जंजीर होती। इस तरह गले में सोने की जंजीर, सफेद धोती और सफेद बनियाइन के यूनिफार्म में ये मुझे किसी महत्त्वपूर्ण संस्था या बड़े संगठन के सदस्य की तरह लगते थे।

नत्थानी बंधुओं का चौथाई सदर बाजार पर कब्जा था। इनका लम्बा-चौड़ा कारोबार था। शहर के बाहर भी इनके बँगले बने थे। सुबह ये मोटरकार से अपने बँगलों को चले जाते। वहाँ बगीचे में घूमते, दतौन करते, नहा-धोकर

पूजा करते, फिर लौटकर सदर बाजार के मकान में आ जाते। यहाँ के मकान के भगवान की पूजा करते।

सिविल लाइन में एक बँगला दिनभर खाली रहता था। यह बँगला सेठ रामचन्द्र अग्रवाल का था। रामचन्द्र अग्रवाल, दिनभर सदर बाजारवाले मकान में रहते थे। रात को हल्ला-गुल्ला के कारण इनको नींद नहीं आती थी। इसलिए यहाँ एकांत में सोने के लिए इन्होंने यह बँगला बनवाया था।

डॉक्टर साहब की काफी जमीन शहर से लगी थी जिसमें ये खेती करते। खेत शहर के पास होने के कारण मिंजाई के लिए धान कटकर यहाँ अहाते में जमा होता था। धान की ढेरी को देखकर हम लोग अन्दाज लगाने की कोशिश करते थे कि फसल कैसी हुई। पर अन्दाज लगाना बेकार होता क्योंकि उनके पास कितनी जमीन थी, यह हम लोगों को ठीक-ठीक मालूम नहीं था। पत्नी को धान की ढेरी देखकर अपना गाँव याद आता था।

सदर बाजार की शुरुआत कोतवाली से होती थी। फिर कपड़े, सर्राफे, दवाइयों की दुकानें थीं, बीड़ी-कारखाने की दो-तीन गद्दियाँ और कपड़े की थोक दुकानें इत्यादि सड़क के दोनों ओर थीं। आम तौर पर सामने दुकान, पीछे एक गोदाम और ऊपर रहना होता। दो-मंजिले से कम एक भी मकान नहीं था। इस रास्ते में आगे म्युनिसिपल स्कूल और एक महाविद्यालय था। तमेरों के घर के बाद दो किताबों की, दो डॉक्टर की, और कई बर्तनों इत्यादि की दुकानें थीं।

जिस शहर में मेरा बचपन गुजरा था और जहाँ बड़े भाई थे, उस शहर में भी सदर बाजार में कोतवाली थी। शहर की बसावट में यह शुरू से ध्यान दिया जाता था कि सेठ, मारवाड़ियों, व्यापारियों इत्यादि बड़े लोगों के बीच में कोतवाली हो। असुरक्षा उन्हें थी। अंग्रेजों के जमाने में जहाँ कोतवाली थी, वहीं अब भी थी। बड़े सेठ जहाँ थे, वहीं अभी भी थे। जहाँ झगड़े ज्यादा होते थे, जैसे सतनामी मुहल्ला और शराब भट्ठी, गंज, स्टेशन इत्यादि, वहाँ छोटी-छोटी पुलिस-चौकियाँ बना दी गई थीं। कोतवाली के एक तरफ जहाँ सदर बाजार था, ठीक उसके दूसरी तरफ मुसलमानों का मुहल्ला था। बहुत-से लोगों का सुरक्षा के बिना गुजारा होना मुश्किल था। भले कुछ न हो, शान्ति हो, पर कोतवाली का आसरा तो रहता है। गाँवों की बसावट भी एक ही तरह की होती थी, यानी गाँव के बीच में मन्दिर होगा—यह बसावट की शुरुआत होगी। मन्दिर के पास कुआँ होगा। चौपाल होगा। इसके आसपास ठाकुरों और

ब्राह्मणों के मकान होंगे। गाँव के आखिरी छोर पर बाहर ही बाहर चमारों और मेहतरों के घर होंगे। गाँव में मेहतर कम होते थे। चमार बहुत होते थे। शहरों की नई बसावट में जाति पर कोई खास ध्यान नहीं देता; पर मकान बनानेवाले प्लाट खरीदते समय पास-पड़ोस की तरफ जरूर ध्यान देते थे। गरीबी शहर की बसावट में बहुत महत्त्वपूर्ण होती थी। इनके मुहल्ले बहुत दूर होते और वह शहर का सबसे गन्दा इलाका होता था।

"आइए।" गुप्ता जी को अपनी तरफ आते देखकर मैंने कहा।

"मैं बैठूँगा नहीं। आपकी तबियत के बारे में सुना था।"

"अब तो ठीक हूँ। दफ्तर भी जाने लगा हूँ।" मैंने कहा।

"शहर के बाहर से घूमता आ रहा हूँ। पूर्व दिशा की तरफ देखिए, आकाश बिलकुल साफ है। शुरू में जो पानी गिरा था, मानसून के धोखे में किसानों ने बुआई कर दी होगी। पौधे निकल आए होंगे। और पानी का नाम नहीं। अगर अब और दो दिन पानी नहीं गिरा तो खेत सूख जाएँगे। बहुत से किसान जो बुआई के इन्तजार में होंगे, उनका बीज बचा होगा। पानी आ गया तो बो देंगे, नहीं तो खा-पीकर वह भी बराबर हो जाएगा। फिर सब भूखों मरेंगे। मैंने सुना था कि धूप न निकलने के कारण आपकी तबियत खराब हो गई थी? बरसात में पानी गिरे, इससे हम लोगों की तबियत खराब होती है। धूप निकली रहे तो मुनाफा होता है।" डॉक्टर के अहाते में यह चर्चा मुझे अच्छी नहीं लग रही थी।

"किसने कहा आपसे?" मैंने पूछा।

मैं इनकी दुकान से उधार लिया करता था इसलिए इन्हें देखते ही लगता था कि कभी भी ये तकाजा शुरू कर देंगे। साँवले रंग के दुबले-पतले, पर बड़ा-सा पेट निकला था। शरीर से वे उस बच्चे के बड़े आकार की तरह थे जिसका लिवर बढ़ गया हो।

"डॉक्टर के भतीजे ने।" गुप्ता जी ने जवाब दिया।

"ओह! मकान-मालिक के खानदान का है।" मैंने कहा।

"मुझे मालूम है। डॉक्टर से आपकी झंझट हो गई थी। आपने डॉक्टर

साहब को गालियाँ दीं। फिर आपको पछतावा हुआ। डॉक्टर साहब ने आपको माफ कर दिया।"

"यह भी डॉक्टर के भतीजे ने कहा है?"

"नहीं, एक ग्राहक ने कहा है।"

"बुखार की हालत में मेरे मुँह से कुछ निकल गया होगा। होश आने पर पछतावा हुआ। डॉक्टर ने बुरा नहीं माना। आप यह अपने ग्राहक से कह दीजिएगा।"

"किस ग्राहक ने कहा था, यह याद थोड़ी है। डॉक्टर साहब से झंझट मोल लेकर आप चैन से नहीं रह सकते। मैं भी नहीं रह सकता।"

बात बदलने के लिए मैंने कहा, "छिटका धान बोनेवाला छोटा किसान होगा या लापरवाह बड़ा किसान। कुएँ-मोटरपम्प इत्यादि बड़े किसान के पास हैं। नहर के किनारे की जमीन भी उनकी ही होगी। रोपा बोने का खतरा छोटा किसान नहीं उठाता। जिन्दा रहने के लिए छिटका बोने का खतरा तो उठाना पड़ता है। अगर उनकी फसल खराब हो गई तो ये लोग बड़े किसानों के यहाँ मजदूर हो जाते हैं और बहुत सस्ते में काम करने के लिए तैयार हो जाते हैं। तब बड़े किसान की धान की लागत सस्ती मजदूरी से कम हो जाती है। साथ ही साथ बाजार में खराब फसल के कारण धान की कीमत बढ़ जाती है। वहाँ बड़े किसान का धान कई गुना मुनाफा पाता है। बीच में छोटे-छोटे व्यापारियों के बीच से गुजरता हुआ चावल उनके मुनाफे से महँगा होता हुआ खरीदारों के पास पहुँचता है। ज्यादातर खरीदार यानी वही छिटका बोनेवाले छोटे किसान और छोटे लोग। गुप्ता जी, तब आपकी दुकान से मुझे चावल किस भाव से खरीदना होगा?"

"आप खरीदते कहाँ हैं? उधार लेते हैं।" हँसते हुए गुप्ता जी ने कहा।

"उधारी खरीदी नहीं होती?" मैंने पूछा।

"नहीं। खरीदी में रुपये और सामान का लेन-देन साथ-साथ होता है। उधारी में वसूली होती है। नगदो लेन-देन में दुकानदार बेफिक्र होता है। उधारी में मालूम नहीं, वसूली होती है कि नहीं! कड़ाई बरतो तो थोड़ी-बहुत हो जाती है, नहीं तो रुपये डूब जाते हैं। बोलिए, रुपये कब दे रहे हैं, डेढ़ महीने से बकाया है? हर महीने वेतन पाते ही दे दें तो अच्छा रहे।"

"इस महीने की तनख्वाह मिलते ही मैं पूरी उधारी पटा दूँगा। इस बीच बीमार पड़ गया।"

"मैं आपकी बात नहीं कर रहा हूँ। इसके पहले जो किराएदार था, वह हर महीने किराया पटा नहीं पाता था। ऊपर से डॉक्टर साहब को तंग किया करता था, कि ये परेशानी है, यह बनवा दो, दीवारों के पलस्तर उखड़ गए, आँगन की नाली खराब हो गई। डॉक्टर साहब ने अपना किराया वसूल किया, फिर उसकी बदली करा दी। मुझे पता नहीं चल पाया और वह घर खाली करके चला गया। सत्तर रुपये का मेरा नुकसान हुआ। जब-तब उसको दफ्तर के पते से एक पोस्टकार्ड डाल देता हूँ ताकि सब लोग पोस्टकार्ड पढ़कर जान लें कि वह मेरी उधारी लेकर भाग गया है। पहले पोस्टकार्ड को उसने जवाब दिया था कि घर के पते पर पत्र-व्यवहार करें। पोस्टकार्ड में उसने अपने घर का पता दिया था। पर मैं उसे दफ्तर के पते पर ही पोस्टकार्ड डालता हूँ। इसलिए जैसे ही मालूम होता है कि किराएदार से डॉक्टर साहब की झंझट हुई है तो तुरन्त अपनी वसूली करता हूँ। आप कहते हैं कि डॉक्टर साहब से आपकी झंझट नहीं हुई, तो मैं आपकी बात पर विश्वास करता हूँ। अभी तो डॉक्टर साहब के पाँच में से चार क्वार्टर खाली हैं। आदमी देखकर वे मकान देते हैं। आपको भी देख-सुनकर रखा होगा?"

"अगर मेरी बदली हुई तो भी मैं आपका पैसा पटककर जाऊँगा।" मैंने कहा।

"मिट्टी के तेल के चार टिन दुकान में आ गए हैं, अगर आपको जरूरत हो तो तीन-चार बजे तक ले लीजिएगा। दोपहर से शाम तक मैं दुकान में रहूँगा। दुकान तब खुली रहेगी। किसी और से मत बताइएगा। एक बोतल मिट्टी का तेल ही दे सकूँगा। एक बात और है, आप जब भी बीमार पड़ें, डॉक्टर साहब से ही इलाज करवाइए। यदि आप मेरे किराएदार होते, और मेरी दुकान से सामान नहीं खरीदते तो यह शराफत नहीं होती।"

"आपका किराएदार नहीं, पर तब भी आपकी दुकान से सामान खरीदता हूँ।"

"खरीदते कहाँ हैं, उधार लेते हैं।"

"आप ठीक कहते हैं।"

मैंने पत्नी से पूछा, "घर में मिट्टी का तेल है?"

"कई दिनों से नहीं है।" उसने कहा।

"टिन दे दो, जितना मिलेगा, ले जाऊँगा।"

जब माँ घर पर रहतीं, तब मिट्टी के तेल की खपत ज्यादा होती। उन्हें रातभर अपनी चारपाई के पास जलती हुई कंदील रखने की आदत थी। रात में सोने के पहले कंदील की बत्ती नीचे कर देतीं। बीच में नींद खुलने पर पहले कंदील की बत्ती तेज करतीं, फिर उठतीं। मिट्टी का तेल स्टोव और चूल्हा जलाने के लिए भी लगता था। चाय हमेशा स्टोव पर बनती थी।

मुझे देखते ही गुप्ता जी बहुत खुश हो गए। दुकान में कोई नहीं था। आधी खुली होने के बाद भी जाहिर होता था कि दुकान बन्द है। दुकान में किराने की गंध थी। यह दुकानों में रखी चीजों-सामान की गंध होगी। मैंने सोचा।

"आइए, मिट्टी का तेल चीज ही ऐसी है कि तबियत ठीक कर देती है।" गुप्ता जी ने कहा।

"मैंने आपसे पहले ही कहा था कि मेरी तबियत कुछ दिनों से ठीक हो गई है। और मैं दफ्तर भी जाने लगा हूँ।"

"मिट्टी का तेल पाने से कुछ असर जरूर होगा!" उन्होंने कहा।

"आपकी बात से मैं इनकार नहीं करता।"

"आप पहले आदमी हैं ले जानेवाले। मिट्टी का तेल जैसी चीज मैं आपको उधारी दे रहा हूँ।"

"पैसे होते तो मैं आपको जरूर देता।"

"मेरी दुकान से खरीदा है, यह किसी से कहिएगा नहीं।"

"रास्ते में मुझसे कोई पूछेगा तो कहूँगा कि मूँगफली का तेल लेकर आ रहा हूँ।"

"मेरे जैसा आदमी मिल गया तो वह सूँघकर देखेगा।"

मिट्टी के तेल की उधारी पाकर मैं बहुत सन्तुष्ट था। सही माने में सभी सन्तुष्ट थे। भिखारी को भीख मिल जाती थी। बेईमानी के साथ-साथ धर्म के काम भी बढ़ते थे। क्योंकि बेईमानी की कमाई से धर्म-पुण्य का काम होता था। घर में मिट्टी का तेल पहुँचाकर मैं बाहर निकल आया। मैंने अपना उद्देश्य तय कर लिया था।

बाहर अपरिचित लोगों में से मुझे आदमी छाँटने थे। ठाकुर की पान की दुकान के सामने एक सभ्य समझदार आदमी दिखा। वह दुबला-पतला और लम्बोतरे चेहरे का था। उसके जूते में पालिश थी। ठाकुर की दुकान में बीड़ी-

सिगरेट जलाने के लिए हमेशा एक चिमनी जलती रहती थी। मिट्टी के तेल का यह महत्त्वपूर्ण उपयोग नहीं था। मुझे डॉक्टर की कम्पाउंड की देर तक जलनेवाली बत्ती से भी ज्यादा, दिन के समय सिगरेट जलाने के लिए ढिबरी का जलना अखरनेवाली बात लगी।

खजुआ मोची हाथ-पैर खुजलाते हुए नाली के किनारे लकड़ी की पेटी लेकर खाली बैठा था। जब इसके पास काम नहीं होता तो यह हाथ-पैर खुजलाया करता। इसके हाथ-पैरों में गहरे-गहरे नाखून के निशान होते। इनसे कभी-कभी खून निकल आया करता था। इसका नाम खजुआ मोची हो गया था। वह हर उस आदमी को गाली देता था जो उसके सामने से नंगे पैर निकल जाते थे। नंगे पैरों में नाल ठुकवाने का चलन कब होगा? यह फैशन से नहीं, मजबूरी में कभी हो? वह उन आदमियों, बच्चों को भी गन्दी गालियाँ दिया करता था जो चप्पल-जूते पहने होते और उसके पास से बिना रुके आगे बढ़ जाते। इस आदत के कारण पिटता भी था।

मैं उसके पास गया, "मेरी चप्पल में पालिश कर दो।"

हाथ-पैर खुजलाना छोड़कर वह पालिश करने लगा।

"खजुआ, मिट्टी का तेल चाहिए?"

"चाहिए।" उसने कहा।

"गुप्ता जी की दुकान में है। गुप्ता जी की दुकान जानते हो?"

"जानता हूँ।" उसने कहा।

खजुआ मोची का धंधा बाद में खराब हो गया था। हाथ-पैरों में बड़े-बड़े घावोंवाली बीमारी हो गई थी। भीख माँगने लगा था। तब वह हर उस आदमी को, जो उसे भीख दिये बिना आगे बढ़ जाता था, गालियाँ दिया करता था।

मैं एक छोटी चाय की दुकान में घुस गया। दिल्ली का हिन्दी अखबार यही होटलवाला मँगवाता था। चाय पीने के बाद मैंने होटलवाले से कहा, "गुप्ता जी की दुकान में मिट्टी का तेल बिक रहा है।"

"आज तो इतवार है।" होटलवाले ने कहा।

"आधी दुकान खोलकर बिक्री कर रहा है।"

जूठे कप धोनेवाली औरत ने पूछा, "गुप्ता जी की दुकान कहाँ पर है?"

बाहर निकलकर मैंने उसे समझाया, "यहाँ से सीधे जाने पर कुएँ के पास से एक रास्ता मुड़ता है। फिर नल है। उसके आगे थोड़ी दूर पर गुप्ता जी की दुकान है।"

अखबार बिना पढ़े मैं बाहर निकल आया।

"सन्तू?" सम्पत ने मुझे देखा। "चलो, घूमने चलें।" उसने कहा।

"आज काम से निकला हूँ। तुमको मिट्टी का तेल चाहिए तो गुप्ता जी की दुकान से ले लो।" उससे पीछा छुड़ाकर मैं टिकरापारा की तरफ रवाना हो गया।

मैं पैदल चलते-चलते थक गया था। पूरी तरह स्वस्थ नहीं था। तीस पैसे में रिक्शा तय किया। सड़क ऊँचाई पर गई थी। नीचे नाले के किनारे के पास-पास सटी हुई टट्टे की झोंपड़ियों का ढेर था। अगर किसी की आँख थोड़ी-सी कमजोर होती तो इतनी ऊँचाई से ये झोंपड़ियाँ मैदान में म्युनिसिपैलिटी के कचरे की अलग-अलग ढेरियाँ लगतीं। झोंपड़ियों के ऊपर फटे-सड़े बोरे और पॉलिथीन के चीथड़े फैलाए गए थे। इनको पत्थर के टुकड़ों से दबा दिया गया था। ये किनारे-किनारे लटके हुए झालर की तरह हवा में हिल रहे थे। प्रत्येक झोंपड़ी के अन्दर से एक गन्दे पानी की नाली निकली थी। बाहर एक छोटा गड्ढा बना था जिसमें यह नाली जाकर मिलती थी। गड्ढे में गन्दा बदबूदार पानी भरा हुआ था और आसपास उसी का कीचड़ था। आने-जाने के लिए जगह-जगह पत्थर रख दिये गए थे। एक तरफ झोंपड़ियों के बीच का रास्ता नाले की तरह ही हो गया था। उसी रास्ते में जाती हुई दो औरतें और इनके पीछे चार-पाँच बच्चे थे। एक ऊँची जगह में, जो टीले की तरह था, तीन बच्ची और एक बच्चा टट्टी कर रहे थे।

अधिकांश झोंपड़ियाँ खाली थीं। यहीं से रेजा, कुली, मजदूर सुबह-सुबह घर से कमाने निकलते थे। सड़क के किनारे लकड़ी के तख्तों की एक छोटी-सी दुकान थी। शाम को लौटते समय, दस पैसे की हल्दी, पाँच पैसे का नमक, दस पैसे की मिर्च, पच्चीस पैसे का प्याज, आधा किलो या एक किलो गुरमटिया चावल इस दुकान से लोगों की खरीदी होती थी। इस दुकान में मिट्टी का तेल नहीं होगा। चूँकि थोड़ा पानी पहले गिर चुका था, इसलिए सड़क के किनारे डबरों के पास चरोटा उग आया था। लौटते समय औरतें चरोटा की कोमल पत्तियाँ तोड़कर ले आती थीं। उनकी भाजी बन जाती।

नाली पार करने के बाद बिलकुल पास की झोंपड़ी की तरफ मैं बढ़ा। बाहर एक डेढ़-दो साल का लड़का अल्यूमिनियम के मैले पिचके खाली-खाली गिलास से खेल रहा था।

"कोई है? मिट्टी का तेल चाहिए?" मैं चिल्लाया।

लड़का जोर-जोर से रोने लगा।

मैं कुछ अटपटा-सा महसूस कर रहा था। एक बूढ़ी औरत बाहर निकली। फटी गन्दी साड़ी लपेटे हुए। छोटे-छोटे रूखे बाल, गुच्छे-गुच्छे बिखरे थे। उसके दोनों हाथों में गोबर लसेरा हुआ था। शायद वह पीछे गोबर पाथ रही थी।

"सुनो।" इस बुढ़िया से मैंने कहा, "मैं छोटापारा से आया हूँ। वहाँ एक गुप्ता जी की किराने की दुकान है। किसी से भी पूछ लेना, बतला देगा। उनकी दुकान में मिट्टी का तेल आ गया है। लेना हो तो जाकर ले आना, समझ गईं?"

समझी हो या न समझी हो, बुढ़िया की अकबकाहट से मैं परेशान हो गया था। मेरे चुप होते ही लड़का चीखकर फिर रोने लगा। मैं जल्दी से वहाँ से लौट पड़ा। दूसरी झोंपड़ियों में जाने की मेरी इच्छा ही नहीं हुई। अन्दर घुसने के लिए कौन-सा रास्ता है, यह समझ में नहीं आया। जैसे ही मैं सड़क के किनारे आकर खड़ा हुआ, गहरी-गहरी साँस लेते हुए मैंने यहाँ की हवा में साफ-साफ अन्तर महसूस किया। कितना अच्छा लगता है ऐसी हवा में साँस लेना!

तख्तेवाली दुकान के पास, एक पुलिया के ऊपर मैं बैठ गया और झोंपड़ी वालों के लौटने का इन्तजार करने लगा। उनके लौटने का समय हो रहा था। छह बज रहे थे।

दूर मुझे औरतों का एक झुंड आता हुआ दिखाई दिया। समूह के गाने की धीमी आवाज से मेरी नजर उधर गई थी। जब कोई झुंड मिलकर गाना गाता तो गाने में साफ-साफ लोग सुनाई देते। गाने की आवाज जब धीरे-धीरे पास आने लगती तो ऐसा लगता, लोग पास आ रहे हैं। गाने की आवाज बहुत जोर की हो जाती तब झुंड बिलकुल पास आ जाता। मैं गीत और लोगों को साथ-साथ आते हुए महसूस कर रहा था। इससे मेरे मन में एक उत्साह भर गया। यह उत्साह लोगों में शामिल होकर गाना गाने का था।

औरतों का झुंड आगे-आगे था। रंगीन साड़ियों में लाल-पीले-हरे-नीले रंगों का झुंड लगता था। हरकत करते हुए रंग। इनके पीछे आदमियों का झुंड था। औरतों में जो बहुत जवान लड़कियाँ थीं, वे एक-दूसरे के कंधों पर हाथ रखे हुए थीं। हँसती और गाती जा रही थीं। बहुतों के कानों में हरी पत्तियाँ खुँसी हुई थीं। तभी एक लड़की खिलखिलाती दौड़ती हुई आगे आ गई। उसके पीछे-पीछे दो लड़कियाँ और दौड़ने लगीं। तीनों रुककर समूह का इन्तजार करने लगीं।

इन्तजार करते हुए बीच सड़क में इन तीनों के पैरों में गाने की धुन से हरकत हो रही थी। इन तीनों का गाना भी नहीं रुका था।

ये लोग पास आ गए। सबके चेहरे पानी से धुले लग रहे थे। लड़कियों के पैर बिलकुल साफ और मजबूत थे। रंग-बिरंगी साड़ियों में धूल जमी थी। मैं खड़ा होकर इनके पास आने का इन्तजार करने लगा। मैं अपने में ताकत बटोरता हुआ खड़ा था। इन लोगों के पुलिया के पास आते ही मैं फुर्ती से पुलिया के ऊपर खड़ा हो गया।

"सुनो।"

दोनों हाथ ऊपर उठाए हुए मैंने उन लोगों को रोका। धीरे-धीरे औरतों के घेरे के बाद आदमियों का घेरा मेरे पास सिमट गया।

गेंदे का फूल कान में खोंसे एक बड़ी सुन्दर-साँवली लड़की सबसे आगे खड़ी थी। वह अपने पासवाली लड़की के कन्धे पर हाथ रखकर मुझे देख रही थी। मैंने कहना शुरू किया :

"दोस्तो! जो बात मैं आपसे कहूँगा, उसे मैं ठीक से आपको समझा नहीं सकूँगा।"

सामने खड़ी साँवली सुन्दर लड़की खिलखिलाकर हँस पड़ी। फिर बहुत-सी लड़कियाँ और आदमी हँसने लगे।

मैं कुछ झेंप गया। तब भी मैंने कहना शुरू किया :

"सुबह से आप लोग काम पर निकल जाते हैं। इतनी शाम को लौट रहे हैं। पर आप सबके चेहरे पर कोई थकान नहीं है। कौन-सी ताकत आपके पास है जिससे आप काम पूरा करने के बाद खुश होकर मुसकराने लगते हैं? अँधेरा होनेवाला है। बहुतों के घर में कंदील और चिमनी के लिए मिट्टी का तेल नहीं होगा, तब आप अँधेरे में रहेंगे। अच्छी जिन्दगी आप समझते हैं? जो रोजी आपको मिलती है, जिस तरह आपका रहना है, वह अच्छी जिन्दगी नहीं है। आप इस पर सोचिए। मैं छोटापारा से आया हूँ। वहाँ गुप्ता जी की एक किराने की दुकान है। किसी से भी पूछेंगे, उस दुकान का पता आपको मिल जाएगा। वहाँ मिट्टी का तेल दो रुपये लीटर बिक रहा है, जबकि सरकारी भाव एक रुपया तीस पैसा है। आप इतने थके हुए होते हैं कि रात में आपको उजाले की जरूरत नहीं पड़ती। पेट भरकर सोने के लिए खाना बनाने लायक उजाला आपको चाहिए। पढ़े-लिखे होते तो अखबार या कहानियाँ आप पढ़ते।

इतना महँगा मिट्टी का तेल खरीदकर जितना चावल आप रोज खरीदते हैं, उतना चावल आप उस दिन खरीद नहीं पाएँगे।"

दो-तीन वाक्य बोलने के बाद ही मेरा गला सूखने लगा था। मैं अपनी बात का सिलसिला बैठा नहीं पाया था। बोलते हुए मैं बराबर महसूस कर रहा था कि मैं ऊटपटाँग बोलता जा रहा हूँ। लेकिन शुरुआत करके जैसे मैं फँस गया था और हिम्मत से बात खत्म करना चाहता था। बात खत्म होते ही बस कुछ क्षणों का सन्नाटा रहा। मैंने देखा, गोया बात खत्म करने के बाद आँख खोली। भीड़ से आगे तख्ते की दुकान का दुकानदार कब का आकर खड़ा हो गया था, यह मैं देख नहीं पाया। उसने कोई भद्दी मजाकवाली बात कही और इसके साथ ही सब लोग हँसने लगे थे। मैं पुलिया से कूदकर बौखलाया हुआ उन लोगों के बीच से रास्ता बनाता दूर चला आया। पलटकर मैंने देखा, कुछ आदमियों की पीठ में बोरे के थैले लटके हुए थे। उसमें से आरी और बसूला का कुछ हिस्सा दिखाई दे रहा था। ये बढ़ई होंगे। मेरी बात पर उन लोगों ने बिलकुल ध्यान नहीं दिया। बुद्धू बना-सा मैं रह गया। मेरी आँखों में आँसू आ गए।

अँधेरा होने लगा था। मैं रुका था कि देखूँ, कितने झोंपड़ों में ढिबरी जलती है! काफी देर तक खड़े रहने के बाद भी तीन-चार झोंपड़ियों में उजाला हुआ दिखा। थोड़ी देर में वह भी बुझा दिया गया। मिट्टी का तेल खरीदने के लिए बोतल लेकर निकलता कोई नहीं दिखा। तभी किसी औरत की जोर-जोर से रोने की आवाज आने लगी। साथ-साथ एक आदमी चिल्लाता जा रहा था। उस औरत को आदमी पीट रहा होगा। लगा कि अभी तक मेरी तबियत ठीक नहीं हुई है। झोंपड़ियों के बहुत आगे एक रेलगाड़ी जाती हुई दिखी, डिब्बे की खिड़कियों से उजाला आ रहा था, जो गाड़ी के साथ-साथ था और जमीन से घिसटता जा रहा था।

यदि एक आदमी, रात में अँधेरी सड़क से जा रहा हो, तब मन-ही-मन उसे लगता होगा कि अँधेरे में चलने से कितना खतरा है। बहुत पीछे से आते हुए ट्रक से दूर तक सड़क पर उजाला फैल जाता था। तब उसे लगता होगा कि आता हुआ ट्रक हमेशा उसके पीछे रहे। ट्रक तेजी से पास आता जाता है। उजाला तेज होता जाता है और ट्रक के उजाले का फायदा उठाता हुआ आदमी किनारे उतरकर भी अचानक ट्रक से कुचल जाता है। यह सम्भावना नहीं थी।

घर की तरफ लौटते समय सोच रहा था कि क्या मैंने आज छुट्टी के दिन का अच्छा उपयोग किया है? शायद मिट्टी का तेल लोगों के लिए बहुत जरूरी नहीं है। मुझे लोगों की सही जरूरत को समझना था।

बड़े भाई बतलाते थे कि जब महात्मा गांधी की हत्या हुई थी, तब वे दस-ग्यारह साल के थे। रेडियो में खबर आते ही पूरे शहर में अँधेरा कर दिया गया था। घरों की बत्तियाँ बुझा दी गई थीं। कंदील, मोमबती के उजाले में लोग रेडियो सुनते बैठे थे। तब सड़क के किनारे तख्त के ऊपर रखे कंदील के उजाले में बड़े भाई को एक रुपये का नोट दिखा। आसपास कोई आदमी नहीं था। नोट लेकर वे अम्मा के पास गए। उन्होंने अम्मा को बतलाया था कि सड़क पर नोट मिला है। अम्मा रो रही थीं। गांधी जी के मरने से बहुत लोग रो रहे थे। अम्मा ने कहा था कि सुबह एक रुपये की हरी घास खरीदकर राह-चलती गायों के लिए सड़क पर रखवा देंगे। इसके बाद उन्हें पड़ा हुआ एक पैसा भी कभी नहीं मिला। वे कह नहीं सकते थे कि रुपये का मिलना और गांधी जी की हत्या की घटना उन्हें किस तरह याद थी। एक रुपये का नोट मिला था इसलिए गांधी जी की हत्या की घटना याद थी? या गांधी जी की हत्या के कारण उन्हें एक रुपये का मिलना याद था, इस बारे में वे ठीक-ठीक कुछ नहीं कहते।

उन्हें राजनीति से घृणा थी। वे घर की स्थिति सुधारने के लिए वेतन से पूरी तरह निराश हो चुके थे। उनका कहना था कि वेतन से गुजारा करना, 'जिन्दगी साँप-सीढ़ी का खेल' हो चुकी है। आमदनी का उनके पास दूसरा कोई जरिया नहीं था। दूसरे जरिये के लिए उन्होंने बहुत उठा-पटक की, पर उनसे कुछ करते-धरते नहीं बना। अब यदि उन्हें सड़क पर एक रुपये का नोट मिल जाता, तो वे अम्मा से नहीं पूछते। इसे वे अतिरिक्त आमदनी मानकर या तो जमा कर लेते या अपनी समझ से स्वतंत्रतापूर्वक उसे खर्च करते। अम्मा के कहने के बाद भी, अब सड़क की गायों के लिए घास डलवाने के बदले उस रुपये से घर के लिए हरी सब्जी लेते।

मुझे एक रुपये का नोट सड़क पर मिलता तो किसी भूखे आदमी को चार रोटी खरीदकर देता। बड़े भाई और मुझमें यही अन्तर था। यह अन्तर उम्र के कारण भी हो सकता था। पहले पत्नी रोज गाय को दो रोटी देती थी। वह पहली सिकी दो रोटी गाय के लिए निकाल लिया करती थी। फुरसत

से अहाते में घूमती हुई गाय को बुलाकर रोटियाँ खिला देती। एक दिन घूरे पर मैंने डॉक्टर की गाय को कागज खाते देखा। उस दिन से मैंने गाय को रोटी देना बन्द करवा दिया। गाय कागज खा सकती है, पर भूखे आदमी को कागज नहीं खाना चाहिए। तब भिखारी को रोटी दी जाने लगी। पहले घर में भूले-भटके कोई भिखारी आता था। जब रोटी दी जाने लगी तो बहुत से आने लगे जिससे एक-दो को छोड़कर बाकी सबको भगा दिया जाता।

घर का खर्च कम नहीं होता था। फालतू खर्च क्या है, जिसमें कटौती की जाए, यह बहुत दिनों तक समझ में नहीं आया। बाद में भिखमंगे को रोटी देना एक फालतू खर्च समझ में आ गया। तब यह रोटी घर में उपयोग होने लगी।—खर्च पूरा न बैठने के कारण दया और उदारता कम हो जाती है, यह बात समझ में जल्दी आती थी। उदारता और दया का सीधा-सादा सम्बन्ध रुपये से है। सिर पर हाथ फिरा देना न तो उदारता होती है, न दया। बस, सिर में हाथ फिराना होता है।

मिट्टी के तेल के लिए किसी आदमी को छाँटने की जरूरत नहीं थी। यह आम जरूरत की चीज थी। फिर भी इसके बिना गरीब-से-गरीब आदमी का भी काम नहीं अटकता। जिन्दा रहने के लिए मिट्टी का तेल जरूरी नहीं है, मरने के लिए हो जाता था। महाविद्यालय में जिन्होंने मुझे हिन्दी साहित्य पढ़ाया था, कुछ दिनों से इस शहर में दिखाई देने लगे थे। यदि वे अभी दीख जाएँ तो मैं उनसे जरूर पूछता, 'सर, मिट्टी का तेल लेंगे?'

आखिर मैं उनका विद्यार्थी था।

तब वे कहते, 'नहीं।'

मैं उनसे प्रार्थना करता, 'ले लीजिए सर! आजकल मिलता नहीं है।'

तब वे कहते, 'मैं मिट्टी का तेल अपने घर नहीं रखता। तुमको तो मालूम है कि मेरी पहली बीवी मिट्टी का तेल डालकर जल मरी थी। दूसरी बीवी यह काम करे, यह मैं नहीं चाहता। जिन चीजों से आत्महत्या की जा सकती है, मैं उन चीजों को अपने घर में नहीं रखता। दाढ़ी अब नाऊ की दुकान में बनवाने लगा हूँ। ब्लेड से खतरा था। हँसिया हमारी गृहस्थी में नहीं है। सब्जी काटने की चाकू बहुत भोथरी है, उससे केवल हरी सब्जी कट सकती है। चूल्हे के लिए ज्यादा लकड़ी इकट्ठा नहीं करता। थोड़ी लकड़ी से भी खतरा है, पर मेरी मजबूरी है, खाना बनवाना ही पड़ेगा। एक

बार टिंचर आयोडिन धोखे से कई दिनों तक घर पर रह गया था। बिजली का उपयोग तो करना ही पड़ेगा। घर में एक बिजली का आयरन है। घर के पास कुआँ और तालाब नहीं है मेरी पूरी कोशिश रहती है कि वह चाहकर भी आत्महत्या न कर पाए। पहली बीवी से दो बच्चे हैं। दूसरी से भी दो बच्चे हो गए। मेरा घर ऊपर की मंजिल में नहीं है। कूदना भी चाहे तो वह खटिया से कूद सकती है।'

मैं कहता, 'सर! वह माचिस की एक काड़ी से पूरे घर में आग लगा सकती है। चादर, साड़ी से फाँसो लगाकर मर सकती है।'

तब वे दुखी होकर कहते, 'इतना सब करने के बाद भी वह फाँसी लगाकर मर सकती है, तो मर जाए, आखिर कोई क्या करे?'

मैं कहता, 'सर, आलपिन से भी खतरा है?'

वे कहते, 'काँच की बोतल से भी खतरा है।'

मैं कहता, 'पानी से भरी बाल्टी से भी खतरा है?'

वे कहते, 'खाली बाल्टी से भी खतरा है।'

इसके बाद भी वे मिट्टी का तेल लेने के लिए तैयार नहीं होते और जीना मुश्किल हो जाता।

वनस्पतिशास्त्र के शिक्षक की पत्नी ने भी उसी साल आत्महत्या की। वनस्पतिशास्त्र के शिक्षक के चेहरे पर चेचक के बड़े-बड़े दाग थे। उनके दो दाँत ओठ दबाने के बाद भी बाहर दिखाई देते थे। विद्यार्थियों में अनुशासन के लिए प्रसिद्ध थे। कोई विद्यार्थी नकल मारे, यह उन्हें पसन्द नहीं था। महाविद्यालय के पास ही सरकारी क्वार्टर में रहते थे। एक दिन सुबह विद्यार्थी चाय पीने के लिए छात्रावास से निकलकर होटलों की तरफ जा रहे थे, तब उन्होंने देखा कि उस शिक्षक की बीवी साड़ी सँभालती रोती-चीखती सड़क पर निकल आई। उसके पीछे-पीछे वनस्पतिशास्त्र के शिक्षक निकले। वह औरत भागकर पड़ोस के रसायनशास्त्र के शिक्षक के घर में घुस गई थी। वनस्पतिशास्त्र के शिक्षक को समझाया-बुझाया गया। शाम को उनकी औरत कमरे में बन्द हो गई और स्टोव का तेल डालकर आग लगा ली। जलते हुए, दर्द से चीखते वह कमरे में गोल-गोल दौड़ने लगी थी। लोग इकट्ठे हो गए। कुछ विद्यार्थियों ने दरवाजा तोड़ने की कोशिश की, कुछ ने रोशनदान से दरवाजे की चिटकनी खोलने की कोशिश की। वह जलकर कमरे में गिर पड़ी। चारों तरफ विद्यार्थियों की भीड़

ज्यादा थी। रोशनदान से उसके पति, कुछ विद्यार्थी और कुछ लोगों ने उसकी नंगी जाँघ से चर्बी पिघलकर जलते, टपकते हुए देखा।

अर्थशास्त्र के शिक्षक ने कुछ दिनों के बाद उनको समझाया होगा, 'तुम्हारी पत्नी मर गई। इससे तुम्हें बहुत नुकसान हुआ। स्कूल में मास्टरनी थी, दो सौ रुपये महीना कमाती थी। घर का खाना, दूसरे काम, बच्चों की देख-रेख, कपड़े धोना, झाड़ू लगाना बहुत से काम करती थी। कोई काम करनेवाली औरत होती तो इतने काम को कम-से-कम सौ रुपये लेती और रद्दी काम करती। ईमानदारी से तुम्हारी गृहस्थी की देख-रेख नहीं करती। गन्दी होती, उज्जड़ होती, चोर होती। तुम्हारी पत्नी तुम्हारे साथ बिस्तर पर सोती थी। अब तुम्हारे बिस्तर पर कोई नहीं सोएगा। इसके लिए बाजार में तुम कितने भी सस्ते-से काम चलाओ, आधे घंटे के कम-से-कम दो रुपये लग जाएँगे। वह बिस्तर कैसा होगा, इसका अन्दाज लगा लो। बदनामी का डर रहेगा। नौकरी जाने का भी डर रहेगा।—अब तुम हिसाब करके बतलाओ, एक महीने में तुम्हें कुल कितने रुपये का नुकसान हुआ?

इसका परिणाम यह हुआ कि उन्होंने दूसरी शादी कर ली।

सम्पत की शादी नहीं हुई थी। वह माँ-बाप का इकलौता लड़का था। उसका बाप बहुत मनहूस माना जाता था। मुहल्ले में यदि किसी की मौत हो जाती, तब वह इतना ज्यादा सक्रिय होता कि क्रियाकर्म की जिम्मेदारी अपने-आप उसके हाथ में आ जाती थी। बाप के इस काम से सम्पत बहुत चिढ़ता था। उसका बाप पाँच फीट का भी नहीं होगा, घुटे हुए सिर में लम्बी-मोटी चोटी होती और पूरे माथे पर चन्दन की, उँगलियों से बनाई गई, मोटी लकीरें होतीं।

सम्पत की माँ की पिटाई बाप-बेटे, दोनों मिलकर करते थे। बाप नाराज होकर पीटने के लिए तैयार होता। यदि उसके पास समय नहीं है, किसी काम से जाना पड़ रहा है, तब वह सम्पत को उसकी पिटाई करने के लिए कहकर जाता। इस तरह वह एक साथ दो काम निपटाता था।

सम्पत की माँ की आदत थी कि आटा कम न पड़ जाए, इस डर से आटा ज्यादा सान लेती। फिर आटा बचेगा तो मार पड़ेगी, इसलिए ज्यादा आटे का गोला बनाकर छप्पर के ऊपर या पेटी के पीछे या गन्दी साड़ी में छुपा देती थी। जब तक उसकी सास जिन्दा रही, जो रोटी उससे नहीं फूलती थी, चूल्हे से निकली गरम-गरम उसी रोटी को उसके चेहरे में फिरा देती थी। इस कारण

अभी भी उसका चेहरा खुरदुरा और हमेशा सूजा हुआ लगता था। उसके सामने का एक दाँत टूटा था। वह दाँत सम्पत के कारण टूटा था। उसका बाप जोर से मारता था, पर सम्हालकर। अम्मा कहती थीं कि सम्पत की माँ बेचारी है। और बाप-बेटे, दोनों राक्षस हैं। मैं सम्पत को बहुत समझाता था। वह कहता था कि उसकी यह आदत बचपन से पड़ गई है। अब वह अपने को रोक नहीं पाता। उसकी माँ के माथे में एक चोट का निशान था, इसके अलावा आँख, नाक, कान पूरे और ठीक जगहों में थे, लेकिन वैसे ही जैसे अलग-अलग डरकर किसी जगह छुपने को हों, और तभी किसी जादूगर ने उन्हें स्थिर कर दिया हो! अगर यह जादू टूट जाएगा, तब?

घर का कुछ सामान पानी से बचाने के लिए मैंने मास्टर जी के घर रखवा दिया था। एक चारपाई और एक पुरानी साइकिल समेत एक रिक्शा-भर सामान था। पुरानी साइकिल में बहुत खर्चा था, इसलिए किश्तों में एक नई साइकिल ले ली थी। इत्तफाक से उस दिन मास्टर जी घर पर थे और पानी गिरने लगा था। हमारी दशा देखकर उन्होंने कहा कि थोड़ा-बहुत सामान वे अपने घर में रख लेंगे। मैं संकोच करने लगा तो उन्हें दुःख हुआ। पुरानी साइकिल को जंग लगने से बचाना था क्योंकि मुझे उसे अच्छी कीमत में बेचना था। अम्मा के जाने के बाद एक चारपाई ज्यादा हो गई थी। मास्टर जी से मैंने कहा कि वे चारपाई का उपयोग करेंगे तो मुझे कोई एतराज नहीं होगा।

समान स्तर के आदमियों का सामान एक-जैसा होता था। जो आईना मेरे घर में था, वही आईना मास्टरजी के घर था। मेरी जैसी चारपाई उनके घर की भी थी। एक स्तर के आदमी जिस तरह खपते थे, सामान भी उसी तरह खप जाता था।

मास्टर जी ने एक दिन कहा था कि लोग कहते हैं कि उनका और मेरा चेहरा मिलता-जुलता है। उनसे कइयों ने पूछा था कि क्या मैं उनका भाई हूँ? परन्तु मुझसे किसी ने नहीं पूछा था कि मैं मास्टरजी का भाई हूँ।

मास्टरजी का आईना देखकर मुझे यह बात याद आ गई थी। आईना देखकर हम लोग अपना चेहरा पहचानते थे। एक-जैसे आईने के कारण हमारा चेहरा

मिलता होगा! सस्ता आईना चेहरा इतना बिगाड़ देता था कि चेहरे में बहुत अन्तर स्पष्ट नहीं होता होगा। परन्तु लोग हमें सीधे-सीधे देखते थे, आईने में नहीं देखते थे। हो सकता है, हम दोनों का चेहरा मिलता-जुलता हो!

मुझे पति-पत्नी का चेहरा भी भाई-बहन की तरह लगता था। लगातार साथ-साथ देखे जाने के कारण दिखने में एक सन्तुलन हो जाता होगा। इसी सन्तुलन के कारण जोड़े भाई-बहन की तरह दिखते। उनके व्यवहार से पहचान में आता था कि दोनों पति-पत्नी होंगे।

शादी के तुरन्त बाद दोनों ने जो तसवीर खिंचवाई थी, उसमें चेहरों में कोई मेल नहीं था। इसके साल-भर बाद जो फोटो हम दोनों ने खिंचवाई, उसमें चेहरों का मेल दिखने लगा था, फिर भी पत्नी का रंग साफ था और मेरा साँवला ही रहा। किसी दिन पत्नी का रंग बहुत गोरा लगता। कुछ दिनों बाद दबा हुआ लगने लगता। ऐसा गर्मी और जाड़े में होता था।

जब लगने लगा कि पानी बहुत दिनों तक नहीं गिरेगा, तब घर-भर में बिखरे सामान को जमाने में एक छुट्टी का दिन चला गया।

सिल-लोढ़े को लात से ठेलने की कोशिश में और समझ में न आनेवाली परेशानी में मैंने पत्नी से कहा, "सिल-लोढ़ा खरीदने की जरूरत नहीं थी।"

"पैर से मत छुओ।" उसने कहा।

वह जगह-जगह बिखरे अखबार और दूसरे कागजों को इकट्ठा कर रही थी।

"ड्रम खरीदना भी बेकार रहा।"

ड्रम को मैंने धम्म-धम्म थपथपाया। पहले आजू-बाजू, जैसे ढोलक में थाप देते हैं, फिर ऊपर ढक्कन में। खाली ड्रम में जैसे आवाज होती है, वैसी ही आवाज हुई।

"तुमने कहा था कि सस्ते के दिनों में सालभर के लिए अनाज खरीदकर रखने के लिए एक ड्रम होना चाहिए।" उसने कहा।

ड्रम को खोलकर मैंने झाँका, "वाह! अनाज तो है नहीं।"

सुनकर वह मेरे पास आई और पीपों की ओर इशारा किया, "पीपों में है।"

वह अपनी गृहस्थी को मेरे मजाक से बचा रही थी। एक बिलकुल जंग खाया पीपा अलग-थलग पड़ा था। उसके ऊपर मैंने पैर रखा, "इस पीपे पर खड़ा हो जाऊँगा तो ढक्कन समेत मेरा पैर अन्दर घुस जाएगा। इसे फिंकवा देना।"

अनाज के खाली ड्रम की भी तो जगह थी। यदि वह अनाज से खाली है तो उसका उपयोग हम लोग किस तरह से कर सकते थे? दो ड्रम थे—एक चावल का और दूसरा गेहूँ का, दोनों में मैंने नब्बे रुपये खर्च किये थे। दाल की खपत कम होती थी इसलिए दाल के लिए ड्रम नहीं लाया।

"अब पानी जोर से आए तो चावल के ड्रम में तुम और गेहूँ के ड्रम में मैं घुस जाऊँगा। ऊपर से ढक्कन झुका लेंगे। साँस लेने की जगह होनी चाहिए, नहीं तो साँस लेकर ड्रम में भरी हवा को खत्म करने के बाद दम घुट जाएगा। तुम ड्रम में घुसोगी?" मैंने पूछा।

"नहीं।" उसने कहा।

"मैं तुम्हारी सहायता करूँगा।" मैंने प्यार से कहा।

"कितना काम बचा है!"

"आज तुमको जल्दी नहीं है। दफ्तर की आज छुट्टी है। खाना अभी बनाना नहीं है।"

"घर का सामान जमाना है।"

"वही तो कर रहे हैं। अपने को भी कहीं सुव्यवस्थित रखना है। पानी गिरने से सामान के साथ-साथ क्या हम दोनों बेतरतीब नहीं हुए हैं?"

बाजू से पकड़कर मैंने उसे चावल के ड्रम में उतरने में सहायता दी। स्टूल रखकर वह खड़ी हो गई थी।

"अब अन्दर घुसो।" मैंने कहा।

एक पैर ही वह अन्दर डाल पाई थी कि उसकी साड़ी फट गई।

"मेरी साड़ी फट गई।" दुखी होकर उसने कहा, और इस तरह हाथ-पैर फटकारे कि बड़ी मुश्किल से सम्हालकर मैंने उसे नीचे उतारा।

मैं दुखी हो गया। साड़ी के फटने का उतना दुःख नहीं था। दुःख था कि वह मेरी हर बात आखिर में मान लेती थी।

"पीपा खोलकर देखूँ कि उसमें अनाज है या नहीं?"

"देख लो। कुछ छुपा थोड़े है।"

एक पीपा खोला। उसमें दो-तीन किलो चावल था।

"चावल है।" मैंने कहा।

आटे का पीपा दूर से पहचान में आता था। कल ही तीन किलो गेहूँ पिसवा कर लाया था।

"गेहूँ अभी बचा है या वह भी खत्म हो गया?"

"सात-आठ किलो गेहूँ है। बदली छाई थी इसलिए ज्यादा गेहूँ धोए नहीं। अब रोज धूप निकलती है। कल-परसों धोकर धूप में डाल दूँगी।"

"कुछ रुपये होते तो चावल खरीदकर डाल देते। इस साल चावल बहुत महँगा होगा।"

मेरी नजर अलमारी में गई। पलड़े खुले थे। अलमारी दीवार में बनी थी। अलमारी का खुला रहना मुझे अच्छा नहीं लगता था।

"अब अलमारी के सामान को भी देखूँगा, कितना फालतू इकट्ठा किया है। फालतू सामान से मनहूसियत बढ़ती है। जिसकी जरूरत नहीं पड़ती, उसे मत रखो।" मैंने कहा।

अलमारी में खाँसी की दवा की खाली शीशी दिखी।

"ये क्या है?" शीशी पत्नी को दिखाकर मैंने कहा, "करीब एक महीना हो गया, मेरी खाँसी ठीक हुए। अब इस खाँसी की शीशी को देखकर मुझे याद आ गया कि मैं बीमार था। मुझे यह भी याद आया कि दस दिन बाद खाँसी ठीक हो गई थी, फिर भी पहले बीमारी तो याद आ गई।"

"जब बीमार हुए थे तब जिस बिस्तर-चारपाई पर लेटते थे, वह भी है। जो कपड़े पहनते थे, वह भी पहने हो। बुश्शर्ट से तुमको बीमारी क्यों नहीं याद आई? मेरा कोई काम तुमको नहीं सुहाता।" उदास होकर उसने कहा।

"बुश्शर्ट से बीमारी की याद आएगी तो क्या मैं बुश्शर्ट फेंक दूँगा? खाली शीशी फेंक सकता हूँ," कहकर मैंने खाली शीशी डॉक्टर के कंपाउंड में फेंक दी।

"चप्पल भी वही है," मुसकराते हुए मैंने कहा, पर वह उदास रही, "घर भी वही है। किराया भी वही है। तुम भी वही हो। तुम बीमारी में मेरा कितना खयाल रखती थीं। बुखार में बेदम हो गया था, तब तुम रोने लगी थीं।" मैंने कहा। "अब तुम्हारा मूड ठीक हुआ?" मैंने पूछा।

अलमारी में पत्रिकाओं के बीच छुपा हुआ प्लास्टिक का पानी का बैग था। बिलकुल गन्दा हो गया था। बैग को निकालकर मैंने नीचे फेंका तो जमीन पर पड़ी तश्तरी के ऊपर आकर वह पड़ा। तश्तरी फूटते-फूटते बची।

"क्यों फेंक रहे हो? आने-जाने में इसकी जरूरत पड़ती है।"

"कहाँ आते-जाते हैं? तुम अपने मैके जाओगी और मैं अपने घर। मेरा वह घर भी किराए का, पिता के बाद जिसका किराया बड़े भाई देते हैं। भाभी की

इच्छा है कि उस मकान का आधा किराया मैं भी दिया करूँ। वहाँ पहले मेरी जगह निश्चित थी। शादी के बाद निश्चित नहीं है। हर वस्तु की जगह निश्चित होनी चाहिए। इस घर में किताबें रखने की कौन-सी जगह हो? बिस्तर कहाँ रखे जाएँ? अलमारी में क्या रखा जाए?—यह हम लोगों को निश्चित करना पड़ेगा। वाटर बैग अपने पैर से कहीं नहीं जाएगा। इस किराए के मकान में मैं अपने पैरों से चलकर आया, पर यह जगह मेरी हैसियत से तय हुई। मैं जहाँ भी जाऊँगा, अपनी हैसियत से जाऊँगा। सर्कस करते हुए। पैर नहीं होते, तो मुझे लुढ़काया जाता। कहीं मुझे धक्का तो नहीं दिया जा रहा है या मैं घसीटा तो नहीं जा रहा हूँ?"

वाटर बैग उठाकर पत्नी ने निरुपाय होकर पूछा, "इसे अब कहाँ रखूँ?"

जैसे यह एक कठिन सवाल है और उसे केवल मैं हल कर सकता हूँ!

"तुम जानो, यह तुम्हारा काम है।" मैंने कहा।

"मेरा काम है तो टोकाटाकी क्यों करते हो?"

"मैं चाहता हूँ, तुम घर को सँवारकर रखो।"

जो सामान था, वह इसी तरह ठीक था। पानी का बैग धीरे-धीरे अखबार में दब गया होगा। उसे आड़ मिल गई। हम लोगों ने उसे कई दिनों तक देखा नहीं था। अचानक वह दबा नहीं होगा। जब जरूरत होती तब उसे ढूँढ़ा जाता।

मेरा कोई सामान खोया नहीं। यदि कोई चीज खोई तो ढूँढ़ने से मिल गई। झोला मैं बहुत भूलता था। भूलता भी वहाँ जहाँ मैं गया होता। लौटकर उन्हीं जगहों में पूछताछ करने से मिल जाता था। जब कभी चिल्हर पैसे गिरे तो मिल गए। सड़क की नाली में साइकिल की चाबी गिर गई थी। दस पैसे लेकर एक लड़के ने उसे ढूँढ़कर निकाल दिया था।

आटा माड़ते समय पत्नी अँगूठी निकालकर पाटे के नीचे रख देती थी, फिर सिंदूर की डिब्बी में, बाद में पेटी में रखने लगी। घर से कभी सामान चोरी नहीं गया। चन्द्रमा आकाश से कहीं नहीं जा सकता। यदि वह नहीं दिखता तो वह बादलों में छुपा होगा। बाद में दिख जाएगा। चन्द्रमा आकाश से खोकर आकाश में ही रहेगा। यदि वह नहीं दिखता तो उसके खोने की फिक्र मैं नहीं करूँगा। इसी तरह की बहुत-सी झंझटों से मैं मुक्त था।

वस्तुओं का बेकार होने के बाद भी उपयोग होता था। भविष्य में कुछ काम आएगा इसलिए कबाड़ और रद्दी, पूँजी की तरह सहेजी जाती थी। तुलसी

का गमला फूट गया था, उसकी मिट्टी हाथ मटियाने के लिए मैंने रख ली थी। एक दिन पत्नी को याद आया कि मैं तुलसी की मिट्टी से हाथ मटिया रहा हूँ। तब उसके कहने से फूटे गमले को नहर में डाल आया और लौटते समय नहर से हाथ मटियाने के लिए दूसरी मिट्टी उठा लाया। दिन बीतता था।

पत्नी से मैंने कहा, "यदि कबाड़ और खाली शीशियों के प्रति हम अपना मोह कम कर दें तो बहुत सफाई हो सकती है।"

"अच्छा!" उसने कहा।

उसके तैयार होते ही मैंने कहा, "शुरुआत तुम्हारी पेटी से करते हैं, जिसमें तुम ताला बन्द करती हो। मैं गारंटी से कहता हूँ कि उसमें ऐसा सामान होगा जो दो कौड़ी का भी न होगा, जिसे ताले में सुरक्षित रखने का कोई मतलब नहीं है।"

"नहीं, नहीं। मैं अपनी पेटी नहीं दिखाऊँगी। तुम्हारा सामान तो मैं छूती भी नहीं। एक भी कागज इधर-उधर हो जाता है तो जान लेने को कैसे तैयार हो जाते हो!"

"क्या हुआ, देख लेने दो! चाबी कहाँ है?"

"मालूम नहीं, कहाँ है!" पत्नी ने कहा। पर चेहरे में याचना थी कि मुझे छोड़ दो, चाबी मत लो।

मुझे मालूम था, यदि चाबी कमर में नहीं होगी तो गद्दे के नीचे होगी। दौड़कर उसके पहुँचने के पहले, गद्दे के नीचे मैंने चाबी पा ली। चाबी से निराश होकर वह दौड़ती हुई अपनी पेटी पर जमकर बैठ गई, तब भी उसके चेहरे में था कि वह कुछ नहीं कर सकती और मैं जबरदस्ती करूँगा, जिससे वह बच नहीं सकती। पेटी बहुत छोटी थी। पेटी की तुलना में ताला बड़ा था। पर उसकी इच्छा के अनुकूल था। पेटी के ऊपर बैठे होने के कारण साड़ी से पेटी छुप गई थी।

"पेटी में आखिर क्या है जो तुम छुपाना चाहती हो? जरूर कोई खास बात होगी। तुम्हारा चेहरा ऐसा हो गया, जैसे जान जा रही हो!"

"हाँ, जान जा रही है। जान छोड़ क्यों नहीं देते?"

"मैं तुम्हारी जान ले रहा हूँ?"

"तुम्हारी जबरदस्ती अच्छी नहीं लगती।" रुआँसी होकर उसने कहा।

"मैं जबरदस्ती करता हूँ?"

"हाँ!" उसने कहा।

मुझे हँसी आ गई, "एक बार और बोलो, जबरदस्ती?"

"जबरदस्ती।" भरे गले से उसने कहा।

उसकी आँखों में आँसू देखकर दुख हुआ पर मैंने ऐसी कोई बात नहीं की थी जिससे उसकी आँखों में आँसू आए।

"रोना क्यों आ गया?" मैंने कहा।

गुस्सा मुझे अपने ऊपर था। मोगरे का फूल पौधे में अच्छा लगता था, पर यदि वह पौधे में लगा-लगा मुरझा गया तो लगता था कि उसका उपयोग नहीं किया गया और उसका फूल बेकार चला गया। तोड़ लिया जाता तो कुछ उपयोग होता। पत्नी का रिश्ता फूल को तोड़कर अपने पास रख लेने का था। पेड़ में खिले फूल-जैसा रिश्ता कहीं नहीं दिखता था। यदि फूल पास में रखे-रखे मुरझा गया तो पौधे में भी फूल मुरझा जाता है, यह तर्क तैयार रहता था।

कुछ निश्चय करने के बाद पेटी से उठकर वह एक तरफ खड़ी हो गई और बोली, "लो, देख लो।"

कई चाबियाँ थीं। दो चाबियाँ नहीं लगीं। कब के खराब फेंके गए तालों की बची चाबियाँ गुच्छे में इकट्ठी हो गई थीं।

"लाओ! मैं चाबी निकाल दूँ।" उसने मेरी तरफ हाथ बढ़ाया।

"बेवकूफ बनाकर तुम चाबियाँ वापस लेना चाहती हो?" मैंने कहा।

मेरी तरफ उसका हाथ गुच्छा लेने के लिए बढ़ा रहा। मैंने उसे चाबियाँ दे दीं। घर तो बिलकुल खुले पिंजड़े की तरह था, जिसमें रहने की आदत पड़ जाती है। चन्द्रमा आकाश से भागकर जाएगा कहाँ? आकाश से भागकर आकाश में रहेगा।

"यही चाबी है।" गुच्छे से एक चाबी अलग निकालकर उसने कहा।

"यही चाबी है?" तब भी मैंने पूछा।

"हाँ, यही चाबी है। हटो, मैं खोलती हूँ। पेटी तुम देख लेना।"

"ताला मैं खोलूँगा।" मैंने कहा।

पेटी खोलते ही, सबसे ऊपर पुट्ठे में चिपकी लक्ष्मीजी की एक फोटो थी। फोटो का एक कोना नहीं था। यह फोटो घर में मुझे कभी नहीं दिखी थी। अपने साथ मैके से लाई होगी। तालाब में कमल के ऊपर खड़ी हुई लक्ष्मीजी। दोनों तरफ हाथी! एक हाथी की सूँड़ में फूल की माला, दूसरे की सूँड़ में कमल

का फूल। लक्ष्मीजी के एक हाथ से चाँदी का गिरता हुआ रुपया! पत्नी को उम्मीद होगी कि रुपये तसवीर से छिटककर उसकी पेटी में भरते जाएँगे। इस तरह के फोटो मैं बचपन से देखता आ रहा था। पहले इसमें कोई कमी नजर नहीं आती थी। अब लगता था कि फोटो में तालाब के किनारे रुपये निकालने के लिए, डुबकी लगाने को तैयार नंग-धड़ंग लड़के भी हों। तालाब में एक डूबता हुआ लड़का हो, या हाथी की सूँड़ में एक छटपटाता हुआ लड़का हो। डुबकी मारनेवाले लड़कों से हाथी नाराज हो गया होगा। उस हाथी में एक सोने का हौदा होना चाहिए जिसमें एक राजा हो।

"लक्ष्मीजी की जय!" हाथ जोड़कर मैंने कहा।

पास बिछे बोरे पर पेटी से एक-एक सामान निकालकर रख रहा था। जो सामान या कपड़ा मुझसे बेतरतीब हो जाता, पत्नी उसे ठीक कर देती थी। घुटनों के बल वह मुझसे बिलकुल सटी बैठी थी। मैंने अपना बायाँ हाथ उसके गले में डाल दिया। एक बनारसी लाल साड़ी थी। दो नई सूती साड़ियाँ, शादी के समय की थीं। उन्हें निकालकर मैंने कहा, "इनको पहनना शुरू करो।"

एक नये कपड़े की चिंधी से बँधी हुई लाख की कई चूड़ियाँ थीं : खूबसूरत लाल-लाल चूड़ियाँ। पेटी में नेपथलीन की गोलियों की गंध थी। लाल रंग का, चिकना चमकता हुआ साटन का पेटीकोट था। दो नये सफेद पेटीकोट थे। एक में हल्दी का दाग था। काँच की चूड़ियाँ सुतली में बँधी थीं। टूटने से बचाने के लिए उन्हें पेटी के कोने में कपड़ों से लपेटकर रखा गया था।

पत्नी के हाथ की चूड़ियाँ कम हो गई थीं। मैंने कहा, "लाख की चूड़ियाँ और काँच की चूड़ियाँ पहन लेना।"

एक टिन का चिपटा डिब्बा था। जब मैंने उसे खोला तो उसके अन्दर दस-दस के तीन नोट थे। एक पाँच रुपये का नोट था। रुपयों को देखकर मैं बहुत खुश हुआ। मेरी खुशी करीब-करीब वैसी ही थी, जैसी मुफ्त के रुपये मिल जाने से होती है।

"तुम्हारे पास बहुत रुपया है।" डिब्बे में मेरी एक फोटो थी। यह फोटो तीन-चार वर्ष पहले की थी। इसमें मैंने एक चौखाने का कोट पहना था। कोट फोटोग्राफर का था, जो सिर्फ फोटो खिंचवाने के लिए स्टूडियो में टँगा रहता था। यह तसवीर मुझे कभी अच्छी नहीं लगी। इसमें गालों की हड्डियाँ उभरी हुई लगती थीं, जिससे गाल ज्यादा पिचके लगते थे। आँखें बहुत छोटी-छोटी

लगती थीं। गर्दन पतली और लम्बी लगती थी। घर में और भी अच्छे फोटो रखे थे, पर यह फोटो पत्नी को, पता नहीं, क्यों पसन्द था! डिब्बे में एक सोने की ताँबिया अँगूठी और चाँदी की चमकती हुई बिछिवा थीं।

कुछ छोटे-छोटे नये कपड़ों के टुकड़े थे। ब्लाउज के लायक ये कपड़े नहीं थे। एक बित्ता-भर लम्बा और चार अंगुल चौड़ा कपड़ा निकालकर मैंने कहा, "नाक पोंछने लायक भी नहीं है।"

पत्नी का चेहरा फूल गया।

मैंने उससे कहा, "गुस्सा मत होना। तुमको एक किस्सा सुनाऊँगा।"

"कब?"

"बाद में सुनाऊँगा।"

कुछ और भी चीजें थीं, जैसे लाल बिन्दी की एक शीशी, एक कंघा और सिंदूर रखने की एक डिब्बी, काजल की डिब्बी। काजल की डिब्बी को बाहर निकालकर मैंने कहा, "आज तुम काजल भी लगाना।"

घर की सफाई का कलेजा मेरे पास नहीं था। मैं थक गया। अन्त में सब कुछ मैंने पत्नी के ऊपर छोड़ दिया।

"मुझसे नहीं होता।" मैंने कहा।

धीरे-धीरे वह सब ठीक-ठाक करती रही। पहले उसने अपनी पेटी को जमाया। ताला बन्द करने के बाद उसने मुझे काले मखमल का एक बटुआ दिखलाया, "इसके अन्दर का सामान नहीं देखोगे?"

"तुम्हीं देख लो।" मैं ऊब गया था।

उसने उछालकर बटुआ मेरी तरफ फेंका। न चाहते हुए मैंने उसे लोक लिया, फिर उसे बिना देखे स्टूल के ऊपर रख दिया।

"किस्सा नहीं सुनना है क्या?" चारपाई पर लेटते हुए मैंने पूछा।

"सुनना है।" वह आकर मेरे पास बैठ गई।

"वहाँ अपने घर के पास सुखलाल तिवारी का घर है।"

"जानती हूँ।"

"सुखलाल तिवारी पैसेवाले लोग हैं। तुम उनके घर गई होंगी?"

"माँ जाने के लिए कह रही थीं, फिर मौका नहीं मिला।"

"उसकी औरत सास और पति से दुखी थी। एक दिन घर के कुएँ की मुंडेर पर बैठकर उसने अपनी सास से पूछा—'कूद जाऊँ?'"

" 'कूद जाओ,' सास ने कहा और पति ने भी कहा।

"औरत कुएँ में कूद गई तो पति थोड़ी देर के लिए भौचक्का रह गया। तब तक सास पीपल के पेड़ के पास से एक लम्बा बाँस उठाकर लाई। बाँस को कुएँ में डालकर वह पानी को गोल-गोल हिलाने, खँगालने और कूटने लगी ताकि बहू के अन्दर कुछ साँस बाकी हो तो वह खत्म हो जाए।"

पत्नी को लिपटाकर मैंने कहा, "अब तुम कल्पना करो कि बहू कुएँ में कूदकर डूबी। मरने की तकलीफ से उसका मन हुआ होगा कि किसी तरह वह बच जाती। उसने बचने के लिए हाथ-पैर फटकारे होंगे। साँस लेने की कोशिश में पानी पी जाती होगी। तभी सास के द्वारा डाला गया बाँस डूबते समय उसके हाथ के पास आया होगा। उसने सोचा होगा कि पति ने उसे बचाने के लिए बाँस डाला है। यदि वह पकड़ ले तो उसे बाँस से ऊपर खींच लेंगे। बाँस पकड़ने के लिए उसने हाथ बढ़ाया होगा और बाँस ऊपर खींच लिया गया होगा। और तेजी से ऊपर से आता हुआ दुबारा उसके सिर में लगा होगा, सिर में नहीं तो छाती में लगा होगा।"

हम दोनों थोड़ी देर तक एक-दूसरे से लिपटे पड़े रहे।

"अब दूसरा किस्सा सुनो।"

"अब नहीं सुनना है।"

"एक और सुन लो, फिर नहीं सुनाऊँगा :

"रामबली पांडे की बहू बहुत खूबसूरत थी। सभी लोग उसकी खूबसूरती से परेशान थे। घर-भर को उसका उठना-बैठना, बोलना-चालना बुरा लगता था। एक दिन उसे जहर देकर मार डाला गया। उन लोगों ने पानी में पतला-पतला आटा घोला और कमरे में, आँगन में, जगह-जगह डाल दिया। उसके ऊपर राख डाल दी गई, जैसे उल्टी के ऊपर डाल दी जाती है। फिर हल्ला मचा कि बहू हैजे से मर गई।"

"जहर किसने दिया था?" उसने पूछा।

"सास, ससुर या पति—इन तीनों ने मिलकर या किसी एक ने दिया होगा।"

"खुद भी तो खा सकती थी।"

"हाँ।" मैंने कहा।

"पति ने जहर नहीं दिया होगा?"

"यही समझती रहो।"

"पति के जहर देने के पहले वह खुद जहर खा लेगी।"

मैं उठने लगा तो उसने मुझे उठने नहीं दिया, "थोड़ी देर और लेटे रहो।"

"वह सुन्दर थी, इसलिए मुझे विश्वास है कि उसके पति ने उसे जहर नहीं दिया होगा।"

मैंने पत्नी से कहा, "तुम मेरी हर बात मान लेती हो।"

"तुम गलती नहीं करते।"

"तो भाड़ में जाओ।" उसे ठेलकर उठते हुए मैंने कहा।

उसने मेरा हाथ पकड़ लिया। मैं फिर लेट गया। पत्नी की आँखों को होंठों से चूमते हुए कहा, "जो कुछ भी मेरे पास सुख है, वह तुम्हारे से है। मैं तुम्हारे सिवाय किसी और की पत्नी के रूप में कल्पना नहीं कर सकता। यदि जादू से शादी के पहले की स्थिति हो जाए तब भी मैं तुमको पहचान लूँगा।"

बचपन से गाय को गाय कहना सीखा था। शादी के बाद पूरी समझदारी से उसी तरह पत्नी को पत्नी कहना सीखा।

"मेरी सास मुझे बहुत प्यार करती है।"

"मुझे मालूम है। क्या मैं तुमको प्यार करता हूँ?" मैंने उससे पूछा।

"मैं नहीं बताऊँगी, तुम बताओ पहले।"

"तुमको मुझसे डर लगता है?"

"नहीं।"

"क्या तुम्हें ऐसा लगता है कि मैं तुमको जहर दे दूँगा?"

"नहीं लगता।"

"मैं तुम्हें घर से निकाल दूँगा?"

"नहीं निकालोगे।"

किसी दुःख के परिणाम से कोई जहर नहीं खा सकता। यह तो षड्यंत्र होता है। आदमी को बुरी तरह हराने के बाद जहर का विकल्प सुझाया जाता है। आदमी को भूखा रखकर जहर खाने के लिए मजबूर नहीं किया जा सकता। भूखा रखना किसी को हराना नहीं था। यदि ऐसा होता तो हराने का काम आसान हो जाता।

मैंने कहा, "घूमने चलोगी? मैं सोचता हूँ, जब भी मैं कुछ खरीदने बाजार जाऊँ, तुम्हें भी साथ ले चलूँ। इससे तुमको बाजार करना आ जाएगा।"

"तुम चले जाओ। हरी सब्जी ले आओगे तो रात को बना लूँगी। नहीं तो आलू बनाना पड़ेगा।"

"शादी के बाद अभी तक ऐसा मौका नहीं आया है कि हम दोनों साथ-साथ बाहर घूमें। जब भी मेरा मन होता है तब तुम कोई अड़चन डाल देती हो।"

"मैं क्या करूँगी बाजार जाकर? साथ में जाऊँगी तो मेरे काम का हरजा होगा।" दृढ़ता से उसने कहा।

लेकिन मैं उसके पीछे पड़ा रहा, जब तक वह साथ चलने के लिए राजी नहीं हो गई।

बस, इक्के-दुक्के मामलों को अपनी मर्जी के अनुसार चलाकर वह घर की रानी थी। उसका व्यक्तिगत संसार बड़ा नहीं था। वहाँ एकांत नहीं था। हर जगह केवल मैं उपस्थित था। केवल दो आदमियों की दुनिया।

"एक अच्छी साड़ी लेने का मन है। चुनरी साड़ी से भी अच्छी, हल्के रंग की जिसमें छोटे-छोटे प्रिंट हों। तुम्हारे पास सभी बड़े-बड़े प्रिंट की साड़ी हैं।" मैंने कहा।

"पहले मैं एक ब्लाउज बनवाऊँगी।"

"आज बाजार जाकर ब्लाउज का कपड़ा ही खरीदेंगे। साड़ी के लायक पैसे तुम्हारे पास नहीं होंगे।" मैंने कहा।

"मेरे पास तो ब्लाउज के लायक भी पैसे नहीं हैं।"

"पेटी के डिब्बेवाले रुपये निकाल लो।"

"वे रुपये?" चौंककर वह खड़ी हो गई।

बाजार से कुछ खरीदारी करने का उसका सारा उत्साह मर गया। पलटकर उसने पेटी की तरफ देखा जिसका ताला बन्द था। चाबी उसकी कमर में खुँसी थी।

मुझे उस पर दया आई। उसके लिए कुछ खरीदने के लिए बहुत दिनों से मन हो रहा था पर पैसे बचते नहीं थे। मेरा कोई फालतू खर्च नहीं था। सिवाय दफ्तर या कहीं और एक-दो कप चाय के।

"मेरे पास दो-तीन रुपये होंगे।" जेब में हाथ डालते हुए मैंने कहा।

"मुझे ब्लाउज की जल्दी नहीं है, रहने दो। वे रुपये मैंने वक्त-जरूरत के लिए बचाकर रखे हैं।"

"ब्लाउज नहीं बनवाना है, तब भी बाजार जा सकते हैं। पर सच-सच बतलाओ, ब्लाउज की जरूरत है या नहीं?"

"नहीं है। तुम जोर दे रहे थे, तब मैंने साड़ी के बदले कम खर्च के लिए ब्लाउज की बात की।" शान्ति से उसने कहा।

"वह जरूरत कौन-सी है जिसके लिए तुम जमा किये हुए रुपये खर्च करोगी?"

"मैं नहीं जानती।"

"मैं जानता हूँ। जब हम लोगों पर एक आफत आएगी तब बचे हुए 15-20 रुपये से आफत दूर हो जाएगी।"

"मैं नहीं जानती।"

"तुम नहीं जानतीं तो चलो, ब्लाउज बनवा लेते हैं।"

मुझे चन्द्रमा आकाश में गोल कटी हुई खिड़की की तरह लगता था जिससे आकाश की आड़ में छुपी हुई दुनिया का उजाला आता था। सूर्य का भी यही हाल था। फर्क सिर्फ दिन और रात का था।

"ये रुपये मैं तुम्हें खर्च करने नहीं दूँगी। ये मेरे रुपये हैं।"

"तुम तो कमाती नहीं हो। तुम्हारे रुपये कहाँ से हुए? मेरी जेब से निकालकर या मेरे वेतन से बचाकर जमा करती होंगी।"

"कुछ पिता ने दिये थे, कुछ भैया ने, थोड़े तुम्हारी जेब से बचाकर रख दिये थे। अभी जाते समय माँ ने पाँच रुपये दिये। मैं ले नहीं रही थी। उनको भी जरूरत पड़ती है। जबर्दस्ती उन्होंने पकड़ा दिये।"

"जितने रुपये तुमने मेरी जेब से निकालकर जमा किये होंगे, वे मेरे हैं। उन्हें मुझे दे दो। मैं अपने लिए नहीं माँग रहा हूँ, तुम्हारे ब्लाउज के लिए माँग रहा हूँ।"

"कपड़ा धोते समय तुम्हारी जेब से कभी पाँच पैसे या दस पैसे, इससे ज्यादा कभी नहीं मिलते।"

"जो मेरा भाग्य है, वही तुम्हारा है। फिर भी कितने रुपये इस तरह हो गए होंगे?"

"मुझे याद नहीं है।"

"हिसाब कर लेते हैं। कुछ तो अन्दाज हो जाएगा। उससे एक रुपया कम दे देना। ससुरजी ने कितने रुपये दिये थे?"

"आठ महीने पहले आए थे तब पाँच रुपये दिये थे। उससे पहले एक बार दो रुपये। फिर पाँच रुपये, जब यहाँ किसी की बारात में आए थे। पहले कुछ खर्च भी तो हुए हैं।"

"तुमको तो सब याद है। तुम्हारी याददाश्त बहुत अच्छी है। पाँच और दो= सात, सात और पाँच=बारह, और अम्मा ने पाँच रुपये दिये, हो गए सत्रह। तुम्हारे भैया ने कितने रुपये दिये थे?"

"सच में मुझे याद नहीं है। तुम सब रुपये ले लो, पर मैं ब्लाउज नहीं बनवाऊँगी।" उसकी आँखों में आँसू आ गए।

"अभी तक ठीक चल रहा था। मैं तो तुम्हारे ब्लाउज का जुगाड़ कर रहा था।"

"मेरी चिन्ता मत करो।" उसने कहा।

"अपनी तरफ से यही प्रयत्न करता हूँ कि तुमको मेरी कम-से-कम फिक्र करनी पड़े। खाना तुम सिर्फ मेरे लिए नहीं बनातीं, तुम भी खाती हो। घर में झाड़ू लगाती हो तो झाड़ू लगे घर में तुम भी रहती हो। अलग से तुम मेरे लिए क्या करती हो?"

"भैया ने पाँच रुपये दिये थे।" गम्भीर होकर उसने कहा।

"सत्रह और पाँच बाईस रुपये हुए। तीन रुपये और जोड़ लो, पच्चीस हो गए। तुम्हारे डिब्बे में पैंतीस रुपये हैं। यानी दस रुपये मेरी जेब के हुए। वही मुझे दे दो।"

"कुछ और भी हैं, मुझे याद नहीं आ रहा है।"

"तीन रुपये में उसे शामिल कर लिया है।"

पेटी से वह रुपये निकाल लाई। दस रुपये का एक नोट मैंने उससे ले लिया।

पूरी तैयारी घर से निकलने की हम लोगों ने कर ली। पत्नी ने दो-दो लाख की चूड़ियाँ और चार-चार काँच की चूड़ियाँ पहन लीं। एक नई साड़ी, पीले रंग की, जिसमें भूरे रंग के बड़े-बड़े पत्ते की डिजाइन थी। पता नहीं किस पेड़ के पत्ते थे! इसे उसने पहना था।

"काजल लगाऊँ?" उसने पूछा।

"रात को लगाना।" मैंने कहा।

घर बन्द करने के लिए ताला नहीं था।

"अब?" मैंने कहा।

"एक ताला है, उसकी चाबी खो गई है।" उसने कहा।

"गुच्छे में जितनी चाबियाँ हैं, उतने ताले नहीं हैं।" मैंने कहा।

"दो ताले पेटी में बन्द हैं।"

दूसरी पेटी का ताला बिलकुल बचकाना था। उसे बाहर लगाने से कोई फायदा नहीं था। साँकल उस ताले से बुलककर निकल आती। उसे तोड़ने की जरूरत भी नहीं पड़ती। पत्नी की पेटी का ताला मजबूत था।

"घर को खुला छोड़कर नहीं जा सकते।" पत्नी ने कहा।

"तुम अपनी पेटी का ताला निकाल लो, उसी को बाहर लगा देंगे।"

"मेरी पेटी खुली रह जाएगी।"

"बन्द घर के अन्दर पेटी बन्द रहे या खुली रहे, क्या फर्क पड़ता है?"

"पेटी में जोखिम का सामान है।"

"कुछ नहीं है।"

"सोने की अँगूठी है, आधे तोले की होगी।"

"उसको पहन लो।"

"ढीली आती है। किसी उँगली में ठीक नहीं होती।"

घर से बाहर साथ-साथ घूमने या बाजार करने का सुख नहीं था। पत्नी की शुरू से बाहर जाने की इच्छा नहीं थी। बहुत-से साथ के सुख हम दोनों उठा नहीं पा रहे थे। यदि आज के दिन थोड़े और अतिरिक्त पैसे होते तो शायद ब्लाउज खरीदने हम दोनों जाते।

भविष्य में हम लोग घर में ताला बन्द कर बाहर जा सकें, इसके लिए एक ताला होना जरूरी था। दस रुपये मेरे पास थे। मैं बाजार से एक मजबूत ताला सात रुपये का खरीदकर लाया। बाकी पैसे पत्नी को दे दिये। अब हम लोग बाहर जा सकते थे। पर बिना पैसे के साथ-साथ बाजार घूमने का सुख किस तरह उठाया जाए?

ताला लेकर घर बन्द करने का रिहर्सल मैंने किया। पत्नी घर के अन्दर रही। वह चावल निकालने चली गई थी। जल्दी-जल्दी मैंने पीछे का दरवाजा और खिड़की बन्द की और सामने का दरवाजा बन्द कर ताला लगाया। सामने का दरवाजा बन्द करने के लिए दोनों पलड़ों को जमाकर ताकत से खींचना पड़ता था जिससे भड़ से आवाज होती थी। जैसे ही दरवाजा बन्द करने की आवाज हुई, जो दरवाजा बन्द होने की जानी-पहचानी आवाज थी, घर के अन्दर

कोई चीज झनझनाकर गिरी और दौड़ते हुए आकर पत्नी बाहर के दरवाजे को अन्दर से जोर-जोर से भड़-भड़ पीटने लगी। जब तक मैं खोलूँ, तब तक उसने हल्ला मचा दिया। वह लगातार चीख रही थी, 'दरवाजा खोलो! दरवाजा खोलो।' वह जोर-जोर से रो रही थी।

जैसे ही मैंने दरवाजा खोला, करीब-करीब ढकेलते हुए उसने मुझे जोर से पकड़ लिया। "क्या हो गया?" घबराकर उसे सम्हालते हुए मैंने कहा, "चुप हो जाओ। मैं ताला यूँ ही बन्द कर रहा था। देखो, चुप हो जाओ, चुप हो जाओ। मुझसे गलती हो गई। तुम मुझ पर भरोसा नहीं करतीं? मुझको माफ कर दो। मत रो!" मैं लगातार यही बोलता जा रहा था, जब तक वह चुप नहीं हो गई।

कमरे के अन्दर चावल की थाली दूर फिंकी पड़ी थी और चारों तरफ चावल बिखर गया था। चावल खूँदते हुए हम दोनों कमरे के अन्दर गए। काफी देर तक वह मुझे पकड़े रही। मैंने उससे कहा, ''यदि सामने का दरवाजा,बाहर से बन्द था तो पीछे का दरवाजा तो अन्दर से बन्द था। तुम उसे खोलकर बाहर आ सकती थीं।''

अतिरिक्त आमदनी के लिए सम्पत ने जुगाड़ शुरू कर दिया था। गोलबाजार में एक रेडियो स्कूल था। इसमें रेडियो बनाना सिखाया जाता था। रोज शाम को सात बजे वह एक घंटे के लिए रेडियो का काम सीखने जाता था। हफ्ते-भर बाद ही उसने मुझसे कहना शुरू कर दिया कि पचहत्तर रुपये में एक नया ट्रांजिस्टर खुद जोड़कर तैयार कर लेगा। अच्छी-खासी बातचीत में वह रेडियो की बात शुरू कर देता, उसमें इतना उत्साह आ गया था।

एक दिन मैंने सम्पत से कहा, "देखो, अभी मैं तुमसे एक जरूरी बात कहूँगा, तुम बीच में रेडियो से सम्बन्धित मुझसे कोई बात नहीं करोगे। तुम्हारे हाथ में क्या है, नोट है?" मैंने पूछा।

उसने मुझे मुट्ठी खोलकर दिखाया, उसकी मुट्ठी में ट्रांजिस्टर रेडियो के हिस्से थे। उँगली से पकड़कर उसने कई रंगोंवाले एक टुकड़े को ऊपर करते हुए मुझसे कहा, "जानते हो, यह क्या है?"

"तुम बताओ।"

"यह रेजिस्टेंस हैं, रंगों की पट्टी से इसकी पहचान होती है। हर रंग का मतलब होता है। यह कंडन्सर है। यह ट्रांजिस्टर है। ट्रांजिस्टर के तीन पैर हैं। इनके अलग-अलग नाम हैं।"

"मुझे तुमसे कुछ जरूरी बात करनी है। चूँकि तुम मेरे बचपन के मित्र हो इसलिए सहायता के लिए तुम्हारे पास आया हूँ।"

"पहले काम बताओ।"

"मुझे पच्चीस रुपये उधार दे सकोगे?"

"मैं समझ गया था कि तुम मुझसे रुपये माँगोगे।" सम्पत ने कुछ सोचते हुए कहा।

"तुम्हें कैसे मालूम?"

"रेजिस्टेंस की तरह मैंने तुममें रंगत देखी थी।" उसने कहा।

"रेडियो की बात मत करो, मुझे रुपये दोगे?" मैंने पूछा।

"सुनो," बहुत गम्भीरता से उसने कहा, "हफ्ते-भर पहले मेरे पास रुपये थे। अब नहीं हैं।"

"बिलकुल नहीं हैं दोस्त?" निराश होकर मैंने पूछा।

"नहीं। रेडियोवाले को सौ रुपये दिये। तीस रुपये हर महीने की फीस होगी। साठ रुपये प्रेक्टिकल के दिये। दस रुपये की उसकी लिखी एक किताब खरीदी।"

"तुम कुछ नहीं कर सकते?"

"क्या कर सकता हूँ? यदि स्कूल से नाम कटवा दूँ तब भी रुपये डूब जाएँगे।"

"हमेशा तंगी रहती है।" उदास होकर मैंने कहा।

"इसीलिए मैंने तय किया है कि अधिक-से-अधिक मेहनत कर मैं अपनी हालत सुधार लूँ।"

हालत सुधारने के लिए अधिक-से-अधिक मेहनत करने के उपाय पर मुझे विश्वास नहीं था। कुदाली चलानेवाला मजदूर दिन-रात कुदाली चलाकर भी अपनी हालत सुधार नहीं सकता था। सम्पत के विचार से मैं सहमत नहीं हो पाता था। दरअसल बाजार में मेहनत की कोई कीमत नहीं है। आदमी की अधिक-से-अधिक आमदनी और कम-से-कम आमदनी में भयानक अन्तर था। इसको देखकर दहशत होती थी। थके-हारे कदम आगे बढ़ाने की किसी की हिम्मत नहीं होती थी। एक कदम आगे बढ़ाने से सीधे जान जाने का डर था।

उस अन्तर के बीच तरह-तरह की किलेबन्दी की गई थी। इस कारण लोग गरीबों से अच्छा व्यवहार करने से भी कतराते थे। उनसे कहा जाए कि अमीर चोर हैं तो गरीब हँसने लगेंगे। कहेंगे—हमारे पास क्या रखा है! जो मिट्टी का घड़ा पहले था, अभी भी है। बल्कि हमीं चोर हैं, उनकी चीजों पर नीयत लगाये बैठे रहते हैं। जिनके पास कुछ नहीं होता, वे चोर होते हैं। जिनके पास सब कुछ होता है, वे दया करके भीख देते हैं, काम देते हैं, और बख्शीश देते हैं।

उनसे कहा जाए कि तुमने रईसों को बहुत माफ किया है, तब वे कहेंगे—माफ करने का काम उन लोगों का है।

जिस प्रकाश की झलक फटे हुए गोल छेद से, सूर्य और चन्द्रमा जानकर वे देखते हैं, उनसे कहा जाए कि सूर्य और चन्द्रमा की खिड़की से कूदकर चोर की तरह वहाँ जाने की बात सोचने के बदले यदि पूरे आकाश को फाड़ दिया जाए तो पूरे आकाश जितना बड़ा सूर्य होगा और चन्द्रमा होगा। यह बात सोची जाए, तब वे कहेंगे—ऐसे ही रहने दो! सूर्य कभी-कभी हमारे लिए रोजी का दिन भी ले आता है। और चन्द्रमा कभी-कभी नींद की रात। कुछ उल्टा-सीधा हो गया तो हम मिलनेवाले काम के दिन और नींद की रात को भी खो बैठेंगे।

सम्पत के साथ शाम को मैं उसके रेडियो स्कूल गया। बहुत सारी छोटी-छोटी दुकानों के बीच से उसका रास्ता था। लाइन से मोची जमीन पर बैठे थे। एक जगह चप्पल-जूतों के साथ एक औरत अपने बच्चे के साथ बैठी थी। फिर कपड़ों की ढेरी की दुकानें थीं। इनके बीच से दर्जियों की लाइन थी। एक पुरानी चाल के बरामदे में लाइन से दर्जी बैठे थे। दो दर्जियों की मशीन के बीच से एक आदमी के गुजरने लायक जगह थी, जिसके पीछे 'अग्रवाल रेडियो स्कूल' लिखा था। दरवाजा अधखुला था। पूरा दरवाजा खुल नहीं सकता था। पूरा खोलने से उस दर्जी को अड़चन होती, जिसका ऊपरी होंठ कटा था। दरवाजे के सामने का बरामदा स्कूल के हिस्से में था। स्कूल के मालिक ने उस जगह किराए से तीन दर्जियों को बैठा रखा था। जब हम दोनों दरवाजा खोलकर अन्दर घुसने लगे तब ओठ कटे दर्जी ने सिर उठाकर नाक के बल 'हूँ, हूँ' कहा। होंठ कटे होने से दो दाँत मसूड़े की जड़ तक दिखाई देते थे।

एक बड़ा कमरा था, जिसकी छत बहुत नीची थी। छत से चिपके हुए सीलिंग पंखे लगे थे, फिर भी यदि धोखे से हाथ ऊपर उठ जाए तो पंखे से

हाथ टकराता। दस-बारह लोगों के लायक बैठने की जगह थी। सामने चौड़े टेबिलों पर, कीड़े-मकोड़े की तरह लम्बी टाँगोंवाले पुराने फालतू सामान टिन के डिब्बे में जगह-जगह रखे थे। एक कोने में टूटे रेडियो का ढेर था। राल के जलने की गंध आ रही थी। दीवार में लाइन से पाँच बल्ब जल रहे थे जिनके नीचे बैठे पाँच लोग बिजली की छड़ से हिस्सों को जोड़ने का काम सीख रहे थे। दीवार में एक काला बोर्ड था जिसमें सर्किट का चित्र बना था। मुझे आश्चर्य हुआ, मास्टर जी भी वहाँ काम सीख रहे हैं। उनकी पीठ मेरी तरफ थी। पचास साल की उम्र में उन्हें यह सब करते देख मैंने सोचा, आनेवाली बची जिन्दगी के लिए उनमें बहुत उत्साह है। दो व्यापारियों के लड़के बैठे थे। बाकी ऐसे ही लोग थे। इन दो लड़कों को स्कूल का मालिक अपने पास बैठाकर बहुत लगन से पढ़ा रहा था। उसके पास मिठाई का डब्बा रखा था। सम्पत से मैंने कहा, "अब तुम पढ़ो, मैं जाता हूँ।"

बाहर निकलते समय, मैंने दरवाजा खोला। मुझे अन्दाज नहीं था कि दरवाजा खोलने के लिए कितनी जोर का धक्का देना चाहिए, दरवाजा भड़ाक से होंठ कटे दर्जी की सिलाई मशीन से टकराया। दर्जी स्टूल से उठकर खड़ा हो गया। आँखें तरेरकर गुस्से से नाक के बल उसने 'हूँ-हूँ' कहा।

"मुझसे गलती हुई, मुझे मालूम नहीं था," कहता हुआ मैं निकल गया।

जूते, चप्पलों की दुकानों की लाइन से निकलने लगा, तो मैंने देखा, एक लड़का मुझे इशारे से बुला रहा था। मेरी ही उम्र का होगा या मुझसे एक-दो साल छोटा हो।

"कहिए?" मैंने उससे पूछा।

"आप रेडियो स्कूल में भरती हो रहे हैं?" उसने पूछा।

"नहीं, मेरा दोस्त सम्पत भर्ती हुआ है। अभी मेरे पास रुपये नहीं हैं। जब हो जाएँगे तो मैं भी भर्ती हो जाऊँगा।"

"मैं हर नये आदमी को ताकता रहता हूँ। स्कूलवाले ने मेरे साथ बेईमानी की है। मैंने आपके दोस्त सम्पत को भी टोका होगा। क्या वह सात-आठ दिन पहले भर्ती हुआ था? चेचक के दागवाला लड़का?"

"हाँ, वही सम्पत है।"

"मैंने उसे भी बताया था। पर उसे मेरी बात समझ में नहीं आई।"

"आपके साथ क्या हुआ है?" मैंने पूछा।

"तीन महीने में रेडियो बनाना सीख जाऊँगा, यह सोचकर मैं भर्ती हुआ था। आठ महीने हो गए, अभी तक मुझमें आत्मविश्वास नहीं आया कि किसी के बिगड़े रेडियो को सुधार दूँ। घर के बिगड़े रेडियो को छूने की हिम्मत नहीं होती कि और खराब हो जाएगा। एक गाँव का मास्टर है, साल-भर से ज्यादा हो गया। एक-एक घंटे की यहाँ पढ़ाई होती है। एक घंटे बाद दूसरे लोगों का समूह आएगा। सुबह आठ बजे से लेकर रात के नौ बजे तक यहाँ पढ़ाई होती है। वह पढ़ाता क्या है? थोड़ा-सा बताकर खुद सीखने के लिए छोड़ देता है। कहीं चला जाएगा। घूम-फिरकर आएगा, तब कुछ और बता देगा। उसका एक और साथी है। वह सामानों की देख-रेख करता है और जो उसकी खुशामद करता है, उसे थोड़ा-बहुत बता देता है। यहाँ से सीखकर कोई नहीं जाता, सब छोड़कर जाते हैं।" यह कहकर वह दुकान के अन्दर चला गया। वहाँ वह नौकर होगा।

जिन्दगी में कुछ करनेवालों की कमी नहीं थी, ऐसे लोग बहुत आसानी से बेवकूफ बनते थे। मैं सम्पत से कहूँगा कि अगर वह कुछ सीख नहीं पाया तो अपनी स्थिति का विश्लेषण वह किस तरह करेगा?

**गरीब एक स्तर के होते हुए भी एक जैसे इकट्ठे नहीं होते, जैसे पचास आदमी को काटकर पचास आदमी बना देना। यदि पचास हैं तो इसका मतलब सिर्फ पचास, एक और फिर गिनती गिनो इक्यावन।**

आश्चर्य था कि साहब को एक नौकर की जरूरत थी। नौकर की उन्हें कमी नहीं थी, पर बिना कमी के भी जरूरत होती रहती थी। जैसे बाई साहब के पास पचास साड़ियाँ हैं, तो इसका मतलब है कि उनके पास पचपन साड़ियाँ नहीं हैं। नम्बर से जरूरत का हिसाब पूरा नहीं होता। नम्बर से जरूरत का हिसाब कम पड़ता है। एक अच्छी चीज भी जो होती है, वह किसी एक से बढ़कर होती है और एक से बढ़कर एक चीजें खत्म नहीं होतीं। नौकर अच्छा हो तो वह कीमती हो जाता था। दूसरों को ईर्ष्या होती थी कि वह मेरा नौकर नहीं है। अच्छे नौकर को साहब लोग बदली हो जाने पर अपने साथ ले जाना पसन्द करते, पर अजनबी जगह जाकर या तो वह बिगड़ जाते थे या भागकर अपनी जगह चले आते। साहब एक बार गर्मियों में नैनीताल नौकर को लेकर गए। हफ्ते-भर में वह पहाड़, झील से घबरा गया और किसी तरह भागकर अपने घर आ गया।

यह आम रिवाज था कि बड़ा आदमी अपने और दूसरों के बीच एक समझदार नौकर जरूर रखेगा। बड़े आदमियों के आश्रित रिश्तेदारों के बीच में नौकर महत्त्वपूर्ण होते थे, जैसे डॉक्टर की विधवा बहन और डॉक्टर के बीच चौकीदार महत्त्वपूर्ण था। यदि उसे किसी चीज की जरूरत होती तो डॉक्टरनी से, नौकर के जरिये भी कहलाने की उसकी हिम्मत नहीं होती थी। डॉक्टर से जो कुछ कहना होता, वह चौकीदार से कहती। चौकीदार भूल जाता तो वह उसे और याद दिलाती। कभी चौकीदार मना कर देता था कि साहब गुस्सा होंगे। जब डॉक्टर की विधवा बहन को रुपये की जरूरत होती, तब चौकीदार डॉक्टर

से कहने के लिए जरूर मना कर देता था। तब वह चौकीदार की खुशामद करती फिरती। आखिर चौकीदार जाकर डॉक्टर से कहता। यदि बीस रुपये की जरूरत होती तो कटकर पाँच रुपये ही मिलते। इस तरह बड़े लोग आश्रित रिश्तेदारों के बीच कभी बुरे नहीं बनते और झंझट को बीच में ही नौकरों से खत्म करवा देते। मेहरबानी घूम-फिरकर दुहरी होती थी, एक यह कि जिस पर साहब मेहरबान होते, उनका नौकर भी उस पर मेहरबान होता। और जिस पर नौकर मेहरबान होता, उस पर साहब भी मेहरबान होते।

साहब के घर के लिए माल-जमादार छाँटकर तीन चपरासी भेजता था। बँगले के अहाते में साग-सब्जी बोई जाती। पपीते और केले के झाड़ थे। पच्चीस-तीस मुर्गियाँ थीं। दो मुर्रा भैंसें थीं। एक जर्सी जाति की गाय थी। दूध, साग, सब्जी इतनी होती थी कि चपरासी घर-घर जाकर बेचते थे। फिर भी साहब को एक साफ-सुथरे नौकर की जरूरत थी।

एक अच्छा नौकर परिवार में नौकर की तरह शामिल रहता था। जैसे परिवार में कौन है? तो, पति-पत्नी, दो लड़के, एक लड़की और एक नौकर। यह आदर्श परिवार था। साहब के बच्चे नहीं थे और एक अच्छा नौकर भी नहीं था। दोनों की कमी और दोनों का दुःख अलग-अलग था।

पहले एक लड़का काम पर लगा था। खुले रंग के कारण साफ-सुथरा और भला लगता था। जब वह काम पर आया तब वह कत्थई रंग की गन्दी पैंट, और किसी लम्बे-चौड़े आदमी की छींटवाली फटी बुश्शर्ट पहने था। बुश्शर्ट इतनी लम्बी थी कि उसकी पैंट नहीं दिखती थी और एकबारगी धोखा होता था कि वह नंगा है। साहब ने उसके लिए मोटे सफेद कपड़े की एक कमीज सिलवा दी।

दूसरे दिन कमीज गन्दी होने के कारण उसे बहुत डाँट पड़ी। साहब ने उसे तुरन्त नहाने के लिए और कमीज धोने के लिए कहा। बूट छाप कपड़ा धोने का साबुन लेकर बँगले के सामने म्युनिसिपैलिटी के नल पर वह गया। एक फटा अँगोछा पहनकर, पहले उसने कमीज और पैंट को धोया, फिर सूखने के लिए उन्हें नल से थोड़ी दूर जमीन पर फैला दिया। इसके बाद वह खूब नहाया।

वह कुछ ही दिन में सब काम समझ गया, जिससे बाई साहब को आराम मिला था। बाई साहब उससे खुश थीं। पर थोड़ी-सी भी कमीज गन्दी होने के कारण उसे साहब की बहुत डाँट पड़ती थी।

एक दिन मालकिन ने साहब से कहा, "मुझे इस पर दया आती है। काम करेगा तो इसके कपड़े गन्दे होंगे। इसे इतना मत डाँटा करिए।"

अपनी कमीज के बारे में वह लापरवाह नहीं था, पर कमीज बचाकर वह काम नहीं कर पाता था, इसलिए भैंस, गाय का गोबर उठाने के पहले वह कमीज उतार दिया करता था। इसके बाद भी कमीज गन्दी हो जाती थी। साहब को साफ-सुथरे नौकर की सनक थी। पर बाई साहब सन्तुष्ट थीं। एक बार नौकर की गलती के कारण नाराज हुए दूर के रिश्तेदारों की उन्होंने परवाह नहीं की। बाई साहब जानती थीं कि साहब का चचेरा भाई नाराज होकर भी चचेरा भाई रहेगा। लेकिन नौकर नाराज हुआ तो नौकरी छोड़कर उनका नौकर नहीं रहेगा। जहाँ-जहाँ बाई साहब नौकर को लेकर साथ जातीं, वहाँ उसकी फिक्र करती थीं, कि उसे चाय मिली या नहीं, खाने को कुछ मिला या नहीं!

बढ़िया काँच का गिलास उससे गिरकर टूट गया। बाई साहब ने उसे डाँटा। जल्दी-जल्दी काँच उठाते समय उसकी एक उँगली कट गई। घबराकर उसने अपनी कमीज से खून से लथपथ हाथ को पोंछ लिया। काँच फेंककर जब वह आया तो बूँद-बूँद खून साफ-सुथरे चमकते फर्श पर टपकता गया। खाना खाते-खाते साहब की नजर उसकी कमीज पर पड़ गई। साहब ने उसे बहुत डाँटा। बाई साहब ने मिट्टी के तेल में उँगली डुबोकर पट्टी बाँध लेने को कहा।

दूसरे दिन सुबह वह लड़का नहीं दिखा। रात को भाग गया। लेकिन कमीज वह छोड़ गया था। साफ-सुथरी धुली कमीज नौकर खोली में रख गया था। कमीज को गन्दी छोड़कर भागने की उसकी हिम्मत नहीं थी। उसका अपराध और बढ़ जाता। धुली कमीज को साहब ने मँहगू से एक बार और धुलवाकर रखवा दिया।

कुछ दिनों के बाद काम के लिए एक लड़का और लगा। यह लड़का बड़ी शिष्टता से बात करता था। अच्छे सम्भ्रांत लोगों के यहाँ काम किया हुआ लगता था। इसके तौर-तरीके ठीक थे। साहब के लिए इसे एक व्यापारी ढूँढ़कर लाया था। साहब की पत्नी बहुत खुश हुईं। उन्होंने साहब से कहा, "बहुत समझदार नौकर मिला है, चाहें तो आप इंटरव्यू ले लीजिए।"

साहब ने कहा, "इंटरव्यू लेने की जरूरत नहीं है। नौकरों से पूछना कम चाहिए, बताना ज्यादा चाहिए। बताने के बाद पूछताछ होनी चाहिए कि जो बताया गया था, वह ठीक से पूरा हुआ या नहीं। लेकिन मुझे नहीं लगता कि

इसे नौकर की कमीज फिट होगी। अगर इसे कमीज फिट नहीं हुई तो मैं इसे नौकर नहीं रखूँगा। इसके पास भी बेढंगे कपड़े हैं। सबके नाप की कमीज तो बनेगी नहीं। एक अच्छे नौकर के नाप की कमीज बनवा ली गई है। इसमें दूसरों को फिट होना होगा। मालूम नहीं, किस आदमी का कपड़ा पहना हुआ है!" साहब मुसकरा रहे थे।

"इसका कपड़ा अच्छा है। किसी अच्छे आदमी की कमीज है।" साहब की पत्नी ने कहा।

"मैं अपनी कमीज नौकर को कभी देना नहीं चाहूँगा। जो मैं पहनता हूँ, उसे नौकर पहने, यह मुझे पसन्द नहीं है। मैं घर का बचा-खुचा खाना भी नौकरों को देने का हिमायती नहीं हूँ। जो स्वाद हमें मालूम है, उनको कभी नहीं मालूम होना चाहिए। अगर यह हुआ तो उनमें असन्तोष फैलेगा। बाद में हम लोगों की तकलीफें बढ़ जाएँगी। खाना उनको वैसा ही दो, जैसा वे खाते हैं। जैसा हम खाते हैं, वैसा बचा हुआ भी मत दो। ये पेट भरते हैं, चाहे आधा या चौथाई। स्वाद से इनको कोई मतलब नहीं। सड़क के किनारे चाट खानेवाले, चाट खाकर जो फेंकते हैं, यह मुझे गुस्सा दिलाता है। इसी के कारण आवारा गरीब लड़के पत्ते चाटकर जादुई स्वाद का पता लगा लेते हैं, जिससे चोरी, गुंडागर्दी और हक माँगनेवाली झंझटें बढ़ी हैं। स्वाद हम लोगों को सन्तोष नहीं दे सका तो इनको क्या देगा? अगर ये स्वाद के चक्कर में पड़ गए तो अपनी जान बचानी मुश्किल होगी।"

"ऐसा कोई नहीं करता।"

"तुम नौकरों को सिर पर चढ़ाती हो।"

"इसे कमीज़ पहनाकर देखेंगे?"

"जरूर देखेंगे।"

"जाने दीजिए। मुझे अन्दाज है, कमीज इसे बड़ी होगी।"

"बड़ी होगी तो इसे मत रखो। दफा करो।" साहब मुसकराने लगे।

"आप भी कमाल करते हैं।" बाई साहब भी मुसकराने लगीं।

"मँहगू! मँहगू।" साहब ने आवाज दी।

"जी साहब।" तुरन्त मँहगू कहीं से निकलकर सामने आकर खड़ा हो गया।

"नौकर की कमीज लेकर आओ।"

मँहगू कमीज लेकर आया।

"इसको पहनाकर देखो।" साहब ने कहा।

मँहगू लड़के को हटाकर आड़ में ले गया। लड़के को कमीज बड़ी थी।

"मैंने कहा था कि लड़के को कमीज बड़ी होगी।" लड़के को देखते हुए बाई साहब ने कहा। कुछ सोचकर वे हँसने लगीं। साहब भी हँसने लगे। मँहगू वैसे ही रहा। लड़का शरमा गया।

"अच्छा खाना खाएगा तो मांस चढ़ जाएगा।" बाई साहब ने कहा।

"तुम फिर गलत बोलीं। अच्छा खाना नहीं, पेट-भर खाना बोलो।"

कुछ दिनों बाद साहब ने पूछा, "कैसा है यह नौकर?"

"आपने ठीक कहा था। लगता है, कमीज इसे फिट नहीं हुई। काम समझता है, पर गुमसुम रहता है। शाम को सात बजते ही घर के किसी कोने में खड़े-खड़े सो जाता है। एक बार मैं बिस्तर पर लेटी थी। मैंने आवाज लगाई। कई बार आवाज लगाने के बाद मेरी नजर कमरे के कोने में गई तो देखा, वह खड़े-खड़े सो रहा है। मैं डर गई। आप दौरे पर गए थे। मँहगू उसे नौकर की खोली में ले गया। वह बहुत गहरी नींद में था। जब भी इसे बुलाओ, वह कोने से ही निकलकर आएगा। काम खत्म करता है और सुस्ताने कोने में जाकर खड़ा हो जाता है।"

"लड़के, लड़के! इधर आओ।" साहब ने चिल्लाकर कहा।

साहब एक बार और चिल्लाना चाहते थे कि उन्होंने देखा कि लकड़ी की अलमारी के पासवाला कोना हिला। फिर कोना उन्हें सरकता हुआ दिखा। वह आ रहा था। साहब चकित हो गए।

"तुम तो जादुई लड़के हो। तुम्हारी बड़ी खतरनाक आदत है। किसी गोल कमरे में जिसमें एक कोना न हो, तुमको बन्द कर दिया जाए तो मालूम नहीं, कैसे आराम करोगे, सोओगे? तुम्हारी आदत सुधारने के लिए बिना कोनोंवाला मकान तो नहीं बनाया जा सकता। जो कमीज बनवाई गई है, वह बहुत है। अदब से बात करते थे, इसलिए अच्छे लगते थे। काम नहीं है तो सामने के पेड़ के नीचे खड़े हो जाओ, कहीं बरामदे में बैठ जाओ। कोने से निकलकर आने का क्या मतलब होता है?"

"किसी जानवर की तरह कोने से निकलता है!" बाई साहब ने कहा।

"निकलो यहाँ से, अब तुम्हारी जरूरत नहीं है।" डपटकर साहब ने कहा।

लड़का पहले हक्का-बक्का खड़ा था, फिर सिसकी लेकर रोने लगा।

मँहगू उसका हाथ पकड़कर बाहर ले गया। हाथ पकड़े-पकड़े वह चौराहे तक गया। वहाँ उसे छोड़कर वह लौट आया।

लड़का मँहगू से काफी हिल गया था। मँहगू को वह भैया कहता था। मँहगू भी उसका खयाल रखता था।

दफ्तर में बाबुओं के बीच साहब के नौकर को ढूँढ़ने की होड़ थी—उस नौकर को, जिसे कोई नहीं जानता था। पर वह कहीं था जरूर।

"नौकर सभी अच्छे होते हैं। अगर बदमाश हुए, तो हमारी गलती है। लेकिन साहब ने नौकर के लिए एक कमीज बनवाकर रखी है। जिसे कमीज फिट हो, ऐसा नौकर ढूँढ़ना है।" बड़े बाबू ने कहा।

"बाबू, अपने दफ्तर में कमीज किसको फिट हो सकती है?" देवांगन बाबू ने पूछा।

बड़े बाबू ने कहा, "देखो, जिसको कहूँगा कि फिट होती है, वही नाराज हो जाएगा। अगर हम लोग ईमानदार हैं तो चाहे मैं मोटा होऊँ या देवांगन बाबू दुबले हों, कमीज सबको फिट होगी। बहुत दिनों से कमीज बेकार पड़ी है। साहब की मजाक करने की आदत है। कहेंगे, बड़े बाबू, आपको छील-छालकर देखें तो कमीज तुम्हारे लायक है।"

"कैसी कमीज है, मैंने तो नहीं देखी। आप लोगों ने देखी है?"

"मैं तो रोज देखता हूँ!" बड़े बाबू ने कहा।

"मैंने अभी हाल में नौकरों में से किसी एक को सफेद कमीज पहने देखा है। शायद वही कमीज हो!" देवांगन बाबू ने कहा।

"गौराहा बाबू, आपके पास भी सफेद कमीज है। कहीं साहब के यहाँ देवांगन बाबू ने आपको तो नहीं देखा?" बड़े बाबू ने कहा।

"देवांगन बाबू मुझको पहचानते हैं।" गौराहा बाबू ने कहा।

"दूर से पहचान न पाए हों?" बड़े बाबू बोले।

"मुझे लगा जरूर था कि गौराहा बाबू हैं, पर उसका व्यवहार चपरासियों से भी गया-बीता था।" देवांगन बाबू ने कहा।

"क्या कर रहा था?" मैंने पूछा।

"लॉन की घास छील रहा था।" देवांगन बाबू बोले।

"हो सकता है, हो सकता है।" बड़े बाबू बोले।

"आप लोग भद्दी बात कह रहे हैं।" गौराहा बाबू ने कहा।

"कौन उस कमीज को पहनकर देखना चाहता है?" बड़े बाबू ने पूछा, "अब कोई नहीं बोलेगा। सब लोग काम में लग गए। किसी को जबर्दस्ती नहीं पहनाई जाएगी।" उन्होंने कहा।

"हाँ, कोई किसी को जबर्दस्ती पहनाकर नहीं देख सकता।" मैंने कहा।

"जल्दी बताइए।" बड़े बाबू बोले।

सब चुपचाप थे। मैं भी चुपचाप अपने काम में लगा रहा। मन में थोड़ी धुकधुकी थी कि बड़े बाबू यह न कहें, 'सन्तू बाबू, मैं जानता हूँ, तुम एक अच्छे लड़के हो, अच्छे खानदान के। मेरे कहने से तुम एक बार कमीज पहनकर देख लो। काम तुम ईमानदारी से करते हो। साहब तुमसे खुश भी हैं।'

बड़े बाबू ने कहा, "देवांगन बाबू, तुम पहनकर देख लो। आप मुझे सबसे हिम्मती दीखते हैं। सबको बतला दो कि साहब की कमीज पहनने से कोई साहब नहीं हो जाता। नौकर की कमीज पहनने से भी कुछ नहीं होगा। और एक समझदार आदमी को दकियानूसी और अंधविश्वासी नहीं होना चाहिए।"

मुसकराते हुए देवांगन बाबू बोले, "बड़े बाबू, मैं आपकी बात मानता हूँ। आप मुझे तीन साल से देख रहे हैं। मैं हमेशा बुश्शर्ट पहनता हूँ। किसी दिन आपने मुझे कमीज पहने हुए देखा है?"

"हाँ, आप हमेशा बुश्शर्ट पहनते हैं।" बड़े बाबू ने कहा।

मैं भी बुश्शर्ट पहने हुए था। मैं खुश हुआ। तब देवांगन बाबू अचानक गम्भीरता से कहने लगे, "बड़े बाबू, कमीज का झंझट ही खत्म होना चाहिए। आप मोटे हैं, आप कमीज पहनिए। आपको फिट होगी नहीं। पहनने की भरसक कोशिश में, पक्की बात है कि कमीज थोड़ी-बहुत फट जाएगी। बाकी आप जबर्दस्ती फाड़ दीजिएगा। किसी को पता नहीं चलेगा कि आपने जबर्दस्ती कमीज फाड़ी है।"

“तुम मेरी नौकरी खतरे में डालना चाहते हो? साहब की खुशामद ऐसी होनी चाहिए कि पता न चले कि खुशामद कर रहा है, तब तो कमाल है। जाहिर, खुशामद बहुत-से साहब लोगों को गुस्सा दिला देती है। अरे! मैं मोटा आदमी किसी नौकर लड़के की कमीज पहनूँगा तो यह नंगधड़ंग दिखनेवाली खुशामद तो होगी, साथ में बदतमीजी भी हो जाएगी। बीस साल की मेरी नौकरी हो गई। नौकरी ने मुझे काफी अक्ल दी है, इसलिए ठसके से अपनी कमीज ही पहनता हूँ।”

“गौराहा बाबू, आप वहाँ बहुत जाते हैं। नौकर की खोली में एक स्टूल के ऊपर अखबार में लिपटी कमीज रखी होगी। किसी दिन उठाकर कैरियर में दबाकर ले आइए। यहाँ मालखाने की शराब उड़ेलकर आग लगा देंगे।” देवांगन बाबू ने कहा।

“आपकी इन्हीं हरकतों से साहब आपको अच्छी तरह पहचान गए हैं। मुझको दोष मत देना। किसी दिन फँस जाएँगे। सीधे-सीधे गौराहा बाबू को क्यों फँसाते हैं? क्या आप साहब के घर नहीं जाते? साहब के बँगले पर जाने के लिए बहाने की जरूरत नहीं है। इतना बड़ा बँगला और इतना बड़ा दफ्तर। कुछ-न-कुछ काम लगा रहता है। आप ही जाकर कमीज चुरा लाइए। मेरा खयाल है, मँहगू से खोद-खोदकर आप बँगले की अन्दरूनी खबर लेते हैं।”

“मँहगू तो खुद गहराई तक खुदा हुआ कूड़े का गड्ढा है। अब वह इस स्थिति में पहुँच गया है कि मरने ही वाला है। साहब लोगों की बरसों की गन्दगी उसमें सड़ रही है। वह ज्यादा दिन नहीं जिएगा। पूरा भरा कि पूरा मरा।”

“कैसे नहीं जिएगा भाई! उस गरीब को क्यों कोसते हो? उसकी लम्बी उमर है। नाम लेते ही आ रहा है।” गौराहा बाबू ने कहा।

“गौराहा बाबू, उसको बुलाना तो।” बड़े बाबू बोले।

“आप ही की तरफ आ रहा है। बँगले से साहब की कोई खबर लाया होगा।” देवांगन बाबू ने कहा।

कमरे में घुसते ही मँहगू ने सबसे पहले बड़े बाबू को, फिर बारी-बारी से सबको ‘राम-राम साहब! राम-राम साहब!’ कहा।

बड़े बाबू को मँहगू ने एक कागज पकड़ा दिया। साहब हमेशा पीले रंग का कागज अपने लिए उपयोग करते थे और दस्तखत हरी स्याही से करते थे। बहुत छोटा दस्तखत। दूसरों को पीले कागज और हरी स्याही के उपयोग की मनाही थी।

मँहगू बड़े बाबू के कान में धीरे से फुसफुसाया।

जवाब में बड़े बाबू ने कहा, "शाम को लेकर आऊँगा।"

मँहगू सिर हिलाकर चला गया। मँहगू की खाकी टोपी जब नीचे खिसकती थी तो बाईं तरफ, बाईं आँख के बिलकुल करीब आकर ठहर जाती थी। उसके दाहिने कान में पाँच पैसे, दस पैसे या पच्चीस पैसे का सिक्का इस तरह खुंसा रहता था कि गिरता नहीं था और दाहिने कान के ऊपर माचिस की दो-चार काड़ी और बीड़ी खुंसी रहतीं।

"साहब ने हर हालत में आज नौकर ढूँढ़कर लाने को कहा है। एक बात है, साहब मजाक करते हैं तो लगता है, गुस्सा हैं, और गुस्सा करते हैं तो लगता है, मजाक कर रहे हैं।" बड़े बाबू ने कहा।

"मँहगू अमर है।" देवांगन बाबू ने कंधे उचकाते हुए कहा।

"जब वह पैदा हुआ था, तब उस जमाने में महँगाई रही होगी, इसलिए उसका नाम मँहगू पड़ा। महँगाई कभी खत्म नहीं होगी, इसलिए मरते समय भी वह ऐसा लगेगा, जैसे अभी-अभी पैदा हुआ है।" देवांगन बाबू ने कहा।

"महँगाई जरूर खत्म होगी। मँहगू भी मरेगा।" मैंने कहा।

"मँहगू मरेगा पर मँहगू की जगह कभी नहीं मरेगी।" गौराहा बाबू बोले।

"मँहगू की खाली जगह पर दुकालू आएगा—वही दुकालू, जब वह पैदा हुआ था तब दुकालू था, इसलिए माँ-बाप ने प्यार से नहीं, तकलीफ से उसका नाम दुकालू रखा।"

कार्यालय के बिलकुल पास एक कैंटीन थी। करीब एक बजे कैंटीन का लड़का नियम से चाय लेकर आता था। कैंटीन के लड़के की शक्ल घिनही थी। मैल की परत साफ-साफ उसके चेहरे में मालूम होती थी। उसकी पैंट पीछे से हमेशा पानी से गीली रहती थी। जब वह खाली कप-प्लेट लेकर जाने लगा तो बड़े बाबू ने थोड़ा रौब से पूछा, "कितने रुपये मिलते हैं होटल में?"

"दो रुपया महीना। सुबह, दोपहर, शाम चाय-नाश्ता। दोनों टाइम का खाना।" लड़के ने फटाक से जवाब दिया।

"अरे वाह! खाना कब खाता है?"

"तीन बजे और रात को ग्यारह बजे।"

"शाम को नहा-धोकर मेरे पास आना और कैंटीन से छुट्टी ले लेना। तेरे

मालिक से मैं बात कर लूँगा। हमारे साहब को नौकर की जरूरत है। वहाँ काम करेगा?"

"करूँगा।" उत्साह से उसने कहा।

"पाँच बजे आना। जाओ।"

लड़के के जाने के बाद मैंने कहा, "साहब के घर के लायक यह लड़का रत्तीभर भी नहीं है।"

"मैं जानता हूँ, लेकिन मुझको अपनी जान बचानी है। कहने को तो होगा कि बड़े बाबू कुछ कर रहे हैं।"

"सन्तू बाबू, तुम भी साथ ही चलना। लड़का आपकी साइकिल पर बैठ जाएगा। डबल चलाते मुझसे बनेगा नहीं। मोटा हूँ, हाइड्रोसिल, हार्निया—सब कुछ है।"

"ठीक है।" सिर हिलाकर मैंने कहा।

परन्तु साहब के घर जाने की मेरी इच्छा नहीं थी। मैंने देखा, मेरे 'ठीक है' कहते ही देवांगन बाबू का चेहरा उतर गया था और गौराहा बाबू दयनीय और उदास थे।

पाँच बजते ही सब लोग जल्दी-जल्दी दफ्तर छोड़कर चले गए। रोज देवांगन बाबू और गौराहा बाबू के साथ गप्प मारता हुआ मैं घर लौटता था। रास्ते में एक होटल में आधा-आधा कप चाय हम लोग पीते थे। बारी-बारी से उसके पैसे देते थे। दोनों कब निकल गए, मुझे पता नहीं लगा। मुझे लग रहा था कि देवांगन बाबू किसी कारण मुझसे नाराज हो गए हैं।

"बड़े बाबू, कैंटीन का नौकर अभी तक आया नहीं?"

"आएगा, मँहगू गया है। चाय लेकर आएगा। चाय पीकर चलेंगे।"

मँहगू दिन-भर दफ्तर और साहब के बँगले के कई चक्कर लगा लेता था। दफ्तर में यह कहा जाता था कि मँहगू दो हैं, एक ही शक्ल के। साहब भी दो हैं, एक ही शक्ल के, यह भी कहा जाता था। साहब की शक्ल के दूसरे साहब के काम के लिए मँहगू की शक्ल का दूसरा मँहगू जरूरी था।

कैंटीन का लड़का मेरी साइकिल के कैरियर पर बैठ गया। मैं साधारण लम्बा था। साइकिल कुछ कम ऊँची थी। इसलिए साइकिल पर बैठे होने से भी मेरे पैर जमीन पर टिक जाते थे। बड़े बाबू को साइकिल पर चढ़ने के लिए ऊँची जगह की जरूरत पड़ती थी। बरामदे में साइकिल टिकाकर वे बरामदे

से सीट पर बैठते थे। उनकी ढीली पैंट और पुट्ठे के ढीले मांस के कारण साइकिल की सीट नजर नहीं आती थी। लगता था, बड़े बाबू अधर में बैठे-बैठे साइकिल चला रहे हैं।

जाते हुए, रास्ते में म्युनिसिपैलिटी के नीचे एक लड़का नहा रहा था।

"नहानेवाले लड़के को कमीज फिट हो जाएगी।" मैंने कहा।

"हो तो जाएगी।" उन्होंने कहा।

थोड़ी दूर पर शीशम के पेड़ के नीचे आठ-दस लड़के खेलते दिखे। उनकी तरफ इशारा करके मैंने कहा, "इन सबको भी कमीज फिट हो जाएगी।"

"हाँ!" बड़े बाबू ने कहा।

मिडिल स्कूल के बहुत से लड़के स्कूल से घर लौटते हुए दिखे। उनकी छुट्टी हो गई थी।

"ओह! कितने सारे लड़के हैं, जिनको कमीज फिट हो सकती है!" मैंने कहा। इसमें न खुशी थी, न दुःख था। एक तटस्थ भाव था।

"हाँ, बहुत से लड़के हैं।"

"तो साहब को अभी तक नौकर क्यों नहीं मिला?" मैंने पूछा।

"मैं नौकर ढूँढ़ने का ही काम तो नहीं करता, नौकरी करने का काम भी करता हूँ। अच्छा हुआ, साहब ने नौकरानी के लिए साड़ी-ब्लाउज नहीं बनवाए।"

"बड़े बाबू!" अचानक साइकिल धीरे करते हुए मैंने कहा, "मेरा मन साहब के पास जाने का नहीं हो रहा है। यहाँ से साहब का घर पास होगा, आप चले जाइए।"

"अरे-अरे! ये क्या करते हो? तुम तो छुट्टी करवा दोगे।" बड़े बाबू घबरा गए।

मैं भी उतरकर सड़क के किनारे खड़ा हो गया। लड़का मुझसे पहले उतर गया था।

"दस मिनट का काम है।" बड़े बाबू ने कहा।

"दफ्तर से मैं सीधे घर जाता हूँ। घर पहुँचने में देर हो रही है।"

"दफ्तर में क्या काम नहीं रहता? छः-साढ़े छः नहीं बजते?"

"बड़े बाबू, मैं तो जाऊँगा।" निर्णय लेते हुए मैंने कहा।

"कैसे जाओगे?" मेरी साइकिल की हैंडिल उन्होंने एक हाथ से पकड़ ली थी।

"मुझे घर में काम है। जाने दीजिए।" साइकिल अपनी तरफ खींचते हुए मैंने कहा।

बड़े बाबू मजबूती से मेरी साइकिल पकड़े थे।

"सच-सच बतलाइए, कहीं आप मुझे तो कमीज पहनाने नहीं जा रहे हैं?"

"कमीज से डरने की कोई बात नहीं है। साहब की मजाक करने की आदत है, और तुम्हारा दिमाग खराब है। अगर तुमको कमीज पहनानी होती तो होटल वाले लड़के को क्यों ले जाता? तुम निश्चिन्त रहो, सब मेरी जिम्मेदारी है। अब तो तुम लौटकर भी नहीं जा सकते। वो देखो, साहब बरामदे में खड़े हैं। शायद हम दोनों को उन्होंने बहुत देर से देख लिया है।"

कैंटीनवाला लड़का कुछ घबराया-सा लग रहा था।

"तेरी जान क्यों सूख रही है?" बड़े बाबू ने कहा।

"साइकिल से ही चलें?" मैंने पूछा।

"नहीं, अब पैदल चलो। अगर साहब ने नहीं देखा होता तो साइकिल से जाते। रास्ते में साइकिल से उतरना मुझको बहुत अखरता है। कोई ऊँची जगह भी आसपास नहीं है। आसपास सब बँगले हैं। सबके अहाते हैं। अहाते से होते हुए किसी के बँगले इसलिए जाना होगा कि बँगले के बरामदे से साइकिल चढ़नी है और किसी से कोई काम नहीं है। गेट पर कोई पूछेगा, किससे मिलना है? तो जवाब दूँगा—किसी से नहीं मिलना। मैं यहाँ साइकिल पर चढ़ने आया हूँ; या बँगले के मालिक से आज्ञा लेनी होगी, कृपा कर मुझे अपने बरामदे से साइकिल पर चढ़ने दीजिए। मैं बहुत मजबूर हूँ। अगर आप मना कर देंगे तो मुझे बाजूवाले बँगले में जाना होगा। हो सकता है, यदि उन्होंने आज्ञा दे दी तो, मुझे साइकिल पर चढ़ते हुए देखने के लिए बँगले के बच्चे भी जुट जाएँ। अगर आज्ञा नहीं मिली तो हाथ में साइकिल लिये-लिये पैदल वापस होना होगा। परन्तु मुझे विश्वास है, मुझे पैदल जाता हुआ देखकर उन्हें दया आ जाएगी। वे मुझे बुलाएँगे—आइए, पर रोज का नियम मत बनाइएगा। मैं खुश होकर लौट पड़ूँगा। बरामदे से साइकिल पर चढ़ूँगा और पैडल मारते हुए चला जाऊँगा।" बड़े बाबू ने कहा।

मैंने कहा, "आपकी तो हिम्मत हो जाती है। यदि मैं आपकी जगह होता तो मुझे पूछने में डर लगता। सैकड़ों मील तक बँगले ही बँगले होते तो मुझे इन सबसे दूर अपने घर हाथ में साइकिल लिये-लिये जाना पड़ता। न मालूम कितने दिनों बाद मैं घर पहुँचता।"

"तुम्हारा स्वभाव अच्छा है। सीधे-सादे आदमी हो।" बड़े बाबू ने कहा।

जब बँगले के अन्दर घुसने लगे तो बड़े बाबू ने धीरे से पूछा, "क्यों रे, डर तो नहीं लग रहा है?"

"मुझे क्यों डर लगेगा?" मैंने जवाब दिया।

यह जवाब बड़े बाबू को कम, अपने को ज्यादा दिया गया था। थोड़ी घबराहट तो हो रही थी।

"आपसे नहीं, कैंटीनवाले लड़के से कह रहा था। आप क्यों डरेंगे? आप बहादुर आदमी हैं। मुझे तो साहब से डर लगता है। कब किस बात पर नाराज हो जाएँ, मालूम नहीं।"

साहब के पास पहुँचते-पहुँचते बड़े बाबू ने उनको नमस्कार किया। उन्होंने मुझे नमस्कार करते हुए नहीं देखा था, इसलिए मैंने दुबारा नमस्कार किया। तब उन्होंने मेरे नमस्कार का जवाब दिया। हम दोनों ने साइकिलें अहाते के पास खड़ी कर दी थीं। बड़े बाबू मुझसे आगे थे। सबसे पीछे कैंटीन का लड़का था।

"आओ, बड़े बाबू, आओ। मैं तुम्हारी राह देख रहा था। मुझे अभी जल्दी जाना है। कुछ देर पहले आना था। मँहगू, नौकर की कमीज लेकर आओ।"

साहब बरामदे में कुर्सी पर बैठ गए। अंग्रेजी का अखबार उठाकर देखने लगे।

मैं सोच रहा था, मँहगू कब किधर से इतनी जल्दी आ गया? हम लोगों को रास्ते में नहीं दिखा था। नौकर की कमीज एक साँचा था, जिससे आदर्श नौकरों की पहचान होती।

दोनों हाथों में कमीज रखे मँहगू इस तरह मेरे सामने आकर खड़ा हो गया, जैसे मुझे ही कमीज पहननी हो! मैं चौंककर थोड़ा पीछे हट गया।

"नहीं, मुझे नहीं, कैंटीन के लड़के को कमीज पहननी है।" फुसफुसाते हुए मैंने मँहगू से कहा और कैंटीन के लड़के की तरफ इशारा करते हुए एक तरफ हट गया, जिससे कैंटीन का लड़का सामने आ गया और साहब की नजर उस पर पड़ी।

"बड़े बाबू, यह लड़का तो बिलकुल बेकार है। किसे पकड़ लाए?" साहब ने माथे पर बल देते हुए कहा, "तुम्हारी अक्ल भी मोटी है बड़े बाबू। यह क्या काम करेगा? मुझे कायदेवाला लड़का चाहिए। भागो यहाँ से!" डाँटकर साहब ने कहा।

"भागो, जल्दी भागो!" बड़े बाबू ने भी गुस्से से कहा।

लड़का जैसे पहले से तैयार था। सुनते ही इतनी तेजी से भागा कि थोड़ी देर में वह चौराहे पर पहुँच गया। चौराहे में रुका, पलटकर बँगले की तरफ देखा और फिर तेजी से भागा। मुझे लगा कि पलटकर शायद उसने हम लोगों की तरफ अँगूठा दिखाकर कोई गन्दा इशारा किया था। शायद न भी किया हो।

साहब उसकी दौड़ देखकर हँसने लगे थे। मँहगू उसी तरह मेरे सामने खड़ा था। जब दूसरी आज्ञा मिलेगी तो उसमें जान आएगी और मँहगू हरकत करेगा।

मैंने साहब और बड़े बाबू का ध्यान बँटा देखकर, चुपके से मँहगू से कहा, "मँहगू, कमीज अन्दर ले जाओ।" परन्तु मँहगू बेअसर रहा। मैंने धीरे से कहा था तो भी बड़े बाबू ने मेरी बात सुन ली थी।

"साहब, मँहगू सन्तू बाबू के सामने ऐसे खड़ा है, जैसे कमीज इन्हीं को पहननी है।" बड़े बाबू खुशामद की हँसी हँसते हुए बोले।

साहब भी मुसकराए, "क्यों, क्या हो गया? सन्तू बाबू ही कमीज पहन लें। इनको तो ठीक होगी।"

"कह नहीं सकता साहब, शायद छोटी हो।"

"छोटी नहीं होगी।" फिर साहब ने मँहगू से गम्भीर होकर कहा, "तुम दोनों कमीज पहनने में सन्तू की सहायता करो।"

"जी साहब!" बड़े बाबू तुरन्त बोले।

"सर, मैं कमीज नहीं पहनूँगा। बुश्शर्ट तो मैं पहना हूँ।" बोलते-बोलते मेरी जबान लड़खड़ा रही थी। तब तक बड़े बाबू ने मेरा हाथ पकड़ लिया था। मँहगू चौकस होकर मेरे पास आ गया।

"सन्तू बाबू का चेहरा कितना लाल हो गया है सर! इनके हाथ-पैर भी काँप रहे हैं। पसीना-पसीना हो रहे हैं।" बड़े बाबू ने कहा।

"इसमें परेशानी की क्या बात है?" साहब ने आश्चर्य से कहा।

क्या मैं डर रहा था? मेरी हथेलियाँ पसीने से तर हो गई थीं। हाथ-पैर काँप रहे थे। मैं जोर लगाकर कँपकँपाहट को रोकना चाहता था। क्या मैं बच नहीं सकता था? मैंने सड़क की तरफ देखा। केवल इक्का-दुक्का लोग दिख रहे थे। तभी बड़े बाबू ने और मजबूती से मेरा हाथ पकड़ लिया। मुझे तिल्ली के तेल की गंध आई। मँहगू का तेल से चुपड़ा सिर मेरे पास आ गया था। यद्यपि वह मेरे पीछे खड़ा था, पर मैं जानता था कि थोड़ा भी मैं हिलूँगा तो यह सोचकर कि मैं भागनेवाला हूँ, वह मुझे पूरी ताकत से जकड़ लेगा।

बड़े बाबू ने मेरा हाथ न भी पकड़ा होता तब भी कैंटीन के लड़के की तरह भागने की मुझमें हिम्मत नहीं थी। इसका कारण यह होगा कि मुझमें समझदारी थी। इस समझदारी के कारण मैंने सोच लिया था कि मैं बच नहीं सकता। समझदारी से आत्मसमर्पित-जैर्सा मेरी स्थिति हो गई थी। अदब और कायदे आदमी को बहुत जल्दी कायर बना देते हैं। ऐसा आदमी झगड़ा नहीं करता।

फिर भी, जब मँहगू और बड़े बाबू मेरी बुश्शर्ट उतारने की कोशिश करने लगे, मैं उन्हें पूरी ताकत लगाकर रोकने लगा और इस कोशिश में मैं जमीन पर बैठता गया। मेरा एक हाथ मँहगू ने पकड़ा था और दूसरा बड़े बाबू ने।

मुझे जोर लगाता देखकर साहब ने कहा, "यहाँ तमाशा मत करो, गैरेज ले जाओ।" वे फिर अखबार पढ़ने लगे।

दोनों मुझे धकेलते, खींचते गैरेज ले आए। गैरेज खाली था। एक तरफ दीवार के किनारे लगी दो लोहे की कुर्सियाँ थीं। गैरेज में तेल के दो-तीन गोल निशान पड़े थे। इस पर बड़े बाबू फिसलने से बचे। एक मोटे आदमी और एक बूढ़े जैसे आदमी से मैं पस्त हो रहा था।

गैरेज में पहुँचते ही बड़े बाबू ने मुझे दबोच लिया था। उन्होंने मेरे दोनों हाथ मोड़कर पीछे बाँध लिये थे। मँहगू सामने खड़ा होकर बुश्शर्ट के बटन खोलने लगा। मँहगू के पेट में जोर से लात मारकर मैं उसे गिरा सकता था। परन्तु उसे लात मारने की मेरी इच्छा नहीं हुई। उसकी खाली टोपी खिसककर उसकी बाईं आँख को पूरा ढाँप चुकी थी। इतनी धक्कामुक्की में भी मँहगू के कान में खुँसा हुआ दस पैसे का सिक्का नहीं गिर रहा था। मुझे इस बात का ध्यान रहा। मैं थक गया। मेरा स्टेमिना खत्म हो चुका था। हताश होकर मैंने बड़े बाबू को गालियाँ देनी शुरू कर दीं।

बड़े बाबू हाँफते हुए हँसने लगे, "और दो गालियाँ। अभी बच्चे हो। पर समझ तुमको कभी आ जाएगी।"

लगता था, इन लोगों को साहब के लिए किसी की कमीज उतारकर नौकर की कमीज पहना देने का अभ्यास था। उसी अभ्यास से मुझे कमीज पहना दी गई। मँहगू मेरी उतरी बुश्शर्ट कंधे में टाँगकर बँगले के अन्दर ले जाने लगा। बुश्शर्ट की जेब में पचहत्तर पैसे थे जो कंधे में बुश्शर्ट टाँगने से गिरकर बिखर गए। जेब में एक पोस्टकार्ड भी था। मेरे साले ने दफ्तर के पते से मुझे पत्र लिखा था जबकि मैंने उसे पिछले पत्र में ही लिखा था कि जवाब दफ्तर के

पते से नहीं, घर के पते से देना। घरेलू चिट्ठियाँ दफ्तर में मिलें, यह मुझे अच्छा नहीं लगता। पोस्टकार्ड में उसने बड़े बाबू, गौराहा बाबू, देवांगन बाबू को सादर नमस्कार लिखा था। केवल बड़े बाबू-भर को मैंने बताया था कि साले ने नमस्कार कहा है।

जैसे ही चिल्हर पैसे जमीन पर गिरे तो आवाज सुनकर मँहगू का हाथ अपने कान में गया था। उसे अपने कान में खुँसे सिक्के के गिरने का अन्देशा हुआ था। नीचे बैठकर इधर-उधर फैले पैसों को बीनकर, मेरी बुश्शर्ट की जेब में डाल, वह ले गया।

बड़े बाबू ने कहा, "घबराओ नहीं। ज्यादा पैसे नहीं हैं। मिल जाएँगे।"

"उसमें पोस्टकार्ड भी है।" न चाहते हुए भी मेरे मुँह से निकला। यह कहा तो मुझे लगा कि मेरे मुँह का स्वाद बिगड़ गया है। कारण, मुझे बोलने के लिए मुँह चलाना पड़ा था।

"वह भी मिल जाएगा।" बड़े बाबू रूमाल से अपना पसीना पोंछते हुए बोले।

उन्होंने मुझे छोड़ा नहीं था। रूमाल जेब में डालकर एक हाथ से खींचते हुए साहब की तरफ ले जाने लगे। मैं अपने हाथ-पैर अकड़ाकर आगे बढ़ने में थोड़ी अड़चन डाल रहा था, लेकिन बड़े बाबू आसानी से मुझे खींचते हुए ले जा रहे थे। सामने पोर्च में साहब खड़े थे।

मुझे नौकर की कमीज पहने देख उन्होंने कहा, "वाह! बहुत अच्छे सन्तू बाबू! तुम बड़े अच्छे लड़के हो। लेकिन बहुत देर लगा दी। अब तुम घर जाओ। तुम्हारी बुश्शर्ट हमारे पास सुरक्षित जमा रहेगी। और कल सुबह दफ्तर मत जाना, सीधे यहीं आ जाना।"

साहब मोटर में बैठकर चले गए।

उनके सामने मेरी गर्दन झुकी थी। सिर उठाकर मैं उनसे आँख नहीं मिला पा रहा था। शायद घृणा या शर्म या अपमान या झिझक या अदब की वजह से, या इन सभी कारणों से?

साहब के जाते ही पूरी घृणा से मैंने कहा, "बड़े बाबू, मैं तुमको देख लूँगा! तुमको छोड़ूँगा नहीं! मुझे नौकरी की परवाह नहीं और न तुम्हारे साहब की परवाह है।" और मैंने खँखारकर बड़े बाबू के पास थूक दिया।

उस थूक में मैंने देखा कि लाल-लाल रेशे थे। मेरी सर्दी पक गई थी। मैंने यह सब साहब के सामने क्यों नहीं किया? शायद कायदे और भलमनसाहत

के कारण मैंने अनजाने में यह ध्यान रखा हो कि थूक बड़े बाबू पर न पड़े, जबकि मुझे उनके चेहरे पर थूकना चाहिए था।

बड़े बाबू तब भी मुसकरा रहे थे, "सन्तू बाबू, मैंने पहले ही कहा था कि साहब की मजाक करने की आदत है। अगर हमारे इस तरह के खेल से साहब का मन बहलता है तो क्या बुरा है? साहब से हम लोगों को बहुत काम होते हैं। जब हम लोग अपना फटा-पुराना कपड़ा जमादार, या किसी गरीब को दे देते हैं, तो साहब के पुराने कपड़े यदि मुझे मिले तो मैं जरूर पहनूँगा। पुराने होने के बाद भी मेरे कपड़ों से तो वे बढ़िया होंगे। वैसे साहब के कपड़ों के लिए भी मैं मोटा होऊँगा। सबसे बड़ी बात है, यदि साहब खुश रहते हैं तो जानबूझकर हम लोगों के द्वारा की गई गलती को वे अनदेखा कर देते हैं। हमेशा माफ करते रहते हैं। वे हम लोगों को बचाते हैं। मैं मौका देखकर साहब से जरूर कहूँगा कि सन्तू बाबू से अब ऐसा मजाक न करें, बुरा मान जाते हैं। तुम मुझे कितनी गन्दी-गन्दी गालियाँ दे रहे थे, लेकिन मैंने बुरा नहीं माना। मैं साहब के लिए एक ऐसा काम करने के लिए मजबूर था जो तुम्हारी दृष्टि में अच्छा नहीं था। मैं तुम्हारी मन:स्थिति समझता हूँ इसलिए बुरा नहीं माना। मैंने तुम्हें गालियाँ नहीं दीं। चाहता तो दो-चार तमाचे भी जड़ सकता था। मैं इस बात की पूरी कोशिश कर रहा था कि तुमको चोट न लगे। ऊपर से तुम ताकत लगा रहे थे। अगर मँहगू न होता तो मैं हार जाता। तुम जवान लड़के, मैं बूढ़ा होता हुआ मोटा आदमी हूँ। तुम्हारी खींचातानी से मेरी आँतें ऊपर चढ़ आई हैं।" बड़े बाबू बुश्शर्ट के नीचे हाथ डालकर अपना पेट सहला रहे थे। उन्होंने कहा, "मैं तो मर भी सकता था, मेरी जान निकल सकती थी।"

फिर वे उदास हो गए। उनसे और बात करने की मेरी इच्छा नहीं थी। मैं अधिक देर तक नौकर की कमीज पहने हुए नहीं रह सकता था। इससे छुटकारा पाना चाहता था। कमीज से मुझे पेंट की गंध आ रही थी। साहब के बँगले की खिड़की-दरवाजों में अभी हाल में पेंट किया गया था। मैंने अपने हाथों को सूँघकर देखा, उससे भी नये पेंट की गंध आ रही थी। क्या मुझे भी पेंट किया गया है?

साइकिल पर सिकुड़कर इस तरह बैठा कि कमीज मुझे कम-से-कम छुए। लेकिन ऐसा कैसे हो सकता था जबकि कमीज और भी चुस्त हो? फिर भी कमीज को पहने जैसा नहीं था। उसमें घुसा, फँसा सिमटा था। मैं बहुत

अपमानित हुआ था। मेरे साथ एक घिनौना मजाक किया गया था। चाहता तो कमीज को उतारकर वहीं कहीं फेंक देता और साइकिल लेकर घर पहुँच जाता। अन्दर यदि बनियाइन होती तो ठीक रहता। हो सकता है, कमीज न फेंकता, उसे उतारकर कैरियर में दबा लेता। क्योंकि मैं एक ईमानदार आदमी था, उनकी कमीज देकर मुझे अपनी बुश्शर्ट, पैसे और पोस्टकार्ड वापस लेना था। हर हालत में हासिल करना था।

घर पहुँचने के थोड़ी देर पहले मेरी सारी तेजी खत्म हो गई। मुहल्ले के सभी लोग मुझे घूरते हुए लगे। ठाकुर पानवाले ने मुझे इशारा किया, पर मैं रुका नहीं। होटल के बरामदे में पाँच-छः लोग खड़े थे, मुझे देखते हुए। छज्जों से औरतें, आदमी नीचे झाँक रहे थे, मुझे झाँक रहे थे। नाऊ उस्तरे में धार करता हुआ मुझे देख रहा था। लग रहा था, गुप्ता जी मुझे नहीं देखेंगे। वे चश्मा लगाए एक गन्दी कॉपी में कुछ लिख रहे थे। पर उनकी नजर भी मेरी तरफ उठ गई।

साँकल धीरे-धीरे खटखटाया। पत्नी का ध्यान साँकल की तरफ था। मुझे देर हो गई थी इसलिए। वह आकर दरवाजा खोलने लगी। मेरी आदत थी कि दफ्तर से आने के बाद या बहुत देर से घर लौटने के बाद दरवाजा खुलने के पहले से पत्नी से बात करना शुरू कर देता था।

"तुम कुछ बोल क्यों नहीं रहे हो?" साँकल खोलने की कोशिश करते हुए उसने कहा।

मैं चुप रहा।

"तुम्हारी तबियत तो ठीक है?" वह साँकल खोल नहीं पा रही थी।

मैं फिर भी चुप रहा।

"बाहर से दरवाजा खींचकर रखो, साँकल मुझसे खुल नहीं रही है।"

दरवाजा मैंने खींचा तो साँकल ढीली हो गई होगी। दरवाजा खुलते ही पत्नी के बाजू से निकलकर मैं नहानीघर में घुस गया। कपड़े उतारकर नहाने बैठ गया। वहाँ साबुन नहीं था। साबुन का इन्तजार कर नहीं सकता था। देर हो रही थी। दो लोटा पानी डालने के बाद मैंने पत्नी से साबुन माँगा। साबुन देकर वह नहानीघर के पास खड़ी हो गई। मुझसे वह कुछ पूछना चाहती थी।

टॉवेल लपेटे-लपेटे मैं चारपाई पर लेट गया। पत्नी दुविधा में मेरे सामने खड़ी थी। मैंने कहा, "नहानीघर में जो कमीज टँगी है, उसे छूना मत।"

"कौन-सी कमीज?" उसने पूछा।

मुझे गुस्सा आया, "जो मैं पहनकर आया था।"

"मैं देख नहीं पाई।" उसने कहा।

"सारी दुनिया देख रही थी, तुम नहीं देख पाईं?" मैंने कहा।

सुनकर वह मेरे पास आकर लेट गई। मैंने इस तरह चादर ओढ़ी कि पत्नी भी चादर में आ जाए। चादर छोटी थी। चादर से ज्यादा मैंने पत्नी को ढाँक लिया। फिर मुझे गहरी नींद आने लगी, बेहोशी की तरह।

दूसरे दिन सुबह मैं तरोताजा थ। सोचने लगा कि कल जो बात हुई थी, क्या वह उतनी ही बुरी थी, जितनी बुरी मुझे लग रही थी? यह भी लग रहा था, कि बड़े बाबू को गालियाँ नहीं देनी थीं थूकने-जैसी हरकत अच्छी नहीं थी। घर एक ऐसी जगह थी जहाँ आदमी के विचार एक दूसरी सतह से उठते थे। आदमी से अलग होकर, घर के कोने से विचार उठते थे। रात को मैंने खाना नहीं खाया था। मुझे भूख नहीं थी और नींद आ रही थी। अब जोर की भूख लग रही थी। रात का मेरा बचा हुआ खाना था। वही मैंने खाया।

कपड़े पहनकर मैं दफ्तर के लिए तैयार हुआ। कमीज को अखबार में लपेटकर मैंने झोले में रख लिया था। यह काम मैंने उठते ही किया। पत्नी काम में लगी थी। उससे छुपाकर कमीज को मैंने अखबार में लपेटा था। यदि वह कल नहीं देख पाई थी तो उसे आज भी नहीं देखना चाहिए।

"तुम्हारी बुश्शर्ट धोनी है। मुझे मिल नहीं रही है।" कमीज की बात वह भूल गई थी।

मैं उसे क्या बताता कि बुश्शर्ट कहाँ है!

"ढूँढ़ो, घर में ही होगी। जाएगी कहाँ?"

कमीज के बंडल को मैंने झोले में डाल लिया। उसे लौटाकर अपनी बुश्शर्ट लेनी थी। मैं सीधे साहब के बँगले गया। साहब बरामदे में अखबार पढ़ रहे थे। मैं झिझका हुआ मँहगू को देखने लगा। मैं दुविधा में था कि मुझे अपना काम किस तरह शुरू करना है।

साहब को जैसे मालूम था कि मैं आऊँगा। मुझे देखते ही बोले, "सन्तू बाबू, सीधे अन्दर चले जाओ। बाई साहब तुम्हारा इन्तजार कर रही हैं। कल से और जल्दी आ जाया करो। उनको बाजार जाना है।" वे अखबार पढ़ने लगे।

"जी," कहकर मैं रुका रहा कि साहब कुछ और बोलेंगे, क्षण-भर रुककर मैं झिझकते हुए अन्दर चला गया। अन्दर एक कोने में मँहगू साहब और बाई साहब के जूते-चप्पलों में पालिश कर रहा था। उसके सामने चमकते हुए तीन-चार जोड़ी जूते थे। चार-पाँच जोड़ी जूते-चप्पल उसे अभी पालिश करने थे। मैंने अपनी चप्पल बरामदे के नीचे उतार दी।

बाई साहब मुझे देखकर बहुत खुश हुईं। उनके हाथ में साहब की घड़ी थी। मुझे घड़ी देते हुए उन्होंने कहा, "यह साहब को दे दीजिए।"

"जी।" मैंने कहा और घड़ी लेकर मैं साहब के पास पहुँचा।

साहब अखबार पढ़ने में व्यस्त थे। उनके पास के टेबिल पर तीन-चार अंग्रेजी के अखबार थे।

"सर, आपकी घड़ी।" मैंने कहा।

उन्होंने नहीं सुना। मुझसे धीरे, दबी हुई आवाज निकली थी। मैंने फिर कहा, "सर, आपकी घड़ी।"

"टेबिल पर रख दो।"

टेबिल पर घड़ी रख मैं फिर अन्दर आ गया।

बाई साहब रेफ्रीजरेटर खोलकर उसमें से अंडे निकालकर ले जा रही थीं। उन्होंने एक कुर्सी की तरफ इशारा करते हुए कहा, "यहाँ बैठ जाइए सन्तू बाबू।"

मुझे अच्छा लगा कि मँहगू और मुझमें जो फर्क था, वह साहब के घर में भी वैसा ही रहा। वह जूते पर पालिश करेगा, मैं घड़ी देने जा सकता हूँ। वह जमीन पर बैठेगा, मैं कुर्सी पर बैठूँगा। जूते लेकर मँहगू अन्दर चला गया।

थोड़ी देर में वह मेरे लिए चाय लेकर आया। बहुत खूबसूरत साफ कप में। पता नहीं क्यों, साफ-चिकने खूबसूरत कप को देखकर मुझे संगमरमर के छोटे-से ताजमहल की याद आ गई। चाय पीते-पीते ध्यान दिया कि जिस कुर्सी पर मैं बैठा था, वह दूसरी कुर्सियों से अलग रखी थी। चाय बहुत अच्छी बनी थी। उसमें बहुत अच्छी खुशबू थी। भैंस का शुद्ध दूध होगा। जब बाई साहब ने मुझे कुर्सी पर बैठने के लिए कहा था तब मेरे मन में यह आया था कि गौराहा बाबू बँगले की चाय की बहुत तारीफ करते हैं।

मोटरकार के पीछे बाई साहब बैठी थीं। मैं सामने ड्राइवर के साथ बैठ गया। जब गाड़ी गेट से बाहर निकलने लगी तब मैं अपनी साइकिल देखता

रहा, जिसकी हैंडिल में टँगा झोला सुरक्षित था। मँहगू को भी देखा था, जो पोर्च में खड़ा रह गया था। साहब अन्दर चले गए थे।

बाई साहब ने बहुत खरीदी की। उन्हें खरीदी का शौक था। कई जगह उनके लिए मैंने मोल-भाव भी किये। मैंने उन्हें बतलाया कि सब्जी किधर अच्छी मिलती है। तब बाई साहब ने पूछा था कि मेरी शादी हुई है या नहीं? मैंने झेंपकर उनसे कहा था कि हो गई है।

मैं ही उनके लिए सब्जी खरीदकर लाया। क्या-क्या खरीदना है, यह उन्होंने पहले ही बतला दिया था। काफी सब्जी उनके घर में हो जाती थी। पर सभी सब्जी नहीं होती थी। रुपये उन्होंने दे दिये थे। बकाया पैसे उन्हें लौटाने लगा तो उन्होंने कहा, "अभी रखो।"

एक दुकान के सामने उन्होंने गाड़ी खड़ी करवाई। उस दुकान से मैं प्रेशरकुकर का रबर खरीदकर लाया। वे गाड़ी में बैठी रहीं।

एक अनाज के सेठ के मकान के सामने उन्होंने गाड़ी रुकवाई। गाड़ी से उतरते-उतरते उन्होंने मुझसे कहा, "आप यहीं बैठे रहिए।"

ड्राइवर बाई साहब के पीछे-पीछे चला गया था। गाड़ी में अकेले मैं बैठा था। आते-जाते लोगों को देखते हुए मैं सोचने लगा कि दफ्तर के लोग साहब की गाड़ी पहचानते हैं। मुझे साहब की गाड़ी में बैठे देखकर वे क्या सोचेंगे? गाड़ी से उतरने के पहले ही ड्राइवर ने हॉर्न बजा दिया था, जिससे सेठ बँगले से निकले चले आ रहे थे। बाई साहब खड़े-खड़े उनसे बातचीत करने लगीं। ड्राइवर तीन वजनदार बंडल, जो खूबसूरती से बँधे हुए थे, एक-एक करके, सेठ के बँगले के अन्दर से लाकर मोटर की डिक्की में रखता जा रहा था। इन बंडलों में क्या होगा? जब सामान रखा जा चुका तब बाई साहब कार में आकर बैठ गईं।

मोटरकार बँगले में आकर रुकी तो मैं भी नीचे उतर गया। उतरते ही बाई साहब ने मुझसे पूछा, "आप तो अब दफ्तर जाएँगे?"

"जी हाँ।" मैंने कहा।

ड्राइवर डिक्की से सामान निकालकर बँगले के अन्दर पहुँचाने लगा था। "सन्तू बाबू, आप भी सहायता कर दीजिए।" बाई साहब के चले जाने के बाद ड्राइवर ने मुझसे कहा। डिक्की से एक बंडल मैंने उठाया। बहुत वजनदार बंडल था। मैंने बरामदे में रख दिया। ड्राइवर की हरकत मुझे अच्छी नहीं लगी थी। ड्राइवर के कपड़े मुझसे बहुत अच्छे थे। वह मुझसे ज्यादा

साफ-सुथरा लगता था, फिर भी मेरी सामाजिक स्थिति उससे अच्छी थी, ऐसा मैं सोचता था। एक बंडल रखने के बाद मैंने दूसरा बंडल नहीं रखा। उसकी उपेक्षा करता हुआ मैं उससे अलग हट गया।

"सन्तू बाबू, आप गए नहीं?" बाई साहब ने मुझे देखकर पूछा।

"कुछ चिल्हर पैसे बचे हैं, आपको लौटाना है।"

"ड्राइवर को दे दीजिए।" उन्होंने कहा।

आखिर हिचकिचाते हुए मैंने कहा, "मैं अपनी बुश्शर्ट वापस लेने आया हूँ। ज्यादा कपड़े मेरे पास नहीं हैं।"

बाई साहब सुनकर मुसकराने लगीं। मन-ही-मन अपने ऊपर गुस्सा हुआ कि ज्यादा कपड़े नहीं हैं, यह मैंने क्यों कहा? बात अच्छे से रखने के लिए यह मैं बोल गया था।

"साहब से पूछना पड़ेगा।" उन्होंने कहा।

"रहने दीजिए, मैं बाद में ले लूँगा। मैं कमीज लौटाने आया हूँ।"

"क्यों?" उन्हें बहुत आश्चर्य हुआ।

कुछ क्षण वे खड़ी रहीं। फिर वे अन्दर चली गईं। शायद साहब से पूछने गई हों।

मैं परेशान-सा खड़ा रहा। खड़े-खड़े बहुत देर हो गई। तभी वे बाहर निकलकर आईं, "आपकी बुश्शर्ट मँहगू ला रहा है। कमीज आप अपने पास ही रखिए। ज्यादा भावुक मत होइए, कल आप आइए।" यह कहकर वह चली गईं।

अपनी बुश्शर्ट पाकर मैं बहुत खुश हुआ। बुश्शर्ट में पोस्टकार्ड था। चिल्हर पैसे, अपनी मुट्ठी खोलकर मँहगू ने मेरे हाथ में रख दिये। पूरे पचहत्तर पैसे थे। एक चवन्नी उठाकर मैंने मँहगू को दे दी। मँहगू खुश हो गया। कान से दस पैसे का सिक्का निकालकर उसने पहले चवन्नी कान में खोंसी, फिर दस पैसा खोंस लिया।

दफ्तर में जैसे सभी मेरा इन्तजार कर रहे थे।

मैं इसके पहले कभी देर से दफ्तर नहीं पहुँचा था। देवांगन बाबू मुझे इस तरह देख रहे थे, जैसे मैं कोई दूसरा हूँ! गौराहा बाबू निराश-से लगे। बड़े बाबू

में कोई फर्क नहीं था। कुर्सी पर बैठते ही बड़े बाबू ने मुसकराते हुए मुझसे कहा, "देर कैसे हो गई?"

मैं समझ गया, बड़े बाबू यह प्रश्न पूछकर मुझसे सबके सामने कबूलवाना चाहते थे कि मैं साहब के बँगले से होता हुआ आ रहा हूँ।

अचानक मैं उठकर खड़ा हो गया। मेरे हाथ में अखबार में लिपटी हुई कमीज थी, "देवांगन बाबू, गौराहा बाबू, आप लोग मेरी बात सुनिए। कल मेरे साथ एक भद्दा मजाक किया गया था। यह सब बड़े बाबू की चालबाजी थी।" बड़े बाबू की तरफ मैंने इशारा किया।

सभी मेरी तरफ देख रहे थे। ऐसे व्यवहार की किसी को उम्मीद नहीं थी। बड़े बाबू को तो बिलकुल नहीं होगी। तब भी वे बेअसर लगे। मैं कुर्सी पर बैठ गया। धीरे-धीरे मैंने कहा, "आपको मालूम है, कल मैं बड़े बाबू के साथ साहब के बँगले पर गया था, आज सुबह भी गया था। बाई साहब के साथ मोटरकार में बाजार जाना पड़ा। वहाँ मैंने पूरी ईमानदारी के साथ बाई साहब का साथ दिया। जो काम करने के लिए उन्होंने कहा, मैंने किया। मेरी बुश्शर्ट उन्होंने वापस कर दी। उन्होंने नौकर की कमीज अपने पास ही रखने के लिए कहा, ताकि मैं उसे पहनूँ। उनके पास बेकार थी। आज मैंने वहाँ चाय पी थी। मैं झूठ नहीं बोलूँगा, चाय मुझे बहुत अच्छी लगी। अगर आपको विश्वास नहीं तो गौराहा बाबू से पूछ लीजिए।"

"सब जानते हैं, किसी से पूछने की जरूरत नहीं है।" बड़े बाबू ने कहा।

"हमारी समझदारी और अदब-कायदे को वे मँहगू की स्वामिभक्ति से मिलाकर हमसे एक अच्छे काम की अपेक्षा करते हैं। कमीज पहनने से मैंने इनकार किया था। मँहगू और बड़े बाबू ने मुझे पकड़ लिया। मैं कुछ नहीं कर पाया। आपके साथ भी ऐसा हो सकता है। कहीं आपके साथ भी ऐसा तो नहीं हुआ है? अगर हुआ है तो जरूर बतलाइए। मुझे यह सब मालूम करना है।" मैंने कहा।

"मैं साहब के घर जब भी गया, किसी भी तरह बच निकलने के आत्मविश्वास के साथ गया।" देवांगन बाबू ने कहा।

"बिलकुल झूठ बात है।" बड़े बाबू ने कहा।

"गौराहा बाबू, आपके साथ ऐसा हुआ था?"

गौराहा बाबू आँखें चुरा रहे थे। वे दयनीय लगने लगे। मेरी बात जितनी गम्भीर थी, उतनी गम्भीर उन्हें भी लगी होगी।

बड़े बाबू हँसने लगे, "सन्तू बाबू, आपको इतना समझाया, तब भी समझ में नहीं आया? दफ्तर में यह सब गलत है। मैदान में ठीक है। यहाँ भीड़ नहीं लगती। मैं बहुत सीधा आदमी हूँ। इसलिए सबकी सुन लेता हूँ। तुम लोगों को अपना-अपना काम करना है। उघारे होकर काम करोगे तो नंगई होगी। सिपाही लोगों में अच्छा हिसाब है, गड़बड़ी की तो पहले वर्दी उतरवा ली जाती है। वर्दी उतरवानेवाली बात सभी दफ्तरों में होनी चाहिए।"

दोपहर की चाय का समय बीत गया था। कैंटीनवाला आकर बोला, "लड़का काम छोड़कर भाग गया है। चाय कैंटीन में आकर पीनी पड़ेगी।"

शाम को दफ्तर की छुट्टी के बाद देवांगन बाबू और गौराहा बाबू मेरे साथ हो लिये। हम लोग और दिनों की तरह छह बजे के आसपास निकले थे। दूसरे सेक्शन के लोग पौने पाँच बजते ही काम बन्द कर निकलना शुरू हो जाते थे।

"देवांगन बाबू, नौकर की कमीज मेरे पास है।" झोले की तरफ इशारा करते हुए मैंने कहा, "कमीज अखबार में लिपटी और धागे से बँधी हुई है।" झोले से कमीज के बंडल को निकालकर दिखाते हुए मैंने कहा, "यह आदर्श नौकर का साँचा है। आदर्श उनके बनाये हुए हैं। इस झंझट को खत्म कर दें।"

कार्यालय की बिल्डिंग के पीछे वॉलीबॉल खेलने के मैदान में हम पहुँचे। उसमें जाली बँधी हुई थी। देवांगन बाबू, गौराहा बाबू और मैंने साइकिलों को वॉलीबॉल मैदान के बाहर खड़ा कर दिया। एक तरफ मैं हो गया और दूसरी तरफ दोनों। मैंने नौकर की कमीज का बंडल जाली के उस पार उछाला तो देवांगन बाबू से ज्यादा फुर्ती गौराहा बाबू ने दिखलाई और अपनी पूरी ताकत से, नहीं, अपनी पूरी घृणा से, हवा में बंडल को मुक्का मारा तो अखबार फट गया। लेकिन बंडल जाली से इस तरफ आया ही नहीं।

"एक आदमी की घृणा से काम नहीं चलेगा," कहकर दौड़ते हुए मैं जाली के नीचे से सिर झुकाकर उनकी तरफ पहुँच गया।

देवांगन बाबू और गौराहा बाबू में बंडल को लेकर छीना-झपटी हो रही थी।

"रुको-रुको।" मैं उन्हें रोकता रहा और बंडल खुद छीनने की कोशिश करता रहा।

गौराहा बाबू बिलकुल दयनीय नहीं लग रहे थे। देवांगन बाबू बहुत खुश थे।

कमीज बहुत मजबूत थी। शायद जीन की थी। चर्र-चर्र की आवाज आई और कमीज का एक बड़ा टुकड़ा देवांगन बाबू के हाथ में रह गया। दूसरा गौराहा बाबू के हाथ में। तब गौराहा बाबू अपने को सँभाल न सकने के कारण गिर पड़े। देवांगन बाबू का ध्यान मेरी तरफ नहीं था। इसका फायदा उठाकर मैंने फटी कमीज का टुकड़ा झपट लिया और तुरन्त उसके दो टुकड़े किये। एक टुकड़े को हवा में उछाला और देवांगन बाबू के पहले उसे झोक लिया।

देवांगन बाबू ने कहा, "मेरे पास कुछ नहीं है।"

"लो!" मैंने एक छोटा टुकड़ा, जिसमें कमीज की एक बाँह और कालर था, उनकी तरफ उछाल दिया, "इससे ज्यादा मैं आपको नहीं दे सकता।" मैंने हँसते हुए कहा।

"इतना बहुत है।" देवांगन बाबू हँसते हुए बोले और एक नाटकीय मुद्रा में होकर उन्होंने उसके दो टुकड़े कर दिये।

अब हम तीनों अलग-अलग कमीज के टुकड़े को फाड़ते रहे।

"बाप रे! इससे ज्यादा छोटे टुकड़े मुझसे नहीं हो सकते।" मैंने कहा।

देवांगन बाबू ने कमीज के कॉलर को फाड़ने की बहुत कोशिश की और जब उनसे कॉलर नहीं फटा तो उन्होंने पूरे साबुत कॉलर को फेंक दिया।

"अरे! यह क्या करते हो? क्यों बरबाद कर रहे हो?" कहकर मैं कॉलर उठा लाया और जिस लकड़ी के खम्भे में जाली बँधी हुई थी, उसमें मुझे एक कीला गड़ा हुआ दिखा। उस कीले में मैंने कॉलर को फँसाकर खींचा तो चर्र से वह फट गया।

"देखा!" खुश होकर मैंने कहा।

गौराहा बाबू ने कहा, "बड़े बाबू हम लोगों को देख रहे हैं।"

"कहाँ हैं?" मैंने पूछा।

"देखने दो।" देवांगन बाबू ने कहा।

बड़े बाबू दीवार की आड़ से देख रहे थे। उनकी साइकिल का अगला पहिया दीवार की आड़ से बाहर निकला हुआ दिख रहा था और वे हैंडिल का सहारा लिये हुए थे।

"कुछ नहीं होगा।" मैंने कहा।

"चलो।" गौराहा बाबू ने कहा।

साइकिल लिये हम लोग पैदल चलने लगे। जब कुछ दूर निकल गए तो देवांगन बाबू ने कहा, "पीछे मुड़कर देखो।"

हम दोनों ने पीछे देखा, बड़े बाबू, वॉलीबॉल के मैदान में थे। एक तरफ उनकी साइकिल खड़ी थी और वे झुके हुए कमीज के टुकड़ों को बीन रहे थे।

सनशाइन लांड्री से जब अपनी बुश्शर्ट लेकर घर आया तो पत्नी सिल में मसाला पीस रही थी।

"तुम मेरी बुश्शर्ट के बारे में पूछ रही थीं। देखो, यह है मेरी बुश्शर्ट।" कागज के बड़े लिफाफे से निकालकर मैंने उसकी गोद में रख दी।

"अरे उठाओ, मेरे हाथ में मसाला लगा है। साड़ी भी गन्दी है। बुश्शर्ट खराब हो जाएगी। कितनी बढ़िया धुली है!"

"उठाता हूँ, तुम अपने हाथ अलग रखना।" और बुश्शर्ट उठाते-उठाते मैंने उसे चूम लिया।

उसके चेहरे से मुझे गरम मसाले की खुशबू आ रही थी। मैंने उसे एक बार और चूम लिया।

दफ्तर जाने के लिए मैं उत्साह से तैयार होने लगा। आज का नहाना मुझे बहुत अच्छा नहीं लगा। कपड़े बदलते समय मैंने महसूस किया कि किसी गहरी खाई के ऊपर खड़े होकर कपड़े बदल रहा हूँ और खड़े-खड़े पतलून के अन्दर पैर डालते हुए मेरा सन्तुलन बिगड़ते-बिगड़ते बचा है, नहीं तो मैं खाई के नीचे गिर जाता।

"सुनो," पत्नी मेरी थाली में छोड़ा हुआ सना भात खा रही थी।

"बाई साहब ने दफ्तर जाने के बदले बँगले में आने के लिए कहा है। लेकिन मेरी इच्छा नहीं हो रही है। बँगले में बड़ा अजीब लगता है।"

"रहने दो, मत जाओ।" उसने कहा।

"साहब नाराज हो सकते हैं।"

"तो चले जाओ, साहब को नाराज मत करो।" पानी का गिलास उठाती हुई वह बोली।

"तुम दोनों तरफ बोलती हो।"

"दफ्तर की बातें मुझे समझ में नहीं आतीं। तुमको जो अच्छा लगे, वही करो।"

"अगर मेरी अक्ल मारी जाएगी, तो परिणाम तुमको भी भुगतना पड़ेगा।"

"बँगले पर हो आओ, कुछ नहीं होगा।"

"तुम चाय खूब खौलाया करो, उससे चाय अच्छी बनती है।" मैंने कहा।

"फालतू चिढ़ जाते हो।" खाना खाकर उठते हुए उसने कहा।

थोड़ी देर बाद मैंने फिर पूछा, "साहब के बँगले जाऊँ या न जाऊँ?"

"न जाओ।" उसने कहा।

"तुम्हारे जवाब से एक बात याद आई, मेरी स्कूल की पढ़ाई ऐसी गुजरी थी कि जब परीक्षा देकर लौटते थे तो टाउन हॉल से बाहर सड़क के किनारे घूरे के ऊपर एक पागल बैठा रहता था। हाथों से घूरे को खोदकर कुछ ढूँढ़ा करता। स्कूल के लड़के उसे घेरकर खड़े हो जाते। एक उससे पूछता, 'ए बहिया!' तब वह जवाब देता, 'हाँ, भैया।' दूसरा पूछता, 'पास होंगे कि फेल?' तो वह जवाब देता, 'फेल।' तीसरा पूछता, 'फेल होंगे कि पास?' तो वह जवाब देता, 'पास।' तब लड़के बहुत हँसते। आखिर के शब्दों को याद रख उसे दुहराकर ही वह जवाब देता था। यदि मैं उससे पूछता कि 'बचूँगा या मर जाऊँगा?' तो वह जवाब देता, 'मर जाऊँगा'। यदि मुझे उससे पूछना ही होता तो उससे पूछता, 'मर जाऊँगा या बचूँगा?' तो वह जरूर बोलता, 'बचूँगा'।"

"मेरी बड़ी बहन का लड़का भी ऐसा ही है। उससे मैं पूछती, 'बन्नू, खाना खाएगा कि पानी पिएगा?' तब वह कहता, 'पानी पिऊँगा।"

"हूँ। मैं जब पूछूँगा, जो आखिरी में होगा, वही जवाब देना। मैं साहब के बँगले जाऊँ या दफ्तर?"

"दफ्तर जाओ।" वह मुसकराई।

"देखो, यह हुई बात। निष्कर्ष पर पहुँचना इस तरह आसान हो गया।"

मैं घर के बाहर निकला तो देवांगन बाबू मुझे बाहर खड़े दिखे।

"आप इधर कैसे खड़े हैं, दफ्तर नहीं जाना है?"

"मैं आपको लिवाने आया हूँ।"

"क्यों? कहाँ जाना है?"

"दफ्तर।"

"दफ्तर ही तो जा रहा हूँ, और कहाँ जाऊँगा?"

"आपको सीधे दफ्तर जाना चाहिए, साहब के बँगले होते हुए नहीं।" हिचकते हुए, पर दृढ़ता से, देवांगन बाबू ने कहा।

"दुविधा में तो मैं भी था। आखिरी में मैंने और मेरी पत्नी ने यह तय किया कि मुझे दफ्तर जाना चाहिए। सीधे दफ्तर। देवांगन बाबू, आप मुझे लिवाने आए थे या मेरा पीछा करने?"

"पीछा करना बेकार था। यदि आप देर से दफ्तर आते तो हम लोग यह समझ जाते कि आप बँगले से होकर आ रहे हैं।"

"मैं बहुत सुबह साहब के बँगले चला जाता और वहाँ से ठीक समय पर दफ्तर पहुँचता, तब भी आप यही समझते कि मैं सीधे घर से आ रहा हूँ।"

"हाँ, यह तो हो सकता था।"

"यदि मैं अभी साहब के बँगले जाता तो आप क्या करते?"

"आपको रोकता।"

"क्यों?"

"साहब के बँगले जाने से एक चक्कर चलता है।"

"आप मुझे रोक नहीं पाते और आप मेरे साथ ही जाते। हम दोनों साथ-साथ बँगले जाते।"

"रास्ते में गौराहा बाबू मिलते तो वे भी साथ हो जाते?"

"नहीं, तब तीनों को साथ देखकर साहब नाराज होते कि दफ्तर का काम कौन देखेगा? इसलिए हम लोगों को तय करना पड़ता कि किसी एक को दफ्तर जाना होगा। मैं आपसे दफ्तर जाने के लिए कहता तो आप नाराज हो जाते। गौराहा बाबू से कहता तो वे नाराज हो जाते।"

"यानी आप बँगले जरूर जाते?"

"क्यों नहीं जाता? मैं घर से पहले ही सोचकर निकलता कि बँगले जाना है।"

"हो सकता है, हम दोनों भी यही सोचकर निकलते।"

"आप बताइए, किधर चलना है?"

"मैं नहीं जानता। आप जिधर जाने के लिए कहेंगे, मैं भी चलूँगा। मैं तो आपके पीछे हूँ।"

"मैं बँगले जाऊँगा।"

"मैं भी जाऊँगा।"

"मैं दफ्तर जाऊँगा।"

"मैं भी दफ्तर जाऊँगा।"

नौ-दस बजे रात का समय था। सोने की तैयारी में थे।

"साहब! साहब!" कोई पुकार रहा था।

"कौन है?" पत्नी ने पूछा।

"साहब! साहब!" किसी ने फिर पुकारा।

"यह तो मँहगू की आवाज है। रात को क्यों आया है? तुम मत जाओ, मैं दरवाजा खोलता हूँ।" दरवाजा खोला तो मँहगू ही था।

"क्या है मँहगू?" मैंने पूछा।

"राम-राम साहब!" उदासी में मँहगू ने कहा। वह अन्दर आ गया।

पत्नी ने उससे पूछा, "कुछ काम है मँहगू?"

"राम-राम साहब!" मँहगू ने पत्नी से कहा।

मैं उससे कुछ पूछता कि वह बाहर निकल गया। "रुको मँहगू।" मैंने पुकारा।

वह रुका जरूर। पर वहीं से पलटकर उसने जोर से 'राम-राम साहब' कहा और हाथ हिलाता हुआ चला गया।

"क्या हो गया है उसको?" परेशान-सी पत्नी ने पूछा।

"मालूम नहीं।" मैंने कहा।

रात को जब मेरी नींद खुली तो मुझे लगा कि किसी ने आवाज दी है। इस तरफ, रात को पहरा देने के लिए गोरखा नहीं आता था। पिछवाड़े का दरवाजा खोलो तो उसकी सीटी की आवाज रात को बहुत दूर से आती हुई सुनाई देती थी। इधर 'जागते रहो!' कोई आवाज नहीं देता था। अलबत्ता दिन के समय एक बार नियम से एक बढ़ई 'खटिया बनवा लो' चिल्लाता गुजरता था। जब नींद-सी आने लगी तो 'राम-राम साहब' की आवाज सुनाई दी जिससे मैं चैतन्य हो गया। शायद फिर सुनाई दे, यह सोचकर मैं चौकन्ना था। बहुत देर तक कुछ भी सुनाई नहीं दिया। दूसरे शो की न्यूजरील कब की खत्म हो गई थी। आधा खेल होने का समय अभी नहीं हुआ था। आधा खेल होते

ही ठेले, खोमचे वालों का शोर बढ़ जाता। सोचने में मैं एक न्यूजरील देखने लगा। एक नई रेलगाड़ी का उद्‌घाटन समारोह है। डीजल इंजन को फूलों से सजाया गया है। रेलगाड़ी में रंगीन झिल्ली कागज की झंडिया बँधी हैं। गाड़ी के दरवाजों तक में बहुत भीड़ है। इंजन का ड्राइवर, गार्ड, कुली, स्टेशन मास्टर और दिनों की अपेक्षा साफ-सुथरे और फुर्तीले हैं। यहाँ तक कि पटरियों के बीच में पड़ी हुई गिट्टियों को चूने से पोत दिया गया है। रेलगाड़ी के चलने की आवाज सुनाई दी। देखा, झंडियाँ हवा से फरफराने लगीं। पहले एक लाल झंडी हवा से टूटकर उड़ती हुई पीछे निकल गई। फिर सभी झंडियाँ और सभी फूल टूटकर उड़ते हुए गिर गए। गाड़ी की आवाज को मैंने 'जबलपुर के छै-छै पैसे, जबलपुर के छै-छै पैसे' की लय से बाँधना चाहा तो जमा नहीं।

'राम-राम साहब, राम-राम साहब।" तेज भागती गाड़ी की आवाज के साथ-साथ एक लय में मैं सुनता रहा। फिर मैं सो गया।

अम्मा की गैरहाजिरी में जागने की शुरुआत में सुबह की खटपट से मुझे लगता था कि अम्मा उठ गईं। बिलकुल बाद में, यानी जागने की पूरी स्थिति में, अचानक याद आता था कि अम्मा बड़े भाई के पास हैं। जब मुँह-हाथ धो रहा था, तब पत्नी ने बतलाया कि बाहर के दरवाजे के पास दस पैसे का सिक्का मिला है। चिल्हर सिक्का देखते ही मेरे मुँह से निकला, "जरूर मँहगू का होगा।" मुझे पैसे गिरने की आवाज तो सुनाई दी थी, मैं सोचने लगा।

सिक्के में मैल की परत थी। तिल्ली के तेल की गंध आ रही थी। देखकर लगता था कि मँहगू के कान में महीनों से खुँसा होगा। कान में सिक्का खोंसना उसकी बचत का अपना ढंग था। कान में खोंसकर वह उसे भूल जाता होगा। तीन-चार सिक्के होते तो वर्दी की जेब में रख लेता।

बड़े बाबू बहुत उदास थे। मैंने देवांगन बाबू से पूछा, "बड़े बाबू बहुत उदास दिख रहे हैं। उनके लड़के की कोई खबर मिली?"

"अरे नहीं, यह बात नहीं है। मँहगू पागल हो गया है। सबको 'राम-राम साहब, राम-राम साहब' बोलता है। साहब के घर रात को दो बजे पहुँच गया था। जब तक पूरे बँगले की लाइट जल नहीं गई, वह दरवाजा खटखटाता रहा।

बरामदे में चपरासी सोया था, वह बोलता रहा, रुक जाओ, दरवाजा खोल रहा हूँ, लेकिन मँहगू लगातार दरवाजा पीटता रहा। जब दरवाजा खुला तो उसने पहले चपरासी को 'राम-राम साहब' कहा। हल्ला-गुल्ला सुनकर साहब अपने कमरे से बाहर निकले, इसके थोड़ी देर पहले साहब दौरे से लौटकर आए थे। साहब जैसे ही गुस्से से बाहर निकले, मँहगू ने उन्हें 'राम-राम साहब' कहा। साहब के गुस्से का मँहगू पर कोई असर नहीं हुआ। साहब के पीछे बाई साहब खड़ी थीं। बाई साहब को भी उसने 'राम-राम साहब' कहा। चपरासी ने मँहगू को जबर्दस्ती बाहर निकाला। वह 'राम-राम साहब, राम-राम साहब' लगातार बोलता रहता है। बाई साहब को मँहगू के डर से रात-भर नींद नहीं आई। वह बड़े बाबू के घर चार बजे पहुँचा। पाँच बजे मेरे घर आया। मेरे लड़के-लड़की तक को 'राम-राम साहब' बोला।"

"मेरे घर भी आया था।" मैंने कहा।

"मेरे घर भी आया था।" गौराहा बाबू ने कहा।

"मँहगू के कान का दस पैसा मेरे घर में गिर गया था।" मैंने जेब से कागज की पुड़िया निकाली।

देवांगन बाबू मेरे पास आ गए। उन्होंने पुड़िया खोली। हाथ में पैसा रखकर मैंने कहा, "इसे मँहगू को देना है।"

बड़े बाबू साहब की तरफ गए थे। माल-जमादार के साथ बड़े बाबू निकले थे। उनको गए बहुत देर हो गई थी।

अब मँहगू 'राम-राम साहब' के अलावा गूँगा और बहरा था। इसके सिवाय न तो वह कुछ बोलता और न सुनता था। कुछ दिनों तक वह साहब के बँगले के इर्द-गिर्द घूमता रहा। उसके कारण बाई साहब और साहब बँगले के बाहर बगीचे में, बरामदे में बैठ नहीं पाते थे। अहाते के बन्द दरवाजे के पास वह खड़ा रहता था। जहाँ कोई निकला तो उसने 'राम-राम साहब' कहा। साहब के घर आने-जानेवाले उससे परेशान और खुश थे। एक चपरासी अहाते के दरवाजे के पास खड़ा रहता था क्योंकि आने-जानेवालों के कारण दरवाजा खुलता तो वह अन्दर घुसने की कोशिश करता। तब एक दिन पुलिसवालों ने उसे डराया, धमकाया, शायद मारा भी, और सिविल लाइन की तरफ उसका आना बन्द हो गया। सभी दफ्तरवालों के घर उसने जाना बन्द कर दिया था। जहाँ लोगों की भीड़ रहती, वहीं घूमता रहता और एक-एक आदमी, औरत,

बच्चे को हाथ जोड़कर 'राम-राम साहब, राम-राम साहब' बोलता। लोग उससे मजे लेते थे। जब सिनेमा का आधा खेल होता या खेल छूटता तो वह एक ऊँची जगह पर खड़ा हो जाता और लोग उसको घेरकर खड़े हो जाते। हाथ जोड़े हुए वह 'राम-राम साहब' कहता तो जवाब में बहुत से मनचले जोर से चिल्लाते, 'राम-राम साहब'! बाद में लोगों को मँहगू की आदत पड़ गई। बड़बड़ाते हुए वह फटी खाकी वर्दी में गुजर जाता और किसी का उसकी तरफ ध्यान नहीं जाता था।

एक पहलवान पंडित थे। वे 'गंगे गुरु' कहकर नमस्कार करते थे। मँहगू को उसने एक दिन साहब के बँगले के पास पकड़ा। पंडित ने कहा, "मँहगू, 'गंगे गुरु' बोलो, नहीं तो दुरुस्त कर दूँगा।"

मँहगू क्यों बोलता, 'राम-राम साहब' बोला।

"अबे 'गंगे गुरु' बोल।" मँहगू को उसने एक तमाचा मारा।

वह 'राम-राम साहब' ही बोलता गया। पंडित ने उसे उठाकर पटक दिया। जमीन पर धूल में पड़े-पड़े हाथों से अपने सिर को मार से बचाते हुए 'राम-राम साहब' बोलता हुआ मँहगू पिटता रहा। पंडित जी थक गए। सही लोग बहुत देर बाद इकट्ठे होते थे। उनके आने के पहले पंडित चला गया। वैसे आसपास के लोग बाहर निकलकर मँहगू को पिटता देख रहे थे। पास के बँगले के लोग कुर्सियाँ बाहर कर उस जगह जाकर बैठ गए थे, जहाँ से वे अच्छी तरह मँहगू और पंडित को देख सकें। पंडित ने जाने के पहले उन लोगों से कहा, "बड़ा बेशरम है, 'गंगे गुरु' नहीं बोलता।"

एक अधेड़ औरत ने कहा, "जाओ पंडित जी, पागलों के मुँह मत लगो। अभी गालियाँ बकने लगेगा।"

"यह 'राम-राम साहब' बोलनेवाला पागल है," डाक बाँटनेवाले पोस्टमैन ने कहा, "यह बेचारा किसी को क्या गालियाँ बोलेगा!"

मँहगू की खाकी वर्दी इतनी फट गई थी कि लगता था, इसने चिथड़े को पहना है। रात को कार्यालय की कैंटीन से बचा-खुचा खाना पहले मिल जाता था, साहब के नाराज होने के बाद वह बन्द हो गया था। रास्ते में हम लोगों को जहाँ वह मिल जाता, कुछ-न-कुछ दे दिया करते थे। उसका दस पैसे का सिक्का मैंने उसे लौटा दिया था। कान में सिक्का खोंसने की उसकी आदत छूट गई थी। उसकी टोपी किसी लड़के ने छुपा दी थी, इसलिए वह

टोपी के नाम पर सिर पर कुछ भी रख लिया करता था। उसकी घरवाली और लड़का उसकी परवाह नहीं करते थे। फिर वह मर गया। मरने की खबर सुनकर गौराहा बाबू और देवांगन बाबू के साथ मैं कुंदरापारा में उसका घर ढूँढ़ते-ढूँढ़ते थक गया। मँहगू का घर नहीं मिला। माल-जमादार से हम लोगों ने ठीक-ठीक पता लिया था।

"देवांगन बाबू, आप तो कह रहे थे कि मँहगू अमर है? वह तो मर गया!" मैंने कहा।

गौराहा बाबू ने कहा, "परन्तु मैंने कहा था कि उसकी जगह कभी नहीं मरेगी। उसकी जगह और कोई आएगा।"

"मँहगू की जगह मँहगू का लड़का आएगा।" बड़े बाबू ने कहा।

साहब के पास उसकी बीवी, लड़का, लड़की गए थे। उनके गुजारे का कोई ठिकाना नहीं है। उसका लड़का एक रोजी का कमय्या है। हफ्ते में केवल दो रोज का काम मिलता है। अब साहब उसे मँहगू की जगह रख रहे हैं।"

"उसका नाम क्या है, बड़े बाबू?" मैंने पूछा।

"नाम तो मुझे नहीं मालूम। 'मँहगू' ही कहेंगे, आदत पड़ गई है।"

"यदि कमीज आदर्श नौकर का साँचा था तो नाम, मँहगू, भी एक अच्छे नौकर का साँचा है। कुछ तो असर होता होगा?" बड़े बाबू सुन न पाएँ, इतने धीरे से, देवांगन बाबू के लिए मैं बड़बड़ाया।

"लड़के की उम्र क्या होगी?" देवांगन बाबू ने पूछा।

"अठारह-बीस साल का होगा, सन्तू बाबू से दो-एक साल छोटा।"

मँहगू के मरने के बाद जो होली आई तो म्युनिसिपल स्कूल के लड़कों का एक झुंड 'राम-राम साहब' बोलता हुआ पूरे शहर में रंग खेलता रहा। उस दिन लड़कों के लिए महावीर खोमचेवाला मूँगफली के बजाय रंग लाया था। लड़कों के साथ अकेला वही बूढ़ा था। उसके माथे में गुलाल था और उसकी रसौली के छोटे-से माथे में तिलक लगा था। एक ने उसकी रसौली में आँख, नाक, कान पेंट कर दिये थे। महावीर ने कोई एतराज नहीं किया था। उसने केवल कहा था कि रसौली का चेहरा हँसते हुए होना चाहिए। महावीर की गंजी खोपड़ी के चारों तरफ के बाल बैंगनी और लाल हो गए थे। महावीर कमर से ऊपर उघारा था, केवल फटी धोती पहने था। आँख, कानवाले हँसते हुए रसौली के साथ रँगा हुआ महावीर बहुत विद्रूप लग रहा था।

म्युनिसिपल स्कूल का ही एक लड़का सालाना समारोह के फैंसी ड्रेस में 'राम-राम साहब' बोलनेवाला पागल मँहगू बना। परन्तु उसका काम पसन्द नहीं किया गया। उसका ध्यान बार-बार कान से गिर जानेवाले दस पैसे के सिक्के की तरफ जाता था। एक बार उसे दस पैसे का सिक्का ढूँढ़ने में बहुत समय लग गया। उसके चेहरे में वही परेशानी थी कि अगर पैसा नहीं मिला तो सचमुच का नुकसान हो जाएगा। उसे केवल सिक्का उठाकर कान में खोंसने का अभिनय कर वापस आ जाना था। देखनेवाले किसी ने कहा, 'नहीं मिल रहा है तो मुझसे ले लो।' उसका परिणाम यह हुआ कि मँहगू को सभी लोग भूल गए।

गर्मियों में दफ्तर में खस-खस की टट्टी लगाई जाती थी इसलिए इन दिनों घर से ज्यादा आराम दफ्तर में मालूम होता था। मुहल्ले की एक बरतन माँजने वाली ने कहा था कि उसे खस-टट्टी में पानी सींचने का काम मिल जाए तो अच्छा हो। यह काम आसान था, और इसमें उसे अढ़ाई रुपये के हिसाब से पैसे मिलते। जिन लोगों के घर वह काम करती थी, धीरे-धीरे काम करने के कारण, सब उसे छुड़ाने की फिराक में थे। दस घरों में दिन-भर का उसका काम था। कहीं चाय मिल जाती थी, कहीं रोटी। यही फायदा था। पाँच-छः रुपये एक घर पीछे मिलता था।

पत्नी ने कहा, "रौताइन को खस-टट्टी सींचने के काम में लगवा देते।"

मैं जानता था कि बड़े बाबू मेरी बात नहीं मानेंगे। बड़े बाबू और मालजमादार मिलकर, अपनी मर्जी से छाँटकर रेजा चुनते थे।

शहर में, रोजी में काम करने के लिए नौकरानी, नौकर, बढ़ई, कारीगर, मिस्त्री एक निश्चित जगह जमा होते थे। यह नौकर-बाजार कहलाता था। सब्जी-बाजार के पास सड़क के दोनों किनारों पर ये खड़े रहते या बैठे रहते। दुकानें नौ बजे खुलती थीं। एक तरफ औरतें रहतीं, दूसरी तरफ आदमी नौकर। सात-आठ साल के लड़के मजदूर रोजी में काम करने के लिए इस बाजार में तैयार मिलते थे। काम करनेवाले मजदूर अपने लड़कों को सहायता के लिए अपने साथ रखने की कोशिश करते। परन्तु जिसकी गोद में बच्चा है, उसका यह मतलब नहीं कि बच्चा भी 1/20वाँ या 1/25वाँ रोजी में काम करता होगा। गोदवाली मजदूरनियों को काम में ले जाना कोई पसन्द नहीं करता था। उनके बच्चे गन्दगी करते और बच्चों के कारण उनका काम में मन नहीं लगता। छोटे बच्चोंवाली मजदूरिनें बेकार समझी जातीं।

चार बज्जी में रेजा मजदूर काम के लिए लिये जाते। इसका मतलब होता था, आठ बजे सुबह से चार बजे तक लगातार काम। सुबह ये पसिया पेज खा-पीकर निकलते थे। छः-साढ़े छः बजे घर से निकल जाते और सात बजे से नौकर-बाजार में जमा होने लगते। जमा होने में ये इस बात का ध्यान रखते थे कि किस तरफ खड़े रहना ठीक रहेगा, जिससे उनको रोजी मिल जाए। शहर के किन हिस्सों में काम होता रहता है, यह इनको अन्दाज रहता था। उस हिसाब से आनेवालों को ध्यान में रखते हुए ये दाएँ-बाएँ खड़े रहते। ग्राहकों के पीछे-पीछे चलना मना था। उनके इर्द-गिर्द भीड़ लगाना भी मना था। यह सब इन लोगों ने तय कर लिया था। सब्जियों की पहचान खरीदारों को उतनी अच्छी नहीं थी जितनी मजदूरों की पहचान लोगों को थी। इनको हाथ से टटोलने की जरूरत नहीं पड़ती थी। एक नजर से पचासों लोगों के बीच से ये काम का आदमी छाँट लेते थे।

ढोर-बाजार, नौकर-बाजार की तरह रोज-रोज नियम से नहीं भरता था। ढोर-बाजार हर बुधवार को भरता था। आसपास के गाँव के लोग ढोर बेचने और खरीदने यहाँ आते थे। आठ बजे से रोजी शुरू हो जाती थी। इसलिए, साइकिलवाले यदि एक मजदूर हुआ तो उसे कैरियर में बैठाकर ले जाते थे। चार-पाँच मजदूरों का काम है तो रिक्शे में ले जाना फायदे में समझा जाता था। यदि आठ बजने में समय है तो पैदल ले जाया जाता था। सेठ, साहब लोगों के काम के लिए ड्राइवर मोटर में आता और मोटर में बैठाकर ले जाता था। इन लोगों के ड्राइवर और नौकर रेजा छाँटते समय कोशिश करते कि रेजाएँ जवान और अच्छी हों। इनसे ये लोग रोजी तय करने में मजाक करते थे, जैसे : 'एक रोज का कितना लोगी, एक रात का कितना लोगी, घंटे-भर का कितना, दस मिनट का कितना' इत्यादि। अच्छे खानदानी लोग भी बेशर्मी से जवान सुन्दर लड़कियों को छाँटकर ले जाते थे। घर में उनकी पत्नी पूछती, 'छाँटकर लाए होंगे?'

तब जवाब होगा, 'बाजार में यही बची थी, क्या करते?'

इज्जत बचाने के लिए नौकर-बाजार का नियम था कि एक अकेली रेजा किसी के घर काम करने नहीं जाएगी। कम-से-कम दो रेजा काम पर जाएँगी, इससे एक-दूसरे की सुरक्षा होगी। परन्तु इस नियम के कारण जो सही काम करवाना चाहते, वे दो रेजाओं के बदले में एक कुली ले जाना पसन्द करते

थे। कई बार, किसी मजबूरी में चोरी-छिपे एक अकेली भी चली जाया करती थी। साथी बनाने के लिए रेजाएँ झगड़ पड़ती थीं। जैसे कल तक बोटो के साथ मँगतिन रही। किसी कारण से मँगतिन उससे अलग होकर फुलेसर का साथ ढूँढ़ लेती है। बोटो के साथ के लिए पार्वती और फुलेसर के बीच झगड़ा हो सकता था। कभी ऐन मौके में कमाने के लिए साथ जाती हुई एक अचानक बोलेगी कि नहीं जाती। तब साथवाली दूसरी की भी रोजी मारी जाती। जोड़े में जाने का काम ठीक से नहीं हो पाता था।

आठ बजने के बाद बकाया मजदूर निराश हो जाते और नौ बजे दुकानों के खुलने के पहले काम की तलाश में पूरे शहर में फैल जाते। ये लोग सीमेंट की गोदामों के पास, आटा मशीन, लकड़ी-टाल, पार्सल ऑफिस, लोहा-बाजार, गंज, राइस मिल और ईंटों के भट्ठे की तरफ निकल जाते। इन जगहों में तयशुदा मजदूर पहले से काम पर होते, मुश्किल से कुछ लोग नौकर-बाजार से आकर खप पाते थे। दशहरा-दीवाली में साफ-सफाई, रँगाई-पुताई के कारण बहुतों को काम मिल जाता था। बरसात में खपरे छाने का। किराए की बैलगाड़ियों में काली मिट्टी खोदकर भर लेते और तीन-तीन रुपये में एक गाड़ी सिविल लाइन में बिक जाती थी। गमलों और बगीचों के लिए काली मिट्टी लगती थी। मुरम की गाड़ियाँ भी बिकती थीं। आने-जानेवाले रास्ते में कीचड़ न हो, इसलिए मुरम डलवाई जाती। मुरमी भाटा जमीनें बहुत थीं। इसलिए मुरम की गाड़ी सस्ते में दो रुपये में बिकती थी।

मैंने बड़े बाबू से कहा, "मेरे मुहल्ले में एक नौकरानी है, खस-टट्टी के काम के लिए इस साल उसे रख लीजिए।"

"अगर तुम्हारे कहने से मैं उसे रख लूँ तो वह तुम्हारे घर का काम मुफ्त में करेगी।"

"नौकरानी हम लोगों ने नहीं रखी है।" मैंने कहा।

"बरतन कौन माँजता है?"

"मेरी पत्नी।" मैंने कहा।

"मँहगू की औरत को भी रख लीजिए।" देवांगन बाबू ने कहा।

"तुम्हारा दिमाग खराब है? अगर मँहगू का लड़का दो साल का होता तो तुम लोग कहते, उसको भी चपरासी बनवा दीजिए।"

"बड़े बाबू, मँहगू की एक जवान लड़की भी है।"

"मालूम है, देख लिया है मैंने।"

"सुन्दर है। हाइड्रोसिल से आपको तकलीफ तो नहीं होती?"

"देवांगन बाबू, बदतमीजी मुझे पसन्द नहीं है। दफ्तर में जबान को मुँह में नहीं, टेबिल की ड्रावर में रखकर काम करना पड़ता है।"

"आपके पास दो बड़े-बड़े कद्दू हैं। टेबिल की ड्रावर में नहीं आएँगे। उन्हें लोहे की अलमारी में रख लीजिए।"

बड़े बाबू गुस्से में तमतमा गए, "तुम्हें सबक न सिखाया तो नौकरी छोड़ दूँगा।"

"अगर आप ऑपरेशन नहीं करवाएँगे तो हॉकी की गेंद क्या, फुटबाल हो जाएगी।"

बड़े बाबू कुर्सी से खड़े हो गए। देवांगन बाबू को उन्होंने एक गाली दी, "कल के लौंडे...!"

उनके माथे में पसीना चुहचुहा आया था। चेहरा लाल हो गया था। फिर पता नहीं क्या हुआ, वे धड़ाम से कुर्सी से टकराते हुए नीचे गिर पड़े। खड़े होते समय उन्होंने पैरों से कुर्सी बहुत पीछे ठेल दी थी। बैठते समय उस जगह कुर्सी नहीं थी, इसलिए धड़ाम से गिर पड़े। दो-तीन फाइलें उनके हाथ में टकराकर टेबिल से नीचे गिर पड़ीं।

हम सब लोग उनकी तरफ लपके।

मुझे डर लगा, क्योंकि बड़े बाबू कहा करते थे कि उनकी जान निकलेगी तो दफ्तर में निकलेगी।

उनका चेहरा फीका पड़ गया था। वे बेहोश-जैसे थे।

देवांगन बाबू नर्वस-से हो गए। वे बड़े बाबू की हथेली से अपनी हथेली रगड़ने लगे। उनकी देखादेखी मैं भी बड़े बाबू के दूसरे हाथ को मलने लगा था।

गौराहा बाबू दौड़ते हुए कमरे से बाहर निकल गए थे।

कुछ देर में आसपास के कमरे से दूसरे सेक्शन के बाबू, चपरासियों की भीड़ लग गई। एक साहब बाबू और चपरासियों को अपनी-अपनी जगह जाने के लिए कह रहे थे। धीरे-धीरे हल्ला शान्त हो गया। सभी अपनी-अपनी जगहों पर लौट गए। नाजिर आ गया था। उसके कहने से हम लोगों ने बड़े बाबू के टेबिल खाली कर उसके ऊपर उनको लिटा दिया। टेबिल के ऊपर पंखा लगा था। सभी कमरों में बहुत पुराने पंखे लगे थे और सभी में दो

ब्लेड थे। कुछ में लोहे की ब्लेड की जगह प्लाईवुड की ब्लेड लगी थी। देवांगन बाबू ने पूछा, "इनकी आँतें तो ऊपर नहीं चढ़ गईं?"

"चढ़ी कुछ नहीं हैं, सब उतर गई हैं।" नाजिर ने धीरे से कहा।

"हवा लगने दो।" नाजिर ने फिर कहा।

मैं बड़े बाबू की बुश्शर्ट का बटन खोलने लगा तो मुझे याद आया कि जब मँहगू मेरी बुश्शर्ट के बटन खोल रहा था और इन्होंने मेरे हाथों को पकड़ रखा था तो आँतें ऊपर चढ़ आई थीं। मैंने उनकी आँतों को सहला-सहलाकर नीचे उतारा।

"नाजिर साहब, क्या किया जाए? डॉक्टर साहब के पास ले चलें?"

"नहीं, साहब ने भी कहा था कि मैं बड़े बाबू को डॉक्टर के पास ले जाऊँ। मैं अभी दस मिनट में इनको ठीक कर देता हूँ।" नाजिर ने कहा।

मालखाने का एक मरियल-सा बीमार लगनेवाला क्लर्क आया। यह आदमी मुझे कभी पसन्द नहीं आया। देखकर लगता था कि इसे एक साथ गाँजा, अफीम, शराब, भाँग—सबका नशा चढ़ा है। इसकी आँखें चढ़ी रहती थीं। नाजिर की भी एक आँख नशे में लगती थी। पतलून की जेब से उसने कोई चीज छुपाकर बाहर निकाली और नाजिर के सूती भूरे रंग के पुराने कोट की जेब में डाल दी। तेजी से वह कमरे के बाहर चला गया। सबके बीच नाजिर की उपस्थिति में उसके लिए केवल नाजिर ही उपस्थित रहते थे, बाकी लोगों से उसे कोई मतलब नहीं रहता था। हम लोग उसे घमंडी कहते थे। वह किसी से घुलता-मिलता नहीं था। हमेशा अकेला रहता था। उससे फालतू बात करने की नाजिर की भी हिम्मत नहीं होती थी। यह आदमी किसी के लेने-देने में नहीं रहता था, पर बाबू लोग बताते थे कि इसकी बीवी पड़ोसियों से उधार माँगती फिरती थी।

तभी बड़े बाबू हल्के-से कराहने लगे। उन्होंने नाजिर को देखा। जवाब में नाजिर ने कहा, "लाया हूँ, तुम लेटे रहो। अच्छा, आप लोग अपनी-अपनी जगह जाइए।"

हम लोग कुछ-कुछ समझ गए थे इसलिए चुपचाप अपने टेबिलों पर जाकर काम करने लगे। नाजिर ने जमीन पर पड़ी फाइलों को उठाया और बड़े बाबू के सिर के नीचे रख दिया। फाइलों का तकिया लगाये वे मुझे बहुत आराम से सोए हुए लगे।

हम लोगों की तरफ नाजिर की पीठ थी। उन्होंने जेब से बोतल निकाली, "मुँह खोलो।" नाजिर ने कहा।

कहकर उन्होंने पीछे मुड़कर देखा, तब हम लोगों ने फाइलों को देखना शुरू कर दिया। बोतल उन्होंने बड़े बाबू के मुँह में लगाई।

आँखें मूँदे-मूँदे बड़े बाबू ने दो-चार घूँट लेने के बाद कहा, "बस।"

बड़े बाबू अपने मन से उठकर टेबिल पर बैठ गए।

नाजिर ने उन्हें सहारा देकर नीचे उतारा और वे अपनी कुर्सी पर बैठ गए।

शराब की हल्की गंध अभी तक कमरे में थी।

कुर्सी पर बैठते ही उन्होंने देवांगन बाबू की तरफ देखा। मुझे आश्चर्य हुआ कि देवांगन बाबू मुसकरा रहे थे।

बड़े बाबू ने कहा, "मैं समझ लूँगा।"

"वह सब बाद में, अभी आराम करो। मैं चलता हूँ। ज्यादा देर रुकूँगा तो गड़बड़ हो जाएगी।" नाजिर ने कहा।

"रुको!" बड़े बाबू ने कहा।

"क्यों?"

"बोतल यहीं छोड़ दो।"

"चुप रहो। दिमाग खराब है। मेरे पास स्याही की बोतल है। स्याही की बोतल तो तुम्हारे पास भी होगी?"

"मुझे क्या पिलाया था?"

"स्याही।" उन्होंने कहा, "मालखाने में वह क्लर्क अकेला छूट गया है। अलमारी की चाबी मैं टेबिल पर रख आया हूँ। गौराहा बाबू घबराए हुए मेरे पास आए थे।"

"कौन-सा क्लर्क?" बड़े बाबू ने पूछा।

"जो तुम्हारे लिए स्याही की बोतल लेकर आया था।"

बड़े बाबू ने एक कोरे कागज के टुकड़े को जीभ में लगाकर देखा, कागज में स्याही नहीं आई।

"झूठ बोलते हो?"

"यार, तुमने कभी मेरा विश्वास किया है!" नाजिर ने कहा। और अपनी जेब दबाए वे चले गए।

बनियाइन पहने, दफ्तर की कुर्सी पर बैठे हुए बड़े बाबू अजीब लग रहे थे। उनके खिचड़ी बाल बिखरे थे। आँखें हल्की लाल थीं। दाहिनी बाँह में काले धागे से बँधी सोने की एक छोटी चपटी ताबीज थी। एक ताँबे की ताबीज

और थी। गले में छोटे-छोटे रुद्राक्ष की चाँदी में पिरोयी माला थी। अगर उनकी बुश्शर्ट नहीं उतरती तो हम सब यह कहाँ देख पाते!

नाजिर के जाने के बाद वे आँखें मूँदे रहे। उन्हें खाँसी आई।

"पानी पिएँगे?" मैंने पूछा।

खाँसते-खाँसते उन्होंने जवाब दिया, "नहीं।"

"आप रिक्शा लेकर घर चले जाइए।"

"नौकरी दफ्तर में करो और मरो घर जाकर?" बड़े बाबू ने कहा।

बड़े बाबू को मैं उनके खाँसने की आवाज से पहचान सकता था। एक बार सिनेमा देखते हुए मैंने पीछे से उनके खाँसने की आवाज सुनी। सर्दी का दिन था इसलिए बहुत से सिनेमा देखनेवाले खाँस रहे थे। मेरी खाँसी कुछ दिन पहले ही ठीक हुई थी। बड़े बाबू के खाँसने की आवाज सुनकर मैंने सोच लिया था कि उन्हें आधे खेल के समय ढूँढूँगा। आधे खेल के समय वे नहीं दिखे। बहुत भीड़ थी। पिक्चर खत्म होने के बाद भी वे मुझे नहीं दिखे। दूसरे दिन दफ्तर में मैंने उनसे पूछा, "आप कल पिक्चर देखने गए थे?"

"हाँ!" उन्होंने कहा।

"मैं भी गया था। मैंने आपको देखा नहीं था।"

"तुम्हें किसने बताया कि मैं पिक्चर देखने गया था?"

"आपके खाँसने की आवाज से मैं जान गया था। अब कैसी है आपकी खाँसी?"

"ठीक है। पर खाँसने की आवाज सुनकर तुम मुझे पहचान गए?" बड़े बाबू मुसकराते हुए बोले।

उनकी मुसकराहट में वात्सल्य था। तब वह मुझे बहुत भले आदमी लगे। उनके दो लड़के और तीन लड़कियाँ थीं। एक लड़का साल भर हो गया, घर से भाग गया था। पत्नी तीन-चार साल से नहीं थी। उन्हें अपने लड़के के मिलने की उम्मीद रोज रहती थी। जब वह भीड़ में होते तो यह उम्मीद बढ़ जाती थी। इसलिए यदि सब्जी खरीदने गए तो खरीदते-खरीदते भीड़ में नजर से अपने लड़के को ढूँढ़ते। जब पिक्चर देखने जाते तो खेल खत्म होने के बाद एक तरफ खड़े होकर भीड़ की तरफ देखते रहते। सड़क पर जहाँ दस-पन्द्रह आदमी दिखाई देते तो वहाँ लड़के को ढूँढ़ने का मन होता और एक ढूँढ़ती नजर डालकर आगे बढ़ जाते। आते-जाते लोगों पर भी उनकी निगाह ढूँढ़ लेने

की होती। किसी परिचित को भी देखेंगे, जैसे वे एकदम से मुझे सन्तू बाबू नहीं देखेंगे, पहले यह देखेंगे कि मैं उनका लड़का नहीं हूँ, फिर मुझे सन्तू बाबू देखेंगे।

"मँहगू ने मेरे लड़के को भी 'राम-राम साहब' कहा होगा?" बड़े बाबू ने मुझसे पूछा।

"जब मँहगू को आपका लड़का दिखा होगा तो कहा होगा। पर घर से भागकर वह इसी शहर में क्यों रहेगा? कहीं दूर चला गया होगा।"

"मुझसे छुपते रहने की उसकी आदत है। घर लौटकर वह कब का आ गया होता। मुझे देखता है इसलिए घर नहीं आता। मेरे और भी बच्चे हैं, नहीं तो वह घर आ जाए, इसके लिए मैं घर छोड़कर दूर चला जाता। एक दिन रात को कुछ खटपट सुनाई दी। मेरी नींद खुल गई। मैं खाँसा तो मुझे भागने की आवाज सुनाई दी। घर से कोई सामान चोरी नहीं गया सिवाय एक पतलून के। खूँटी में उसकी पतलून टँगी रहती थी। उसे बाद में मेरा दूसरा लड़का पहनने लगा था। वह अपनी पतलून पहनने के लिए ले गया। मैं ज्यादा समय घर से बाहर रहता हूँ। घर में रहूँगा तो छुपा हुआ रहूँगा। सुबह उठता हूँ तो बिना आहट किये फुसफुसाकर बात करता हूँ। दफ्तर में मेरे टेबिल को देखो। आड़ में है। दरवाजे से मैं एकदम नजर नहीं आता।"

"आपको देखते ही वह भाग जाएगा?"

"हाँ, इसलिए उसके देखने के पहले मैं उसे देखकर पकड़ना चाहता हूँ। पकड़ लूँगा तो वह भाग नहीं पाएगा। समझा-बुझाकर ठीक कर लूँगा। नहीं मानेगा तो हाथ-पैर बाँधकर कमरे में डाल दूँगा।"

"मँहगू ने आपके लड़के को 'राम-राम साहब' कहा होगा तब भी क्या फायदा था? आप उससे पूछते तो वह 'राम-राम साहब' ही कहता। इससे आपके लड़के का पता नहीं मिलता।"

"हाँ!" बड़े बाबू ने उदास होकर कहा।

"कैसा लग रहा है आपको?" मैंने पूछा।

गौराहा बाबू भी यही पूछना चाहते होंगे।

"मैं तो ठीक हूँ, पर आप लोगों को जरूर लग रहा होगा कि बच गया।"

"ऐसा हम लोग नहीं सोच रहे हैं।" गौराहा बाबू ने कहा।

"जैसे साहब की मजाक करने की आदत है, उसी तरह देवांगन बाबू की भी मजाक करने की आदत है।" मैंने कहा।

"आपकी तो मजाक करने की आदत नहीं है?" बड़े बाबू ने पूछा।

"मेरी मजाक करने की आदत नहीं है। मैं मजाक करने की आदत डालना चाहता हूँ। बहुत इच्छा होती है कि मैं भी मजाक करूँ, पर आता नहीं।"

"देवांगन बाबू के साथ रहकर जल्दी सीख जाओगे।" बड़े बाबू ने कहा।

"साहब से आपने मजाक करना क्यों नहीं सीखा? आप बहुत गम्भीर रहते हैं।" मैंने कहा।

"साहब की तरह यदि मजाक करने लगें तो दो दिन भी आप लोग टिक नहीं पाएँगे।"

"देवांगन बाबू को दु:ख है, वे आपसे माफी माँग लेंगे।" गौराहा बाबू ने कहा।

"मैं माफी माँगने के बदले फुटबॉल खेलना चाहता हूँ।" नाक फुलाते हुए देवांगन बाबू ने कहा।

अचानक बड़े बाबू चिल्लाने लगे, "फिर मजाक उड़ा रहा है। गालियाँ दे रहा है। क्या साहब हमारी सुनेंगे? मैंने भीख नहीं मँगवाया तुमसे तो कहना! जेल भिजवा दूँगा। चमारों से पिटवाऊँगा।"

हम सभी सन्न रह गए। देवांगन बाबू तो घबरा गए। आसपास के कमरों में बड़े बाबू के कारण मिनट-भर के लिए हड़कम्प मच गया। फिर एकदम सन्नाटा खिंच गया।

साहब का एक चपरासी घंटे-भर बाद तेजी से, करीब-करीब भागते हुए, डाकबुक लिये कमरे में आया। बिलकुल नया चपरासी। एक कागज देवांगन बाबू ने लिया। दूसरा बड़े बाबू ने। तीसरा मैंने।

"मुझे क्यों? मैंने क्या किया है?"

डाकबुक में उसने हम तीनों के दस्तखत लिये और उतनी ही तेजी से वह लौट गया।

गौराहा बाबू ने सन्नाटा तोड़ा, "जो डाक लेकर आया था, वह मँहगू का लड़का था।"

बिलकुल शान्त दफ्तर में कुछ देर तक चट-चट उसके नंगे पैर की भागने की आवाज आती रही। बँगले के पीछेवाले कमरे से लगा, जो फर्श का जाफरी से ढका रास्ता था, उसी पर भागता हुआ जा रहा होगा।

देवांगन बाबू फाइलें पटककर खड़े हुए, "साहब ने मुझे बुलाया है। आप लोग फुटबॉल मैच देखने जरूर आइए।" वे चले गए।

यह सुनकर बड़े बाबू कुर्सी की पीठ से एक तरफ पीछे से सिर लटकाकर पसर गए। हाथ में टाइप किये हुए सफेद कागज को दुबारा पढ़ते हुए मैं नर्वस हो रहा था। मुझे ठीक से काम न करने के कारण चेतावनी मिली थी।

**बिही के साथ एक हरी पत्ती भी टूटकर गिरती है तो बिही ताजी है। माली की मेहनत के फल के साथ क्या टूटकर लगेगा! आम से लदी अमराई बाजार में बिकने नहीं आती। टोकनी में आम बिकेंगे!**

बहुत पहले से दफ्तर नौ बजे से पाँच बजे तक का हो गया था। सुबह खाना खाकर मैं कई बार आ नहीं पाता था। बीच में जब एक घंटे की छुट्टी होती तब मैं खाना खाने घर जाता था। आम तौर पर सभी खाना खाकर दफ्तर आया करते थे और एक घंटे की छुट्टी में कार्यालय की कैंटीन या आसपास बनी छोटे-छोटे होटलों में चाय पीने चले जाते थे। नहीं तो अपने टेबिल पर ही लोग चाय पीते और गप्प मारते।

दफ्तर के अहाते के आम और कटहल जब फलते थे, तब कर्मचारी लोग उन पेड़ों की तरफ घूमना-फिरना बन्द कर देते थे। अहाते के आम की मिठास और खुशबू की चर्चा सभी करते थे। यदि उनसे पूछा जाता कि आपने खाया है या सुनी-सुनाई बात है? तब वे कहते कि नहीं, सुनी-सुनाई बात है।

इत्तफाक से देवांगन बाबू, गौराहा बाबू और मैं जिस पेड़ के नीचे खड़े थे, यह कटहल का ही पेड़ था। छोटे-बड़े कटहल पेड़ की पीड़ से फले थे।

गौराहा बाबू को अचानक कुछ याद आया। "हम लोग कटहल के पेड़ के नीचे खड़े हैं।" चौकन्ना होकर उन्होंने कहा।

"कितना फला हुआ है!" नीचे से ऊपर तक पेड़ देखते हुए मैंने कहा।

"यहाँ से खिसक चलें।" देवांगन बाबू ने कहा।

"क्यों?" मैंने पूछा।

"किसी का ध्यान नहीं है। चलो, निकल चलें।" गौराहा बाबू ने कहा।

"क्यों?" मैंने फिर पूछा।

"कटहल और आम प्रायः चोरी चले जाते हैं। इन पेड़ों के आसपास जो दिखता है, साहब उसी पर शक करते हैं।"

"दफ्तर की खिड़की से कटहल की तरफ देखूँगा तब भी शक कर सकते हैं?" मैंने कहा।

"पेड़ को देखना और पेड़ के नीचे खड़े रहना और बात है।" देवांगन बाबू ने कहा।

"देवांगन बाबू, आप तो बड़े बाबू की तरह बात करते हैं। कटहल की बात करेंगे तब भी शक होगा?" मैंने कहा।

"जबर्दस्ती कोई मेरे ऊपर चोरी का शक करे, यह मैं नहीं चाहता।" देवांगन बाबू ने कहा।

"कटहल के पेड़ से दूर रहा जाए, यही ठीक है।" गौराहा बाबू ने कहा।

"जब पेड़ में फल न रहें तब इनके आसपास घूमें और फल आ जाएँ तब दूर रहें?" आश्चर्य से मैंने कहा।

"हर साल यही होता है। और हर साल आम और कटहल फलते हैं।"

"सुनिए, आप दोनों। कटहल बहुत कीमती चीज नहीं है। पिछले साल पन्द्रह पैसे किलो तक बिका है।"

"अभी दो रुपये किलो है।" दोनों ने एकसाथ कहा।

"यह कटहल किसकी सम्पत्ति है?"

"सरकार की सम्पत्ति है। हमारी-आपकी सम्पत्ति।" दोनों ने एकसाथ कहा।

"क्या कटहल बेचे जाते हैं? और यदि बेचे जाते हैं तो उसके पैसे खजाने में जमा होते होंगे?" मैंने पूछा।

"अगर बेचे जाएँ तो जरूर जमा होते होंगे। पर ऐसी नौबत नहीं आती। सब चोरी चले जाते हैं। साहब उस चोर का पता लगाना चाहते हैं।" दोनों ने एकसाथ कहा।

"चोरी होकर साहब के घर पहुँच जाते होंगे?"

"साहब को किस बात की कमी है? इन चीजों पर हम लोगों की ही नीयत खराब होती है।" गौराहा बबू ने कहा।

"मुझे आश्चर्य है। दिन-रात सन्तरी रहता है और दिन-भर हम लोग रहते हैं, कटहल कब चोरी चला जाता है?"

"मालूम नहीं पड़ता। वह जो बड़ा-सा कटहल है, उसे पहचान लो, कल नहीं दिखेगा।" उँगली से इशारा करते हुए गौराहा बाबू ने कहा।

देवांगन बाबू ने इशारे के लिए उठे हुए गौराहा बाबू के हाथ को इस तरह पकड़ा कि इशारेवाली उँगली उनकी मुट्ठी में छुप गई।

"इशारा मत करो।" देवांगन बाबू ने समझाते हुए कहा।

मैंने कहा, "मुझे बचपन की एक कहानी याद आ रही है। एक राजा था। उसका एक सुन्दर बगीचा था। उस बगीचे में सोने, चाँदी, हीरे, जवाहरात, मीठे, खुशबूवाले—तरह-तरह के फल लगे थे। रोज सुबह मालूम होता था, बगीचे के फल चोरी चले गए। राजा के बड़े लड़के ने पहरा दिया, तब भी फल चोरी गए। राजा के मँझले लड़के ने पहरा दिया, तब भी चोरी गए।"

"छोटा लड़का चोर का पता लगा लेता है।" गौराहा बाबू ने कहा।

"चोर एक सोने का तोता था।" देवांगन बाबू ने कहा।

"नहीं, ऐसा नहीं है। छोटा लड़का भी पता नहीं लगा पाता।" मैंने कहा, "चोर एक मिट्टी का तोता था। माली ने बगीचे की गीली मिट्टी से उसे बनाया था।"

"ऐसी कहानी नहीं थी।" देवांगन बाबू ने कहा।

मैंने ध्यान दिया कि बात करते-करते दोनों मुझे कटहल के पेड़ से दूर ले जा रहे थे।

"माली की इच्छा होती थी कि वह भी फल को चखे। पर राजा के डर से उसकी हिम्मत नहीं होती थी। मिट्टी का तोता माली के लिए फल तोड़कर लाना चाहता था। एक रात वह सचमुच का तोता हो गया। जल्दी-जल्दी फल तोड़कर उसने माली के सिरहाने इकट्ठा कर दिये। तोता फिर मिट्टी का हो गया। बहुत सुबह माली की नींद खुली। सिरहाने बगीचे के फलों को देखकर वह घबरा गया। उसने सोचा कि राजा उसे चोर समझेगा। राजा का इतना अच्छा शासन था कि उसने किसी के पास छुपाने की जगह नहीं छोड़ी थी। केवल विचारों को छुपाने की जगह तक उसकी पहुँच नहीं हुई थी। फल खाने का जो विचार था, उसे तो उसने राजा से छुपा लिया था। अब फल कहाँ छुपाए, इस डर से वह सारे फल खा गया। डर के मारे फल का स्वाद नहीं आया।"

"इतने कड़े पहरे में भी कोई तोते को देख नहीं पाया?" गौराहा बाबू ने पूछा।

"तोता बगीचे की मिट्टी का बना था। उसका हरा रंग बरसात के बाद हरी हुई पत्तियों का नहीं था। गर्मियों में बाल्टी भर-भरकर माली सिंचाई करता था, उसी से हरी हुई पत्तियों का हरा रंग था। इसलिए बगीचा तोते को छुपा लिया करता था।"

"फिर क्या हुआ?" देवांगन बाबू ने कहा।

"रोज तोता उसके लिए फल तोड़ता और डरा हुआ माली इसलिए उसे खा जाता था कि फल वह कहीं छुपा नहीं सकता था। खा लेने के बाद भी डर के कारण उसे फलों के स्वाद के बारे में कोई जानकारी नहीं थी और न उसका पेट भरता था। पहले की तरह दिन-भर काम करते हुए वह सोचता कि फल बहुत स्वादिष्ट होंगे। मेरा खयाल है, कहानी यहीं खत्म होनी चाहिए।"

"यहाँ नहीं, अभी पता कहाँ चला कि राजा ने उसे पकड़ा या नहीं?"

"यह हम लोग मान लें कि राजा ने उसे पकड़ लिया है और उसे सजा हो गई।"

"मान लो और किस्सा खत्म करो। यहाँ से चलो।" देवांगन बाबू ने कहा।

"इधर से जाने की बात करोगे तो मैं कहानी मन से मानने नहीं दूँगा।"

वे मेरी बात सुनने के लिए तैयार नहीं थे। "अगर तुम दोनों पूरी बात सुने बिना चले जाओगे तो जोर से चिल्लाकर कहूँगा।"

"सुनाओ भाई, पर जल्दी सुनाओ और जल्दी खत्म कर दो।" गौराहा बाबू ने कहा।

"फिर क्या हुआ?" देवांगन बाबू ने कहा।

"एक रात तोता फल तोड़कर लाया। सोते हुए माली को उसने जगाया। माली ने आश्चर्य से तोते को देखा। तोता उससे बात करने लगा, 'माली, तुम बहुत मेहनत करते हो। तुमने सुना होगा कि मेहनत का फल मीठा होता है। क्या तुमने यह सुना है?'

"माली ने कहा, 'हाँ।'

" 'जरा चखकर देखो, क्या यह फल मीठा है?'

"माली ने फल चखा। उसने एक बहुत बढ़िया स्वाद का अनुभव किया। इस अनुभव से उसकी आँखों में आँसू आ गए। मेरा खयाल है, कहानी यहीं खत्म होनी चाहिए।" मैंने कहा।

"यह तुम्हारी बचपन की सुनी कहानी नहीं है।" गौराहा बाबू ने कहा।

"हाँ, ऐसी कहानी माँ-बाप या अजिया दादा ने नहीं सुनाई थी। यह कहानी मैं अपने लड़के को सुनाऊँगा। थोड़ा और बदल दूँगा।"

"किस तरह बदलोगे?" देवांगन बाबू ने कहा।

"कब बाप बननेवाले हो?" मुसकराते हुए गौराहा बाबू ने कहा।

"यह तो मैंने भविष्य की बात की थी। अभी अपने परिवार में एक पीढ़ी अलग होने की झंझट में मैं पड़ना नहीं चाहता। चूँकि जल्दी नौकरी मिल गई इसलिए जल्दी शादी हो गई। अगर 35 साल की उम्र में नौकरी मिलती तो मैं 35 साल की उम्र में शादी करता। शादी के लिए जवानी उम्र से नहीं, नौकरी से मिलती है। मैं अपने लड़के को बतलाऊँगा कि पेट भूख छुपाने की जगह नहीं है। मेहनत की कमाई से पूरा पेट भरना चाहिए और स्वाद लेकर खाना चाहिए।"

कटहल के पेड़ से ये लोग मुझे ज्यादा दूर नहीं ला पाए थे क्योंकि जानबूझकर मैं भी पेड़ के इर्द-गिर्द होने की कोशिश कर रहा था।

"चलो, अब चलें।" देवांगन बाबू ने कहा।

"कभी फल की चोरी का आपके ऊपर शक हुआ था?" मैंने देवांगन बाबू से पूछा।

"चोरी का नहीं हुआ था। लेकिन पिछले साल पेड़ के नीचे बैठनेवालों में और उसके आसपास घूमनेवालों में मेरा भी नाम था।"

"आपका कुछ बिगड़ा?"

"कुछ नहीं बिगड़ा।"

"फिर डर किस बात का? मैं कटहल के पेड़ पर चढ़ूँगा।" मैंने कहा।

"ऐसा मत करना।" उन्होंने कहा।

"मैं तो चढ़ूँगा," और कटहल के पेड़ की तरफ बढ़ा तो रोकते हुए देवांगन बाबू ने कहा, "लंच का टाइम खत्म हो रहा है। लौट चलें।"

"अभी पन्द्रह-बीस मिनट होंगे। देखिए, कितने निश्चिन्त होकर लोग होटलों में घुसे हुए हैं! पाँच मिनट में मैं तीन बार इस पेड़ पर चढ़ सकता हूँ।" मैंने कहा।

"आप हम लोगों की बात नहीं समझ पा रहे हैं।" गौराहा बाबू ने कहा।

"मैं समझ रहा हूँ।" मैं सधे कदमों से पेड़ की तरफ बढ़ा।

"सन्तू बाबू! थोड़ी देर के लिए रुक जाओ।" गौराहा बाबू ने कहा।

"मैं पेड़ पर चढ़ रहा हूँ।" मैं पेड़ की तरफ बढ़ता रहा।

पेड़ के पास पहुँचकर चढ़ने के पहले मैंने सोचा, एक बार दोनों को देख लूँ, वे कहाँ हैं। दोनों गायब थे।

वे दोनों इतनी जल्दी कैसे गायब हो गए? सामने आम के पेड़ों की आड़ में चले गए होंगे। आम के पेड़ों से उन्हें खतरा नहीं था। आम फला नहीं था। आखिर गए कहाँ? जाने दो। मैंने लटके हुए एक बड़े कटहल को छूकर देखा। हरे मुलायम काँटोंवाले स्पर्श का अनुभव हुआ। बरामदे में कैंटीन, पान की दुकानों के सामने खड़े, और मजार की बेंचों पर बैठे हुए कर्मचारियों की नजरें मेरी ओर हो गईं। लोग मेरी हरकत से हैरान थे। मुझे बेवकूफ समझ रहे होंगे या बिलकुल पागल। मँहगू के पागल हो जाने के बाद कोई भी पागल हो सकता था। यह दफ्तर की आम धारणा थी।

कार्यालय की कैंटीन से बड़े बाबू निकलकर आए। वहीं दूर से हाथ के इशारे से मुझे बुलाने लगे। बड़े बाबू के बुलाने के बावजूद मैं एक झटके में सर्कसवालों की तरह कटहल के पेड़ के ऊपर चढ़ गया। एक बड़ा कटहल मुझसे टूटकर गिर पड़ा। मेरा पैर उस पर पड़ गया था। हो सकता है, किसी के द्वारा पहले से थोड़ा टूटा हुआ हो? लोग अपना काम भूलकर मुझे देख रहे थे। बड़े बाबू ने मेरी तरफ देखकर दो-तीन बार अपने माथे में हाथ मारा। उन्हें देखकर मैं खुशी से हाथ हिलाने लगा, उसी तरह, जैसे महत्त्वपूर्ण लोग उड़ते समय हवाई जहाज के दरवाजे पर खड़े होकर लोगों की तरफ हाथ हिलाते हैं। हवा बहुत अच्छी चल रही थी। एक चिड़िया धोखे से पेड़ पर बैठनेवाली थी, पर मुझे देखकर चीं-चीं करते हुए भाग गई। उसका धोखा खा जाना स्वाभाविक था। इस पेड़ पर आदमियों का चढ़ना साधारण बात नहीं थी। अनहोनी घटना थी। पेड़ पर कभी बहुत पहले की जो पतंग अटकी थी, उसका कागज तो था नहीं। कमानी-भर थी। धागा डालियों में अटका हुआ था। पतंग फँसी होगी तब किसी लड़के या आदमी की उसे निकालने की हिम्मत नहीं हुई होगी। खजाने का सन्तरी आराम की स्थिति में मुझे देख रहा था। वह क्या कर सकता था? मैंने जो कुछ भी किया, सन्तरी उसमें किस तरह हस्तक्षेप करे, उसे समझ में नहीं आया होगा।

जब मैंने बड़े बाबू की तरफ हाथ हिलाया था, तब लोग घूमकर देखने लगे थे कि वह कौन है जिसे मैं इशारा कर रहा हूँ। इस घटना से, इस

षड्यंत्र से क्या वह आदमी भी जुड़ा है? बड़े बाबू यह देख कैंटीन में घुस गए थे।

लंच का टाइम खत्म होनेवाला था। लोग लौटने लगे और जाते-जाते मुझे देखते, पर कनखियों से, क्योंकि जो मेरी तरफ देखता था, उसकी तरफ देखकर मैं मुसकराने लगता और हाथ हिलाने लगता। तब वे सिटपिटा जाते थे। जब सभी चले गए, तब भी मुझे अन्दाज था कि अभी दफ्तर शुरू होने का समय नहीं हुआ है। मैं अकेला पड़ जाने के कारण पेड़ से नीचे उतरा। कटहल टूटकर लुढ़कता हुआ पेड़ से चार कदम दूर चला गया था। उसे मैंने उठाया। बहुत वजनदार था। एक हाथ से लटकाकर उसे अधिक समय तक नहीं उठा सकता था।

कटहल कंधे पर रखकर मैं हॉल में घुसा। हॉल में एक जगह इकट्टे होकर सब मेरी चर्चा कर रहे थे। मैंने उन लोगों की तरफ ध्यान नहीं दिया और हाल से, कमरों को पार कर मैं अपने कमरे में आया। कटहल लिये मुझे देख कइयों ने सोचा होगा कि मैं किसी आदमी का कटा सिर कंधे पर रखकर ले जा रहा हूँ और वह सिर मेरा है।

बड़े बाबू के टेबिल पर मैंने धीरे से एक हाथ से फाइलें सरकाकर कटहल रख दिया। काँच न फूटे, इस बात का मुझे ध्यान था।

बड़े बाबू ने मुझे इस तरह देखा, जैसे उनका साबका किसी ढीठ मूर्ख से पड़ा है। मूर्ख अगर ढीठ हो तो उसे बात दूसरी तरह से भी समझ में नहीं आती थी।

मैंने कहा, "इसे जमा कर लीजिए। लंच टाइम में मैं कटहल के पेड़ पर चढ़ा था। खाना मैं खाकर आया था। होटल में चाय-नाश्ते के लिए मेरे पास हमेशा पैसे नहीं होते। खाली समय होने के कारण अहाते में लगे हुए कटहल के पेड़ पर चढ़ने का मेरा मन हुआ। जब मैं चढ़ रहा था तो यह कटहल अपने-आप टूटकर गिर पड़ा। मैंने नहीं तोड़ा। इसे जमा कर लीजिए और इसकी रसीद दे दीजिए ताकि मैं अपनी जिम्मेदारी का निर्वाह करने के बाद भी किसी दूसरी झंझट में न फँसूँ। आप चाहें तो जो कुछ भी मैंने कहा है, उसे लिखकर देने को मैं तैयार हूँ।"

बड़े बाबू दोनों हाथों से अपना सिर थामे मेरी बात सुन रहे थे। जब मेरी बात खत्म हो गई तो सिर उठाकर उन्होंने कहा, "आप अपनी जिम्मेदारी जरूर

पूरी कीजिए। जिम्मेदारी पूरी करने के लिए कभी आपको रोका है क्या? अब आप जब भी कटहल के पेड़ पर चढ़ें, कटहल टूटकर गिर जाए, तब भी आप मुझे मत बुलवाइए। आप आम के पेड़ पर चढ़िए, ताड़ का भी पेड़ है। मन हो तो उस पर चढ़ जाइए। उसके ऊपर चढ़कर आप जो कुछ भी देखें, साहब का बँगला आपको जरूर दिखेगा। ध्यान से देखेंगे तो आपका घर भी नजर आ जाएगा। ये मत समझिए कि मैं ताड़ के पेड़ पर कभी चढ़ा था। साइकिल के ऊपर चढ़ने में मुझे ऊँची जगह की जरूरत होती है तो ताड़ पर चढ़ने के लिए भी ऊँची जगह की जरूरत होगी, जिस पर सीढ़ियाँ होनी चाहिए। खैर, इस कटहल की रसीद मैं आपको नहीं दे सकता। आप नाजिर से जाकर बात कर लें।"

बड़े बाबू ने कटहल की तरफ एक बार भी नहीं देखा। उन्हें डर होगा कि कटहल की तरफ देखते ही सब जिम्मेदारी उनकी हो जाएगी।

"मैं नाजिर से बात नहीं करूँगा। उसका दफ्तर, मालखाना, उसके क्लर्क, और वह खुद मुझे पसन्द नहीं है। मैं आपको कटहल दे रहा हूँ। आप प्राप्ति की रसीद दे दीजिए। इसमें आपको क्या अड़चन है? मुझे समझ में नहीं आ रहा है। मैं आपसे प्रार्थना करता हूँ।"

"मैंने कहा न कि रसीद देकर मैं झंझट में नहीं पड़ना चाहता। कटहल लेकर बेचने मैं बाजार तो जाऊँगा नहीं। इसकी लिखा-पढ़ी यहाँ किसी कागज, रजिस्टर पर नहीं होगी। रसीद मैं कैसे दे दूँ? इसे तौलाकर लाइए, फिर रसीद की बात कीजिए। और इसे मेरे सामने तौलिए। दो किलो का कटहल बाद में दस किलो का वहीं रखे-रखे हो जाएगा। बहुत दिक्कत है। या शाम को दफ्तर बन्द होने के बाद कर्मचारी लोगों में इसकी नीलामी आप कर दीजिए। और नीलामी से जो पैसे मिलें, नाजिर के पास जमा कर दीजिए। सिवाय इनकम में नाजिर इसे जमा कर लेगा। पर नाजिर से आप बात जरूर कीजिए।"

"तराजू कहाँ है?" मैंने पूछा।

"इतने दिन हो गए आपको, क्या आपने मुझे तराजू लिये कभी कुछ तौलते देखा है? आप मालखाने जाइए, शायद वहाँ हो।"

"नाजिर को भी मैंने कुछ तौलते नहीं देखा।"

"वहाँ तराजू होगा। एक से ज्यादा तराजू भी हो सकते हैं। किसी ग्राहक ने तराजू-बाट से डंडी मारनेवाले व्यापारी की हत्या की होगी तो जब्ती में तराजू-बाट मालखाने में आया होगा।"

"जैसा आप कहेंगे, मैं वैसा ही करूँगा।"

"ऐसा करिए, आप एक बार और पेड़ पर चढ़िए, और कटहल को उसी जगह चार गवाहों के सामने लगा दीजिए। आप मुझसे पूछकर तो पहले पेड़ पर नहीं चढ़े थे?"

"मैं आपसे सलाह माँग रहा हूँ।"

"मैं नाजिर के पास जाने के लिए कहता हूँ, आप जाते नहीं।"

"एक बार मैं आपके कहने से नाजिर के पास गया था। नाजिर मालखाने का दरवाजा उढ़काए एक पुरानी चारपाई पर सो रहे थे। एकबारगी समझ नहीं पाया कि नाजिर सो रहे हैं या जाग रहे हैं। मैं भूल गया था कि उनकी बाईं आँख नकली है या दाहिनी आँख। उनकी एक आँख खुली थी और एक बन्द। सोने में उनकी असली आँख बन्द हो जाती होगी। मैंने उन्हें जगाया। एक असली आँख खोलकर वे जागे। मैंने उनसे कहा कि बड़े बाबू चाय के लिए बुला रहे हैं। 'बहुत अच्छी नींद थी। तुमने जगा दिया।' उन्होंने कहा, 'जानते हो, इस चारपाई पर पिनकापार गाँव की लड़की के साथ बलात्कार किया गया था। ट्रक में तीन सरदार थे। रास्ते में मचान गाँव के पहले इन लोगों को सिर पर पेटी रखकर जाती हुई लड़की दिखी। उसके पास ट्रक रोककर एक सरदार ने पूछा—कौन से गाँव जाना है?—उसने कहा—पिनकापार।— ट्रक से चलोगी?—सरदार ने पूछा। वह राजी हो गई। एक सरदार पीछे चला गया। लड़की सामने दो सरदारों के बीच बैठ गई। जब बैठ गई तब अकल आई, गलती हुई। मचान गाँव के बाहर उनका गैरेज था। उस गैरेज में यह चारपाई थी। इस पर मुझे अच्छी नींद आती है। अभी बहुत अच्छा स्वप्न देख रहा था। तुम छोटे हो, नहीं तो पूरा सपना बताता। जरा देखना तो मेरी दाढ़ी बढ़ी है या नहीं?"

मैंने देखा था कि नाजिर की खिचड़ी दाढ़ी काफी बढ़ी थी। उनकी दाढ़ी हमेशा बढ़ी रहती है। यह मुझे अच्छा नहीं लगता। उनकी वजह से मेरी रोज दाढ़ी बनाने की आदत पड़ गई है। कटहल की तरकारी मुझे अच्छी नहीं लगती। इसके ऊपर हाथ फिराकर देखिए, दो-तीन दिन की बढ़ी हुई हरी दाढ़ी की तरह है।" कटहल के ऊपर हाथ लगाकर मैंने कहा।

"आप इसे टेबिल के ऊपर से हटाइए।" बड़े बाबू ने कुछ इस तरह कहा कि मैंने तुरन्त कटहल उठाकर नीचे रख दिया। टेबिल के पाए से उसे मैंने टिका दिया। वह थोड़ा लुढ़कने लगा था।

"यहाँ रखे-रखे सड़ जाएगा, कहीं और ले जाइए। मरजी हो तो अपने घर ले जाइए। कम-से-कम मैं कुछ नहीं कहूँगा। दूसरों की जिम्मेदारी मैं नहीं लेता।" बड़े बाबू ने कहा।

"अच्छी बात है। मैं इसे अपने घर ले जाता हूँ। अमानत में खयानत का दोष तो नहीं मढ़ेंगे?"

"मैं किसी पर दोष नहीं मढ़ता। लेकिन जो कुछ भी आप करेंगे, अपनी मरजी से करेंगे।"

"मेरी नीयत साफ है। आप इसे जमा करने के लिए तैयार नहीं हैं। कटहल की जो भी कीमत आप लगाएँगे, उतनी कीमत के लिए मैं हमेशा देनदार हूँ।"

"जो देना है नाजिर को देना, मुझे नहीं। अब आप काम करिए और मुझे भी काम करने दीजिए।"

देवांगन बाबू और गौराहा बाबू से मैंने कोई बात नहीं की। वे दोनों मुझसे कट रहे थे, 'यदि कटहल देवांगन बाबू या गौराहा बाबू के टेबिल पर रख दूँ तो?' मैंने सोचा।

कटहल उठाकर मैंने देवांगन बाबू के टेबिल पर रख दिया।

देवांगन बाबू यह देख, चुपचाप उठकर कमरे से बाहर हो गए। मैंने गौराहा बाबू की तरफ देखा तो वे भी उठे और कमरे से बाहर हो गए।

"मजा आ गया।" मैं बड़बड़ाया।

इतना बड़ा कटहल देखकर पत्नी ने पूछा, "मुफ्त मिला है?"

"हाँ, फिलहाल।" मैंने कहा।

"उधारी लाए हो?"

"हाँ, फिलहाल।"

"हम दोनों के लिए पाव-भर कटहल बहुत है।"

"यह दफ्तर का कटहल है। पकाने के लिए नहीं है। मुझसे गलती हो गई। दफ्तर के अहाते में लगा हुआ था, मुझसे टूट गया।"

"कैसे टूट गया?"

"पेड़ पर चढ़ा था।"

"क्यों?"

"पेड़ पर चढ़ने की मनाही थी इसलिए। इसे जमा करने के लिए बड़े बाबू तैयार नहीं हुए, मजबूरी में इसे घर लाना पड़ा। कटहल टूट जाने से समस्या पैदा हो गई। घर ले आना ही एक हल बचा था। परन्तु नियम के अनुसार बिना खरीदे इसे घर नहीं लाना था। एक गिलास पानी दो।"

"अब क्या करोगे?"

"मुझे फाँसी लग जाएगी, पीने के लिए पानी माँग रहा हूँ और तुम दे नहीं रही हो। मेरी फिक्र और बढ़ा देती हो। कोई सुझाव नहीं देतीं। तुमसे बात बताओ तो तुम उसे इस तरह कुरेद देती हो कि चिन्ता बढ़ जाती है। दफ्तर से घर तक बेफिक्र आया। दफ्तर में मुझे कटहल से डर नहीं लगा। अन्दर घुसते ही इससे डर लगने लगा है।"

"इसे साहब के घर नहीं दे सकते?" उसने पूछा।

यह अच्छा सुझाव था और मेरा मूड ठीक हो गया। चेहरे से यह जाहिर हो गया होगा, क्योंकि मुझे देखकर उसका चेहरा भी खिल गया था।

"अभी दे आऊँ या कल सुबह? शाम को जाने से साहब नाराज हो सकते हैं।"

"रात-भर में कोई परेशानी तो नहीं होगी?"

"कह नहीं सकता। सब कुछ बड़े बाबू के ऊपर है। मुझे अनुभव नहीं है। दफ्तर में कोई मेरी सहायता करने के लिए तैयार नहीं था।"

"रात-भर में कटहल खराब नहीं होता।"

"मेरी नीयत खराब नहीं है, यह सबको मालूम है। इसे सम्हालकर रखना, चूहे इसे काट न डालें।"

"इसे टेबिल के ऊपर रख दूँ?"

"टेबिल के ऊपर भी मैंने चूहे देखे हैं। और कोई जगह नहीं है? पेटी में बन्द करके रख नहीं सकते। अलमारी में समाएगा नहीं, पलड़े बन्द नहीं होंगे। टेबिल के ऊपर ही रख दो, पर टेबिल दीवार से सटाकर मत रखना।"

"चूहों ने गड़बड़ी की तो बाजार से दूसरा कटहल नहीं ला सकते?"

"अरे वाह! बाजार से जरूर ला सकते हैं। दफ्तर के कटहल और बाजार के कटहल में कोई अन्तर नहीं कर सकता। सभी एक-जैसे होते हैं। इतना ही बड़ा होना चाहिए। कम-ज्यादा हुआ तो कुछ नहीं होता। तौलकर मैं नहीं लाया था।"

"पड़ोसवाली कह रही थी कि बाजार में कल बहुत टमाटर आया था, आज एक भी देखने को नहीं मिला। इसी तरह कल कटहल न मिला तो?"

"बस, हो गया! जो होगा, देखा जाएगा। इस पर अब विचार मत करना। तुम बातों को सम्हालकर फिर उसकी छीछालेदर करती हो। कल सुबह कटहल साहब के घर पहुँचा दूँगा, इससे ज्यादा कुछ नहीं करना है।"

शादी में एक बड़ा गद्दा और एक बड़ी रजाई मिली थी। बड़े पलंग के लायक गद्दा था। इतनी बड़ी चारपाई भी नहीं थी, इसलिए इस गद्दे का उपयोग नहीं हो पाता था। जाड़ा खत्म होने के बाद मैंने सोचा था कि रजाई को मोड़कर गद्दे के समान उपयोग किया जाए। पत्नी का कहना था कि इससे रजाई की रुई दबकर जगह-जगह सिमट आएगी, और तब रजाई कम गरमाएगी। इसलिए उसने एक पुरानी सफेद साड़ी में रजाई बाँधकर, दीवार की खूँटी पर टाँग दी थी। सफेद दीवार पर सफेद गठरी, मुझे दीवार की रसौली की तरह लगी। बाद में मैंने गठरी निकाल दी। गद्दे को दुहरा कर लकड़ी की पेटी के ऊपर रख दिया गया। गद्दा बड़ा जरूर था, पर मोटा नहीं था इसलिए अच्छी तरह दुहरा हो गया। गठरी को मैंने उसके ऊपर रख दिया था।

बड़े तड़के मेरी नींद खुली। घर-भर में रुई फैली हुई थी। मैंने देखा, पत्नी फर्श की फैली हुई रुई इकट्ठी कर टोकनी में रखती जा रही थी। खुली खिड़की से अच्छी हवा आ रही थी। इसलिए रुई के रेशे बहुत ऊपर तक कमरे में उड़ रहे थे। मेरी चादर में रुई के रेशे चिपके थे। हाथ में भी चिपके थे। एकबारगी मुझे लगा था कि मैं स्वप्न देख रहा हूँ। चूँकि पत्नी बहुत उदास और परेशान दिखी, इसलिए मैं समझ गया कि मैं स्वप्न नहीं देख रहा हूँ, क्योंकि कुछ दिनों से मैं खुशहाली के स्वप्न देखने लगा था।

चूहों ने गद्दे और रजाई को कुतर डाला था। मैंने पत्नी को समझाया कि खाली खोल का नुकसान हुआ है। इसके बाद भी गद्दे के फटे खोल से तकिए के खोल बन सकते थे। रुई इकट्ठी हो गई थी। उसे गद्दे के फटे खोल में बाँध कर रख दिया गया।

तीन दिन बाद रुई धुनवाने के लिए जब गठरी खोली गई तो उसके अन्दर तीन-चार चूहे के छोटे-छोटे बच्चे दिखे। लाल-लाल कुलबुलाते बच्चे। उनको मैं ऊपर की रुई समेत फेंकने जा रहा था तो अम्मा ने मना कर दिया। उन्होंने कहा कि चूहे के बच्चे बहुत जल्दी बड़े होते हैं। बड़े होकर खुद बाहर निकल जाएँगे। बाहर डाल दूँगा तो कौए उठाकर ले जाएँगे या धूप से मर जाएँगे। अभी गद्दे की जरूरत नहीं थी। अम्मा जब आती थीं तो अपने साथ बिस्तर लेकर आती थीं।

सम्पत से मैंने चूहेवाली बात बतलाई। पूरी बात सुनकर उसने कहा, "चलो, विश्लेषण करके देखें। विश्लेषण करने के बाद जैसा होगा, किया जाएगा।"

मैंने कहा, "विश्लेषण हो चुका है कि चूहे बड़े होकर अपने-आप बाहर निकल जाएँगे। इसके बाद रुई धुनवाकर रजाई-गद्दे बनवा लिये जाएँगे। मैं इसके लिए तैयार भी हूँ, क्योंकि मेरे पास अभी पैसे नहीं हैं। छछुँदर को अम्मा कहती हैं कि जहाँ रहेगा, वहाँ लक्ष्मी का वास रहता है। छछुँदर कपड़ों का नुकसान नहीं करता।"

"यह तो ठीक है कि चूहे बड़े होकर बाहर निकल जाएँगे पर यह भी हो सकता है कि इसके तुरन्त बाद दूसरे चूहे और बच्चे दे दें।"

यह सुनकर मैं चिन्तित हुआ, "तुमने मुझे परेशानी में डाल दिया। मुझे विश्लेषण नहीं करवाना था। जरूरी नहीं है कि दूसरे चूहे उसी जगह आकर बच्चे दें?"

"जो बात मुझे मालूम है और जिससे तुम्हारा भला होता है, मैं तुम्हें जरूर बतलाऊँगा। दोस्ती का यही मतलब है।"

मुँह बनाकर मैंने कहा, "दोस्त! दोस्त!"

"तुम लोगों को घिन लगती हो तो मैं फेंक दूँगा। पाप मुझे लगेगा। तुम लोगों को कुछ नहीं होगा।"

दोस्त को लेकर मैं घर आया, "अम्मा, सम्पत आया है।" मैं चिल्लाया।

दोनों कमरे में उस जगह गए जहाँ रुई की गठरी थी। आश्चर्य से मैंने देखा कि रुई की खुली गठरी में चूहों के बच्चे के ऊपर एक टोकनी औंधा कर रख दी गई थी। बिल्ली टोकनी को खिसका न पाए, इसलिए उसके ऊपर एक ईंट भी रख दी गई थी।

"इनकी मजबूत सुरक्षा की गई है।" सम्पत ने कहा।

"बिल्ली गठरी सूँघ रही थी।" अम्मा ने कहा।

"जब मैं छोटा था तो मुझे बिल्ली से कैसे बचाती होगी? मेरे ऊपर भी टोकनी रखती होगी और टोकनी के ऊपर ईंट?"

"अब ऊटपटाँग बोलना छोड़। शादी हो गई। जल्दी बाल-बच्चेवाला भी हो जाएगा। आदमी के बच्चों को बिल्ली का डर नहीं रहता। घर में कोई-न-कोई तो रहता था। तुम लोगों को अकेला कभी नहीं छोड़ा।"

"सम्पत, तुम्हारी माँ तुम्हारे ऊपर टोकनी जरूर रखती होगी क्योंकि तुम माँ-बाप के एकलौते लड़के हो।"

"मेरी माँ सनकी है। वह बिल्ली को देखकर टोकनी हटा देती होगी। और बाप टोकनी के ऊपर रखी ईंट को उठाकर मेरी छाती पर रख देता होगा। अब तुम सोचो, अभी छाती पर ईंट रखें तो कितना वजन महसूस होता होगा? मैं कितना छोटा होऊँगा, लम्बाई से ईंट रखी जाती होगी तो गले से पेट के नीचे तक रखी रहती होगी।"

हम लोगों की बात सुनकर अम्मा उठकर चली गईं। बहुत से लोग छाती के बोझ को समेटे हुए सोचते होंगे कि इससे सुरक्षा है। कम-से-कम जान बची है। मरे नहीं।

अम्मा चिल्लाती रहीं और पत्नी ने भी मना किया, इसके बाद भी सम्पत मेरे कहने से, चूहों के बच्चों को रुई से एक टिन के डिब्बे में उड़ेलकर ले गया। उसके पीछे-पीछे मैं जाने लगा तो पत्नी ने दरवाजे के पास मेरी कमीज को पीठ की तरफ से पकड़ लिया। वह कंधे में हाथ रखकर मुझे रोकना चाहती होगी पर कमीज ही पकड़ पाई।

"क्या है?" झल्लाकर मैंने कहा।

"मेरे पेट में बच्चा आ गया है।" धीरे से पत्नी ने कहा।

मैं विस्मृत-सा कुछ क्षण खड़ा हुआ बहुत दूर धुँधले में अपने-आपको बहुत खुश देख रहा था। और खुशी से उसी खाई के ऊपर-नीचे उछल रहा था, जिसे मैंने एक बार कपड़ा बदलते समय महसूस किया था। फिर मैं धड़ाम से फिसलकर खाई के नीचे जाने लगा और पिक्चर में देखे गए सीन की तरह खाई की दीवार पर उगे हुए किसी जंगली पेड़ की, बरसात के कटाव के कारण ऊपर निकल आई, जड़ को पकड़कर नीचे जाने से बच गया। थोड़ा और ऊपर चढ़ा तो उसी पेड़ की शाखा पकड़ में आ गई। मैंने सिर उठाकर

ऊपर देखा कि बहुत ऊँचे चढ़ना है। दीवार की तरह ऊँचाई है। ऊपर मुझे कोई नहीं दिखा। मैंने सोचा कि क्या मैं 'बचाओ-बचाओ' चिल्लाऊँ?

सम्पत आगे चला गया था। मैं तेजी से उसके पीछे निकला, वह सड़क के किनारे नाली में डिब्बा खाली कर वापस आ रहा था।

"मैंने डिब्बा नहीं फेंका।" मुझे देखकर उसने कहा। डिब्बा मुझे देने के लिए उसने हाथ आगे किया।

डिब्बा लेकर मैंने कहा, "दोस्त! दोस्त!" डिब्बा मैंने सड़क के किनारे, घूरे में फेंक दिया।

तब खाली डिब्बा लेकर घर लौटना वैसा ही होता, जैसे घर में एक बकरी थी, घरवालों के मना करने के बाद भी बकरी कसाई को बेच दी गई और उसके गले में बँधी रस्सी वापस ले आए। या गोद में बच्चा लेकर नदी के किनारे घूमने गए। बच्चा हाथ से छूटकर नदी में गिर गया। उसका एक जूता हाथ में रह गया। उसे लेकर घर लौटे। यदि मेरी एक चप्पल नदी में गिर जाती तो बची एक चप्पल लेकर मैं नहीं लौटता। दूसरी चप्पल भी नदी में डाल देता। किसी की साइकिल के कैरियर के पीछे बैठे रहने से कुछ देर बाद एक पैर सुन्न हो जाए और पैर से निकलकर चप्पल रास्ते में गिरे तो मालूम नहीं पड़ता। घर लौटकर साइकिल से उतरते, कुछ देर बाद पैर ठीक होता, तब मालूम पड़ता कि एक चप्पल कहीं गिर गई। ऐसी स्थिति में घर के इतने पास दूसरी चप्पल लेकर घर नहीं लौटता। बाहर सड़क पर बची एक चप्पल उतारकर घर लौटता। वह चप्पल किसी के उपयोग में नहीं आती।

साहब के बँगले के पास पहुँचने पर याद आया कि बड़े बाबू ने नौकर की कमीज फाड़े जाने की खबर पहुँचा दी होगी। परन्तु कटहल साथ में होने से कुछ हिम्मत बँधी थी। खतरे के दूर होते ही खतरे का सामना करने की हिम्मत बढ़ जाती है और ऐन मौके पर बचने की बात सोचने लगते हैं।

कई दिनों से साहब के बँगले नहीं आया था। मुझे बँगला बहुत भव्य लगा। हो सकता है, साहब के डर से लगा हो! पोर्च में गाड़ी नहीं थी। साहब घर पर नहीं होंगे क्योंकि बाई साहब बगीचे में थीं। साहब से सामना नहीं होगा

इसलिए बोझ हल्का हो गया। बाई साहब शानदार लग रही थीं। या तो वे किसी समारोह से वापस आई थीं या जानेवाली थीं। कटहल लेकर अन्दर घुसते ही यह भूल गया कि जो हल्की खुशबू आ रही थी, वह बगीचे के फूलों की थी या बाई साहब के सेंट की।

"आप कहाँ भाग गए थे?" बाई साहब ने पूछा।

"जी, मेरी पत्नी की तबियत ठीक नहीं रहती।"

"कटहल कहाँ से लाए?" हाथों में सँभले हुए कटहल को देखकर उन्होंने कहा।

"दफ्तर के अहाते में फला था। टूटकर गिर गया था।" मैंने कहा।

"बरामदे में रख दीजिए।"

बरामदे में कटहल दीवार से टिकाकर रख आया।

"आप थोड़ी देर माली का काम देखेंगे।" कहकर वे अन्दर चली गईं।

"जी!" मुस्तैदी से मैंने कहा।

वही बूढ़ा माली, जिसे मैं डॉक्टर साहब के बगीचे में कई बार देख चुका था, धोती को लँगोट की तरह जाँघ में लपेटे हुए, एक बहुत छोटी नुकीली छड़ से फालतू घास को जड़समेत उखाड़ रहा था। वह धीरे-धीरे काम कर रहा था। काम में तल्लीन था। झुके होने से उसकी रीढ़ की हड्डी पीठ में कमान की तरह हो गई थी। हमेशा धूप में चमकनेवाली पीठ चमक रही थी।

दस मिनट बाद मैं उससे ऊब गया। बेहोशी में मैंने इसी माली से उम्मीद की थी कि डॉक्टर साहब से मुझे बचाएगा। मुझसे कुछ अधिक स्वतंत्र लग रहा था। मैंने कहा, "जल्दी करो। जल्दी हाथ चलाओ। फालतू समय बिताने से काम नहीं चलेगा।"

उसने मेरी बात की परवाह नहीं की। साहब के लिए मेरी ईमानदारी बूढ़े माली पर सख्त होना चाहती थी। उसने मुझे देखा। उसकी दाढ़ी बहुत बढ़ी थी। दाढ़ी के सफेद बाल बिरले थे। लगता था, जैसेकि सफेद लकीरें खींची गई हैं!

दूर से साहब की गाड़ी आती दिखाई दी। साहब की गाड़ी के आने की आवाज सुनकर मैं चौकन्ना हो गया था। माली में कोई असर नहीं हुआ था। बँगले से निकलकर, दौड़ते हुए आकर मँहगू ने अहाते का दरवाजा खोला। साहब आ रहे हैं। इसके बाद भी माली उसी ढिलाई से काम कर रहा था। पहले मैंने सोचा कि मुझे अहाते के पास जाकर खड़ा हो जाना चाहिए या पोर्च

के पास। साहब गाड़ी से उतरें और नमस्कार करूँ। गेट के अन्दर गाड़ी के घुसते ही मालूम नहीं, मुझे क्या हुआ कि बूढ़े माली के बाजू में बैठकर, सिर झुकाए उसके साथ हाथ से मैं भी घास उखाड़ने लगा। हाथों से भी जड़समेत घास निकल रही थी। जमीन में बगीचे की नमी थी। जैसे ही मैं घास उखाड़ने लगा, माली ने मेरी तरफ देखा। यदि किसी से पूछें कि क्या आपको मालूम है और तब वह इस तरह देखे कि जैसे उसे सब मालूम है, बस, इसी तरह माली ने मुझे देखा था। सिर झुकाए मैं घास उखाड़ता रहा।

साहब गाड़ी से उतरे। उन्होंने हम लोगों की तरफ देखा। माली के साथ मैं घास उखाड़ने के काम में लगा था।

"कौन है वहाँ?" साहब ने पूछा।

"जी, मैं सन्तू हूँ।" उखड़ी घास हाथ में लिये खड़े होकर मैंने कहा।

"अच्छा-अच्छा, ठीक है," कहते हुए साहब चले गए।

क्या ठीक है? मुँह बनाकर मैंने सोचा। मेरा घास उखाड़ना या मेरा सन्तू बाबू होना?

बैठकर पहले की तरह काम में लग गया। बगीचे की घास उखाड़ते हुए मैंने साहब से अपने-आपको बचा लिया था। मैंने सोचा, साहब कमीज फाड़ने वाली बात पर बहुत गम्भीर नहीं होंगे? हो सकता है, बड़े बाबू ने उनसे कुछ न कहा हो? दस मिनट के अन्दर ही मैं काम में तल्लीन हो गया। तब मुझे अफसोस हुआ कि मुझे माली से काम करने के लिए सख्ती से नहीं कहना चाहिए था। मैंने उससे तेज हाथ चलाने के लिए कहा था। उसके मुकाबले मैं बहुत सुस्त लग रहा था। मैं उसकी बराबरी में बैठा था। थोड़ी देर में जमीन साफ करता हुआ वह आगे बढ़ गया था। उसके पीछे बिना घास की साफ-सुथरी पड़ी हुई जमीन थी।

धूप तेज हो गई। जोरों की प्यास लग रही थी। उखाड़ी घास माली ने एक जगह इकट्ठा कर दी थी। उसकी ढेरी के पास मैंने अपनी ढेरी बना दी थी। बहुत छोटी ढेरी। घास इतनी लगी थी कि यदि घास उखाड़ने की पूरी जिम्मेदारी मेरी होती तो हफ्ता-भर लग जाता। मैं सोच रहा था कि क्या मैं शाम तक यही काम करूँगा? रात को खाना शायद न मिले। क्या नौकर-खोली में मँहगू के साथ अपना खाना भी बनाना पड़ेगा और वहीं सो जाऊँगा? मँहगू की तरह हफ्ते-हफ्ते भर तक अपने घर न जा सकूँगा? घर का चावल, गेहूँ, तेल

एक-दो दिन में खत्म होनेवाला था। पत्नी को बाजार करना भी नहीं आता। मेरी गैरहाजिरी में गुप्ता की दुकान वह पता लगा सकती थी। मुझे उम्मीद नहीं थी कि पिछली उधारी पटाए बिना वह आगे भी उधारी सामान देगा। थोड़े-बहुत पैसे उसके पास होंगे। गुप्ता की दुकान से नगद लेने का सवाल नहीं उठता था क्योंकि नगद खरीदी के रुपये वह रख लेता और कहता—सामान तभी मिलेगा जब बकाया पटाया जाए। तब वह ढूँढ़कर कुछ बचे पैसे लेकर या मास्टर जी या सम्पत किसी से पैसे लेकर बाजार करने निकलेगी। घर से निकलने में उसे डर लगता था। बाजार किस तरह घूमेगी? मेरी बहुत इच्छा थी कि वह मेरे साथ घूमकर पूरे बाजार से परिचित हो और जिन्दगी जीने के लिए उसमें हिम्मत बढ़े।

दोपहर का एक बजा होगा। भूख लग रही थी। भूख से ज्यादा प्यास लग रही थी। प्यास से ज्यादा चाय पीने की इच्छा हो रही थी। साहब के घर की चाय। दफ्तर में यह चाय का वक्त था। चाहता तो अभी बँगले के बाहर निकल जाता। पर यह नहीं चाह पा रहा था। चेहरे में पसीना चुहचुहा आया था। नहीं, डबडबा आया था। कमीज गीली होकर पीठ से चिपक गई थी। कमीज से काम करने में अड़चन हो रही थी। हाथों से मिट्टी झटककर मैंने कमीज उतार दी। बनियाइन उतार दी। सूखने के लिए फैलाकर काम में जुट गया। थोड़ी देर बाद पतलून से भी अड़चन होने लगी। माली ने चूँकि अपनी धोती को समेट रखा था, इसलिए वह आराम से मेहनत कर पा रहा था, आराम से थक रहा था। मैंने पतलून उतारने की बात यानी नौकर की स्ट्रेप्टीज सोची। पर पतलून नहीं उतारा। पतलून बहुत गन्दी हो गई थी।

उघारे काम करते हुए माली ने मुझे देखा। उसकी दाढ़ी के बाल वाकई बिरले थे। मैं उन्हें गिन सकता था। वह उठा और खामोशी से बँगले के बाजू जाने लगा। मैंने इस बीच उससे बात करने की कोशिश की। वह मेरी तरफ बिलकुल ध्यान नहीं दे रहा था। नल की टोंटी खोल वह अपने हाथ-पैर धोने लगा। मुँह धोया और चुल्लू से गटागट पानी पीने लगा। पानी पीने की गटागट आवाज यहाँ तक मुझे सुनाई दी। गुलमोहर के पेड़ के नीचे बैठ वह बीड़ी पीने लगा।

मैं उठा और गौर से सन्नाटा हुए बँगले को देखा, सुना और सब ध्यान में रखते हुए धीरे-धीरे फिल्मी गाना गुनगुनाने लगा। हल्के कदम से मैं भी नल

पर पहुँच गया। अच्छी तरह हाथ-मुँह धोया। रबर की चप्पल रगड़-रगड़ कर धोई। फिर नल की टोंटी से मुँह लगाकर पानी पीने लगा। मैं माली से कुछ अलग तरह का काम करने की कोशिश कर रहा था। प्यास मुझे बहुत पहले से लग रही थी। नल कहाँ है, यह मुझे मालूम नहीं था। माली के कारण घास उखाड़ने की जड़ता अलग कर मैं भी खड़ा हुआ था। अगर मैं सिगरेट पीता होता तो गुलमोहर के पेड़ के नीचे बैठकर मैं भी सिगरेट पीता। यदि सिगरेट नहीं होती तो माली से बीड़ी माँगकर पीता। मुझे इसकी आदत नहीं लगी थी। चाय की मुझे उम्मीद नहीं थी।

रूमाल से मुँह-हाथ पोंछते हुए, सोचकर माली से दूर उसी पेड़ की छाया में बैठ गया। पेड़ ज्यादा बड़ा नहीं था। छाया भी बड़ी नहीं थी। इसलिए उससे बहुत दूर नहीं जा पाया। हाथ का सिरहाना बनाकर वह लेट गया और दो मिनट में खर्राटे लेने लगा। मेरी भी लेटने की इच्छा होने लगी। इस तरह के काम की आदत नहीं थी।

मैं लेटने को ही था कि बँगले के अन्दर से खटपट की आवाज आई। साहब और बाई साहब की बन्द खिड़की के पास से धीरे-धीरे बात करने की आवाज सुनाई दी। मैं उठकर खड़ा हो गया। शायद कोई बाहर आए। साहब, बाई साहब और मँहगू तब से कोई बाहर नहीं आया था। मैंने सोचा कि साहब और बाई साहब छुपकर मुझे देख रहे होंगे। मेरी शंका बेकार थी। मुर्गियों के दरबे से आवाज आ रही थी। भैंस का कुछ दिन पहले जन्मा बच्चा उछलते-कूदते, धुला हुआ-सा काला हल्का चमकता हुआ, ऐसी चमक जिसमें बाल हों, घास की तरफ बढ़ आया। मैं दौड़ा। उसे भगाने लगा। वह फूलों के पौधों को खूँदने वाला था। तभी अन्दर से दौड़ता हुआ मँहगू आया। हम दोनों ने मिलकर उसे पकड़ लिया। मँहगू उसे लेकर गया ही था कि एक सफेद मुर्गी दरबे से बाहर निकल आई। मैं उसे घेरकर दरबे की तरफ ले जाने लगा। मुर्गी के पास मैं पहुँचता तो उड़कर वह दूसरी तरफ निकल जाती। मुर्गी उड़ती हुई नहीं लगती थी। जमीन से थोड़ा ऊपर उठकर दोनों पैरों से भाग रही है, ऐसा लगता था। मँहगू फिर आया। हम दोनों ने मिलकर उसे दरबे में डाला। जर्सी गाय दूसरी गायों से अलग रँभाती थी। उसकी आवाज में और देशी गाय की आवाज में बहुत फर्क था। पहली बार जब मैंने इसका रँभाना सुना था, तब मुझे शेर की दहाड़

की याद आई थी। मँहगू कहता था कि इसका दूध हल्दी डाले दूध की तरह पीला होता है। और पीले रंग की मलाई पड़ती है।

मुझे जाना था। माली को जगाकर जाना चाहता था, इसलिए उसे जगाया। उससे कहा, "मैंने तुमसे अच्छा व्यवहार नहीं किया था, मुझे माफ कर देना। तुम्हारे साथ मिलकर मैंने काम किया। तुम क्या समझते हो कि तुम्हारे काम को बँटाकर तुम्हारी मेहनत कम की या मुझसे तुम्हारी कुछ घंटे की रोजी मारी गई?"

मेरी बात सुनने के बजाय वह लोहे की छड़ लेकर घास निकालने की जगह पहुँच गया। वह मेरी जगह नहीं बैठा था। वह सोच रहा होगा कि अपनी जगह आकर मैं भी अपना काम शुरू करूँगा। मैं उसके पीछे गया और चिल्लाकर कहा, "तुम बहरे तो नहीं हो गए?"

उसने कहा, "नहीं।"

उसकी आवाज सामनेवाले को कम बोलने और ज्यादा सुनने की मजबूरी पैदा करनेवाली थी। उसकी आवाज साहब की आवाज के बराबर बैठती थी।

एक पत्थर फँसा हुआ था। लोहे की बड़ी छड़ उसके नीचे घुसाकर वह उसे उखाड़ना चाहता था। आखिर बूढ़ा था। मैंने कहा, "मुझे कोशिश करने दो।"

वह एक तरफ हट गया। दोनों हाथों से नीचे छड़ को दबाया तो पत्थर जमीन से उठता मालूम हुआ। पत्थर के आसपास की मिट्टी छड़ से मैंने खोदी। माली खुदी मिट्टी हटाता गया। छड़ को नीचे धँसाकर मैंने फिर दबाया तो पत्थर उखड़कर ऊपर आ गया। पत्थर को दोनों हाथों से मैंने उसी तरह पकड़ा, जैसे कटहल को पकड़ा था। उसे उछालकर मैंने किनारे फेंक दिया।

बँगले से मैं सीधे दफ्तर गया। बड़े बाबू के कुछ पूछने के पहले मैंने कहा, "मैं साहब के घर गया था, इसलिए दफ्तर आने में देर हुई।"

तब भी बड़े बाबू ने पूरे अधिकार से कहा, "आप अभी जाकर नाजिर से मिलिए।"

यदि मैंने बड़े बाबू को बतला दिया होता कि कटहल साहब के घर पहुँच गया है तो वह मुझसे नाजिर के पास जाने के लिए नहीं कहते। साहब का नाम लेने के बाद भी बड़े बाबू के तेवर में अन्तर नहीं आया था। सम्पत से यदि

मैंने इसका विश्लेषण करने के लिए कहा होता तो वह इसका कारण मेरे गन्दे कपड़ों को बतलाता। सम्पत के विश्लेषण पर मुझे अधिक विश्वास नहीं था, थोड़ा विश्वास जरूर था। मेरे कपड़े बहुत गन्दे थे। पहली बार गन्दे कपड़ों में दफ्तर आया था। साहब के बँगले से निकलकर कपड़े बदलने के लिए घर जाना था, पर मैं धुन में दफ्तर आ गया। बहुत से लोग दफ्तर में मुझे देखकर मुसकरा रहे थे। उनका मतलब था कि बड़े ताव से कल कटहल के पेड़ पर चढ़े थे और एक दिन में यह हालत हो गई? कमीज भूरे रंग की थी। गर्दखोर। इसके बावजूद गन्दी लग रही थी। पतलून सफेद थी। उसमें मिट्टी और हरी घास के दाग बुरी तरह लग गए थे।

मालखाने के अन्दर जो सामान था, वह किसी तरीके या नियम से नहीं आया था। अधिकांश सामान जब्ती का था। कहीं बलवा हुआ होता तो लाठियाँ, साइकिल की चेन, सोडा की बोतलें, चाकू-छुरियाँ बहुत-सी एक बार में आ जातीं। बलवे पहले बहुत होते थे, अब कई बरसों से नहीं हो रहे थे, फिर भी लाठियों-बल्लमों की मालखाने में कमी नहीं थी। सामान इतना था कि दोनों क्लर्क और नाजिर स्वयं अपने टेबिल-कुर्सियों के साथ जब्ती के सामान की तरह लग रहे थे। दरवाजे के आजू-बाजू एक चारपाई खड़ी थी। नाजिर के पीछे शंकरजी की तसवीरवाला एक पुराना कैलेंडर टँगा था। तसवीर में लाल-लाल धब्बे थे। ये खून के धब्बे थे। जिस कमरे में हत्या हुई थी, उस कमरे में यह कैलेंडर टँगा था। कैलेंडर के पास एक जंग-लगी कुल्हाड़ी टँगी थी। हत्या इसी कुल्हाड़ी से हुई होगी। कमरे में कच्ची शराब की गंध आ रही थी। एक कोने में हाथ-भट्ठी का सामान पड़ा हुआ था। यह सामान कल मेरे सामने कार्यालय में आया था। पिछवाड़े की तरफ खिड़की से एक खटारा मोटरकार दिख रही थी। उसकी छत उखड़ी हुई थी और महीनों से खड़ी होने के कारण उसके चक्के बैठ गए थे। सामने का काँच टूटा था। किसी ने गोबर फेंका था, वह सूखा हुआ मोटर से चिपका था। अन्दर की सीट उधेड़ दी गई थी। मोटर पर धूल की अच्छी मोटी परत थी। मोटरकार की दुर्दशा का यह अच्छा नमूना था। छः महीने पहले यह एक नई कार थी। दीवार से सटाकर चार-पाँच नई साइकिलें खड़ी थीं। पुरानी बहुत-सी साइकिलें एकसाथ जंजीर से बँधी हुई पीछे झाड़ के नीचे रखी थीं—जंग खाती खराब होतीं। उनकी नीलामी की भी कोई चिन्ता नहीं करता था। कमरे में तीन खिड़कियाँ थीं। सामने की खिड़की से हवा का झोंका

आता तो भाँग में खुशबू आती थी। उस खिड़की के नीचे छोटी-छोटी सफेद थैलियों में भाँग भरी थी। ये थप्पियों में जमाकर रखी गई थीं। वैसे हर कमरे के पंखे भटरभट्ट-भटरभट्ट की आवाज करते थे, पर मालखाने का पंखा और भी आवाज करता था। नाजिर के पासवाले कोने में कुछ लाठियाँ थीं। उनमें एक लाठी बहुत खूबसूरत थी।

नाजिर के सामनेवाली कुर्सी पर मैं बैठ गया। उनकी नकली आँख की वजह से मैं उनसे नजर मिलाने में संकोच करता था, इसलिए वे मुझे बहुत सीधा-सादा लड़का समझते थे।

"नाजिर साहब, आपने मुझे बुलवाया था?" मैंने पूछा।

"सिवाय इनकम, कटहल का तुम जो कुछ भी समझते हो, जमा कर दो। बड़े बाबू तुमको बहुत चाहते हैं। तुम्हारी अभी ज्यादा उमर नहीं है। अपने खोए हुए लड़के के कारण तुमको कुछ नहीं कहते। उनका बहुत-सा ध्यान दफ्तर में नहीं रहता है। कोई दूसरा होता, तो तुम सब लोगों को बहुत परेशान करता। देवांगन बाबू की संगत से बचा करो। खैर, अब वह भी रास्ते पर आ रहा है। उन्होंने मुझसे कहा था कि आपको पेड़ पर चढ़ने से उसने बहुत रोका था, क्या यह सच है? कटहल का अभी बाजार-भाव क्या है? तुमने खा-पीकर बराबर न किया हो तो कृपा कर उसे यहाँ ले आओ। तौलना पड़ेगा।"

"डेढ़-दो रुपये किलो होगा, पर मैंने कटहल साहब के बँगले में दे दिया है। अभी मैं वहीं से आ रहा हूँ। आप मेरे कपड़े नहीं देख रहे हैं? बड़े बाबू से मैंने पहले ही कहा था कि कटहल जमा कर लीजिए और मुझे रसीद दे दीजिए। अब आप बताइए, मैं क्या करूँ?" कुछ चिढ़कर और बहुत बेफिक्री से मैंने कहा।

"तुमने कटहल को साहब के घर पहुँचा दिया, अब करने को क्या बचा है? ऐसा करो, तुम जब-तब कटहल तोड़-तोड़कर साहब के घर पहुँचा दिया करो, हम लोगों की चिन्ता दूर होगी।" नाजिर ने कहा।

"साहब के घर जाकर कोई पूछेगा नहीं, इसलिए भी साहब का नाम लेकर कई बार लोग बचने की कोशिश करते हैं।" उसी क्लर्क ने कहा, जिससे मुझे बहुत चिढ़ थी।

"इस बार साहब से जरूर पूछ लेना," मैंने कहा। "मैं चलूँ?" मैंने नाजिर से पूछा।

"अच्छी बात है।" नाजिर ने कहा।

साहब के बँगले की घास उखाड़ने का काम करने से मैं यह महसूस कर रहा था कि मुझमें नाजिर, बड़े बाबू, बहुत से लोगों से सामना करने की असीम ताकत आ गई है। मँहगू को डाँटने की, जोर से बोलने की किसी को हिम्मत नहीं होती थी। बल्कि मँहगू बहुत थके होने पर बाबू लोगों को झिड़क दिया करता था। बड़े बाबू की हैसियत छोटे-मोटे साहब से कम नहीं थी। मालखाने और नजारत से सम्बन्धित होने के कारण नाजिर की भी बहुत चलती थी। आज मैं फूला नहीं समा रहा था।

अपने टेबिल पर आकर, मर्दुमशुमारी की फाइल खोलकर मैं अथाह जनसंख्या में डूब गया।

**गड्ढे के अन्दर बहुत बड़ा मैदान है, लगता ही नहीं कि गड्ढे के अन्दर है। गड्ढे के अन्दर की जगह में भी सबकी जगह निश्चित।**

घमेले में मूँगफली भूँजने के लिए काफी रेत लगती है। मूँगफली के साथ-साथ रेत भी भुँजती है। ज्यादा भुँजी रेत काली हो जाती है। महावीर का रंग काली भुँजी रेत की तरह था। रेत की कोई खास कीमत नहीं थी, जबकि शहर के बिलकुल पास से एक नदी बहती थी। कार्तिक पूर्णिमा के दिन इस नदी के किनारे एक बहुत बड़ा मेला लगता था। मेले में दुकानवाले तीन-चार दिन पहले जाकर अपनी दुकानें जमाना शुरू कर देते थे। नदी का नाम मुहारा था। यहीं पर नल-घर में नदी का पानी साफ होता था।

"महावीर, तुम मेले क्यों नहीं जाते?" यदि कोई पूछे तो शायद वह कहेगा, "एक परात-भर मूँगफली लेकर पाँच किलोमीटर पैदल चलना मुझसे नहीं होता। मैं लगातार घंटों खड़े-खड़े मूँगफली बेच सकता हूँ, चलते-चलते मूँगफली बेचने का रत्ती-भर भी अभ्यास नहीं है। फेरी लगाकर बेचना और भी मजबूरी है। रास्ता चलते हुए लोग रुककर खरीदते-खरीदते रह जाते हैं। घर में बैठे हुए लोगों को सचेत करने के लिए मैं चिल्ला नहीं सकता। चिल्लाते हुए किसी घर से सौ कदम दूर निकल आए, तब सचेत हुआ, कोई बच्चा या कोई औरत दरवाजा खोलकर वहीं से आवाज देगी। फिर लौटकर उनके पास जाओ। मोल-भाव होगा। ज्यादातर भाव उनको नहीं पटता क्योंकि आम धारणा है कि फेरीवाले ज्यादा मुनाफा लेते हैं। इसलिए बिना कुछ बेचे, एक गुजारी गई दूरी फिर से चलो। गुजारे के लिए मजबूरी से मैं बचना चाहता हूँ।"

"मूँगफली मत बेचना। नदी के किनारे मेला घूम लेना।" कोई पूछेगा।

"मेरे लिए नदी के मेले का कोई महत्त्व नहीं है। मेरे लिए नदी का इतना मतलब है कि उस नदी के किनारे रेत है।" शायद जवाब हो।

"कितने साल हो गए मूँगफली भूँजते?" मैंने पूछा।

"कई साल हो गए।"

"तुम नदी की रेत खत्म नहीं कर पाए?"

मैं कहूँगा तो जवाब होगा, "परात-भर मूँगफली खत्म करके मैं दिन-भर में थक जाता हूँ। इतने सारे मकान इस रेत से बन गए तब भी नदी की रेत खत्म नहीं हुई। शहर के सब मकानों में नदी की रेत जुड़ाई में लगी है। पहले चार घरों का यहाँ देहात था। देहात मिट्टी से बनते हैं। केवल बरसात में नदी में अच्छा पानी रहता है। गर्मियों में तो घुटने-भर पानी रहता है। नदी ने बहुत कम लोगों को तैरना सिखाया है। ज्यादातर लोग तालाब से सीखे हैं।"

"तो महावीर, शुरू से लेकर अब मरने तक मूँगफली बेचोगे?"

"हाँ।"

"महावीर, तुम जहाँ के तहाँ, तुम्हारी रसौली भी जहाँ की तहाँ।"

"हाँ, यह देखो।" वह थोड़ा घूम जाएगा।

"कितनी बड़ी है।" मेरे मुँह से निकलेगा, "पहले से कुछ बड़ी हुई है क्या?" मैं पूछूँगा।

"अब नहीं बढ़ रही है।"

"तुम्हें इससे तकलीफ होती है?"

"पहले भी नहीं होती थी, अब भी नहीं होती।"

"रसौली तुम्हारा ट्रेडमार्क है। रसौलीवाले महावीर, गदावाले महावीर नहीं, इसे छुपाकर रखो। कहीं ग्राहक बिदक न जाएँ।"

"सच में यह मेरा ट्रेडमार्क है। छुपाकर रखूँगा तो लोग पहचानेंगे कैसे? मैंने अपनी पहचान बहुत मजबूत बना ली है, यानी म्युनिसिपल स्कूल के बाहर नीम के पेड़ के नीचे, मूँगफली बेचनेवाला महावीर, जिसके कंधे में रसौली है।"

"मुझे तो लगता है कि गर्दन में है।"

"बड़ी है, इसलिए गर्दन और कंधे, दोनों में ही है। चेहरे से पहचाननेवाले कम हैं। रसौली से सभी पहचान जाते हैं। यदि रसौली छुपाकर रखूँ तो ग्राहकी टूट जाएगी। ठंड के दिनों में गले में अँगोछा लपेटो तो रसौली छुप जाती है। एक दिन एक आदमी आया, उसने मुझसे पूछा, 'यहाँ नीम के पेड़ के नीचे

एक महावीर खोमचेवाला भी बैठता था, मर गया?' मैंने कहा, 'मैं महावीर हूँ।' उसने कहा, 'अंगोछे से तुम्हारी रसौली छुपी है। यही बात है। मैं पहचान नहीं पाया।'

"रावण के दस सिर नहीं होंगे। उसका एक सिर होगा और नौ रसौलियाँ होंगी। मास्टरों और स्कूल के लड़कों की संगत से मेरा दिमाग दुगना है। दूसरा दिमाग रसौली में है। दुनिया बहुत अच्छी है। भविष्य बहुत अच्छा है। खुशहाली की बात सिर के दिमाग से सोचता हूँ। परेशानी रसौलीवाले दिमाग से। इसलिए भविष्य मुझे अच्छा लगता है। मैं अपने-आपको कैसा असहाय पाता हूँ, बतलाऊँ—मैं एक पहाड़ी पर चढ़ रहा हूँ। नीचे एक तालाब है। वहाँ से मैं देख रहा हूँ, एक लड़का तालाब में डूब रहा है। दौड़कर नीचे आते-आते वह लड़का डूब जाता है। खैर, अभी तो बूढ़ा हूँ, जब जवान था, तब भी दौड़कर आते-आते लड़का डूब जाता था।"

"महावीर, उस पहाड़ी में तुम अकेले हो या कोई और भी है? मैं भी हूँ क्या? तुमने मुझे वहाँ कभी नहीं देखा?" मैं पूछूँगा।

"वहाँ बहुत भीड़ है। सबका ध्यान लड़के को बचाने में रहता है। सभी लड़के को बचाने पहाड़ी से नीचे भागते रहते हैं। भगदड़ रहती है। तुम वहाँ हो या नहीं, मैं कैसे कहूँ?" वह कहेगा।

"मैं उस भीड़ में नहीं हूँ। अगर होता तो मैं लड़के को बचाने तालाब में कूद जाता, फिर मैं भी डूब जाता क्योंकि मुझे तैरना नहीं आता है। तुमने उस डूबनेवाले लड़के का चेहरा देखा है? अबकी बार देखने की कोशिश करना। वह मैं होऊँगा। उसे बचाने के लिए मैं कूदा होऊँगा। पहले वह डूब गया, बाद में मैं डूबने लगा। महावीर, तुम मुझको बचा लेना।"

"कोशिश करूँगा। तुम तैरना क्यों नहीं सीख लेते?"

"मुझमें इतनी अक्ल कभी नहीं आई।" शायद मैं कहूँगा और हँसूँगा। महावीर भी हँसेगा।

"मैं कैसा असहाय हूँ, बतलाऊँ?" मैं कहूँगा।

"बतलाओ।" वह कहेगा।

"मीलों लम्बा-चौड़ा गड्ढा है। नीचे बिलकुल समतल है। यानी नीचे मीलों लम्बा-चौड़ा समतल मैदान है, गड्ढे के अन्दर मैदान। गड्ढे में होने पर भी मुझे नहीं लगता कि गड्ढे में हूँ।"

"यह भी खूब रही! मैं पहाड़ी के ऊपर असहाय और तुम गड्ढे में असहाय। उम्र में अन्तर होने के कारण इस तरह का फर्क आया होगा। पीढ़ी का अन्तर, सीढ़ी का अन्तर।"

"गड्ढा खोदने से जो मिट्टी निकली होगी, उसी की पहाड़ी बनाई गई है।"

"ऐसा नहीं है। जिस तालाब में लड़का डूब रहा है, उसे खोदने से जो मिट्टी निकली है, उससे पहाड़ी बनी है।"

"जो भी हो।" मैं कहूँगा।

"एक आदमी ने मुझसे कहा था कि मैंने अपना व्यापार अभी तक नहीं बढ़ाया है, यहाँ तक कि परात नहीं बदली, तराजू नहीं बदली। —मैंने कहा था कि सिक्के बदल गए, तौलने का बाट बदल गया।" वह कहेगा।

"अच्छा जवाब दिया।" मैं कहूँगा।

"वह बोलने लगा कि कहीं बहुत साल पुरानी मूँगफली तो नहीं बेच रहे हो?—मूँगफली नहीं बदली।—एक साल के लिए मूँगफली नहीं खरीद सकता तो सालों पुरानी मूँगफली का शक बेकार है। उसने पचास ग्राम मूँगफली खरीदी। खाता रहा, बात करता रहा। जब मूँगफली खत्म हो गई तब चौंककर कहता है कि इसका स्वाद वह नहीं है जो बहुत साल पहले था। पैसे नहीं दूँगा। मुझे याद नहीं है कि मेरी मूँगफली का स्वाद पहले कैसा था। शायद अच्छा रहा हो। तुमको याद है क्या?"

"पाँच-दस साल पहले की मूँगफली के बारे में शायद सोच सकता हूँ। पर वह तुम्हारी मूँगफली नहीं होगी। किसी और की होगी। पहली बार मैंने मूँगफली कब खाई, कितने की खाई, किसके पास से खरीदकर खाई, यह सब याद रखना जरूरी है?"

"मूँगफली के स्वाद के बारे में मैं कुछ नहीं कह सकता।" दुखी होकर वह कहेगा।

"इसमें दुखी होने की बात नहीं है। स्वाद तुम्हारी जिम्मेदारी नहीं है और सड़ी मूँगफली भी तुम्हारी जिम्मेदारी नहीं है। पचास ग्राम मूँगफली मुफ्त में खा गया और ऊपर से तुमको निराश करता गया। तुमको पैसे माँग लेना था।" मैं कहूँगा।

"मैं इस रसौली से बीस साल में इतना परेशान नहीं हुआ, जितना बीस साल पहले के स्वाद को लेकर परेशान हूँ। इस कोशिश में मेरी जीभ लटपटा जाती है। गला सूख जाता है। मुँह में और गले में दर्द होने लगता है।"

"अरे नहीं, इसका कोई और कारण होगा। तुम अपनी जाँच सरकारी अस्पताल में करवाओ।" मैं कहूँगा।

"जितना पहले ईमानदार था, उतना अभी भी हूँ। उसी अन्दाज से मूँगफली भूँजता हूँ जिस अन्दाज से पहले भूँजता था। बाजार से कभी-कभी एकाध हफ्ते के लिए दाल-चावल नहीं मिलता। दो-चार दिन मूँगफली नहीं मिलती। मूँगफली भूँजता छोड़कर चना भूँजना मुझसे नहीं होगा।"

"जब मूँगफली नहीं होती तो क्या करते हो?" मैं पूछूँगा।

"घर में खोमचा रख देता हूँ। पूरी तैयारी से निकलता हूँ और इसी जगह नीम के पेड़ के नीचे जाकर खाली हाथ खड़ा हो जाता हूँ। जब तक ग्राहकी का टाइम रहेगा, जरूर खड़ा रहूँगा। मतलब, स्कूल की पानी पीने की छुट्टी में, खाने की छुट्टी में, शाम को खैरागढ़ और नागपुर जानेवाली बस के समय। शुरू में लड़के आकर पूछते थे, 'महावीर, खोमचा कहाँ है?' तो मैं कहता, 'घर छोड़ आया।'

"क्यों?" मैं पूछूँगा।

"मूँगफली नहीं मिली।"

"पैसे हैं?"

"हाँ।"

"क्यों नहीं मिली?"

"गुजरात से, और भी दूसरी जगह से मूँगफली आती है। वहाँ से भेज नहीं पाते होंगे, यहाँ पहुँच नहीं पाती होगी। यहाँ आ गई होगी तो बाहर निकल नहीं पाती होगी या लोग बुलवाते नहीं होंगे। कई कारण हो सकते हैं।"

"स्कूल के मास्टर बाजार की गड़बड़ी की आपस में जरूर चर्चा करते हैं, अखबारों में व्यापार समाचार, बाजार-भाव छपता है। कोई मास्टर आकर मुझे बता जाएगा कि राजकोट में फसल अच्छी हुई। मूँगफली के भाव गिरेंगे। मूँगफली की फसल जिस साल मार खा जाती तो मास्टर मुसकराकर कहेगा, 'महावीर, तुम कैसे करोगे?' हर हालत में मुझे नीम के पेड़ के नीचे खड़े रहना है। हमेशा एक ही जगह निश्चित समय की उपस्थिति से अपनी और दूसरों की इसकी आदत पड़ जाती है। नहीं आऊँगा तो लोग पहले बीमार समझेंगे। फिर मर गया समझेंगे। पहले मेरी रसौली को लोग मेरा बच्चा समझते थे, अब बुढ़ापे में मेरा नाती समझते हैं।" वह कहेगा।

"जब मूँगफली न हो तो घर में आराम किया करो।" मैं कहूँगा।

"मैंने तुमसे कहा था कि खड़े रहने की मेरी आदत है। बिस्तर पर लेट नहीं सकता। घर पर खड़े-खड़े क्या करूँगा? ज्यादा चल-फिर नहीं सकता। बेहद कमजोरी में या बीमारी में दो दिन से ज्यादा बिस्तर पर लेट नहीं सकता। उठकर खड़ा हो जाऊँगा। डॉक्टर समझेगा कि दवाई से ठीक होकर खड़ा हो गया। यह मेरे मरने की स्थिति होगी। मैं खड़े-खड़े मर जाऊँगा। नींद मुझे तीन-चार घंटे से ज्यादा नहीं आती। एक बार आठ रोज तक मैं बिना खोमचे के आया तो लड़कों का दिमाग खराब हो गया। दोपहर की छुट्टी के बाद वे स्कूल नहीं गए। एक लड़का जो मेरे पड़ोस में रहता था, कुछ साथियों को लेकर घर से खाली परात, खोमचा उठाकर ले आया। उनको समझाते-समझाते मैं हार गया। लड़कों ने मुझे सामने खड़ा कर दिया। मुझे कोई पहचान न सके इसलिए मैंने अपने गले में अँगोछा लपेट लिया।

स्कूल के सामने एक लड़का चिल्लाया, 'महावीर को', सभी लड़के कहते, 'मूँगफली दो', मैं धीरे से कहता, 'मार डालो'। फिर कोई चिल्लाता, 'मुनाफाखोर', तो सब कहते, 'हाय हाय!', 'गोदामों का मुँह खोल दो!', 'जमाखोर, भाग, भाग!' चिल्लाते रहे।

इसके बाद एक दिन हेडमास्टर को मालूम पड़ा कि मैं बिना खोमचे के फिर आया हूँ। उन्होंने चपरासी भेजकर मुझे बुलाया, 'महावीर, बैठो।'

'मैं ठीक हूँ साहब।' हाथ जोड़कर मैंने कहा।

'महावीर, जब तुम खोंमचा नहीं लाते तो यहाँ मत आया करो।'

'घर में कोई नहीं है। अकेले वहाँ रहकर क्या करूँगा?'

'मेरे घर आ जाया करो! घूमो-फिरो। मूँगफली के बजाय दूसरा खोमचा क्यों नहीं लगाते? किसी दिन तुम्हारे पास खरीदने के लिए पैसे नहीं रहते होंगे तो इसमें बाजार का क्या दोष? जब तुम बिना खोमचे के आते हो तो लड़के भड़क जाते हैं।'

'मैं उन्हें समझाता हूँ कि पढ़ाई-लिखाई करो। मूँगफली खरीदना जरूरी नहीं है।' मैंने उन्हें बताया।

'बाजार में कोई चीज नहीं मिल रही है, यह केवल तुमसे नहीं मालूम होता। शत-प्रतिशत आदमी खरीदार है। एक यही स्कूल खोमचा लगाने के लिए नहीं है। दूसरी जगह जाओ। लड़कों को खरीदने के लिए पैसे उनके बाप देते हैं। खुद लड़के नहीं कमाते, उनका बाप बाजार जाता है। कुछ खरीदने के लिए ही बाप पैसे देगा। केवल मूँगफली खरीदने के लिए नहीं।'

इसके बाद मुझे सताया गया। लड़कों ने मेरा खोंमचा कई बार उलटाया। पर दूसरे लड़के मूँगफली बीनकर परात में रख देते। मूँगफली के दाने छोटी डिब्बियों में बन्द जैसे होते हैं। गिर जाने से अन्दर के दाने खराब नहीं होते। परात खाली हो जाने के बाद घर लौटना अच्छा लगता है। यदि मेरी परात की मूँगफली दस दिन खत्म न हो तो मैं दस दिन घर न लौटूँ।"

"यही मेरा भी हाल है। छुट्टी से मुझे घबराहट होती है। छुट्टी मुझे एक ऐसी फुर्सत लगती है जिसमें एक आदमी अपना ही तमाशा देखता है।"

"अधिकांश मास्टर मेरे पास से मूँगफली नहीं खरीदते। उन्हें लगता है कि हेडमास्टर नाराज हो जाएँगे। एक मास्टर ने कहा कि खुले में खोमचा होने से मास्टर लोग आ नहीं पाते हैं। थोड़ी देर के लिए स्कूल के पीछे दीवार की आड़ में खोमचा लगाऊँ तो मास्टर लोग खरीद सकेंगे। मास्टर चोरी से बहुत विश्वासपात्र विद्यार्थी को भेजकर अपने लिए मूँगफली मँगवाएँगे। चपरासी पर उनको भरोसा नहीं है। लड़का डरा हुआ आएगा तो मैं समझ जाऊँगा कि मास्टर ने चोरी से मूँगफली खरीदने के लिए भेजा है। ऐसी ग्राहकी मुझे अच्छी नहीं लगती। अगर खरीदना है तो खुलेआम खरीदो। क्या मैं मूँगफली के छिलकों में गाँजा, अफीम बेचता हूँ? या उनमें छोटे-छोटे बम होते हैं जिसे तीस पैसे के पचास ग्राम के हिसाब से बेचता हूँ? जो नये मास्टर आते हैं, उनसे लड़के जरूर कहेंगे कि मूँगफली अगर खरीदना है तो महावीर से खरीदें। पर जब उन्हें मालूम हो जाता है कि हेडमास्टर मेरे खोमचे की मूँगफली खरीदनेवालों के ऊपर नाराज हो जाते हैं तो वे खरीदना बन्द कर देते हैं। तीन-तीन मूँगफली बेचनेवाले और बैठने लगे हैं। सुनता हूँ कि हेडमास्टर ने उन्हें बुलवाया है। इसके पहले एक सिनेमा के पास बैठता था, दूसरा मोटर स्टैंड पर और तीसरा फेरी लगाता था। मेरी जगह नीम के पेड़ के नीचे तय हो गई है। इसलिए मैं जहाँ-का-तहाँ, मोटर स्टैंड या रेलवे स्टेशन नहीं जा सकता।"

"बड़े बाबू, महावीर ने मुझसे कहा था कि वह बहुत असहाय है।" मैंने कहा।

"क्यों असहाय हो गया? नहीं होना था।" कोई उत्सुकता न जताते हुए उन्होंने कहा।

"कह रहा था कि वह इस तरह असहाय है कि तालाब में एक लड़का डूब रहा है, बचाने के लिए वह एक पहाड़ी से भागता हुआ नीचे उतरता है, पर तालाब तक पहुँचते ही देखता है कि लड़का कब का डूब चुका है।"

बड़े बाबू बहुत गम्भीर हो गए। लड़के के डूब जाने से उन्हें दुःख हुआ होगा। दुःखवाली बात तो थी।

"महावीर ने उस लड़के का चेहरा देखा था?" बड़े बाबू ने पूछा।

"शायद नहीं देखा था। वह तो बार-बार असहाय होता है। शायद अब उसने लड़के का चेहरा देख लिया हो! डूबनेवाला एक सामान्य लड़का होगा। आपस की बात थी।" मैंने कहा।

"कब की बात है? कौन-से तालाब की बात है?" उन्होंने पूछा।

"कल ही बात हुई थी।"

"तुमको कल ही बतलाना था।"

"शाम को दफ्तर से लौटते समय बात हुई थी। रास्ते में म्युनिसिपल स्कूल के पास नीम के पेड़ के नीचे दिख गया था।" मैंने कहा।

फाइल वगैरह सरकाकर बड़े बाबू खड़े हो गए, "मैं आता हूँ। कोई पूछे तो बतला देना, पन्द्रह मिनट में लौट आऊँगा।" उन्होंने देवांगन बाबू की तरफ देखते हुए मुझसे कहा।

पैडल मारते हुए वे महावीर के पास पहुँचे। महावीर बड़े बाबू को देखकर खुश हुआ, "बहुत दिन में महावीर की याद आई?"

"मूँगफली के लिए तुम्हारी याद नहीं आई।" साइकिल खड़ी कर सुस्ताते हुए उन्होंने कहा। अपनी बात पर तुरन्त आने के लिए उनमें अधीरता थी, "कल तुम्हारी सन्तू बाबू से बात हुई थी?"

"हाँ, हुई थी। खास बात है?" महावीर ने कहा।

"कौन-सी बात हुई थी?"

"आपस की बात थी।"

"तालाब में लड़के के डूबनेवाली बात नहीं थी?" बड़े बाबू जैसे आरोप लगा रहे हों।

"वह तो उदाहरण देकर मैं अपनी तकलीफ बतला रहा था।"

"डूबनेवाला लड़का कौन था?"

"कोई नहीं, कहने-भर की बात थी।" परेशान होकर महावीर ने कहा।

वह इधर-उधर देखने लगा कि कोई ग्राहक आ जाए तो बड़े बाबू से उसे फुरसत मिले।

"तालाब कहने की बात थी?"

"हाँ।" महावीर ने कहा।

"महावीर, मेरा लड़का बहुत दिनों से घर से भागा हुआ है। यह तो तुम जानते हो, मैं उसकी फिराक में हूँ। कौन-सा तालाब था?"

"वह लड़का तो बहुत अच्छा और समझदार है। उसे नहीं भागना था।"

अब बड़े बाबू ने सामान्य होकर महावीर से कहा, "उसके भागने की बात मुझे समझ में नहीं आती। मेरा दूसरा लड़का भाग जाता तो उसका भागना मैं समझ जाता। मैंने बड़ी लड़की से मेथी-आलू की सब्जी बनाने के लिए कहा। बड़ी लड़की मेथी भाजी, आलू की सब्जी अच्छी बनाती है। उससे छोटी आलू, भट्टा बहुत अच्छा बनाती है और उससे छोटी खिचड़ी बहुत अच्छा बनाती है। जब मैं खाना खाने के लिए बैठा तो सब्जी मेरे लिए नहीं बची थी। मैंने पूछा, 'मेरे लिए नहीं है?' उसने कहा, 'थी तो बहुत।' केवल एक लड़की ने खाना खाया था। 'तो कहाँ गई?' मैंने उससे पूछा। परेशान वह भी थी। अन्त में मैंने यह तय किया कि जो लड़का भागा था, उसने आँख बचाकर सब्जी खाई होगी। जब यह बात मैंने लड़के-लड़कियों से कही तो सब चिल्लाने लगे। उनको मेरी बात पर भरोसा नहीं हुआ। तुम बताओ, सब्जी के कम पड़ने का क्या कारण हो सकता है?"

"आपकी बात पर मुझे भी भरोसा नहीं है।" महावीर ने कहा।

"स्वाभाविक है, तुम लोग न मिलने की उम्मीद से बात करते हो और मैं मिलने की उम्मीद से। तालाब, नदी में किसी के डूबने की खबर मिलती है तो डर लगता है कि मेरा लड़का तो नहीं है? सन्तू बाबू से जब मैंने यह सुना कि तुम ऐसे असहाय हो कि एक डूबते हुए लड़के को बचा नहीं पाते तो मैंने सोचा कि तुमसे मिलकर पूरी बात का पता लगाऊँगा।"

"बड़े बाबू, आपकी बात पर मुझे भरोसा नहीं होता। बल्कि लगता है कि आपकी लड़की ने सब्जी कम बनाई होगी क्योंकि दूसरे बच्चों को वह अच्छी नहीं लगती होगी, ज्यादा बनाने से बरबाद होती। आप नाराज न हों, इसलिए तरकारी कम होने का सही कारण आपको बतलाया नहीं और आप कुछ और समझ गए।"

"मैं पता लगाऊँगा, क्योंकि जब भी कोई चीज भगोड़े लड़के के नाम से ज्यादा बनेगी, अपने-आप कम हो जाएगी, और मुझे लगता है कि उसने खाया है। अब बहुत हो चुका, दफ्तर लौटना है। सौ ग्राम मूँगफली दो।"

"भगोड़े लड़के के लिए तो नहीं खरीद रहे हैं? मूँगफली उसे अच्छी लगती है।"

"सबके लिए खरीद रहा हूँ। खाना हुआ तो खुद खा लेगा, मुझे देने की जरूरत नहीं पड़ेगी।" बड़े बाबू ने कहा।

फिर जेब में चिल्हर टटोलने लगे। ऊपर की जेब में नहीं थी। दाईं जेब में नहीं, बाईं जेब में नहीं। कहाँ गई? एक अठन्नी थी। इस बेसब्री से अठन्नी ढूँढ़ रहे थे, जैसे अपने लड़के को ढूँढ़ते थे।

"मैं कहूँगा तो तुम फिर विश्वास नहीं करोगे।" बड़े बाबू ने कहा।

"ऐसी बात नहीं है।"

"मैं उस लड़के को रोज एक अठन्नी दिया करता था। इतने दिनों बाद आज वह निकाल ले गया।"

"अठन्नी रोज देना तो उसे खर्चीला बनाना हुआ।"

"पैंतीस-चालीस पैसे वह बचा लिया करता था। चिल्हर पैसे तुम्हें देने के लिए नहीं हैं। मैं बाद में दूँगा तो चलेगा?"

"पैसे की कोई बात नहीं है।" महावीर ने कहा।

"दफ्तर से भिजवा दूँगा।"

बड़े बाबू साइकिल पर चढ़ने की जगह देखने लगे, "महावीर, साइकिल पर चढ़ने के लिए कोई जगह नहीं दिखाई दे रही है।" उनका साइकिल पर चढ़ने का तरीका बहुत-से लोगों को मालूम था।

"साइकिल पर चढ़ने लायक जगह तो मुझे भी नहीं दिख रही है।"

"लगता है, मुझे स्कूल जाना होगा। उसके बरामदे से काम चल जाएगा।"

"मेरे कंधे का सहारा लेकर आप नहीं चढ़ सकते?"

"नहीं भाई, साइकिल चलाते हुए तुम्हारा कंधा पकड़कर रुका तो जा सकता था। तब ठीक रहता, मैं उतरता ही नहीं। पैदल चलने की आदत छूट गई है। खास कर बाहर। घर के अन्दर, दफ्तर में पैदल चलना होता है।"

"चाय की दुकान के बाहर रखी उस बेंच पर पैर रखकर चढ़ सकेंगे?"

"हाँ, यह हो सकता है।"

बेंच काफी नीची थी।

"बड़े बाबू, आप छोटी साइकिल रखिए।"

"बच्चों की साइकिल लगेगी।"

"स्टूल पर पैर रखकर चढ़ेंगे?"

"हाँ!"

महावीर चाय की दुकान से एक स्टूल ले आया। बड़े बाबू उस पर खड़े हो गए। स्टूल के पास महावीर साइकिल लिये खड़ा था। दुकान पर बैठे लोग बड़े बाबू को देख खुश हो रहे थे। दो छोटे-छोटे लड़के आकर खड़े हो गए कि क्या हो रहा है, देखें। उनका मोटा शरीर स्टूल पर मुश्किल से सन्तुलित हुआ। दाहिना पैर उठाकर उन्होंने साइकिल पर चढ़ना चाहा, तभी चायवाला भी आकर बड़े बाबू को सहारा देने लगा। होटल के अन्दर बैठे हुए लोग बाहर आकर खड़े हो गए। जब बड़े बाबू सीट पर बैठ गए तब उनको खुशी हुई। वे पसीना-पसीना हो गए थे।

चायवाले ने पूछा, "बड़े बाबू, पानी पीएँगे?"

"हाँ, पिलवा दो।"

होटल का लड़का एक काँच के गिलास में पानी ले आया। बड़े बाबू के हाथ में महावीर ने पानी का गिलास पकड़वा दिया। साइकिल पर बैठे-बैठे उन्होंने पानी पिया।

"अब चाय पी लीजिए।"

"साइकिल पर बैठे हैं। नहीं, रहने दो।"

"हम सब लोग साइकिल पकड़े हैं, आप गिरेंगे नहीं।"

"अरे नहीं।" बड़े बाबू हँसने लगे, "लड़कों की छुट्टी का टाइम हो रहा होगा।"

"चाय तो दो मिनट में पी लेंगे।" महावीर ने कहा।

"रहने दो, चलूँगा।"

बड़े बाबू चलने को तैयार दिखे तो चायवाले ने कहा, "लड़को, सामने से हटो।"

महावीर ने जैसे ही हैंडिल छोड़ा, बड़े बाबू एक सधे हुए खिलाड़ी की तरह सर्र से निकल गए।

महावीर और स्टूल के बीच की जगह अचानक खाली हो गई जो साइकिल और उस पर बैठे बड़े बाबू ने भरी थी। महावीर खोमचे के पास नीम के पेड़ के नीचे खड़ा हो गया।

**समय के बीतते जाने का मतलब, आनेवाला समय बीत जाएगा। यदि किसी के पास घड़ी नहीं तो क्या हुआ!**

फुरसत से घर में बैठा हुआ नहाने की बात सोच रहा था। बिना नहाए कपड़े बदलने का मन नहीं होता। लोगों में नहाने और कंघी से बाल सँवारने का चलन था। सुबह ठंड के दिनों में भी ठिठुरते हुए बच्चे को अपनी साड़ी से ढाँककर औरतें तालाब जाती दिखाई देती थीं। एक साड़ी उनके पास होती थी। आधी साड़ी लपेट, आधी खुली साड़ी को फचक-फचक धो लेतीं। फिर धुली आधी साड़ी को लपेटकर बची आधी साड़ी धोतीं। निचोड़कर उसी साड़ी को पहन लेतीं। बच्चों को हाथ से रगड़कर नहलाया जाता। पहने-पहने इनकी गीली साड़ी सूख जाती और धूप, हवा से बिना पोंछे बच्चों का पानी सूख जाता।

बाहर के सामने के दरवाजे में मुझे किसी ने पुकारा।

"मैं नहाने जा रहा हूँ, तुम जाकर देख लो, कौन है।" मैंने चिल्लाकर पत्नी से कहा।

दुबारा पुकार हुई, "साहब! साहब!"

मैंने कहा, "मँहगू है, उसे जाने मत देना।"

तभी पीछे से पत्नी की पुकार हुई, "बाई, बाई।"

पत्नी ने कहा, "चौकीदार है।"

मैंने कहा, "मैं सामने जाता हूँ, तुम चौकीदार से बात करो, क्या बात है। दोनों एकसाथ टपक गए!"

"जैरामजी की साहब!" दरवाजा खुलते ही मँहगू ने कहा।

"कैसे मँहगू?"

"बाई साहब ने बुलवाया है।"

"बस, अभी चलता हूँ। तुम्हारी तंदुरुस्ती पहले से अच्छी हो गई है। नौकरी से खुश तो हो? बाप की याद आती है?" मैंने पूछा।

"आती है साहब!" मँहगू ने कहा।

"तुम्हारा बाप 'राम-राम साहब' बोलता था, तुम 'जैरामजी की साहब' बोलते हो।" मुझे उस पर दया आई, ''चाय पियोगे?"

"नहीं साहब।" उसने कहा।

इसके बाप को मैंने कभी चाय के लिए नहीं पूछा था। उसने पूछने का कभी मौका ही नहीं दिया। प्रायः दबे पाँव, अचानक आता था और तुरन्त भाग जाता था।

"अरे, पी लो। तब तक मैं तैयार होता हूँ।"

मँहगू अन्दर आकर बरामदे में बिछे एक बोरे पर बैठ गया।

पत्नी ने कहा, "डॉक्टरनी ने बुलवाया है।"

"क्यों?"

"बतलाया नहीं, कुछ-न-कुछ काम होगा। गप्प मारने के लिए मुझे नहीं बुलवाएगी।"

"और बाई साहब ने मुझे बुलवाया है।" मैंने कहा।

"क्यों?"

"कुछ-न-कुछ काम तो रहता है।"

"मैंने सुना है कि तुम बाई साहब के लिए साग-सब्जी खरीदने बाजार जाते हो?"

"कभी एक बार गया होऊँगा। वे कहेंगी तो जाना पड़ेगा। मोटर में बैठकर गया था, मोटर से लौटकर आया था। और कुछ तो नहीं सुना? किसने कहा?"

"याद नहीं आ रहा है। बहुत दिन हो गए।"

"कुछ बुरा करता हूँ?"

"नहीं। नहाकर जाना।"

"अब नहाने का मन नहीं है। साहब ने किसी काम से बुलवाया होगा, आकर नहा लूँगा। वहाँ तो पसीने-धूल से चिपचिपाहट हो जाती है। दफ्तर की बात अलग रहती है। कुर्सी पर बैठे रहना पड़ता है।"

"दुबारा नहा लेना। नहाकर जाओगे तो अच्छा लगेगा।"

"तब मेरी वजह से तुमको एक बाल्टी पानी और लाना होगा। अब तुमको बाल्टी नहीं उठानी चाहिए।"

"छोटी बाल्टी में पानी लाती हूँ।"

"अगर नल पर औरतें नहीं होतीं तो मैं पानी भर दिया करता। ऐसा करते हैं, पानी भर, तुम मुझे कुछ आगे आकर बाल्टी पकड़ा दिया करो। मैं ड्रम में पानी डालकर तुम्हें खाली बाल्टी दे दिया करूँगा।"

"औरतों का आना-जाना लगा रहता है। अच्छा नहीं मालूम पड़ता।"

"डॉक्टर के घर तुम्हारा बार-बार जाना मुझे अब अखरने लगा है। पहले नहीं अखरता था। परसों गईं तो सुबह का खाना नहीं बना सकी।"

"इसलिए मुझे डॉक्टरनी से माँगकर सब्जी-रोटी लेनी पड़ी थी। मैंने कहा था कि आज घर का खाना नहीं बन पाएगा। बहुत देर हो गई है। पूरे हिसाब से रोटी लाई थी कि दोनों को पुर जाए। डॉक्टरनी ने पूछा था कि तुम कितनी रोटी खाते हो। मैंने कहा, आठ रोटी में तुम्हारा पेट भर जाता है। दस रोटी मैं खाती हूँ। अठारह रोटी लाई थी।"

"तुम मुझे भूखा मारना चाहती थीं। दस रोटी मैंने खाई थीं, तुमने आठ खाई थीं।"

"रोज की खुराक से तुम ज्यादा खा गए थे। सब्जी अच्छी बनती है तो तुम एक-दो रोटी ज्यादा खा जाते हो।"

"तुम और अधिक रोटी ला सकती थीं। पार्टी में बहुत खाना बचता है। किराने की दुकानवाले गुप्ता जी को बुला सकते थे तो मुझे भी बुला सकते थे।" चिढ़कर मैंने कहा।

"तुम वहाँ नहीं जाओ तो अच्छा है।" उदास होकर उसने कहा।

"क्यों?"

"ऐसे ही, किसी का अहसान लेना ठीक नहीं है।" वह रुआँसी हो गई।

"डॉक्टरनी के घर जाओगी?" मैंने पूछा।

"चौकीदार से कह दिया है कि अभी आ रही हूँ। जाना पड़ेगा। नहीं जाऊँगी तो कहेंगे कि बहाना कर रहे हैं।"

"क्या हम लोग उनके नौकर हैं?" चिल्लाकर मैंने कहा।

मैं उसी आदमी की तरह चिल्लाया, जिसकी पिंजड़े में बन्द शेर की देख-रेख की जिम्मेदारी थी। एक दिन शेर ने परोसा गया खाना नहीं खाया था, उस आदमी को देखकर गुर्राता था। वह घूमकर दूसरी तरफ चला जाता तो शेर भी उधर जाकर गुर्राता था। पिंजड़े में चारों तरफ लोहे की सलाखें लगी थीं। वह

जिस तरफ घूमता, शेर उसकी तरफ जाकर खड़ा हो जाता। उसकी इच्छा हुई, इतने दिन हो गए शेर की देख-रेख करते, देखें, क्या करता है! और वह चुपके से पिंजड़े से सटकर खड़ा हो गया। शेर तब कोने में बैठा हुआ उसे देख रहा था। जैसे ही वह पिंजड़े के पास आया, वैसे ही शेर उसकी तरफ दहाड़ मारकर झपटा। उसका एक पंजा पिंजड़े के काफी बाहर निकल आया था। उसमें बड़े-बड़े नाखून थे। जब शेर उसकी तरफ झपटा था तब वह घबराकर चिल्लाया था।

"इसमें नौकर होने की कौन-सी बात है? हम लोग उनका काम करके, उनका किया अहसान, तो उतार देते हैं।"

"उनका अहसान हमेशा भारी होगा। काम करके अहसान उतारा जाता तो वे लोग कुली और मजदूरों तक के अहसानमन्द हो गए होते।"

सेकंड के काँटे के सरकने से एक बोझा सिर पर आकर सवार हो जाता है। अगर किसी के पास घड़ी नहीं है तो इससे क्या अन्तर पड़ता है!

"चाय बना दो। एक कप मँहगू के लिए भी बना देना।" मैंने कहा। "मँहगू," मैंने पुकारा, "चाय बन रही है, फिर चलते हैं। तुम तब तक मेरी साइकिल पोंछ दो। सीट के नीचे कपड़ा खुँसा है। बाई से पम्प लेकर दोनों चक्कों में हवा भर देना।"

"जी, साहब!" मँहगू ने कहा।

मँहगू के तैयार हो जाने के बाद मैंने सोचा कि मैंने उस पर एक जाना-पहचाना नुस्खा आजमाया है। मँहगू को बिना एक कप चाय पिलाए भी मैं उससे साइकिल पुँछवा सकता था। परन्तु बेगारी जो मेरी दृष्टि में धीरे-धीरे एक गिरी हरकत बनती जा रही थी, उसे कराने में चाय का एक कप मुझे सन्तोष दे रहा था जिसे मैं मँहगू को पिलानेवाला था। चोरी के पैसे से भीख देने का सन्तोष। उस ब्राह्मण व्यापारी का तर्क, जिसकी पाँच लड़कियाँ थीं और अकेला लड़का था, कि ईश्वर ने उसे पाँच लड़कियाँ दी हैं, उनके दहेज के लिए व्यापार में वह बेईमानी करता है। अपनी बेईमानी के लिए उसने एक बहाना ढूँढ़ लिया था। हर बेईमान आदमी इसी तरह के बहाने ढूँढ़कर बेफिक्री से बेईमानी करता था और ईश्वर उनकी सहायता करता था।

बड़े-बड़े बँगलों के सामने रास्ता चलती गायों के पानी पीने के लिए एक-एक टाँका बना था। गर्मियों में सेठ मारवाड़ियों के लड़के प्याऊ खोलकर बैठ जाते थे। रेलवे स्टेशन में यात्रियों को ठंडा पानी पिलाने के लिए रेलगाड़ी

के समय लड़के मोटरकार में बैठकर आते। यात्रियों को पानी पिलाकर पसीना पोंछते हुए घर लौट जाते थे। दोनों हाथ हिलाते चलते थे : एक हाथ से बेईमानी और दूसरे हाथ से धर्म, सामाजिक और राजनीतिक कार्य इत्यादि।

कृष्ण बैंकर्स के बँगले के सामने प्रत्येक इतवार को पहले पच्चीस किलो चावल का भात बाँटा जाता था। पच्चीस किलो चावल यानी पैंतीस रुपये का चावल। जब चावल महँगा होने लगा, तो चावल उतना ही बँटता, जितना पैंतीस रुपये में आता। रुपये तय थे, चावल नहीं। खाते धर्म के नाम पर बस पैंतीस रुपये निकलते थे। ये रुपये तभी बढ़ते जब अनुपात में लाभ बढ़ता।

मैंने देवांगन बाबू से यह बात कही तो उन्होंने कहा कि अगर इस तरह की आलोचना इन लोगों की होने लगी तो जो कुछ भी धर्म के नाम पर गरीबों का भला होता है, वह भी नहीं होगा। इससे गरीबों का नुकसान होगा।

एक कप चाय की बात से मँहगू से साइकिल पुँछवाने के काम के लिए मैंने हिम्मत पैदा की थी। मुझमें और साहब में बहुत अन्तर था। साहब की ऊँचाई की तरफ की सड़क में, एक कदम रखकर मँहगू गले तक धँस गया था, दो कदम रखकर मैं गया था। ऐसी स्थिति का खात्मा करने के लिए मुझे आदिम युग से पत्थर के हथियार ढूँढ़ने की जरूरत नहीं थी। इसी सभ्यता से मुझे हथियार ढूँढ़ना था।

मँहगू रगड़कर साइकिल पोंछ रहा था।

"मँहगू!" मैंने पुकारा। बहुत खूब। यह मेरी असली आवाज थी, "रहने दो, साइकिल मैं खुद साफ कर लूँगा।"

"हवा भर दूँ?" उसने पूछा।

"यह भी मैं कर लूँगा।"

पत्नी चाय लेकर आई। पत्नी ने मुझे वैसा ही कप दिया, जैसा मँहगू का था। यह देख मुझे खुशी हुई। कप लेकर वह बोरे में बैठने जा रहा था तब, "कुर्सी पर बैठ जाओ मँहगू," मेरे मुँह से निकला।

वह हिचक रहा था, फिर भी बैठ गया। कमरे में जाकर मैंने पत्नी से पूछा, "मँहगू को मैंने कुर्सी पर बैठाया है, इससे तुमको आश्चर्य तो नहीं हुआ?"

"नहीं।" पत्नी ने कहा।

"तुम जानती हो, कुर्सी पर बैठे हुए मँहगू की स्थिति वह नहीं है जो साहब के बँगले की कुर्सी पर मेरी थी।"

पत्नी कुछ समझ नहीं पाई, "तुम्हारी कौन-सी स्थिति थी?" उसने पूछा।

"सम्पत से इसका विश्लेषण करने के लिए कहूँगा।" मैंने बात टालते हुए कहा।

"बाई, ओ बाई!" चौकीदार फिर आ गया था।

"डॉक्टरनी को धैर्य नहीं है।" मैंने कहा।

"जरूरी काम होगा।" पत्नी ने कहा।

"मुझे भी यही लगता है।"

"मैं जाऊँ?" पत्नी ने पूछा।

"घर से पहले मैं निकलूँगा।"

"मँहगू पहले बुलाने आया था, इसलिए कह रहे हो?" पत्नी ने मुसकराते हुए कहा।

"हाँ, मँहगू पहले आया था। उसे आए देर हो गई है। तुम ताला बन्द कर लेना। एक चाबी मैं अपने साथ ले जाता हूँ।"

"तुमको तैयार होने में अभी समय लगेगा। कपड़े बदलोगे। मैं तो तैयार हूँ। तुम बाद में चले जाना।" चौके की साड़ी पहने मैंने उसे तैयार देखा।

"ठीक है, तुम्हीं पहले चली जाओ। एक चाबी अपने साथ रख लेना।" मँहगू से मैंने कहा, "चौकीदार से कह दो, बाई अभी आती हैं।"

"मैं तो जा ही रही हूँ, मँहगू क्या कहेगा?"

"जाओ।" मैंने कहा।

पत्नी के जाते ही मुझे और देर हो जाने का अहसास हुआ। मैं जल्दी-जल्दी कपड़े बदलने लगा। मँहगू अपने और मेरे जूठे कप-प्लेट धो रहा था। मैंने उससे खिड़की और पीछे के दरवाजे को बन्द करने के लिए कहा। मैंने सोचा था कि पीछे के दरवाजे में ताला बन्द करूँ ताकि डॉक्टरनी के घर से पत्नी को घर आने में सहूलियत हो। सामने दरवाजे में ताला बन्द होने से उसे घूमकर आना पड़ता। परन्तु मुझे उम्मीद थी कि उसके पहले मैं घर पहुँचूँगा।

मँहगू भी साइकिल पर था। हम दोनों बराबरी में आकर साइकिल चला रहे थे। वह बहुत खुश था। उत्साह में आकर एक-दो तेज पैडल मारकर मुझसे आगे निकल जाता, फिर पैडल मारना बन्द कर मेरी बराबरी में आ जाता। मैंने उससे कहा, "देर हो गई है। बाई साहब नाराज होंगी।"

"नहीं होंगी साहब।" उसने कहा।

"तुम यह मत कहना कि चाय पीने लग गए थे। कहना कि नहा रहा था।"

"अच्छा साहब!" उसने कहा।

मैं जल्दबाजी में हाथ-मुँह भी ठीक से नहीं धो पाया था।

अहाते का दरवाजा मोटर के निकलने के लिए खोल दिया गया था। गाड़ी पोर्च में तैयार थी। शहर के कुछ व्यापारी साहब से मिलने के लिए खड़े थे। एक ओर दो व्यापारियों के साथ एक दरोगा बातें कर रहा था। मँहगू साइकिल गैरेज के पास खड़ी कर पीछे के दरवाजे से अन्दर चला गया। मैंने उसकी साइकिल के पास अपनी साइकिल खड़ी कर दी।

मँहगू पीछे के दरवाजे से निकलकर आया, "बाई साहब आ रही हैं। आपको पूछ रही थीं कि आए या नहीं।"

मैं मोटरकार के पास आकर खड़ा हो गया। बहुत शिष्टता से सजी हुई बाई साहब, पीछे की सीट पर बैठ गईं। मैं सामने बैठ गया, हमेशा की तरह। जब मोटरकार चलने लगी तो उन लोगों ने हाथ जोड़कर बाई साहब को नमस्कार किया। दरोगा ने सैलूट मारा।

बाजार में एक बड़ी प्रोवीजन स्टोर के सामने मोटर आकर रुकी। बाई साहब के काम से मैं यहाँ आ चुका था। कार से बाहर आया तो बाजू में खड़ी डॉक्टर साहब की मोटरकार मैं पहचान गया। वही मोटरकार थी जिसके बम्पर से लोहे की मोटी जंजीर बरामदे के खम्भे में कुत्ते की तरह बाँध दी जाती थी। जंजीर के दोनों छोरों में एक-एक बड़ा ताला लगा रहता था। डॉक्टर साहब आए होंगे, मैंने सोचा। कार के दरवाजे के पास एक गन्दी गाली अभी धूल पर लिखी थी। परन्तु अक्षर के धूल साफ थे। मैंने सोचा, अच्छा है। उनकी कार में उँगली से निशान बनाते हुए मैं गुजरा।

दुकान के अन्दर बाई साहब के पीछे मैं गया। सामान की सूची ड्राइवर ने मुझे दे दी थी जिसे मैंने दुकानदार को दे दिया। दुकानदार बाई साहब के लिए अदब से मुसकराते हुए एक कुर्सी ले आया था।

वे बैठी नहीं। उन्होंने कहा, "पन्द्रह-बीस मिनट में लौटकर आते हैं, आप सामान तैयार रखिए।" मोटर में बैठकर वे चली गईं।

मैं सामान बँधवाने लगा। सामान के तौल को मैं सूची के मुताबिक देखता जा रहा था। सामान इतना था कि कम-से-कम आधा घंटा लगता। तभी मेरी नजर सड़क के दूसरी तरफ एक कपड़े की दुकान पर गई। मैंने उस दुकान में

अपनी पत्नी को डॉक्टरनी के साथ देखा। ओह, मेरी पत्नी ही थी! शक की कोई गुंजाइश नहीं थी। डॉक्टरनी कुर्सी पर बैठी थी और पत्नी के सामने रखे कपड़ों को देख रही थी। क्या वह अपने लिए ब्लाउज का कपड़ा या साड़ी देख रही है? या मेरे लिए कमीज का कोई कपड़ा? डॉक्टरनी के लिए वह खरीद-फरोख्त कर रही है, ऐसा जान पड़ा। मुकाबला बराबरी से था। तब एक गहरे गन्दे नाले के अन्दर जैसे मैं कुछ देर तक डूबा रहा, फिर ऐसे बाहर निकल आया, जैसे कुछ भी नहीं हुआ था। कपड़ों में एक छोटा दाग भी नहीं था। आसपास बदबू नहीं थी। दुकान में लक्ष्मीजी की फोटो के सामने दिन-रात जलनेवाला एक छोटा लाल बल्ब था और अगरबत्ती जल रही थी। उसकी खुशबू थी।

पत्नी अपनी बैंगनी रंगवाली नायलन की चमकदार धागों से कढ़ी हुई साड़ी पहने थी। मुझे आश्चर्य यह था कि वह मोल-भाव कैसे कर रही होगी। क्या वह पहले भी डॉक्टरनी के साथ खरीदी के लिए बाजार आ चुकी थी? मैं उसे अपनी दुकान के सामने लम्बे टेबिल में सजाए हुए डिब्बों की आड़ से देख रहा था। और वह कभी-कभी टेबिल पर इकट्ठे हो गए कपड़ों की आड़ में हो जाती थी। उसे कोई कपड़ा पसन्द नहीं आ रहा होगा। मैं एक खम्भे की आड़ में हो गया ताकि वहाँ से उसकी नजर मुझ पर न पड़े। पत्नी का यह दृश्य मेरे लिए अनोखा था। समझ में आया कि दिन के समय भी दुकानों के अन्दर ट्यूब लाइट का जलना कितना जरूरी होता है। उस दुकान का नाम फैशन हाउस था। अच्छी और बड़ी दुकानों में एक थी। कॉलेज के लड़के-लड़कियों की इस दुकान में भीड़ रहती थी। दो लड़के उस दुकान में घुसे, फिर भीड़ बढ़ गई। इतनी दूर से देखने में लगता था कि पत्नी लोगों से बिलकुल सटकर खड़ी है। अगर पास जाकर देखता तो निश्चित ही पत्नी लोगों से एक फुट की दूरी का घेरा बनाये खड़ी होती। मैंने मन-ही-मन उससे कहा, 'जल्दी खरीदी करो और बाहर निकलो।'

डॉक्टरनी बाहर निकली। उसके पीछे पत्नी। उसके दाहिने हाथ में सामान से भरा हुआ एक झोला था। बाएँ हाथ से डॉक्टरनी को वह आने-जानेवाले लोगों से, साइकिलों से बचाकर, सड़क पार करा रही थी। उसे देखकर कोई भी नहीं कह सकता था कि वह एक घर-गृहस्थीवाली दब्बू औरत है। उसमें नौकरी करनेवाली औरतों का-सा विश्वास और हिम्मत थी। नौकरी किसकी? मेरी या डॉक्टरनी की? इसके अलावा उसकी कोई नौकरी नहीं थी।

दोनों इसी दुकान की तरफ आ रही थीं। मैं पत्नी से बचना चाहता था। दोनों जब दुकान के अन्दर घुसीं, तब मैं बाहर की ओर खिसककर दुकान के खम्भे की आड़ में हो गया। पत्नी से मैं पूरी तरह छुपा था। बाई साहब के लिए जो कुर्सी बाहर निकाली गई थी, उस पर डॉक्टरनी बैठ गई। उसकी नजर मुझ पर पड़ सकती थी। मैं नहीं जानता कि वह मुझे पहचानती है या नहीं। मेरा उससे कभी आमना-सामना नहीं हुआ था। डॉक्टरनी के कान के छेद भारी गहनों के कारण बढ़ गए थे। उसका कान लटक आया था। एक तो वह थुलथुल मोटी थी, ऊपर से बड़ी आँख और मोटे होंठ थे। वह एक बूढ़ी, मोटी, ताकतवर औरत थी।

पत्नी मुझे बहुत स्वस्थ लग रही थी। पेट में बच्चा आ जाने के बाद डॉक्टरनी ने डॉक्टर से उसे कई प्रकार की ताकत की दवाइयाँ दिलवा दी थीं। ताकत की दवाई उस पर जादू की तरह असर करती थी। उसका लम्बोतरा चेहरा भरा हुआ और गोल लग रहा था। मैं उसे उसी तरह सुन्दर देख रहा था, जैसे किसी दूसरी औरत को देख रहा था। उसका पेट बढ़ गया था, पर ध्यान से देखने में समझ में आता था। आँख के नीचे का कालापन नहीं था। शायद उसने हल्का-सा पाउडर भी लगाया था। अगर उसने पाउडर लगाया था तो बहुत समझदारी से, क्योंकि उसका चेहरा बहुत सुन्दर लग रहा था। घर में पाउडर नहीं था। डॉक्टरनी ने भी हल्का-सा पाउडर लगाया था। शायद उसी ने पत्नी को पाउडर लगाने के लिए जोर दिया हो! वजनी झोला उसने नीचे रख दिया था।

"आपके पास मैसूर चन्दन का सोप है?" पत्नी ने दुकानदार से पूछा।

अरे, यही पत्नी की आवाज है? कितनी बदली हुई! कितनी भद्र! कितनी मीठी!

"कई दिनों से माल नहीं आ रहा है। आपको यह साबुन कहीं नहीं मिलेगा। दूसरे चन्दन की खुशबू के साबुन हैं। आप कहें तो दिखलाऊँ?"

"नहीं, मैसूर चन्दन का ही साबुन चाहिए। जीरा बतला दीजिए।" उसने कहा।

एक अल्युमीनियम की तश्तरी में नौकर जीरा लेकर आ गया। पत्नी ने उँगलियों से फैलाकर देखा।

डॉक्टरनी से उसने कहा, "यह अच्छा है। इसको ले लेते हैं।"

डॉक्टरनी ने सिर हिलाकर 'हाँ' कहा।

शाबाश!—मैंने मन-ही-मन उसे शाबाशी दी। उसमें मैंने एक आत्मविश्वास देखा। पर मैं सोच रहा था कि उसने जीरे का भाव क्यों नहीं पूछा? पूछने की जरूरत भी नहीं थी। भाव की सूची काले तख्ते में सफेद सुन्दर अक्षरों से लिखी गई थी। वह एक बड़े खानदान की बहू लग रही थी। दुकानदार उसके रौब में था। मेरी नजर उसके पैर पर पड़ी। उसका पैर साफ था लेकिन एड़ी में सूखी काली गहरी दरारें स्पष्ट दिख रही थीं। यदि उसके पैर चिकने होते तो क्षणभर के लिए मुझे शक हो जाता कि वह मेरी पत्नी है या कोई दूसरी औरत। इतनी बदली हुई थी। बहुत सभ्य, बहुत अच्छी। शादी के पहले भी वह खरीदी करती होगी? जब भी मैंने उसे बाजार जाने के लिए कहा, किसी-न-किसी बहाने बात टलती गई। क्या वह मेरे साथ बाजार जाने का तुक बैठा नहीं पा रही थी? क्योंकि खरीदी के सारे अरमान मुझसे अढ़ाई-तीन रुपये में पूरे हो जाते जबकि सभी औरतों में बाजार एक बुरी लत की तरह फैल गया था। साधारण हैसियत की औरतों में तो दस पैसे और पाँच पैसेवाले सट्टे की तरह हो गया था। मैं कब से उसमें दुनियादारी के प्रति आत्मविश्वास उसी हक से पैदा करना चाहता था जिस हक से उसके पेट से मेरा बच्चा पैदा होता। गरीब-से-गरीब आदमी के पास भी पत्नी से बच्चे पैदा करने के लिए न मालूम कितने ढेर-से सन्दर्भ थे। पर बाजार से खरीदी करने के सन्दर्भ अनोखी घटना की तरह होते या बुरी घटना की तरह।

"छीन की दो झाड़ू दे दीजिए।" पत्नी ने कहा।

झाड़ू क्यों?—मैंने सोचा। झाड़ू किसके लिए खरीद रही है? बेवकूफ है। असलियत जल्दी नहीं खुलनी चाहिए। यदि वह डॉक्टरनी के लिए झाड़ू खरीद रही है तो भी बुरी बात थी। दुकानदार को शक हो जाता कि यह असली खरीददार नहीं है। असली खरीददार तो वह है जो कुर्सी पर बैठी है। दुकानदार को मालूम था कि मैं असली खरीददार नहीं हूँ।

उनके निकलते ही मैं दुकान के अन्दर आ गया। मोटर में पीछे डॉक्टरनी के साथ वह बैठी और मोटर में हमेशा बैठते रहने की आदत से बैठी। बस में बैठने से मोटर में बैठना भी आ जाता होगा। डॉक्टरनी के साथ बाजार करने वह कई बार आ चुकी होगी। दोनों घर जाएँगी।

सोचने में मैंने घर में दो ताले लगे हुए देखे। पीछे के दरवाजे में पत्नी का ताला है जिसकी दोनों चाबी पत्नी के पास रहेंगी। मुझे उस चाबी से कोई

मतलब नहीं है। सामने के दरवाजे में मेरा ताला है जिसकी चाबी केवल मेरे पास रहेगी, और उससे पत्नी को कोई मतलब नहीं होगा। हम दोनों एक ही वजन इस तरह ढो रहे थे, जैसे दो अलग-अलग वजन हों! जो कुछ मैं उसके भविष्य के लिए कर रहा था, वही वह मेरे भविष्य के लिए कर रही थी, जो वजन था। बहुत कुछ पाते हुए एक पारदर्शी अलगाव हम दोनों के बीच ऐसा तैयार हो गया था, जिसके आरपार हम लोग आ-जा सकते थे। एक कमरे के बाद दूसरे कमरे में।

घर का दरवाजा खोलते ही मैंने घर को ऐसे देखा, जैसे किसी खाली डिब्बे के ढक्कन को खोलकर अन्दर झाँक रहा हूँ। अगर खालीपन भी कोई चीज थी, तो उसी से घर ठसाठस भरा था। इसके अलावा कुछ नहीं था। घर के अन्दर मैं उसी तरह आया, जैसे एक उपराहा खालीपन और आया है।

खाना नहीं बना था। भूख नहीं लग रही थी। दोपहर को खाना खाने की आदत बन गई थी। साहब के घर मेरा आना-जाना बढ़ गया था। दफ्तर यदि न भी जाऊँ तो भी बड़े बाबू की टोकने की हिम्मत नहीं होती, इसके बाद भी देर से दफ्तर जाने का डर अन्दर-ही-अन्दर बढ़ता रहता। साहब के घर जाने में मुझे कुछ नहीं होता था। लेकिन दफ्तर जाते वक्त घुटन होती थी।

मैं नहा रहा था, तब पत्नी की आवाज मुझे सुनाई दी। आवाज सामने से आ रही थी। भीगा हुआ कमरे में पानी टपकाता दरवाजा खोलने आया। रुककर मैंने पूछा, "मैं नहा रहा था, तुम थोड़ी देर रुक नहीं सकतीं?"

"जब तुम दरवाजे तक आ गए हो तो दरवाजा खोल दो। कब से खड़ी हूँ।"

"मैं बिलकुल गीला आ गया हूँ। पहले पोंछ लूँ।"

"जब तुम आ गए हो तो दरवाजा खोलते क्यों नहीं?"

"कपड़े बदल लूँ, तब खोलूँगा। ऐसे अच्छा नहीं मालूम पड़ता।"

"मैं घबड़ा रही हूँ, दरबाजा न खोलने के लिए तुम बहाना कर रहे हो।"

"तुमको मेरी बात पर विश्वास नहीं होता? सच में गीला खड़ा हूँ। अच्छा, तुम दरवाजे की दरार से देख लो कि मैं गीला हूँ या नहीं।"

उसने दरवाजे की दरार से देखा, "देख लिया, तुम गीले हो। अब दरवाजा खोल दो।"

"यदि मैं न खोलूँ तो तुम क्या करोगी?"

"क्यों नहीं खोलोगे, मैंने क्या किया है? मुझसे गलती हुई है?"

"दरवाजा नहीं खोलूँगा, तब तुम कहाँ जाओगी?"

"डॉक्टरनी के घर चली जाऊँगी, पर वो भी आराम कर रही होंगी। खोलो न!"

"नहीं खोलता। तुम डॉक्टरनी के घर चली जाओ।"

"अच्छा।" उदास होकर उसने कहा।

बड़ा पेट लेकर उससे पैदल चलते नहीं बनता होगा। थक गई होगी। फिर घूमकर डॉक्टरनी के घर जाएगी और थक जाएगी।

"रुक जाओ, खोलता हूँ।" मैंने कहा।

"मैंने सोचा था कि तुम पीछे से दरवाजे से आवाज दोगी। सामने के दरवाजे से क्यों आईं?"

"मैंने सोचा था, सामने ताला तुमने बन्द किया होगा और आए नहीं होगे।"

"तुमने यह कैसे सोच लिया?" मैंने दरवाजा खोला। उसे खाली हाथ अन्दर घुसते देख मेरे मुँह से निकला, "तुम कहाँ उतरी थीं?"

दरअसल मैं पूछना चाहता था कि तुम्हारी झाड़ू कहाँ गई? वह थकी हुई थी। आकर चारपाई पर लेट गई। मैं कपड़े बदलने लगा।

"इसीलिए मैं तुमसे कहता हूँ कि डॉक्टरनी का चक्कर छोड़ो। देखो, किस बुरी तरह थक गई हो!"

"डॉक्टरनी के कारण नहीं थकी। दरवाजे के सामने जो इतनी देर तक तुमने खड़े रखा था, उससे थक गई।" आँख मूँदे हुए उसने कहा।

"कितनी अच्छी साड़ी पहने तुम लेट गईं।" मैंने कहा।

"अरे!" वह उठ गई।

वह उठी तो बनियाइन पहने मैं चारपाई पर लेट गया। बिस्तर पर उसकी चौके की साड़ी थी, जो मुझसे दब गई थी। दबी साड़ी खींचकर उसने निकालने की कोशिश की। ताकत से खींचती तो साड़ी फट जाती। साड़ी कमजोर हो चुकी थी।

"तनिक उठो।" उसने कहा।

"मैं एक बेजान आदमी की तरह पड़ जाता हूँ। मुझे सरकाकर साड़ी निकाल लेना।"

मेरी बात सुनकर उसे दु:ख हुआ होगा, पर उसने ऐसा कुछ कहा नहीं।

"खाना बनाना है। दफ्तर नहीं जाओगे?"

"आज दफ्तर नहीं जाऊँगा।" कहकर मैं आँख मूँदे फिर बेजान आदमी हो गया।

खटिया के पैताने की तरफ जाकर दोनों पैर पकड़ बड़ी मुश्किल से उसने मुझे सरकाया। मैं वैसा ही सरका रहा। घूमकर वह सिरहाने की तरफ आई। मैंने अपने हाथों को पीछे कर दिया और उसने दोनों हाथों को पकड़कर मुझे फिर सरकाया। अब मुझसे साड़ी दबी हुई नहीं थी।

साड़ी उठाकर जाते हुए हँसते हुए उसने कहा, "साहब नाराज होंगे, यदि दफ्तर नहीं जाओगे।"

"मुझे साहब की धमकी देती हो?" तकिया उसकी तरफ फेंकते हुए मैंने कहा, "साहब के काम में सुबह से लगा रहा। कुछ तो रियायत करेंगे।" साहब का नाम सुनकर मैं और बेजान आदमी नहीं बन पाया। "तुम मुझे चैन से नहीं रहने दोगी। मैं भी तुम्हें डॉक्टरनी की धमकी दूँगा। यदि मुझे काम के लिए मँहगू बुलाने आता है तो तुम्हें काम के लिए बुलाने चौकीदार आता है। जैसे तुम उनके घर की रसोईदारिन बन गई हो! मैं मरूँगा तो तुम कहोगी—अरे, मर रहे हो? अच्छा है, अब मैं भी मर जाती हूँ। ये नहीं कहोगी कि हम दोनों को जीना है। हद हो गई।"

"मुझमें बहुत हिम्मत थी। अभी भी हिम्मत है। मुझे डर लगता है, यदि हिम्मत दिखलाई तो तुम साथ छोड़ दोगे। और मुझे दोष दोगे।"

"अच्छा, ठीक है, ठीक है। सब मेरी गलती है।"

जब वह चौके की साड़ी पहनकर तैयार हुई, तब मैंने उसे एक नया ताला दिखलाया, "यह तुम्हारा ताला है। पीछे के दरवाजे में ताला बन्द कर तुम आया-जाया करो। सामने के दरवाजे में मैं पुराना ताला लगाया करूँगा। नये ताले की दोनों चाबियाँ तुम रखोगी। पुराने ताले की दोनों चाबियाँ मेरे पास रहेंगी। मैंने सोचने में, घर के दोनों दरवाजों में ताले लगे देखे हैं। एक ताला पहले से है, दूसरा ताला और खरीद लाया। पहले तुम घर से बाहर नहीं निकलती थीं। तब एक भी ताले की जरूरत नहीं थी। कभी हम दोनों एकसाथ बाहर निकलेंगे, यह सोचकर ताला लाया था। साथ-साथ, ताला खोलकर अन्दर घुसेंगे। परन्तु हम दोनों को अब अलग-अलग बाहर रहना पड़ता है, इसलिए दो ताले जरूरी हो गए। एक से भी काम चल जाता, पर सोचो, तुमको दिन में चार बार आना-जाना पड़े तो घूमकर जाने में तकलीफ होगी। तुम्हें तकलीफ होगी या मुझे। दो ताले होने से दोनों को आराम रहेगा।"

"सामने के दरवाजे से मैं अब नहीं आ सकती। सामने के दरवाजे से आने-जाने का अब मेरा अधिकार नहीं रहा।"

"इसमें अधिकार की क्या बात है? तुम्हारी इच्छा है तो तुम्हीं सामने के दरवाजे से आओ-जाओ। सामने के दरवाजे से डॉक्टर का घर दूर पड़ेगा और पीछे के दरवाजे से मेरा दफ्तर।"

"तुम बाहर का दरवाजा बन्द करके चले जाओगे तो मैं नल का पानी कैसे भरूँगी? हाँ, बोरिंग से पानी लाने की सहूलियत रहेगी। पर बोरिंग साल के अधिकांश दिनों में खराब रहता है। पीने का पानी तो नल से लाना पड़ता है।"

"ऐसी स्थिति में दो पत्नियाँ होनी चाहिए : एक नल का पानी भरने के लिए और दूसरी बोरिंग का पानी भरने के लिए।" उसे चिढ़ाते हुए मैंने कहा।

"कभी अम्मा आईं तो बाहर का दरवाजा बन्द देखकर चिन्ता में पड़ जाएँगी कि हम दोनों कहाँ चले गए, जबकि हो सकता है, पीछे के दरवाजे से आकर मैं घर के अन्दर रहूँ।" पत्नी ने कहा।

"कभी-कभी मँहगू साहब की खबर लेकर पीछे के दरवाजे से भी आएगा। पीछे के दरवाजे में ताला बन्द देखकर वह लौट जाएगा कि घर पर कोई नहीं है। और लोगों को बाहर के दरवाजे की आदत पड़ गई है। एक ही दरवाजे में ताला बन्द कर जाना ठीक रहेगा। घर एक है।"

"हम दोनों एक नहीं हैं?" उसने पूछा।

"हाँ, हम दोनों एक हैं।" मैंने कहा।

सुनकर वह बहुत खुश हुई। मेरा मन भी हल्का हो गया।

**अपनी सुरक्षा के लिए घर की सिटकनी लगा ली।**
**दुनिया की सुरक्षा के लिए किस जगह सिटकनी लगेगी?**
**घड़ी देखना समय देखना नहीं होता।**

मन हो रहा था कि अब घर बदल देना चाहिए। एक बार नौकरी खो देने का मन भी हुआ। घर बदलने और नौकरी बदलने के बदले खुद को बदलना चाहिए। किससे अपने को बदलूँ? अन्दर-ही-अन्दर मैं अपने को बदलने की तैयारी करने में बहुत दिनों से जुटा हुआ था, इसमें मुझे बहुत समय लग सकता था। पहले मेरा अन्दर टूट-फूटकर कुरूप भी हो सकता था, बाद में ठीक! अम्मा की कमी हम दोनों को बहुत खलने लगी थी। हम दोनों के बीच में अम्मा का होना जरूरी हो गया था। कुछ दिनों पहले मैंने बड़े भाई को पत्र लिखा था कि अम्मा का अब यहाँ होना जरूरी है। अम्मा अच्छी तरह जानती हैं कि उनकी बहू की तबियत ठीक नहीं है। मेरी तबियत भी ठीक नहीं है। जिस दिन उनके आने का मन हो तो मैं छुट्टी लेकर लेने के लिए आ जाऊँगा। यदि उन्हें आसानी से छुट्टी मिल जाए तो भाभी-बच्चों को लेकर वे भी यहाँ आ जाएँ।

बड़े भाई को छुट्टी मुश्किल से मिलती थी। उनसे काम में बहुत गलतियाँ होती थीं। एक बार तो इतनी बड़ी गलती हो गई कि साहब खुद फँस गए थे। बड़े भाई की नौकरी जा सकती थी। बच्चों के साथ वे साहब के पास माफी माँगने गए। भाभी को भी ले जानेवाले थे, पर कुछ सोचकर कि उनसे कुछ गलत असर पड़ सकता है, नहीं ले गए।

बच्चों के साथ उनको देखते ही साहब जोर-जोर से डाँटने लगे थे। सबसे छोटी तीन साल की किन्नी और उससे बड़ा चार साल का किन्ना, दोनों ने तब रोना शुरू कर दिया था। बच्चों का रोना सुनकर साहब और भड़क गए।

धक्के मारकर निकलवा नहीं सकते थे, नहीं तो निकलवा दिये होते। बाई साहब अन्दर से यह सब देख रही थीं। वे आईं और किन्ना-किन्नी को एक-एक बिस्कुट पकड़ा दिया। छः साल के बड़े लड़के गुड्डन ने बिस्कुट लेने से इनकार कर दिया था। बाई साहब ने बिस्कुट उसकी जेब में डाल दिया। किन्ना-किन्नी बाद में नहीं रोए, बिस्कुट खाने में लगे रहे, जबकि बड़े भाई को साहब ने और डाँटा था।

बड़े भाई कहते थे कि किन्ना-किन्नी के कारण उन्हें माफी मिली। वे गुड्डन के ऊपर गुस्सा थे। साहब के घर से जब वे बाहर निकले तो उन्होंने गुड्डन से कहा कि जेब से बिस्कुट निकालकर खा लो परन्तु उसने बिस्कुट सड़क पर फेंक दिया। उन्होंने गुड्डन के सिर पर तमाचा मारा। सड़क पर था, इसलिए गुड्डन बिलकुल नहीं रोया। किन्नी बिस्कुट जमीन से उठाकर खाने लगी।

मैंने उनसे शादी के लिए मना किया था तब उन्होंने कहा था कि तुम्हारी नौकरी लग गई है, शादी करना अब जरूरी हो गया है। शादी-शुदा आदमी नौकरी के प्रति ईमानदार होता है। बच्चे हो जाने के बाद वह और भी ईमानदार हो जाता है।

जब उन्हें यह मालूम हुआ होगा कि कुछ महीनों बाद मैं बाप बनूँगा, तब उन्हें बहुत खुशी हुई होगी। नौकरी के लिए मेरी ईमानदारी कम होती जा रही थी, परन्तु साहब के लिए बढ़ती जा रही थी। काम मैं अभी भी मेहनत से करता था। परन्तु दफ्तर आने-जाने में लापरवाह हो गया था।

नियम से डॉक्टर के घर का सुबह का खाना पत्नी बनाने लगी थी। डॉक्टर की विधवा बहन उसके साथ होती। वहाँ से लौटकर आने के बाद घर के लिए खाना बनाती। रोज डॉक्टर के घर से कुछ-न-कुछ ले आया करती। चुनरी-साड़ी बहुत पहले चौके की साड़ी होकर फट चुकी थी। डॉक्टरनी ने उसे चौके के काम के लिए एक पुरानी साड़ी दी थी, जो चौके के लिहाज से बहुत अच्छी थी। धीरे-धीरे दिन का खाना घर में बनना बन्द हो गया। उसे फुर्सत नहीं मिलती थी। उसे रात को दूसरे दिन के लिए पराँठे सेंकने पड़ते। दफ्तर में काम बहुत बढ़ गया था। पानी न गिरने के कारण गाँवों से जत्थे-के-जत्थे किसान बीज,

कुएँ इत्यादि की तकावी के लिए दफ्तर के सामने पेड़ों के नीचे बरामदे में बैठे रहते। मैं पराँठे लेकर सुबह आठ बजे घर से बाहर निकल जाता। साहब के बँगले का छुट-पुट काम करके दफ्तर चला जाता था। बाई साहब के साथ मेरा बाजार जाना अधिक दिन नहीं चला। अकेले जाकर मैं सामान ले आता था। बाई साहब सामाजिक कार्यों में व्यस्त हो गई थीं। कई बार बँगले के गैरेज में मुझे खाना खाना पड़ता था। इस बीच कमजोरी के कारण मेरी भी तबियत खराब हुई। डॉक्टर साहब ने मुझे भी ताकत की दवाइयाँ दी थीं। छत की परेशानी नहीं थी। पानी गिरना बन्द हो ही चुका था। कभी गिरता तो पाँच-दस मिनट के लिए थोड़ी बौछार होती और पानी बन्द हो जाता। डॉक्टर साहब के बैंक इत्यादि का काम भी मैं करने लगा था।

दफ्तर में भाई साहब का पत्र मुझे मिला कि वे बुधवार को अम्मा को छोड़ने आए थे, परन्तु घर में ताला बन्द था। पड़ोस के नाऊ और किरानेवाले गुप्ता से पूछा तो दोनों ने बताया कि बहू डॉक्टर के बँगले में मिल सकती है। दोपहर का समय था, डॉक्टर के बँगले में बाहर कोई नहीं दिख रहा था। उन्होंने घंटी बजाई। कुछ देर बाद चौकीदार निकला। उन्हें और अम्मा को उसने बीमार समझा। उसने कहा कि अभी मरीजों के देखने का समय नहीं है। भाई साहब ने अपना परिचय देकर पत्नी और मेरे बारे में पूछा। चौकीदार ने इनकार कर दिया, उसे कुछ नहीं मालूम था। डॉक्टरनी घर पर नहीं थी, नहीं तो चौकीदार डॉक्टरनी से पूछकर बतला देता। उसने कहा कि पहले वह मेरी पत्नी को काम करने के लिए बुलाने जाया करता था, पर आजकल वह अपने मन से आया-जाया करती है। हारकर दोनों थके-हारे दफ्तर गए। रास्ते में नल देखकर अम्मा और बड़े भाई ने मुँह-हाथ धोया। सामान ज्यादा नहीं था। दो झोला सामान था। अम्मा बिस्तर लाना भूल गई थीं। एक छोटी बाँस की डोलची थी। डोलची में भाभी ने गुझिया बनाकर भेजा था। भूख लगी तो वहीं खड़े-खड़े उन दोनों ने गुझिया खाई। अम्मा का गुझिया खाने का मन नहीं था। हम लोगों के न मिलने के कारण उनका मन घबराने लगा था।

दफ्तर के बाहर बड़े भाई ने अम्मा को छोड़ दिया था। गौराहा बाबू से उन्होंने मेरे बारे में पूछा। गौराहा बाबू ने उन्हें बतलाया कि मैं पाँच रोज से दफ्तर नहीं आ रहा हूँ। अम्मा से जब बड़े भाई ने गौराहा बाबू की बात बतलाई तो वे रोने लगीं। वे कह रही थीं कि मालूम नहीं, हम दोनों को क्या हो गया है?

गौराहा बाबू ने मुझे साहब के बँगले में देखने के लिए कहा था। मेरी पत्नी के बारे में गौराहा बाबू ने बतलाया कि डॉक्टर के बँगले में मिल सकेगी। मेरे घर से वे होकर आ गए थे। दुबारा जाने की हिम्मत नहीं हुई कि यदि इस बार भी कोई नहीं मिला तो अम्मा को बहुत दुःख होगा। साहब के बँगले जाने का मन नहीं हुआ। पता नहीं, साहब नाराज हो जाते। कह देते, जाकर पुलिस में खबर करो। घर लौटने के लिए गाड़ी का समय हो गया था। यह गाड़ी छूट जाती तो दूसरे दिन इसमें जाना पड़ता। और कोई गाड़ी नहीं थी। उन्हें छुट्टी नहीं मिली थी। इसलिए रुक नहीं सकते थे। अम्मा से उन्होंने पूछा कि क्या किया जाए, रात को भी हम लौट पाएँगे, यह कुछ कहा नहीं जा सकता था। तब रात को ठहरने में दिक्कत होती। वैसे पिछवाड़े की खिड़की दो-तीन धक्के में टूट जाती। खिड़की के रास्ते घर के अन्दर घुस सकते थे। पर मकान-मालिक नाराज हो जाता। कोई उनको चोर समझता।

अम्मा को कुछ समझ में नहीं आ रहा था। अम्मा पूछ रही थीं कि आखिर मैं और पत्नी कहाँ हो सकते हैं। मेरे बारे में पता लगाने के लिए कह रही थीं। अम्मा को वे किसके भरोसे छोड़ जाते! अम्मा का मन लौटकर जाने का नहीं था। स्टेशन आ जाने के बाद अम्मा को याद आया कि गुझिया की डोलची दफ्तर में किसी को दे देते तो अच्छा रहता। खैर, दोनों वापस घर चले गए।

पत्र को फाड़कर मैंने फेंक दिया था। पत्नी यदि यह सब पढ़ जाती तो रोने लगती। तब भी मुझसे रहा नहीं गया। मैंने उसे बतलाया कि अम्मा आई थीं, बड़े भाई के साथ, लेकिन घर में हम दोनों नहीं थे। ताला बन्द देखकर लौट गईं।

पत्नी ने निराश होकर कहा, "मुझे शंका थी कि अम्मा ताला देखकर लौट जाएँगी।" यह कहकर वह टप-टप आँसू बहाने लगी। रोते-रोते उसने कहा, "किसने तुमसे ताला खरीदने के लिए कहा था?"

"सब मेरा दोष है। जब घर से हम दोनों को बाहर जाना था, ब्लाउज का कपड़ा खरीदने, तब ताला न होने के कारण निकल नहीं पाए थे।"

"ब्लाउज का कपड़ा खरीदने कभी नहीं गए। ताला खरीदकर ले आए।"

"मैं सोच रहा था कि दूसरों की तरह हम दोनों साथ-साथ घूम-फिरकर खुशियाँ मनाएँ।"

"मुझे घर के अन्दर घुसे रहने में कोई दुःख नहीं था। मैंने तुमसे कभी नहीं कहा कि घुमाकर लाओ, सिनेमा दिखाकर लाओ।"

"तो गड़बड़ी क्या हुई? तुम्हारी सिनेमा देखने की इच्छा नहीं होती। जब भी तुमको अपने साथ बाहर चलने के लिए कहा, तुमने इनकार कर दिया।"

"तुम्हारे साथ जाती, तो भी ताला बन्द करना पड़ता।"

"वही अच्छा रहता।"

"छत के टपकने की बातचीत के लिए तुमने मुझे डॉक्टरनी के पास भेजा था।"

"मैं डॉक्टर से बात नहीं कर पाया था। तुम डॉक्टर की विधवा बहन के साथ एक बार जाकर डॉक्टरनी से पहचान कर चुकी थीं। छत टपकने के कारण हम दोनों का रहना मुहाल नहीं हो गया था? मैंने तुम्हें डॉक्टरनी के पास जाने के लिए कहा था, वहाँ जाकर चावल पछोरने और चाय पीने के लिए नहीं कहा था।"

"तुम बाद में बीमार पड़ गए थे और बीमारी में डॉक्टर ने मुफ्त में इलाज किया था।"

"मैंने डॉक्टर के पास जाने के लिए मना किया था। सम्पत मुझे जबर्दस्ती उठाकर ले गया था।"

"मुझे घबराहट लग रही थी।" उसे चक्कर-सा आ गया।

गहरी चोट लगने से खून का निकलना बन्द नहीं होता। उसे अम्मा की बहुत याद आ रही थी। उसका रोना देखकर मैं भी घबरा गया। उसे डर लग रहा था कि आगे क्या होगा। बड़ी मुश्किल से उसे समझाया। जब उससे कहा कि कल ही जाकर मैं अम्मा को लेकर आता हूँ, तब उसे सन्तोष हुआ और वह खुश होकर हँसने लगी।

थोड़ी देर बाद पत्नी ने कहा, "आजकल मुझे भूख बहुत लगती है। थक भी जल्दी जाती हूँ। रात को नींद बहुत आती है। पर मुझे इस मकान-मालिक डॉक्टर को दिखाने के लिए मत कहना। अब डॉक्टरनी मुझे बुलाएँगी तो भी नहीं जाऊँगी। दुहरा काम हो गया है।"

"अम्मा को लेने जाऊँगा, तो मेरी गैरहाजिरी में तो कुछ नहीं होगा?"

"कुछ नहीं होगा। मैं मुहल्ले की रौताइन से बोल दूँगी कि वह मेरी सहायता करेगी और जरूरत हुई तो मैं उसके साथ सरकारी अस्पताल चली जाऊँगी। परन्तु अभी कई दिन हैं और अम्मा को लेने तुम कल जा रहे हो।"

"अगर खतरेवाली बात हो तो तुम डॉक्टरनी के पास चली जाना, कुछ दिन और सह लेंगे। उनसे दो दिन बाद ही छुटकारा हो जाएगा।"

"आज से छुटकारा हो गया। मैं उनकी खरीदी नौकरानी नहीं हूँ। चौकीदार बुलाने आएगा तो इनकार कर दूँगी।"

"मैं भी दफ्तर के समय दफ्तर में रहूँगा। साहब के बँगले नहीं जाऊँगा। दफ्तर से सीधे घर आकर तुम्हारे पास रहूँगा। अम्मा को लाकर, शाम को हम तीनों घर में ताला बन्द कर घूमने के लिए जाएँगे।"

"तब अगर बड़े भाई आ जाएँगे तो ताला बन्द देखकर लौट जाएँगे।"

"नहीं लौटेंगे, चाबी नाऊ को दे जाएँगे।"

"नाऊ को चाबी देकर, अभी घूमने चलें?" उसने पूछा।

"हाँ," खुश होकर मैंने कहा।

तभी मुझे याद आया कि कल सुबह की गाड़ी से जाना है, तो मुझे बड़े बाबू के घर छुट्टी की दरख्वास्त लेकर जाना होगा, "अभी नहीं जा सकते क्योंकि कल सुबह एक्सप्रेस से निकलना होगा। इसलिए बड़े बाबू को खबर करनी होगी। अभी उनके घर जा रहा हूँ।"

"अच्छा, लौटकर आओगे तब चलेंगे। अम्मा का घूमने का बहुत मन होता है, पर संकोच से कुछ नहीं बोलतीं।"

अम्मा को लेने जाने का मतलब पच्चीस रुपये का खर्च। रोजमर्रे के खर्च से अलग खर्च। बाजार में कई चीजें चौगुनी कीमत की हो गई थीं। बारिश न होने से बचा-खुचा चावल भी बाजार से गायब हो चुका था। कुछ दिनों से लोगों को राशन की दुकान से बहुत राहत थी। परन्तु राशन की दुकान से उधारी सामान नहीं मिलता था। गुप्ता जी की दुकान की उधारी करीब चार सौ रुपये की हो गई थी। चार सौ से ऊपर उधारी को न तो गुप्ता जी पहुँचाने दे रहे थे और न मैं पटाकर चार सौ से नीचे उतार पा रहा था। यानी उन्होंने नगद खरीदने के लिए कहा था। उन्होंने साफ-साफ कह दिया था कि जब तक उनकी उधारी पट नहीं जाती, राशन की दुकान से मैं शक्कर, चावल, गेहूँ खरीद नहीं सकता। उन्होंने मेरा राशनकार्ड अपने पास जमा कर लिया था। पत्नी कहती थी कि चार सौ रुपये की उधारी हो नहीं सकती है। मैंने कहा कि उधार देनेवाले को हम लोग शक की नजर से देखते हैं। मैंने हिसाब समझ लिया है। हिसाब ठीक है।

मैंने गुप्ता जी से कहा, "मेरे नाम का राशन आप अपनी दुकान में लाते होंगे?"

"हाँ, लाते हैं।"

"शक्कर भी लाते हैं, और मुझे तिगुनी कीमत में बेचते हैं।"

"चार सौ रुपये की उधारी का ब्याज आपसे वसूल करता हूँ। छोटा-मोटा व्यापारी हूँ। चार सौ रुपये में मेरा बहुत काम निकलता।"

मैं सोच रहा था कि राशनकार्ड के खो जाने की दरख्वास्त देकर दूसरा कार्ड बनवा लूँ। परन्तु गुप्ता जी को मालूम हो जाता और वे उधारी पटाने के लिए सिर पर सवार हो जाते।

महँगाई के बढ़ते रहने के कारण लोगों की शिकायत करने की हिम्मत टूट गई थी। झुंड-के-झुंड देहाती शहर के भिन्न-भिन्न हिस्सों से घुसते। उनके पास जो कुछ बचा होता, यानी बर्तन, कंबल, लड़कियाँ इत्यादि, शहर की सीमा में आते ही लोग दाम लगाकर खरीदने की फिराक में लग जाते थे। शहर के बीच तक पहुँचते-पहुँचते वे लोग कुछ बेच-बाच, कुछ लुटाकर छुटकारा पाते और जैसे-तैसे जान बचाते हुए नौकर-बाजार में अपने पूरे परिवार के साथ खड़े हो जाते। लड़कियों को, लोगों के पास काम भी नहीं रहता था, तब भी काम कराने ले जाते। पहले से अच्छी-अच्छी लड़की छाँट लेने की कोशिश करते। नौकर-बाजार में बढ़ती हुई भीड़ से और काम मिलने की आशा में लोग आठ बजे के बाद भी देर तक खड़े रहते, इस कारण दुकानदारों को परेशानी होने लगी थी। इनकी भीड़ को अपनी दुकान के पाटे से खदेड़ने के बाद ये दुकान खोल पाते थे। ग्राहकों को इनके बीच से दुकान के अन्दर घुसने में कठिनाई होती थी। कई बार दुकानों के पाटे बरामदे में छोटे-छोटे बच्चे टट्टी-पेशाब कर देते थे। दुकानदार दुकान खोलते समय इस गन्दगी को देखता तो गुस्से से आसपास जिस किसी को छोटे बच्चे के साथ पहले देखता, उसको पकड़कर पूरी गन्दगी साफ करवाता। उसके बच्चे की गन्दगी नहीं भी होती तो भी दुकानदार के डर से उसे सफाई करनी पड़ती।

नौकर-बाजार में भीड़ के बढ़ते जाने से मजूरी इतनी सस्ती हो गई थी कि एक बटकी पसिया पेज की रोजी में कोई भी काम के लिए तैयार हो जाता। बहुत से मोची, बढ़ई खजरू मोची की तरह काम खोजने के बदले भीख माँगने लगे थे। पर अचानक भीख देने की संस्कृति का लोप हो गया था। मँहगू या

दुकालू जब पैदा हुआ था, तब ऐसी ही स्थिति या इससे भी खराब परिस्थिति रही होगी। तो मेरे बच्चे के जन्म का समय भी अकाल का समय होग., मैंने सोचा। अकालू और मँहगू जैसे नाम टोटके के लिए भी रखे जाते थे ताकि बुरा समय उस पर उतना बुरा प्रभाव न डाल पाए। मुझे अपने बच्चे का नाम मँहगू या दुकालू रखना होगा, हजारों-लाखों बच्चों के जन्म का समय यही होगा। मजबूर कामगार को भिखारी, भिखारिन बना देनेवाले वक्त की बुराइयों से बचाने के लिए? यदि लड़की हुई तो उसका नाम मँगतिन रखना होगा? यह नाम ठीक नहीं होगा। लड़के क नाम टोटके के लिए 'यथार्थ' भी रखा जा सकता था और लड़की का नाम टोटके के लिए 'विचार'। 'यथार्थ' अकाल नहीं है। 'यथार्थ' हरे-भरे खेत हैं। 'विचार' लड़के का नाम हो सकता था। लड़की का नाम बनाने के लिए मुझे विचारदर्शिनी रखना होगा। लेकिन एक अच्छा विचार और एक अच्छी विचारदर्शिनी।

दूसरा दिन शनिवार था। कल यदि अम्मा को लेने जाता तो कल ही मुझे लौटना होगा। इसलिए बहुत सुबह और बीतती रात की एक्सप्रेस गाड़ी ठीक थी। छुट्टी की दरख्वास्त के साथ बड़े बाबू से मिलना जरूरी था। बड़े बाबू जहाँ रहते थे, वहाँ एक ही तरह के बहुत-से सरकारी क्वार्टर थे। एक ही समान नौकरों के क्वार्टर होने के कारण किसी क्लर्क के लिए निकाले गए कार्बन कागज की प्रतिलिपि-से थे। किराए के मकान की तुलना में बहुत सुविधाजनक थे। सभी नौकरीवालों को यहाँ इकट्ठा देखकर लगता था कि इनके ऊपर का आकाश इतना बड़ा और ज्यादा है कि इसे अपनी-अपनी तरह सोचने के लिए ये लोग अब स्वतंत्र हो गए हैं। इस प्रतिलिपि में बड़े बाबू के घर की पहचान यह थी कि उन्होंने अपने घर के सामने ईंटों का एक छोटा चबूतरा बना रखा था। यह चबूतरा उनकी साइकिल सवारी के लिए था। अगर उनकी साइकिल में घोड़े से भी कम समझ होती तो भी वह इनके बाहर निकलने के वक्त खुद चलकर चबूतरे के पास आकर खड़ी हो जाती। साइकिल सवारी का इनका ऐसा इन्तजाम था।

बड़े बाबू ने मुझे देखा तो बहुत खुश हुए। वे धोती को लुंगी की तरह लपेटे हुए बाहर टहल रहे थे। 'आओ! आओ!' कहकर उन्होंने मेरा हाथ पकड़ लिया।

वे मुझे घर के अन्दर ले जाने लगे। घर के अन्दर आते ही वे फुसफुसाकर बात करने लगे थे। मैंने ध्यान दिया था कि वे इस तरह आड़ में बैठे थे कि बाहर से अन्दर घुसनेवाला उनको एकदम से नहीं देख सकता था। बाहर भी वे टहल रहे थे, तब जब तक मैं उनके झाड़ियों के छोटे अहाते के अन्दर आ नहीं गया था, तब तक उन्हें देख नहीं पाया था। जैसे ही मैं अन्दर घुसा था, उन्होंने मुझे पकड़ा था। उन्होंने मुझे इस तरह देखा था कि मैं उनका लड़का हूँ। बाद में उन्होंने देखा कि मैं उनका लड़का नहीं, सन्तू बाबू हूँ। जब वे घर के अन्दर ले जाने लगे तब मैंने कहा था, "कमीज उतारने का तो विचार नहीं है बड़े बाबू? आपने मुझे अच्छा चक्कर में डाल दिया।"

"कौन-सा चक्कर है भाई? कोई चक्कर नहीं है।" उन्होंने कहा।

"मुझे कल की छुट्टी चाहिए। अम्मा को लेने जाना है।"

"क्यों, क्या बात है?"

"मेरी पत्नी को बच्चा होनेवाला है। पत्नी की तबियत ठीक नहीं रहती।" झेंपते हुए मैंने कहा।

"बहुत खूब! बड़ी खुशी की बात है।" बिलकुल दबी आवाज में उन्होंने कहा, "चाय पिओगे?"

"मैं शराब नहीं पीता!" मुसकराते हुए मैंने कहा।

बड़े बाबू एक खामोश जोर की हँसी हँसे।

"सन्तू बाबू, मेरा घर भी एक छोटा-मोटा मालखाना है। तुम जो कहोगे, मिल जाएगा, आजमाकर देख लो। अफीम खाओगे?"

"मैं नशा नहीं करता।" मैंने कहा।

बड़े बाबू ने हँसते हुए अपनी ढीली हो गई लुंगी कसी।

"बड़े बाबू, मेरे मन में एक शंका है। यदि आप बुरा न मानें तो कहूँ?"

"बुरा क्यों मानूँगा? बोलिए।"

"आपके लड़के के सम्बन्ध में है।"

"मैंने अपने लड़के के बारे में गन्दी-से-गन्दी और बुरी-से-बुरी बातें सुनी हैं। तुम कहो।"

"मैं सोचता हूँ, साहब को अभी तक नौकर नहीं मिला और आपको आपका लड़का। आप दोनों मिलकर किसी एक लड़के को तो नहीं ढूँढ़ रहे हैं?" मैंने पूछा।

"तुम्हारे मन में ऐसी शंका कैसे हुई? मैंने इस तरह कभी नहीं सोचा था।" वे उदास हो गए।

मैंने कहा, "मैं घर में आनेवाले लड़के के लिए अपने को तैयार नहीं कर पा रहा हूँ। घर का वातावरण पहले बहुत अच्छा था। पानी तो गिरता नहीं, छत के टपकने की परेशानी नहीं है। पर शुरू में जोर-जोर की बारिश हुई थी, उससे अभी तक सीलन है। दूसरी बरसात के पहले मुझे इस मकान को बदलना है। नौकरी से खर्च पूरा नहीं होता। मैं रेडियो बनाने का काम सीखना चाहता हूँ। यदि इस नौकरी में रहूँगा तो पन्द्रह-बीस साल बाद मेरी भी पदोन्नति होगी। मैं बड़ा बाबू हो जाऊँगा और तब किसी दिन मेरा लड़का भी भाग जाएगा। मैं अपने साहब के लिए नौकर और अपने लड़के को साथ-साथ ढूँढूँगा। और जब-तब अपने नये मातहत बाबू को नौकर की कमीज पहनाकर साहब को खुश रखूँगा। आपके पहले जो बड़े बाबू थे, क्या उनका लड़का भी भाग गया था?"

"नहीं, उनका लड़का नहीं भागा। उनका लड़का बहुत भला है। अब तो वह भी कमाने लगा होगा। तुम्हारी तरह होगा।"

"मेरे साथ मजबूरी की आदत है। आपके साथ भी यही है। आप मजबूरी की आदत को सिर्फ आदत कहते हैं।"

"काम को तुम मजबूरी कहते हो, उसे तुम अपना कर्तव्य समझ लो।"

"काम को कर्तव्य से जोड़ने के लिए कहते हैं, पर काम को आप आदमी से नहीं जोड़ते। यदि मैं रोज सुबह-शाम साहब के बँगले की घास उखाड़ता रहूँ तब भी बहुत खुश होकर आप मुझे वेतन देंगे। काम का कोई दबाव नहीं है, साहब का दबाव है, पर वह भी काम के लिए नहीं है। मालूम नहीं, किसके लिए है? साहब की खुशी की फिक्र आप लोग करते हैं, काम की फिक्र किसको है? नौकरी का अनुभव, यानी, काम को कैसे अटकाना। यदि मैं अच्छी तरह काम करता हूँ तो नया मुल्ला कहलाता हूँ। मुझे लोग पीर के कमरे में बैठने के लिए कहते हैं। कभी सीधे मजार पर जाकर बैठने के लिए कहते हैं। मैं खुर्राट पुराना नौकर होने के पहले रेडियो मिस्त्री बनना चाहता हूँ। बिगड़ा हुआ रेडियो सुधार दूँ और उससे गाने आने लगें, खबरें आने लगें तो मुझे लगेगा, मैंने कुछ किया है। यहाँ आदमी को बचाने के लिए अनगिनत फाइलें खोलकर नहीं बैठे हैं, साहब को बचाने के लिए फाइलें हैं। कागज में हमारे दस्तखत को देखकर साहब दस्तखत करते हैं, पर वे हमें कहीं भी

दस्तखत करने के लिए मजबूर कर सकते हैं। अभी तक जितनी भी झंझटें हुई हैं, साहब उसमें कभी नहीं फँसे। हम लोग फँसते हैं। कागज पर लिखने से मुझे डर लगता है कि गलती तो नहीं हो रही है? साले या बड़े भाई किसी को चिट्ठी लिखता हूँ तो लाल डिब्बे में डालने के पहले दस बार पढ़ता हूँ कि मैं जो कहना चाहता हूँ, वही लिखा है या नहीं। यह तभी तक है जब तक मुझमें थोड़ी-बहुत ईमानदारी बाकी है। जब ईमानदारी खत्म हो जाएगी तब मुझे फाइलों से डर लगना बन्द हो जाएगा। पहले मुझमें उत्साह था। इसके पहले कि मैं सबकी तरह बेईमान हो जाऊँ, मैं इस संस्था से दूर होना चाहूँगा। इस संस्था को अकेला मैं नहीं बचा सकता। कम-से-कम अपनी ईमानदारी तो बचा सकता हूँ। आप मेरे बड़े भाई को जानते ही हैं। वे नौकरी के नाम से इस हद तक कमा चुके हैं कि उनका उठना-बैठना साहब के लिए होता है। उन्होंने चचेरे बड़े भाई से इसलिए घरेलू सम्बन्ध भी तोड़ लिये कि चचेरे बड़े भाई से साहब नाराज हैं। दोनों एक ही दफ्तर में काम करते हैं। मैं अपने घर की हालत जानता हूँ, परन्तु कुछ भी नहीं जानता, जैसे, अपने घर में अपनी बराबरी से बैठाकर मँहगू को खाना खिलाने की इच्छा होती है, लेकिन मैं अभी तक यह कर नहीं पाया। शुरुआत मेरी गलत हुई, मैं उस दिन का इन्तजार करने लगा हूँ कि बाई साहब मेरे घर के पाटे पर बैठकर खाना खाएँ। उस वक्त जोर का पानी गिरता रहे तो मजा आएगा। जबकि शुरुआत मँहगू से करनी चाहिए और छप्पर को सुधरवाकर करनी चाहिए ताकि मँहगू को खाना खाते समय तकलीफ न हो। मुझे अम्मा की सख्त जरूरत है।"

मेरे चुप होते ही बड़े बाबू मेरी हथेली देखने लगे। उन्होंने कहा, "सन्तू बेटे, मैं तुम्हारा भविष्य जानता हूँ। न तो तुम नौकरी छोड़ोगे और न रेडियो का काम सीख पाओगे। इसके लिए तुम्हें दफ्तर से आज्ञा लेनी होगी। आज्ञा तुमको नहीं मिलेगी। घर का वातावरण खराब है तो जिससे खराब है, उसे छोड़ दो। नौकरी क्यों छोड़ोगे? घर का वातावरण जितना खराब हो, उतना दफ्तर का काम और दफ्तर की जिम्मेदारी बढ़ा लेनी चाहिए। व्यस्त रहना चाहिए। अगर मुझे दफ्तर न जाना पड़े और ध्यान खोए लड़के की तरफ रहे तो मैं पागल हो जाऊँगा। अगर बाई साहब को मालूम हो जाए कि तुम्हारे चौके के पाटे पर बैठकर खाना खा लें तो आप उनके गुलाम हो जाएँगे तो घिन लगने के बावजूद वे जरूर खाएँगी।"

"यह मेरी शनिवार की छुट्टी की दरख्वास्त है।"

"और छुट्टी नहीं बढ़ाना, सोमवार को आ जाना।" बड़े बाबू ने कहा।

"नमस्कार।" मैंने कहा।

"नमस्कार।" उन्होंने जवाब दिया।

सुबह जल्दी समय पर उठने के लिए मास्टर जी से अलार्म घड़ी ली। उनसे मैंने कहा, "पत्नी की तबियत खराब रहती है, मुझे अम्मा को लेने जाना है।"

"क्यों?" उन्होंने कहा, "क्या बहुत खराब है? तुमने मुझे बताया नहीं।"

"जी, मैं बाप बननेवाला हूँ।" मैंने कहा।

वे बड़े बाबू की तरह खुश नहीं हुए। उन्होंने कहा, "जब भी जरूरत हो, घर पर खबर कर देना। हम लोग तुरन्त आ जाएँगे।"

उन्होंने बच्चा होने के पहले की और बाद की सावधानियाँ मुझे बतलाईं।

"खैर, आपके और डॉक्टर साहब के घरेलू सम्बन्ध हैं। आपको चिन्ता नहीं करनी पड़ेगी।"

"ऐसी बात नहीं है मास्टर जी।"

"तुम्हारी जानकारी में मेरे लायक कोई ट्यूशन हो तो बतलाना।"

"हाँ!" मैंने कहा। "अच्छा, तो चलता हूँ, सोमवार को घड़ी लौटा दूँगा। कल भी आप पत्नी से घड़ी ले सकते हैं। मैं पत्नी से कह दूँगा। वह आपके घर घड़ी पहुँचा देगी।"

"उनको तकलीफ मत दो, मैं खुद ले लूँगा। पर आपकी पत्नी घर पर मिलेंगी? इस बीच मैं दो-तीन बार आपके घर गया था, घर में ताला बन्द मिला।"

"आप बेवक्त आए होंगे। ऐसे वक्त आइए जब हम लोग हों।"

अगर मास्टर जी पूछते कि सही वक्त कौन-सा है, जब हम दोनों घर पर मिलेंगे, तब निश्चित वक्त मैं बतला नहीं सकता था। घर में रहने और बाहर निकलने का कार्यक्रम हम लोग तय नहीं करते थे।

जाने के पहले, उन्होंने फिर बच्चा होने के पहले और बाद की सावधानियाँ बतलाईं। इस बार उन्होंने एक बात और जोड़ दी कि मेरी पत्नी को अधिक-से-अधिक समय घर में या घर के आसपास ही रहना चाहिए।

मुझे भी अधिक समय तक घर या घर के आसपास रहना चाहिए। बार-बार घर से बाहर नहीं निकलना चाहिए। यदि दोनों घूमने जाएँ तो अस्पताल की तरफ जाएँ, अस्पताल से दूर न जाएँ। एक झोले में जचकी के समय काम आनेवाले कपड़े हमेशा तैयार रखना चाहिए। घर से बाहर निकलो तो काम निपटाकर जल्दी लौट आऊँ, जैसे पान खाने गए तो पान खाकर तुरन्त वापस आ जाऊँ। किसी के साथ गप्प न मारूँ। यदि गप्प मारना हो तो दोस्त को अपने घर ले आऊँ, इत्यादि। मैंने उन्हें याद दिलाया कि मुझे अम्मा को लेने जाना पड़ेगा। वह भी घर से कई मील दूर और लौटने में कुछ घंटे लग जाएँगे। सुबह से शाम तक मैं घर में नहीं रह पाऊँगा। तब उन्होंने बेफिक्र रहने के लिए कहा और कहा कि मेरी गैरहाजिरी में वे मेरे घर के दो-तीन चक्कर लगा लेंगे।

"रात को आपके घर पर किसी का रहना आवश्यक है?"

"मैं शाम तक घर लौट आऊँगा।"

"तब ठीक है। आप बेफिक्र रहिए, नहीं भी आएँगे तो मैं अपनी पत्नी को आपके घर भेज दूँगा।"

"मैं शाम तक जरूर लौट आऊँगा।"

पत्नी डरपोक थी। जब वह घर पर अकेली होती तब अपने को वह पूरे घर में बन्द कर लेती थी। रात को घर पर अकेली रहना वह बर्दाशत नहीं कर सकती थी। पड़ोसियों से उसका ज्यादा मेल नहीं हो पाया था। सहेली के नाम पर शकुन उसकी सहेली थी, जिसे मैंने अभी तक नहीं देखा था। भीड़ में या अकेले में शकुन को देखकर मैं पहचान नहीं सकता था कि यह मेरी पत्नी की सहेली है।

जवान औरतों को जान जाने से ज्यादा बलात्कार का डर रहता था। परन्तु पत्नी को जान जाने का ज्यादा डर था। मैं सोचता था कि उसे बलात्कार का डर ज्यादा होना चाहिए। अगर उसकी जान चली जाए तो मुझे बहुत दुःख होगा, इतना दुःख कि उसे भोगने के लिए मुझे पूरी जिन्दगी जीना होगा। आत्महत्या को मैं बेवकूफी समझता था। तब पत्नी की जान जाने

से मैं दुखी होता, पर अपमानित नहीं होता। बलात्कार होने से लोगों की सहानुभूति मेरे साथ नहीं होती! लोगों के सन्दर्भ से सोचने में धोखा होता था। बलात्कार से ज्यादा बड़ी दुर्घटना जान जाना है। पर चलन ऐसा नहीं था। दूसरों की सहानुभूति, हमारा स्वाभिमान तैयार करती थी।

तीन दिन के भूखे आदमी को यदि समझदारी से गुदगुदाया जाए तो उसे भी हँसी आ जाएगी, इस समझदारी के शिकार करोड़ों आदमी थे।

मेरा परिचय एक ऐसे लड़के से था जो काला और बहुत-से परिचितों की तरह लम्बा था। एक जगह से दूसरी जगह वह इस तरह जाता था, जैसे कदमों से दूरी नापता हो! एक दिन जब वह अपने घर की ओर से स्टेशन के पासवाली चाय की दुकान पर मेरे पास आकर रुका तब मैंने उससे पूछा, "घर से यहाँ मेरे पास तक की कितनी दूरी है?"

उसके बाद मैं उसके साथ चलने लगा था।

"यदि तुम रुकते तो बतलाता। हम दोनों साथ चल रहे हैं और मेरे घर से तुम्हारी दूरी बढ़ती जा रही है।"

मेरा मूड खराब था। मुझे ऐसे ही दोस्त की जरूरत थी जो मुझे हँसाए। चुटकुले सुनने के लिए उसके बहुत-से दोस्त थे। मैं भी उसका इसी तरह का दोस्त था। वह बहुत दिनों से नौकरी ढूँढ़ रहा था।

वह अखबार लिये सिर झुकाए लम्बे कदम रखता, जाता हुआ दिखाई दिया।

"अभी कहाँ से कदम रखते हुए आ रहे हो?" मैंने उसे पुकारा।

उसने सुन लिया था।

रुककर उसने कहा, "मोटर स्टैंड से।"

"कहाँ तक जाओगे?"

"रेलवे स्टेशन तक।"

"दोनों के बीच कितने कदम की दूरी होगी?" मैंने पूछा।

उसने कहा, "कदमों से दूरी नापना गलत काम है। पहले जिन्दगी के प्रति मेरे मन में उत्साह था, इसलिए लम्बे कदम रखता था। अब उत्साह कम हो जाने के कारण छोटे-छोटे कदम रखना पड़ता है। पहले मोटर स्टैंड से रेलवे

स्टेशन कम दूर था। अब ज्यादा दूर हो गया है। मेरे घर से तुम्हारा घर भी दूर हो गया। पड़ोसी, मित्र, अस्पताल, स्कूल ग्राउंड पहले से दूर हो गए हैं। अपन दोनों कितने दिनों बाद मिले हैं। शराब भट्ठी, माता देवालय जैसी जगहों में न पहले जाता था, न अब, इसलिए ये उतनी ही दूर हैं। जो अखबार मुझे मोटर स्टैंड में नहीं मिला, सोचता हूँ, रेलवे स्टेशन में मिल जाएगा, इसलिए उधर जा रहा हूँ।"

"उत्साह कम हो जाने से आशा कम नहीं होती।" मैंने कहा।

"आशा की कमी नहीं है। सुनो, एक आदमी हमेशा लड़ता रहा और हमेशा हारता रहा। आखिरी बार हारकर जब वह मरने लगा तो लोगों ने उससे पूछा, 'अब तो तुम मर रहे हो, कम-से-कम एक बार तो जीत जाते। हम लोगों को दुख है कि अब तुमसे लड़ाई नहीं होगी। तुम्हें कितनी बार हारना है, इसकी गिनती आज पूरी हो चुकी है।'

"उस भीड़ में हमारी-तुम्हारी उम्र के लड़के भी थे। मरनेवाले आदमी ने जवाब में मुसकराते हुए कहा, 'उधर देखो, मैं कितनी तैयारी के साथ चला आ रहा हूँ।'

"लोग उधर देखने लगे जिधर उसने इशारा किया था। वहाँ कुछ पेड़ों के सिवाय कुछ भी नहीं था। उन सब लोगों को बुद्धू बन जाते देख मरनेवाले का लड़का, जो उदास खड़ा था, खिलखिलाकर हँस पड़ा। अपने लड़के को हँसता देखकर आदमी मुसकराकर मर गया। तब उसके लड़के ने सोचा कि उसे जल्दी तैयार होकर पेड़ों की तरफ से आना होगा।"

ज्यों-ज्यों जचकी का दिन नजदीक आने लगा था, वह मेरी फिक्र में परेशान होती जा रही थी। मैं भी उसकी बहुत फिक्र करने लगा था। अरहर की गाढ़ी दाल उसे अच्छी लगती थी। वह उन चीजों का स्वाद याद में लिया करती थी, जिन्हें वह शादी के पहले अपने पिता के घर खाती थी। अरहर की फल्ली का निमोना खाने का उसका बहुत मन था। कई रोज तक लगातार सब्जी-बाजार जाने पर भी मुझे अरहर की फल्ली नहीं मिली। खेत सूख गए तो खेत की मेड़ पर बोई जानेवाली अरहर सबसे पहले सूखी होगी।

सब्जी-बाजार में भीड़ बहुत कम हो गई थी। बाजार में जहाँ खड़े होने लायक जगह नहीं बचती थी, वहाँ लड़के गोली-कनेर खेलते दिखते थे। अलबत्ता कसाई-बाजार में बकरे बहुत कटने लगे थे। सब्जी-बाजार से लगा हुआ कसाई-बाजार था। वहाँ के कुत्ते सब्जी-बाजार तक दौड़ते-भूँकते-लड़ते दिखाई देते थे। जगह-जगह गायें बैठी दिखाई देतीं। सब्जी-बाजार में के नल में जिससे बड़े तड़के सब्जी धोने का काम लिया जाता था, वहाँ आसपास के लोगों की गुड़ियों, घड़ों की लाइन लगी रहती। नदी में पानी नहीं भरा था, इसलिए तीन बार खुलनेवाला नल केवल एक बार सुबह खुलता था। जहाँ एक गुस्सैल बूढ़ी औरत ढेर-सी सब्जी लेकर बैठती थी, वहाँ उसका लड़का, मनिहारी का सामान लेकर बैठने लगा था। देखा-देखी छुटपुट टिकुली, बिंदी, कंघी, आईनेवाली दुकानें खुल गई थीं। सब्जी के बदले टिकुली-बिंदी खरीदी जा सकती होगी।

रात को मैंने पत्नी से कहा, "जल्दी उठने के लिए मैंने अलार्म लगा लिया है। अगर मेरी नींद न खुले तो तुम जगा देना।"

रात को सोने के पहले उसने पेटीकोट का नाड़ा ढीला कर लिया था। पेटीकोट कसा होने से उसका दम घुटता था। कभी चित लेटने पर, कभी करवट लेने पर उसे आराम मिलता था। ज्यादा समय तक आराम उसे पैर मोड़कर चित लेटने में मिलता था।

पेटीकोट नीचे सरकाकर वह अपना पेट सहला रही थी। उसका पेट रेशमी, चमकदार और तना हुआ था। पेट के अन्दर का बच्चा कैसा होगा, मन में यह एक विचार तो आता था, पर किसी भी तरह के विचार में यह जरूर शामिल रहता था कि वह और पत्नी स्वस्थ हों। बापपन मुझमें ताकत पैदा करेगा, इसका मुझे भरोसा था। अगर बच्चा पैदा होते ही मर गया तो बाप होने के बाद भी मैं बाप नहीं रहूँगा। यह किस तरह का नुकसान होगा, इसका अन्दाज लगाने से मैं बचता था।

मैंने उससे कहा, "मैं पेट सहलाकर देखूँ?"

उसने पेटीकोट कुछ और नीचे सरका दिया, जिससे पूरा का पूरा पेट अर्द्ध गोलाकार गोरा निकल आया। मैं उसके पेट को सहलाने लगा।

"कैसा लग रहा है?" उसे आँख मूँदते देख मैंने पूछा।

उसे अच्छा लग रहा था।

"कुछ देर पहले घबराहट हो रही थी, अब अच्छा लग रहा है।"

मैंने कहा, "बच्चा होना आकाश में चन्द्रमा निकल आने की तरह प्राकृतिक है। गरीब औरतें बच्चे को जनकर खड़ी हो जाती हैं, जैसे उन्होंने चन्द्रमा और सूर्य को जन्म दिया है! जब भी तुमको घबराहट हो, तुम जोर-जोर से गहरी साँस लिया करो। अभी गहरी साँस लो। जीवन देनेवाली हवा को ढेर-सी इकट्ठी कर लो। धीरे-धीरे साँस लेने से भी घुटन होती है।"।

मैं बिस्तर पर उसे हाँफता देखता रहा। फिर उसके गाल से गाल सटाकर इस तरह चिपट गया कि उसके पेट पर थोड़ा भी दबाव न पड़े। आँख मूँदे-मुँदे उसकी साँस से सटा हुआ मैं भी साँस लेने लगा। हम लोग अपने-अपने लिए अलग-अलग जीवनदायिनी हवा नहीं इकट्ठा कर रहे थे, एक-दूसरे के लिए इकट्ठा कर रहे थे।

"जैसे ही तुम्हारे पेट में बच्चा आया, क्या वैसे ही तुम माँ हो गई हो?"

"मुझे तो ऐसा ही लगता है।"

"मुझे भी लगता है कि मैं पिता हूँ।"

वह तेजी से लेटे-लेटे करवट लेकर चारपाई से नीचे झुककर कै करने लगी। अरहर की दाल की उल्टी थी। उसकी पीठ पर हाथ फिराते हुए मैं उसकी हिम्मत बँधाने लगा। हाँफते हुए वह लेट गई।

"मैं जानती हूँ, कुछ नहीं होगा। तुम बेकार घबरा रहे थे।"

"मुझे लग रहा था कि तुम घबरा गई हो।"

मैंने उसे पीने के लिए पानी दिया। पानी पीकर थोड़ी देर में वह सो गई। मैंने उसे चादर उढ़ा दिया।

फर्श की सारी गन्दगी मैंने साफ की। साबुन से हाथ धोकर मैं उसके पास लेट गया। बीच-बीच में उठकर अलार्म घड़ी देख लिया करता था। नींद नहीं आ रही थी। यहाँ तक कि पत्नी की साँस लेने की आवाज से नींद नहीं आती थी। एक-दो बार झपकी लगी, पर आँख इसलिए खुल गई कि उसकी साँस लेने की आवाज की तरफ से मेरा ध्यान हट क्यों गया।

जब अलार्म बजने के लिए पन्द्रह मिनट रह गए तब मैं उठ गया। अलार्म को मैंने बन्द कर दिया, उसकी आवाज की मुझे जरूरत नहीं थी। मुँह-हाथ धोकर पन्द्रह मिनट में मैं तैयार हो गया। पत्नी की नींद खराब करने की इच्छा नहीं हो रही थी। उसे सोता हुआ छोड़कर जाना छुपकर जाना होता, और खुले घर में उसे असावधान छोड़कर जाना होता। मैंने उसे जगाया। वह उठ बैठी।

सबसे पहले उसका ध्यान इस बात पर गया कि फर्श की उल्टी साफ हो गई है। उसने कुछ कहा नहीं।

"मैं जा रहा हूँ। अन्दर से दरवाजा बन्द कर लेना।"

"पहले क्यों नहीं जगाया?"

"ऐसे ही।" मैंने कहा, "शाम को मैं लौट आऊँगा। अकेले मत रहना। मास्टर जी के घर चली जाना। नहीं तो किसी से उनके घर खबर भिजवा देना। मास्टर जी अपने आदमी हैं। अपना खयाल रखना।" कहकर मैं बिलकुल खामोश हो गया। झोला पत्नी ने रात को तैयार कर दिया था।

"ताले की एक चाबी अपने पास रख लो।" पत्नी ने कहा।

"चाबी क्या करूँगा! रास्ते में खो और जाएगी। तुम तो यहीं रहोगी?"

"यदि घर बन्द कर कहीं जाना पड़ा तो तुमको तकलीफ हो जाएगी। मान लो, अस्पताल ही जाना पड़ा?"

"अभी तो बहुत दिन हैं, तुम कह रही थीं।"

"फिर भी, सावधानी के लिए चाबी अपने पास रख लो।"

"तुम मुझे बार-बार चाबी क्यों दे रही हो?" आशंका से मैंने कहा।

"ताला बन्द देखकर कहाँ-कहाँ भटकोगे?"

चाबी लेकर मैं बाहर आ गया। मुझे पैदल जाना था। सामान था नहीं। रिक्शे की जरूरत नहीं थी।

बाहर आकर मैंने पलटकर देखा तो घर का दरवाजा बन्द हो गया था। मुझे आशा थी कि दरवाजा खुला होगा और वह मुझे जाता हुआ देखती रहेगी। मन हुआ, एक बार दरवाजा खुलवाकर उसे देख लूँ। इसके बाद मैं तेजी से पैदल चलने लगा।

जल्दी स्टेशन पहुँचना चाहता था। सिनेमा की तरफ न जाकर बाजार के अन्दर जानेवाली गली में मुड़ गया। गली के अन्त में अकेले बिजली के खम्भे के सहारे गड्ढा पार कर कम चौड़ी सड़क पर आ गया। देशी शराब की दुकान बन्द थी, पर उसके ऊपर जलनेवाला तेज बल्ब जल रहा था। इतने सन्नाटे में शराब की दुकान के ऊपर टूटी बोतलों के काँच-टुकड़ों में इधर-उधर की चमक में आहट नहीं थी। हर चमक के साथ आवाज होती तो अच्छा लगता। जैसे पटाखे फूटते ही चमक होती है। पटाखे की लड़ यानी एक के बाद एक की चमक और एक के बाद एक की आवाज।

सतनामी मुहल्ले के बाद के मैदान से किनारे-किनारे शौचालय के ऊपर जलनेवाले बदबूदार उजाले के सहारे मैं मुख्य सड़क पर आ गया। चमकदार सड़क। नहीं, सड़क के ऊपर चिकनी चमक की पतली परत थी।

जब टिकिट कटाकर फुर्सत से प्लेटफॉर्म में गाड़ी का इन्तजार करते हुए टहलने लगा तब मैंने सोचा कि मैं तो दफ्तर के रास्ते से आया था पर दफ्तर नहीं मिला। पुराने बँगले का दफ्तर, उसके बाद नई बिल्डिंग का मजार, और उनमें ट्यूब लाइट का चमकदार उजाला। कुछ भी नहीं मिला था, जैसे वह वहाँ नहीं था। क्यों नहीं था?

जब गाड़ी रवाना होकर तेज भागती शहर से बाहर कई मील दूर निकल गई तब आसपास हल्के अँधेरे के खेतों में मुझे लगा कि वह शहर कहीं नहीं है जहाँ से मैं आया था। स्वाभाविक है, किराए का मकान भी तब नहीं था। लगता था कि बस, एक जगह मुझसे छूट गई है जहाँ केवल मेरी पत्नी है।

**कितना सुख था!**

सोचा था, उसी रोज शाम तक अम्मा को लेकर लौट आऊँगा, पर ऐसा नहीं हुआ। एक दिन पहले बड़े भाई के हाथ की हड्डी टूट गई थी। वे साइकिल के पीछे लकड़ियों का गट्ठर बँधवाकर ला रहे थे। दचके लगने से गट्ठर ढीला पड़ गया। एक लकड़ी सड़क में गिरी, वे पीछे घूमकर देखें, तब तक चार-पाँच लकड़ियाँ गिर गईं और उनका सन्तुलन बिगड़ गया। वे गिर पड़े। हाथ में दर्द हो रहा था, उठ नहीं पा रहे थे। राह-चलते किसी आदमी ने उन्हें उठाया। फिर उन्होंने रिक्शा किया। रिक्शेवाले के साथ सड़क पर गिरी लकड़ियाँ इकट्ठा कीं। लकड़ियाँ घर में पहुँचने के बाद वे अकेले अस्पताल गए। दो-अढ़ाई घंटे के बाद एक्स-रे विभाग में गए। हाथ सूज गया था। दर्द के मारे चिल्लाने लगे थे। आने में उनको देर हो गई तब घबराई हुई भाभी बच्चों के साथ अस्पताल पहुँची। दर्द कम करने के लिए सुई लगा दी गई थी। जैसे-तैसे भाभी घर आईं और झोले में दरी, गिलास, तौलिया, इत्यादि लेकर फिर अस्पताल गईं। बच्चे अम्मा के पास सोने के लिए तैयार नहीं हुए, इसलिए रात में सोने के लिए उनको घर आना पड़ा था। अगर मैं होता तो अस्पताल में सो जाता।

करीब आठ बजे सुबह मैं घर पहुँचा। अम्मा और किन्नी घर में थीं। गाड़ी लेट हो गई थी, नहीं तो और पहले पहुँच जाता। अम्मा सुबह ही बहुत थकी लग रही थीं। किन्नी 'चाचा-चाचा' कहती हुई पैरों से लिपट गई। झोले से उसे मैंने मीठी गोलियाँ दीं। वह बहुत खुश हुई। मेरे आने के पहले वह रोकर चुप हुई थी, गालों में आँसू बहा था।

"रो रही थी?" मैंने किन्नी से पूछा।

"अपनी माँ के पास जाने के लिए रो रही थी।" अम्मा ने कहा।

अम्मा ने सब हाल बताया। मैं अस्पताल जाने लगा तो उन्होंने कहा कि किन्नी को भी ले जाऊँ। किन्नी मेरी गोद में थी। अस्पताल में सुबह-सुबह की सफाई खत्म नहीं हुई थी। बरामदे में एक लड़का दातौन बेचते घूम रहा था। यह लड़का एक बूढ़े आदमी से बहुत दुखी था। कुछ दिनों से यह आदमी बहुत सुबह कटी हुई दातौन अस्पताल के हर बीमार और उनके साथ के लोगों को धर्म के नाम पर एक-एक मुफ्त में बाँट आया करता था। लड़के से कोई खरीदता नहीं था, इसलिए बाहर से आनेवाले नये लोगों से उसे आशा होती थी। उसने मुझसे पूछा। मैंने मना कर दिया। तब भी वह मेरे पीछे लग गया।

दूसरे गेट के पास अन्दर बरामदे में गाय बैठी थी। पोंछा लगानेवाले ने गाय को उठाने की कोशिश की। गाय उठी नहीं। तब उसने गाय को बैठे रहने दिया और उसके चारों तरफ से पोंछा लगाया। जनरल वार्ड में आखिरी बिस्तर बड़े भाई का था। मरीजों के बीच से उनको ढूँढ़ता मैं पहुँचा। वार्ड में एक भी नर्स या डॉक्टर नहीं था। मरीजों के बीच से सपाटे से निकला था। मुझे यह वातावरण अच्छा नहीं लग रहा था, जबकि किन्नी को मेले-ठेले का मजा आ रहा था। वह खुश होकर ताली बजाने लगी थी और चिल्लाने लगी थी। बड़े भाई को देख 'दादा-दादा' चिल्लाने लगी। बड़े भाई गहरी नींद में थे। किन्नी की आवाज सुनकर बाहर की तरफ से खिड़की से भाभी झाँकने लगीं।

"लाला! तुमको कैसे खबर हुई?"

"यहाँ आने पर मालूम हुआ। मैं अम्मा को लेने आया था।"

"दुलहिन को किसके भरोसे छोड़ आए?"

"एक मास्टर जी हैं। उनकी पत्नी देख-सुन लेंगी।"

"मकान-मालिक डॉक्टर से तुम्हारी अच्छी पहचान हो गई है?"

"हाँ, हो गई है।"

"कब जाओगे?"

"आज शाम को जाने की सोच रहा था।" संकोच से मैंने कहा।

जब मैं आ गया था, तब मुझे बड़े भाई के कारण एक-दो दिन तो रुकना था।

"अम्मा जाएँगी?"

"अम्मा कैसे जाएँगी? बड़े भाई की तबियत ठीक नहीं है। कहूँगा, तब भी नहीं जाएँगी।"

"मेरा काम तो जैसे-तैसे निकल जाएगा। तुम अम्मा को ले जाना।"

"भाभी, मैं कहूँगा तब भी अम्मा नहीं जाएँगी।" जोर देकर मैंने कहा।

"अकेले टूटा हुआ हाथ लिये घूमते रहे। खुद अस्पताल में भरती हुए। हड्डी टूट गई है। अभी पलस्तर बँधेगा। अस्पताल में पलस्तर नहीं है। मुझसे नर्स ने पचास रुपया लिया है। मेरे पास रुपये नहीं थे। जुगाड़ करी हूँ। नर्स मुझे अन्दर आने के लिए मना कर गई है। डॉक्टर के घूमने का टाइम हुआ है। तुम भी इधर आ जाओ। नर्स देखेगी तो गुस्सा होगी। नीचे मैंने दरी बिछा ली है। थोड़ी-थोड़ी देर में खड़ी होकर तुम्हारे भाई को देख लेती हूँ। अभी नींद की दवाई के असर में सो रहे हैं।"

किन्नी बार-बार भाभी की तरफ जाने की कोशिश कर रही थी। मुझे नर्स की एक झलक दिखाई दी। वह वार्ड में घुसते-घुसते बाहर रुक गई थी। बाहर खड़ी भाभी को खिड़की के रास्ते मैंने किन्नी को दिया। लपककर किन्नी चली गई। मेरी तरफ किसी का ध्यान नहीं था। मरीजों का ध्यान बिस्तर पर लेटे सुबह-सुबह आज के दिन की तरफ था। दिन या रात को देखने के लिए किसी एक तरफ नहीं देखना पड़ता। इसे दिखाने के लिए उँगली से इशारा नहीं करना पड़ता, कि वो देखो, दिन खड़ा है। आँख खुलते ही दिन दिखता था, किसी को भी देखने से। यदि आज कोई मरीज अच्छा होकर अस्पताल छोड़कर जाएगा, उसकी तरफ देखेंगे तो भी दिन दिखेगा। बाजू का बीमार दर्द से चीखता-चिल्लाता रहेगा, तब भी दिन दिखेगा। यह दिन कैसा है? खिड़की से कूदकर मैं बाहर आ गया।

बिल्डिंग के चारों तरफ दीवार से लगा हुआ दो फीट चौड़ा सीमेंट का ढलवाँ फर्श था। इसी पर दरी को मोड़कर बिछाया गया था। इसके बाद एक नाली थी। नाली में अस्पताल की गन्दगी बह रही थी। यह अस्पताल के पिछवाड़े का हिस्सा था, इसलिए सब जगह गन्दगी थी।

किन्ना दरी पर सो रहा था। बहुत सुबह भाभी यहाँ आ गई थीं। गुड्डन अहाते की दीवार पर चढ़ा हुआ बैठा था। मुझे देखते ही कूदकर मेरे पास आ गया। उसकी मीठी गोलियाँ घर पर रह गई थीं। सामने एक बड़ा-सा घूरा था। अस्पताली घूरा। उसके ऊपर बिलकुल छोटे बच्चे के हाथ का निकला पलस्तर पड़ा हुआ था। कलाई से कुहनी के ऊपर तक का था, बिलकुल हाथ की तरह। हम लोगों के पास ही एक आदमी अहाते की दीवार की ओर बैठकर पेशाब करने लगा।

मैंने भाभी से कहा, "कुछ लाना हो तो ले आऊँ?"

"बच्चों को घर ले जाकर खाना खिला देना। अम्मा के पास रहने के लिए ये सब तैयार नहीं होते।"

"अभी ले जाऊँ? मैं सोच रहा था, जब पलस्तर बाँधा जाता तब मेरा रहना आवश्यक होगा।"

"मैं सँभाल लूँगी। तुम चिन्ता मत करो। बच्चों को अम्मा नहलाएँगी। गुड्डन को मालूम है, बच्चों के कपड़े कहाँ हैं, वह निकाल देगा।"

"भाभी, तुम्हीं बच्चों को लेकर चली जाओ।"

"मेरा यहाँ रहना ज्यादा जरूरी है।"

बच्चों को अम्मा के पास छोड़कर मैं अस्पताल आया। बड़े भाई के हाथ में पलस्तर चढ़ा दिया गया था। अभी वे बेहोश पड़े थे। उनके पास से पलस्तर और ईथर की गंध आ रही थी। अस्पताल की गंध में यह गंध पहले नहीं थी।

खामोशी बड़े भाई के साथ इतनी जुड़ी थी कि उनकी बेहोशी बस थोड़ी अजनबी लग रही थी। वे हमेशा सिर झुकाए धीरे चलनेवाले आदमी थे। कोई भी काम इस तरह करेंगे कि कम-से-कम आवाज हो। कंघी-तेल की आदत न होने के कारण बिखरे-बिखरे बाल भी अपनी तरह जमे हुए लगते थे। वे सब काम इत्मीनान से करने के आदी थे जबकि उनमें एक ऐसी हड़बड़ी थी जो जल्दी की माँग नहीं करती थी। घर में भी चलते-चलते इतने धीमे कदम रखते थे, जैसे कीचड़ पर चल रहे हों! खाना खाने के पहले हाथ धोने के लिए तेल की तरह पानी लेकर दोनों हाथों में चुपड़ लेते थे। पुकारना वे नहीं जानते थे। यदि वे खाना खा रहे हों और उन्हें घर में घुसता हुआ कुत्ता दिखाई दे तो भाभी को पुकारेंगे नहीं, उठकर भाभी के पास जाएँगे, वहाँ जाकर कहेंगे कि घर में कुत्ता घुसा है, उसे भगा दो। यदि उन्हें भगाना हुआ तो, उठकर कुत्ते के पास जाकर भगाएँगे, वहीं से बैठे-बैठे नहीं भगाएँगे। देर रात तक घर के पास के होटल में बैठे रहने की उनकी आदत थी। एक-डेढ़ बजे तक, जब होटल बन्द होता तब, घर आते थे। बीड़ी-पत्ते की तम्बाखू खाने की आदत थी। डिब्बी से एक बार में अपने लिए तम्बाखू नहीं निकालेंगे। दस-पन्द्रह बार में एक-एक

पत्ती चुनेंगे। उनकी हरकत से धीमी गति में चलनेवाली फिल्म की याद आती थी परन्तु तनाव से भरे सीन धीमी गति से नहीं दिखाए जाते। रोमांटिक सीन ही धीमी गति से दिखाए जाते थे। बड़े भाई की धीमी गति, यानी हवा में एक छुरा धीरे-धीरे सरकता हुआ उनकी छाती की तरफ बढ़ रहा है और उसके बावजूद उसके रास्ते से हटने की उनकी ताकत नहीं थी। सोचने के लिए जबकि उनके पास इतना समय होता कि पैदल दफ्तर से घर आ सकते थे। शायद वे जिन्दगी को एक रास्ते की दूरी मानते थे। यदि तेजी से दौड़ेंगे तो जिन्दगी जल्दी खत्म हो जाएगी। धीरे-धीरे रेंगेंगे तो बहुत दिनों तक जिन्दा रहेंगे।

खिड़की के पास एक नर्स आई। उसने कहा, "होश आने पर पीने को पानी कभी नहीं देना। बाद में एक-एक चम्मच ठंडा पानी देना।"

भाभी को उसने अन्दर बड़े भाई के पास रहने की अनुमति दे दी थी। मैं पीछे खिड़की के बाहर खड़ा था। बीमारों के बीच अस्पताल की सफेद दीवार जैसे कपड़े पहने हुए नर्स के कपड़ों की सफेदी को दीवार के साथ शामिल कर देने के बाद वह टुकड़ों में दिखती थी—काला चेहरा अलग, और कुहनी से नीचे काले दुबले दो हाथ अलग-अलग तैरते हुए। बस, इतना ही शरीर जो एक-दूसरे से जुड़ा नहीं था, हवा में तैरता हुआ एक मरीज के पास रुकता, फिर तैरता हुआ दूसरे मरीज के पास। कभी हाथ में बुखार का चार्ट होता, कभी दवा की शीशी।

भाभी स्टूल पर बैठे हुए बड़े भाई की आँख से बहता हुआ पानी किन्नी की फ्रॉक से पोंछ रही थीं। बड़े भाई होश में आने लगे। आँखें बन्द थीं। थोड़ी-थोड़ी देर में पानी माँगते। भाभी कहतीं कि डॉक्टर ने मना किया है, थोड़ी देर बाद देंगे।

"सन्तू आया है।" भाभी ने बड़े भाई से कहा।

"मरने पर आना था। अभी क्यों आ गया? मैं अभी मरा नहीं हूँ। मैंने तुमको पढ़ाया-लिखाया। साले सब स्वार्थी हैं। कमाने लगे तो मैं उसका बड़ा भाई नहीं रह गया। अकेला अपनी गृहस्थी का हो गया। मेरे मरने के बाद बच्चे अनाथ हो जाएँगे। कोई उनको नहीं पूछेगा। भीख माँगेंगे।"

बीच-बीच में भाभी बड़े भाई को टोककर मना करती थीं, "ऐसा मत कहो, बेचारा क्या सोचेगा! वह ऐसा नहीं है। सब अपना-अपना भाग्य लेकर आते हैं।" भाभी अपने आँसू पोंछने लगीं।

बाहर खिड़की के पास खड़ा हुआ मैं एक-एक बात सुन रहा था। मैं अपने को बहुत अपराधी महसूस कर रहा था। शर्मिंदा हुआ खड़ा था।—क्या मैंने बड़े को धोखा दिया है? यदि उन्होंने मुझे पढ़ाया है, तो मुझे क्या करना चाहिए? नहीं, मैंने बड़े भाई को धोखा नहीं दिया। बड़े भाई बेहोशी में भी झूठ बोल रहे हैं। मैं क्या कर सकता हूँ? मैं बस नौकरी कर सकता हूँ। बाबूजी भी नौकर थे। बड़े भाई मैट्रिक तक भी नहीं पहुँचे थे कि बाबूजी मर गए। जिस दफ्तर में बाबूजी काम करते थे, वहाँ बड़े भाई नौकर हो गए। उन्होंने बहुत किया। मैं भी सबकुछ करने के लिए तैयार हूँ। बड़े भाई का आशय उन्हें हर महीने कुछ रुपये भेजने से था। मेरे पास बचता क्या है? उधार लेने का मतलब भविष्य तक भुक्कड़ हो गए। मैं भविष्य तक भुक्कड़ हूँ।

नौकरी लगते ही घर के व्यवहार में एक बदलाव आ गया था और शादी होते ही, भद्दा फर्क।

पत्नी को अपने साथ ले जाते समय जब सामान समेटा जा रहा था, तब पत्नी को मेरे नाम की एक तख्ती मिली थी। बी. ए. पास होते ही मैंने उत्साह से बनवाई थी।

"इसको ले जाना है?" पत्नी ने पूछा था।

अब वह मुझसे बिना पूछे कुछ भी नहीं रख रही थी, क्योंकि जब वह काला कंघा रख रही थी तब मैंने उसे मना किया था कि यह भाभी का है, इसे नहीं ले जाना है।

"तख्ती जरूर ले जाएँगे। घर के सामने के दरवाजे में ठोंक देंगे। पोस्टमैन और दूसरों को घर पहचानने में सहूलियत होगी।"

"यहाँ की पहचान का क्या होगा?" उसने पूछा।

"मतलब?"

"अम्मा, बड़े भाई, भाभी, बच्चे, हम लोगों को भूल जाएँगे।"

"क्यों भूल जाएँगे?"

"जिज्जी कह रही हैं कि हम लोग जाते ही उन सबको भूल जाएँगे तो वे भी हमें भूल सकती हैं।"

"तब नाम की तख्ती यहीं रहने दूँगा। कहाँ लगाऊँगा?" मैंने कहा।

"तुम जो कुछ करोगे, अपने मन से करोगे। मुझे दोष मत देना।"

चौके के अन्दर घुसनेवाले दरवाजे में मैंने अपने नाम की तख्ती टाँक दी।

सामान जमाते समय भाभी किसी-न-किसी बहाने चक्कर लगा जाती थीं। अम्मा ने कुछ बर्तन छाँटकर, जो पिताजी की खरीदी के थे, मुझे दे दिये थे। अधिकांश बर्तन बड़े भाई के पास घर पर रहे। धन तेरस के दिन मैंने अपनी कमाई से एक लोटा खरीदा था। उसमें मैंने बड़े भाई का नाम खुदवा दिया था। उस लोटे को मैंने छोड़ दिया था। पर बड़े भाई ने जबर्दस्ती मेरे सामान में रखवा दिया था।

"तुम्हारे नाम की तख्ती भी बनवाकर यहाँ लगवा दूँगा। परन्तु तुम नई हो, तुम्हारे नाम की तख्ती से कहीं यह धोखा न हो कि हम लोग यहाँ अपना हक कायम कर रहे हैं।"

"नहीं बाबा, मुझे कोई हक नहीं लेना है।"

"हक?" मैंने कहा, "हक में कुछ नहीं है। जो थोड़े बर्तन मेरे हक के थे, वो तो अम्मा ने दे दिये हैं। यह घर किराये का है। मुनगे का पेड़ अजिया ने लगाया था। इससे एक डाल तोड़कर चाचा ने अपने नये घर में लगा लिया है। अगले साल तक फलने लगेगा। जब बड़े भाई का घर होगा तो एक डाल तोड़ वे भी लगा लेंगे। पर ऐसी नौबत नहीं आएगी। जब मेरा घर होगा तब मैं भी यही करूँगा। क्या ऐसी नौबत आएगी? चाचा ने मुनगे के पेड़ पर से अपना हक नहीं छोड़ा है, ऐसा हम लोग समझते हैं। इसलिए जब भी मुनगे फलेंगे, हिस्सा लगाकर अम्मा चाचा के घर भिजवा देती हैं। हम लोग भी यही करेंगे। जब मकान-मालिक घर खाली करवाएगा तब मैं उस पेड़ से अपना हक छोड़ दूँगा। जो उखाड़कर रखना चाहे, रख ले। चाचा के मुनगे के पेड़ से मुनगा लेने के कानूनी हकदार हम लोग नहीं हैं। यह उनकी कमाई होगी। बाप-दादा की नहीं।"

"बड़े भाई और जिज्जी नाराज न हों, याद रखें। इसके लिए तुम मुझे यहीं रहने दो।" दुखी होकर पत्नी ने कहा।

"कितने दिनों तक के लिए?"

"जब तक मैं उन सबको बर्दाश्त होती रहूँ।"

"फिर?"

"चूँकि मैं यहाँ रहूँगी, इसलिए यहाँ का आधा खर्च तुम्हारे जिम्मे होगा।"

"वहाँ होटल में खाना बहुत महँगा पड़ेगा। मेरी तनख्वाह बहुत थोड़ी है।"

"खुद बनाकर खा लेना।" दुखी होकर पत्नी ने कहा।

"फिर शादी का मतलब क्या हुआ? तुम्हें मेरे साथ रहना पड़ेगा।"

"शादी मुझसे खाना बनवाने के लिए की है?" और भी दुखी होकर पत्नी ने कहा।

"अम्मा तो यही समझती हैं। जब वो शादी के लिए जोर देती थीं तो यही कहती थीं कि होटल का खाना छूट जाएगा, घर का खाना मिलेगा।"

"मेरा दूसरों के लिए भी कुछ कर्तव्य है, जिज्जी की नाराजगी इसीलिए है कि तुम मुझे अपने साथ ले जा रहे हो।"

"अम्मा की क्या इच्छा है?"

"अम्मा कहती हैं, सबको अपनी अलग-अलग गृहस्थी बनानी चाहिए।"

"अम्मा ठीक कहती हैं।"

"आपका भाई के प्रति भी कोई कर्तव्य है?"

"मेरा कर्तव्य क्या है, यह मैं जानता हूँ।"

"मैंने तुम्हें कभी अपने साथ ले जाने के लिए नहीं उकसाया, यह तुम जानते हो। जहाँ रखोगे, वहीं रहूँगी। अगर नौकरी यहाँ की होती तो इसी मकान में सबके साथ रहने में मुझे खुशी होती। अम्मा के साथ रहने में मुझे बहुत अच्छा लगा है। उनका बहुत सहारा है, उनके साथ बेफिक्र रहूँगी। उनको भी साथ ले चलते। गृहस्थी जमाते समय अम्मा रहें तो बहुत अच्छा होता।"

"अम्मा से तुमने कहा नहीं?"

"कहा था। परन्तु उनको लगता है कि अभी जाना ठीक नहीं है। गुड्डन को बुखार भी है। मैं सोचती हूँ, मेरा जाना भी ठीक नहीं है। बुखार की हालत में गुड्डन को छोड़कर सब सामान समेटकर चले जाना अच्छा नहीं जान पड़ता।"

"जाने की बात तो बहुत दिनों से तय थी। गुड्डन को आज बुखार आया है, कल उतर जाएगा। मुझे नौकरी में परसों जरूर पहुँचना है। आज जाएँगे, कल गृहस्थी थोड़ी जमेगी, परसों सोमवार से काम पर लगूँगा, तब तुम्हारी सहायता नहीं कर पाऊँगा।"

"घर ठीक है न?"

"बहुत अच्छा है। शहर के अन्दर है। पानी की दो सुविधाएँ हैं, नल है, बोरिंग है। मकान-मालिक बहुत बड़ा डॉक्टर है। दो कमरे हैं, स्टोर है। अपने घर जाने के नाम से बहुत खुश लग रही हो?" वह अपनी गृहस्थी, अपने घर के लिए बहुत उत्सुक, बहुत खुश थी।

"यहाँ दो कैलेंडर हैं, एक अपने साथ ले चलें?"

"दोनों बड़े भाई लाए थे। मेरी इच्छा नहीं है। उनको भी कैलेंडर बहुत मुश्किल से मिला था। दो-तीन महीने पहले से एक-दो लोगों को उन्होंने कह रखा था। वहाँ मैं कोशिश करूँगा, नहीं तो खरीद लेंगे।"

"सिनेमाघर के बिलकुल पास है?"

"हाँ, बिलकुल। इतने पास कि रात को ध्यान से सुनने में फिल्म की एक-एक बात सुनाई देती है।"

"कौन-सी फिल्म लगी है?"

"याद नहीं है, अपन साथ-साथ पिक्चर देखने चलेंगे।"

"अभी नहीं, पहले गृहस्थी जमाकर निश्चिन्त हो जाऊँ तब घूमने-फिरने का काम होगा।"

लौटने के लिए आखिरी गाड़ी, रात आठ बजे की और आखिरी बस नौ बजे की थी। लौटने के लिए वातावरण अभी तक बन नहीं पाया था। बच्चों के साथ मुझे बार-बार अस्पताल आना-जाना पड़ता था। शाम तक बड़े भाई कुछ ठीक हो गए थे। हाथ में बहुत दर्द था। पलस्तर के नीचे खुजली होती थी। उसे कोई खुजला नहीं पाता था तो चिड़चिड़ा जाते थे। सूजन के कारण उँगली थोड़ी भी अन्दर नहीं जा सकती थी। पलस्तर के ऊपर खुजलाने से क्या होता?

पत्नी यहाँ होती तो अम्मा को सहारा हो जाता। अभी वह वहाँ क्या कर रही होगी? कल्पना एक जोरदार चीज थी। याद कर रहे हैं, या कल्पना कर रहे हैं, इसमें अन्तर कर पाना मुश्किल काम था। याद में असलियत होगी पर कभी-कभी याद से भी ज्यादा असलियत कल्पना में हो सकती थी। मैंने सोचा, अभी शाम से वह सो रही होगी। 'सो रही होगी' सोचने के बाद उसके उठने तक आगे सोचना स्थगित नहीं होता। घर की खिड़की-दरवाजे बन्द कर

वह सो रही होगी। पत्नी को, कल्पना में, जगाने के लिए क्या करूँ? क्या कोई चूहा उस पर कूद पड़े? धोखे से यदि कोई खिड़की खुली रह जाती तो कोई भी कूद सकता था। अगर खिड़की खुली रहे तो कौन कूद सकता है? चौकीदार की हिम्मत नहीं होनी चाहिए। डॉक्टर की गाय दुहनेवाला राऊत? यह भी नहीं। बहुत से मरीज और उनके नाते-रिश्तेदारों में से कोई एक या सभी? नहीं। सामने का दरवाजा यदि खुला रह गया तब तो पूरा शहर घर के अन्दर कूद सकता था। इस सबकी सम्भावना कम थी। उसकी नींद तभी खुल सकती थी जब कोई दरवाजा भड़भड़ाए और जोर-जोर से चिल्लाए। चौकीदार यदि उसे आवाज देगा, तो वह जान-बूझकर बहुत देर तक दरवाजा नहीं खोलेगी, ताकि वह लौटता है तो लौट जाए। लेकिन डॉक्टरनी का काम जरूरी होगा। चौकीदार पीछा नहीं छोड़ेगा। वह मकान सिर पर उठा लेगा, और पत्नी दरवाजा खोलेगी।

'क्या है?' गुस्से से वह कहेगी।

'डॉक्टरनी बाई ने बुलवाया है।' आश्चर्य से चौकीदार कहेगा। पत्नी के गुस्से से उसे आश्चर्य जरूर होगा।

'कौन डॉक्टरनी? मैं किसी डॉक्टरनी को नहीं जानती।'

'जिनका यह मकान है।'

'किराया तो हम लोग हर महीने पटा देते हैं। फिर किस बात की जरूरत है?'

'घर में कुछ मेहमान आनेवाले हैं, उनके लिए नाश्ता बनाना है। इन्तजाम करना है।'

'मैं उनकी नौकरानी नहीं हूँ। डॉक्टरनी से कहना, अब समय बदल गया है।'

चौकीदार पैर पटकता हुआ डॉक्टरनी के पास जाएगा। नमक-मिर्च लगाकर वह पत्नी की बात बताएगा। डॉक्टरनी को बुरा लगेगा। डॉक्टर के पास बात जाएगी। डॉक्टर कहेगा, 'जाकर उनको याद दिला दो कि सन्तू क्लर्क की जान मैंने बचाई है। और भी बहुत से अहसान हैं।'

'हमारे घर से रोज रोटी-सब्जी ले जाती थी।' डॉक्टरनी बोलेगी।

चौकीदार फिर आएगा। और नये सिरे से ताकत के साथ दरवाजा भड़भड़ाएगा। पत्नी दरवाजा तुरन्त खोलेगी। वह जागी हुई है।

'तुम फिर आ गए?' तमतमाकर पत्नी कहेगी।

'डॉक्टर ने कहलवाया है कि उन्होंने आपके ऊपर बहुत अहसान किये हैं।'

'झूठ बात है। जो अहसान हम लोगों ने उनके ऊपर किये हैं, उनका हिसाब कभी होगा?' और वह भड़ से दरवाजा बन्द कर लेगी।

पत्नी को फिर नींद आ जाएगी। अब उसे माली जगाएगा। दरवाजा खोलकर वह माली को पहचान जाएगी। माली की चर्चा मैंने उससे कई बार की थी। माली के हाथ में एक गुलाब का पौधा होगा। उसमें अधखिली लाल गुलाब की कली होगी।

'इसे अपने घर में लगाओ।' पोपले मुँह से वह मुसकराएगा। बाप-रे-बाप! माली कितना बूढ़ा लगेगा।

'मुझसे लगेगा नहीं। गुलाब मर जाएगा। कितना सुन्दर फूल होगा यह!'

'कहाँ लगाना है, बतला दो? मैं लगा देता हूँ।'

'पत्नी बतलाएगी कि पीछे तो बेकार है। बरसात में इतना पानी जमा होता है कि कुछ बचता नहीं। अहाते की टूटी दीवार से डॉक्टर के कम्पाउंड का पानी जमा होता है।'

माली कहेगा, 'इसको बन्द कर देना।'

'उनको आ जाने दो। दोनों मिलकर इसको बन्द कर देंगे।'

एक सुरक्षित जगह चुनकर माली बतलाएगा। पत्नी माली से नुकीली छड़ लेकर खुद जमीन खोदेगी और उसमें गुलाब के पौधे को लगा देगी।

दफ्तर की जब मैंने कल्पना की तो उसी सीट पर बैठा, जिसमें हमेशा बैठता रहा। यदि मैं बड़े बाबू की सीट पर बैठ जाता तो क्या होता? साहब की सीट पर भी बैठ सकता था। कल्पना में भी साहब की सीट पर बैठने की इच्छा नहीं हुई। दफ्तर के कटहल के पेड़ से एक कटहल तोड़ एक खाली बस में मैंने पटक दिया। तब कुछ नहीं हुआ। कुछ करने के लिए ईमानदारी की कमाई से पाव-भर कटा-छिला कटहल बम की तरह उसी खाली बस में फेंका। धड़ाम से आवाज हुई, भगदड़ मच गई, पर कोई नुकसान नहीं हुआ। धुआँ जब साफ हुआ तब यात्री उसमें बैठने लगे। पूरी बस भरी, तब रवाना हुई।

घर के घूरे में, जहाँ पत्नी कूड़ा-कर्कट फेंकती थी, मैंने अपने पूरे आकार का, सिर से लेकर पैर तक का, निकला हुआ पलस्तर पड़ा हुआ देखा। आँखों की जगह, मुँह की जगह, नाक से साँस लेने के लिए उसमें छेद थे। अभी-अभी जैसे मुझ पर चढ़े हुए पलस्तर को निकालकर फेंका

गया हो! कभी मैं बुरी तरह टूट चुका था। अभी स्वस्थ हो गया हूँ, ऐसा महसूस कर रहा था।

अस्पताल से घर के चक्कर लगाने में मैं उतना नहीं थका था जितना लौट न पाने के कारण। रात को मैंने अम्मा से कहा कि मैं सोच रहा था कि आज लौट जाता। बड़े भाई कल अस्पताल से घर आ जाएँगे, ऐसा नर्स कह रही थी। पर भाभी, बड़े भाई नाराज हो जाएँगे। हमेशा के लिए कहने की हो जाएगी।

अम्मा चूल्हे में उन्हीं लकड़ियों को जलाकर खाना बना रही थीं जिनके कारण बड़े भाई का हाथ टूटा था।

"नहीं नाराज होंगे, मैं समझा-बुझा दूँगी। रात को बहू के पास रहना जरूरी है। अकेली डर जाएगी। जब तू होने को था, तब मैं एक रात को थोड़ी देर अकेले रहने से डर गई थी।"

"बड़े भाई, बाबूजी कहाँ गए थे?"

"आधे घंटे के लिए किसी काम से बाहर चले गए थे।"

"बस, आधे घंटे के लिए अकेली रहीं, तब भी डर गईं? अम्मा, तुम्हारे डरने से जरूर बुरा हुआ होगा। इसीलिए मैं कमजोर निकला, मैं किसी काम का नहीं हूँ।"

"आधे घंटे के लिए अकेली रहने से डरी, बाकी नौ महीनों के हजारों घंटों तक तो मैं नहीं डरी। तू हमेशा उल्टी तरह सोचता है। बाकी लम्बे समय तक न डरने के कारण तुझमें बहुत हिम्मत होनी चाहिए। बेटा, तुझको किसका डर है?" अम्मा ने पूछा।

"डर किसी का नहीं है। किसी-न-किसी का बंधन हो जाता है। शहर से बाहर निकलो तो लौटने में बहुत समय लगता है। छुट्टी होती नहीं।"

"हिम्मत किसे दिखाएगा? किसी से झगड़ा हुआ है?"

"नहीं अम्मा।"

"किसी से झगड़ा नहीं करना, रूखे-सूखे में सुखी रहो—न लेना एक, न देना दो।"

"बस, रूखे-सूखे रहने का तुमसे आशीर्वाद मिला है।" मैंने कहा।

"मेरे आशीर्वाद देने से तू दुनिया का रईस हो जाता तो मैं आशीर्वाद देने में कंजूसी नहीं करती। तुम लोग पढ़-लिख गए हो, और ज्यादा बोलूँगी तो

तेरा दिमाग खराब हो जाएगा। घंटों बाद ठीक होगा। बहू के पास जाना नहीं है, यहाँ बात को पकड़ते बैठा है।"

"अब क्या करूँगा जाकर, गाड़ी-बस कुछ नहीं है। कल ही जा सकूँगा।"

"मोटर स्टैंड में पता लगा ले, कोई बस बची होगी।"

"नहीं है, मुझको मालूम है। आखिरी बस को निकले आधा घंटा हो गया होगा, शायद नाके में कोई ट्रकवाला मुझे बैठा ले।"

"यही ठीक है, तू अभी चला जा।"

"भाभी को अस्पताल जाकर बतला दूँ? वह तो रात को दस बजे तक घर आएँगी।"

"वहाँ जाओगे तो निकल नहीं पाओगे।"

"अम्मा, मैं जाता हूँ।"

अचानक मिली खुशी से मैं भर उठा। झोला उठाकर अम्मा के पैर छूकर मैं रवाना हो गया। मुझमें सारी आकांक्षाएँ और जल्दबाजी होनेवाले बच्चे के लिए थीं और सारा उत्साह और खुशी पत्नी से मिलने के लिए थी। मेरी कामना तंदुरुस्त और ताकतवर बच्चे की थी।

नाके में केवल एक टिपरिया जैसे होटल के सामने पड़ी चारपाई पर कुछ लोग खाना खा रहे थे। चारपाई के सामने बेंचें थीं और बेंच पर थालियाँ रखी गई थीं। यह सब देख मुझे याद आया कि मैं बिना खाए आ गया था। अम्मा को याद भी नहीं रहा। भट्ठी के ऊपर रोटियाँ सेंकी जा रही थीं। लाइन से चार ट्रकें खड़ी थीं। तीन जाती हुई ट्रकों में जगह पाने की कोशिश की, कोई ले जाने के लिए तैयार नहीं था। मैं इधर-उधर घूम रहा था। घर की ओर आती हुई मोटरगाड़ियों का उजाला दिखलाई देता तो मैं चौकन्ना हो जाता।

"आपको किधर जाना है?" एक काले बदमाश से दिखनेवाले आदमी ने पूछा। उसकी आँखें चढ़ी हुई थीं।

सड़क के दाईं तरफ, मैंने इशारा किया, "इधर।"

"मैं आपको ले चलूँगा। मुझको तो कलकत्ते तक जाना है। रास्ते में जहाँ कहोगे, छोड़ दूँगा। कलकत्ते तक चलना है तो भी चलो। मैं अकेला हूँ। मेरा क्लीनर यहाँ उतरकर भाग गया है। आधा घंटा और रास्ता देखूँगा। यहाँ से तीन-चार मील दूर गाँव में उसका घर है। साला धोखा दे गया। मैं बहुत देर से आपको ट्रक के लिए परेशान देख रहा हूँ। अगर जल्दी है तो पैदल रवाना हो

जाओ। ये लोग रात-भर यहीं रहेंगे। रास्ते में कोई ट्रक मिलेगी तो बैठ जाना। मेरी ट्रक तो जरूर मिल जाएगी।"

मुझमें रवाना होने की जल्दी थी। रवाना होने के लिए जो कुछ मेरे बस में था, वह पैदल चलने का था। यदि पैदल चलता तो यह जरूर लगता कि मैंने पहुँचने का काम शुरू कर दिया है। अभी तक तो रुका हुआ रहा। दो-तीन घंटे बीत गए, आधा घंटा और बीत जाएगा। पर यह आदमी मेहरबान क्यों है? मुझे बतौर क्लीनर के अपने साथ तो नहीं रखना चाहता? रवाना होने के पहले झोला अन्दर रखवा लेगा। फिर कहेगा, गाड़ी पोंछो, पानी डालो। परन्तु मेरे पास कोई विकल्प नहीं था।

मैं बहुत शक्की हो गया था। मुझमें यह शक घर कर गया था कि दूसरों के द्वारा मेरे परिवार का उपयोग स्वार्थ से किया जा रहा है। यह वहम बढ़ता जा रहा था कि मेरा दुरुपयोग हो रहा है। हर वह आदमी जो अच्छा व्यवहार करता है, तब सोचता हूँ कि इसका कोई बड़ा स्वार्थ है, बेवकूफ बना रहा है। अच्छा व्यवहार और सहायता के लिए तत्पर होना, यानी, आदमी को उस रेंज पर लाना है जहाँ से उस पर अचूक निशाना लगाया जा सके।

बाद में मैंने सम्पत से कहा था, "सम्पत, मैं शक्की आदमी हो गया हूँ। मुझे वहम है कि मेरे परिवार का उपयोग किसी के फायदे के लिए हो रहा है।"

"यह भी कोई शक या वहम का कारण है?" सम्पत ने नाक-भौं सिकोड़ते हुए कहा।

"शक का कौन-सा कारण होना चाहिए?"

"मैं विश्लेषण करूँगा तो तुम बुरा मान जाओगे।"

"नहीं मानूँगा। तुम कहो तो।"

"मैं तुमसे कई दिनों से कहना चाहता था, पर कोई मौका नहीं मिला। पिछले दिनों तुम बहुत व्यस्त रहे। तुम मिलते नहीं थे। मैं भी व्यस्त रहा। देखो, शक का कारण होना चाहिए कि तुम्हारी पत्नी किसी और को तो नहीं चाहती? उसका बार-बार डॉक्टर के घर जाना, वहाँ किसी दूसरे से लगाव हो गया है, यह शक का कारण हो सकता है। तुम्हारी पत्नी के पेट में जो बच्चा

है, वह तुम्हारा ही बच्चा है, यह शक का एक बड़ा कारण हो सकता है। इस तरह की चर्चा होने लगी है। लोग तुमसे नहीं कहेंगे। मैं तुम्हारा दोस्त हूँ, जान-बूझकर मुझसे कहते हैं।"

"दोस्त? दोस्त, तुम हमेशा गलत तरीके से विश्लेषण करते हो।" आहत होते हुए मैंने कहा, "तुम कुछ इस तरह बात करते हो कि अचानक उस पहाड़ी रास्ते से गिरने लगता हूँ।"

"तुम्हारी सहायता करने का मेरा मन होता है। मैं तुमसे ऐसी ओछी चर्चा करना पसन्द नहीं करता। लोग तुम्हारे बारे में ऐसी-वैसी बातें करते हैं, तब मैं उन्हें डाँट देता हूँ।"

"सहायता करनी है तो उस पहाड़ में एक सोता ढूँढ़ने में मदद क्यों नहीं करते? गन्दगी, जिससे सब जूझते हैं, उसको तुम घर की नाली की गन्दगी समझते हो या गली-पड़ोस की नाली की? गन्दगी, नाक में हाथ रख जिसके ऊपर से कूदकर दिन में कई बार आते-जाते हैं। गन्दगी वहाँ है, जहाँ सफाई और सम्पन्नता है। वह अहाता है जहाँ से फूलों की खुशबू आती है और घास पर बैठे हुए वे लोग हैं, जो फुरसत से बैठ गए हैं। क्या इसीलिए तुम शादी नहीं कर रहे हो? रेडियो सुधारना अभी तक नहीं आया, बोलो, कब तक सीख जाओगे?"

"ऐसी बात नहीं है। शादी मैं इसलिए नहीं कर रहा हूँ कि इतनी कम आमदनी में मैं गुजारा नहीं कर पाऊँगा।"

"हाँ, और आटा कम न पड़े, इस डर से तुम्हारी पत्नी तुम्हारी माँ की तरह ज्यादा आटा माड़ लेगी। फिर पिटाई न हो इसलिए वह आटे का गोला तुम्हारे तकिए के नीचे या पेटी के अन्दर छुपा देगी। किसी दिन इधर-उधर तुमको या तुम्हारे बाप को सूखे आटे के गोले मिलेंगे। तुम समझोगे कि अम्मा ने छुपाया होगा जो हमेशा से करती आ रही है। परन्तु बाप को शक हो जाएगा। वह तुम्हारी अम्मा के आटे के गोलों को पहचानता होगा। होगी कोई पहचान। वह कहेगा कि नहीं, बहू ने यह सब किया है। तुम उसे मारोगे। एक घूँसे में वह सब स्वीकार कर लेगी। हो सकता है, तुम्हारी अम्मा में अक्ल आ जाए तब वह अपनी गलती को छुपाने के लिए तुम्हारी पत्नी का नाम ले! यह भी हो सकता है कि तुम्हारी पत्नी की गलती को अपनी गलती बताकर खुद मार खाकर उसे बचा ले! पर तुम बहुत चालाक हो। जान जाओगे कि असली

कसूरवार कौन है। तुम गुजारे की तकलीफ के कारण शादी नहीं कर रहे हो। अगर शादी करोगे तो तुम्हारे भविष्य का सारा कार्यक्रम पत्नी को केवल अपने लिए बनाए रखने के लिए रहेगा। शादी के पहले रेडियो मिस्त्री बन जाओ। शादी के बाद पत्नी को सुधारने का काम शुरू कर देना।"

सम्पत के साथ कर्मचारी भवन की छत पर एक बैठक में गया था। बिल्डिंग बहुत बड़ी थी। नीचे पन्द्रह-बीस दुकानें थीं। इसी में एक कमरा कर्मचारी भवन कहलाता था। खुले मौसम में बैठकें छत पर होती थीं। छत पर दो दरियाँ बिछी थीं। एक लाउडस्पीकर लगा था, सामने माइक था। मीटिंग शुरू होने को थी कि हल्की-हल्की बूँदें गिरने लगीं और जोर की हवा चलने लगी। सब तुरन्त भागकर कमरे में चले गए। माइक चालू था। मेरी चप्पल नहीं मिल रही थी। छत पर अकेला मैं अपनी चप्पल ढूँढ़ रहा था और माइक के चालू होने से स्पीकर से जोर की भाँय-भाँय हवा की आवाज आ रही थी, जैसे भयानक आँधी-तूफान के वक्त आती होगी। मुझे हवा की साधारण आवाज को स्पीकर से तूफान की आवाज की तरह निकलना बहुत अच्छा लगा। अकेले भीगती दरियाँ समेटकर मैं कमरे में लाया। दरी के नीचे मुझे चप्पल मिली थी। इसके बाद जब भी तेज हवा चलती थी, तब मुझे खयाल आता था कि यह वक्त है जब मैदान में एक माइक चालू कर रख दिया जाता और चारों तरफ बहुत से लाउडस्पीकर लगा दिये जाते। कम-से-कम थोड़ा अन्दाज तो हो जाता कि पेड़ों को, मकानों की छतों को और समुद्र में कई मंजिल ऊँची लहरें उठानेवाले तूफान की आवाज कैसी होती होगी! अगर यह तूफान लगातार रहे तो क्या कई मंजिल ऊँची लहर भी लगातार उठी रहेगी? तब सबसे ऊपर की मंजिल में एक कमरा मेरे लिए भी होना चाहिए।

रास्ते-भर ट्रक ड्राइवर से बातचीत होती रही। सिलसिले से बातचीत नहीं थी। मैंने उसे अपना परिचय दिया था। नाम सन्तू बाबू बतलाया था। दफ्तर में काम करता हूँ, यह भी बतलाया। ड्राइवर दिल्ली के पास के किसी गाँव का था। इस धंधे में वह बहुत दिनों तक घर नहीं पहुँच पाता था। जब उसका पहला लड़का पैदा हुआ था, तब वह अपने घर से करीब आठ सौ किलोमीटर दूर

था। जब दूसरी लड़की पैदा हुई थी तब करीब तीन सौ किलोमीटर दूर था। जब तीसरी लड़की पैदा हुई थी तब केवल दस किलोमीटर दूर था। पर हर बार घर की तरफ ही लौट रहा था। घर से दूर नहीं जा रहा था। आठ सौ किलोमीटर दूर था तब भी घर की तरफ लौट रहा था।

दूर-दूर तक मुझे अपना शहर नहीं दिख रहा था, जबकि उसे कभी भी दिख जाना था। और हुआ भी यही, अचानक थोड़ी देर में मुझे बिजली से जगमगाता वह दिख गया। दूर से रात के अँधेरे में शहर दिखता नहीं था, एक छोटी-सी जगह में रात को बिजली के बल्बों से सजा दिया गया है, यही दिखा।

उसने मुझसे पैसे नहीं लिये। सड़क पर खड़े-खड़े मुझे अपने ही उजाले का पीछा करती हुई ट्रक शानदार लगी। जाती हुई ट्रक के पीछे की दो लालबत्ती अँधेरे में उड़ते-उड़ते दो लाल उजाले थे।

जब घर पहुँचा तब करीब वही वक्त था जब घर से बाहर निकला था। पत्नी को पुकारते हुए दरवाजा खटखटाने लगा। वह गहरी नींद में थी। जोर से दरवाजे को ठोकने लगा। सन्नाटे में दूर तक दरवाजा खुलवाने की आवाज पहुँच रही थी। घर के अन्दर से एक बच्चे के रोने की आवाज आई, तब पत्नी उसे पुचकारकर चुप कराने लगी। बच्चा कौन था? बच्चे के साथ उसके माँ-बाप भी घर पर होंगे? कुछ देर बाद यह सब सोचते हुए मैंने फिर आवाज दी।

"आती हूँ।" पत्नी की आवाज मुझे सुनाई दी।

दरवाजा खोलने के लिए जब उसकी आहट पास आई तब मैंने पूछा, "अन्दर किसका बच्चा रो रहा था? तुम्हारी तबियत कैसी है?"

"ठीक हूँ।...

इतनी देर कैसे लग गई?...अम्मा की तबियत तो ठीक है?...आखिरी बस तक मैं जागती रही। पता नहीं, कब नींद लग गई! अब तो सुबह होनेवाली होगी?"

अन्दर से उसने दरवाजे में ताला लगा दिया था। उससे चाबी लग नहीं रही थी। इसलिए देर हो रही थी। दरवाजा खुला। वह हाथ में कंदील लिये हुए थी। वह मुझे बिलकुल स्वस्थ लगी।

दरवाजा बन्द करते हुए मैंने उससे कहा, "अम्मा की कंदील लेकर चलने की आदत तुमको भी लग गई?"

"अम्मा नहीं आईं?" उसने आश्चर्य से पूछा।

"हाँ।"

"क्यों?"

"बताता हूँ। उनकी तबियत ठीक है पर बड़े भाई की तबियत ठीक नहीं है।"

मास्टर जी की पाँच साल की लड़की चारपाई पर सो रही थी। उसके पास बैठकर उसके माथे पर हाथ फिराते हुए मैंने कहा, "तुमको डर लग रहा होगा?"

वह मेरे पास आकर खड़ी हो गई। मैं जानता था, यदि मैंने उससे कुछ और पूछा तो वह रोने लगेगी।

मैं खामोश रहा। "घर पहुँच गया तो अच्छा लगा।" कुछ देर बाद मैंने कहा।

"इस बच्ची का मुझे बहुत सहारा था।"

"कोई आया तो नहीं था?" मैंने पूछा।

"डॉक्टर की बहन आई थी। पूछ रही थी, अकेले मन घबराएगा तो नहीं? मैंने कह दिया, नहीं घबराएगा।"

"कुछ खाने को होगा?"

"भूख लगी है?"

"हाँ, खाने का मौका ही नहीं मिला।"

"मैं तुम्हारे लिए बनाकर रखी थी। पूरा खाना है।"

बड़े बाबू काम से फाइल लेकर साहब की तरफ निकले तो लपककर देवांगन बाबू मेरे पास आए, "आओ, एक मजेदार चीज दिखलाएँ।"

देवांगन बाबू मेरा हाथ पकड़कर खींचने लगे।

गौराहा बाबू ने कहा, "मैं दरवाजे के पास खड़े होकर देख रहा हूँ कि बड़े बाबू आते हैं या नहीं। आते देखूँगा तो बता दूँगा, तैयार रहना।"

देवांगन बाबू मुझे पकड़कर बड़े बाबू के टेबुल के पास ले गए। लोहे की अलमारी में ताला नहीं लगा था। देवांगन बाबू ने अलमारी खोली। लोहे की अलमारी खुलने की जो आवाज होती है, वही आवाज हुई। उन्होंने निचले खाने से कागज का एक बड़ा लिफाफा निकाला।

"इसमें क्या है?" मैंने पूछा।

"बताता हूँ।" देवांगन बाबू ने कहा।

लिफाफा लेकर देवांगन बाबू मेरे टेबिल पर आए। "खोलकर देखो।" उन्होंने कहा।

मैंने लिफाफे में देखा, नौकर की कमीज के वही टुकड़े थे जिन्हें बड़े बाबू ने चुन-चुनकर जमा किया था।

"बड़े बाबू आ रहे हैं।" गौराहा बाबू ने कहा।

लिफाफा मैंने जैसे-तैसे फाइलों के बीच छुपा लिया। देवांगन बाबू अलमारी का पलड़ा बन्द करना भूल गए थे। खुले पलड़े को देखकर बड़े बाबू ने कहा, "अलमारी किसी ने खोली है?" बड़े बाबू ने मेरी तरफ देखा।

"मैं नहीं जानता।" मैंने कहा।

देवांगन बाबू ने कहा, "आप अलमारी खुली छोड़ गए थे।"

"अलमारी खुली छोड़ गया था, पलड़े खोलकर नहीं गया था। मैं सब समझता हूँ।" बड़े बाबू ने अलमारी का ताला बन्द कर दिया।

दफ्तर से निकलने के बाद वॉलीबॉल के मैदान से गुजरते हुए हम लोग नई बिल्डिंग के पिछवाड़े आ गए। पीछे कोई नहीं था। मैं पेशाब करने लगा। मैंने देखा कि देवांगन बाबू लिफाफा लेकर जमीन पर बैठ गए।

"रुको," जल्दी में ठीक से पेशाब न कर मैं देवांगन बाबू के पास गया, "देवांगन बाबू, आपको बहुत जल्दी रहती है।"

गौराहा बाबू के हाथ में माचिस थी। पैसे देकर मँहगू से गौराहा बाबू ने माचिस मँगवाई थी। सिगरेट-बीड़ी कोई नहीं पीता था, नहीं तो पहले से माचिस होती।

"अपने गिरोह में मुझको भी शामिल करो।" अचानक हम लोगों ने बिलकुल पास से बड़े बाबू को सुना।

मैं तो एक क्षण के लिए हक्का-बक्का रह गया। गौराहा बाबू घबरा गए थे। देवांगन बाबू चौंक गए थे। बड़े बाबू बिलकुल दबे पाँव आए होंगे।

"तुम लोग हटो।"

हम लोगों ने बड़े बाबू के लिए जगह बनाई। बड़े बाबू से नीचे बैठते नहीं बन रहा था। उन्होंने पतलून के गन्दे होने की परवाह नहीं की। जमीन पर बैठ गए। जेब से उन्होंने एक छोटी बोतल निकाली और मेरी तरफ बढ़ाई।

"बड़े बाबू, मैं नशा नहीं करता।" मैंने कहा।

बड़े बाबू जोर से 'हो-हो' हँस पड़े।

देवांगन बाबू और गौराहा बाबू भी हँसने लगे।

बोतल से कमीज के टुकड़ों पर मैं शराब उँडेलने लगा तो बड़े बाबू ने कहा, "बस-बस, इतनी बहुत है।" बोतल लेकर उन्होंने जेब में रख ली।

चरोटा के एक सूखे पौधे पर एक कार्बन कागज उड़ता हुआ आकर अटक गया था। हवा के जोर से वह बिलकुल चिपका हुआ था। हवा साँय-साँय की आवाज करती हुई चल रही थी। गौराहा बाबू से माचिस बार-बार बुझ जाती थी। बड़े बाबू ने गौराहा बाबू से माचिस ली और उन्होंने एक बार में ही कमीज के टुकड़ों की ढेरी में आग लगा दी। भक् से लपट उठी। गौराहा बाबू चौंककर पीछे सरक गए। हवा तेज चल रही थी इसलिए ढेरी से अलग होकर एक-दो टुकड़े बाहर निकल आए थे। मैंने उन्हें फिर आग में डाल दिया।

रात को बादल गरजने लगे थे। बिजली भी कड़कने लगी थी। पानी गिरने की सम्भावना थी। हवा तेज चल रही थी। पत्नी ने कहा, "पानी गिरेगा।"

"गिरेगा तो अच्छा है।" मैंने कहा।

पानी गिरने की सम्भावना से हम लोगों ने सामान को समेटना शुरू कर दिया था।

पत्नी से मैंने कहा, "तुम चुपचाप पड़ी रहो। तुम्हारी तबियत ठीक नहीं है।" फिर भी हल्के-फुल्के सामान का धरना-उठाना वही कर रही थी।

हवा जब तेज हो गई तब पत्नी ने कहा, "लगता है, आँधी आएगी।"

"आँधी ही आ जाए। कम-से-कम पूरी छत उड़ जाए। तब या तो झकमारी डॉक्टर इसे बनवाएगा या इसे छोड़कर अपन कोई दूसरा घर लेंगे। डरना लकुल नहीं। इससे बच्चे पर असर पड़ेगा। घबराहट लग रही हो तो और से गहरी साँस लो।" मैंने कहा।

साड़ी और पेटीकोट ढीला कर वह जोर-जोर से साँस लेने लगी। वह ज्यादा दा जीवन देनेवाली हवा को खींच रही थी। हाँफते-हाँफते वह मेरी तरफ मुसकराई। जवाब में मैं भी मुसकराया।

✪✪✪